U0529989

含章可贞 或从王事 无成有终

# 长河疏星

上册

郁雨竹 著

青岛出版集团 | 青岛出版社

图书在版编目（CIP）数据

长河疏星 / 郁雨竹著. -- 青岛：青岛出版社，2025. -- ISBN 978-7-5736-3532-7

Ⅰ.I247.5

中国国家版本馆CIP数据核字第2025GV4198号

CHANGHE SHUXING

## 长河疏星

郁雨竹 著

| 策　　划 | 王羽飞 |
|---|---|
| 责任编辑 | 李文峰 |
| 特约编辑 | 王羽飞 |
| 责任校对 | 郭金乔 |
| 插　　图 | 平大富　山楂 |
| 装帧设计 | 梁　霞 |
| 出版发行 | 青岛出版社（青岛市崂山区海尔路182号） |
| 本社网址 | http://www.qdpub.com |
| 邮购电话 | 18613853563 |
| 照　　排 | 梁　霞 |
| 印　　刷 | 三河市良远印务有限公司 |
| 出版日期 | 2025年6月第1版　2025年6月第1次印刷 |
| 开　　本 | 16开（710mm×980mm） |
| 印　　张 | 36.5 |
| 字　　数 | 714千 |
| 书　　号 | ISBN 978-7-5736-3532-7 |
| 定　　价 | 69.80元（全2册） |

编校印装质量服务电话　4006532017　0532-68068050

编校印装质量服务

## 目录

上册

第一章　身死道生　　　　1

第二章　遗　嘱　　　　　17

第三章　定　亲　　　　　43

第四章　风波起　　　　　72

第五章　报　丧　　　　　101

第六章　逃出洛阳　　　　130

第七章　扶棺回乡　　　　159

第八章　西平赵氏　　　　189

第九章　广积粮，多存钱　217

第十章　初见成果　　　　248

## 目录 下册

| | | |
|---|---|---|
| 第十一章 | 乱军入豫 | 277 |
| 第十二章 | 保住坞堡 | 308 |
| 第十三章 | 我做主 | 338 |
| 第十四章 | 买 马 | 367 |
| 第十五章 | 招兵令 | 396 |
| 第十六章 | 射杀刘景 | 425 |
| 第十七章 | 招揽常宁 | 454 |
| 第十八章 | 名扬四海 | 485 |
| 第十九章 | 赵氏礼宴 | 513 |
| 第二十章 | 榨 油 | 543 |
| 出版番外 | 王惠风 | 571 |

## 第一章
# 身死道生

地震时，赵含章感觉整个人都飘了起来，好像有人紧紧地抱着她，保护她。然后一阵巨响声传来，她的眼前似有一道光闪过，这让她觉得不可思议——自己怎么可能看到光呢？她都十四年看不见东西了。

然后一阵剧痛传来，还没等她思考自己是不是死了，傅庭涵是不是也死了，她就感觉到白色的亮光在往她的眼睛里面挤。赵含章眼皮颤了颤，小心翼翼地睁开了眼睛，发现自己现在置身于一个陌生的地方。

赵含章愕然地看着立在眼前的高大城墙，不断有人从她的身边跑过，他们皆身着古代服饰，脸上都是惊恐的表情。她左移目光，就看到三四排士兵拿着长矛向城门口跑去。衣衫褴褛的人拼命地往里挤，士兵们毫不手软，拿着长矛，直接将人往外推。

赵含章目光一缩，手微微发抖，她看着鲜血直流、眼睛瞪大的人不断倒下……

士兵们把那群人推出去，缓慢地关上城门。

但不管人们跑动、嘶吼还是痛苦地倒下，她一点儿声音都没听到，眼前上演的似乎是一场默剧。

得，在她的眼睛复明之后，她又听不见声音了。

一时间，赵含章都不知道到底是当盲人好，还是当聋人强一些。

她低头看了看自己的手和衣服，嗯，一件白色连衣裙，腰上还扎着一条红色腰带——这是今天下午她出门前，舍友知道她是出门相亲特意给她选的腰带。舍友说红色的腰带绑在这条白色连衣裙上，会显得她的腰肢盈盈一握，对方只要不眼盲就一定会心动。

她这是在现实世界里，还是在梦中？

赵含章握了握拳头，又招了一下手，有感觉，眼睛微亮。她看见有人从身边跑过，便伸手去抓："有劳……"

她的手从对方的手上穿过。对方看也不看她，直接从她的身边跑过去。

赵含章愣了一下，这才察觉到异常。她听不见声音也就算了，但人就站在这里，周围的人跑来跑去，好像都看不见她一样。她伸手在好几个人的眼前挥了挥，试图引起他们的注意："喂，有劳，先生……兄台？"但所有人都对她没反应。

这难道是梦？

就在赵含章坚定地认为这是一场梦时，几个人抬着担架从她的身边冲过去。她扭头，目光扫过担架上躺着的小姑娘。

那是一个十来岁的小姑娘，身穿红色胡服，紧闭着眼睛躺在担架上，额头上都是血，但赵含章还是一眼就认出了对方。准确地说，她不知道小姑娘是谁，但小姑娘和十来岁时的自己很像，当时她还没有眼盲……

就在她的目光落在小姑娘身上的一瞬间，赵含章似乎听到了"当"的一声，然后有什么东西破碎了，嘈杂的声音猛地冲进她的耳朵里。

赵含章听到声音了！

"三娘醒醒，三娘醒醒。快送回府，马上去请大夫！"

赵含章愣愣地跟着担架往前跑了两步，听到身后传来一声惊诧的呼喊声："赵老师——"

赵含章循声回头看去，就见一个穿着正装的俊朗青年正站在人群中看着她。他应该也是才看到她，见她看过来，兴奋地往她这边走。但才走了两步，他突然消失在她的眼前。

赵含章的瞳孔微缩，她忍不住喊道："傅教授——"但紧接着眼前一黑，她便失去了知觉。

赵含章接过丫鬟递过来的药一饮而尽，又含了一颗蜜饯，把药碗还给她，问道："打听到了吗？这次受伤的人里有没有和我一样失忆的？"

丫鬟听荷摇头："回三娘，未曾听说过。"

"那我受伤失忆的事传出去了吗？"

听荷有些忧愁地看着她："我已经照三娘的吩咐和外头说了，但……他们好像都不太相信。"

赵含章才不管他们信不信呢，只想让傅教授知道，赵家这头儿有个失忆的女子。

就是她不知道傅教授有没有她这样的好运气，有没有"醒"过来。

她幸运地醒过来了。在醒来的十天后，她想过各种办法验证，结论就是她成了这个和她长得很相似的小姑娘。

小姑娘也姓赵，在家里排行老三，人称三娘，今年才十四岁。

太小了，她都不好意思占着小姑娘的身体，因此夜里常常呼唤小姑娘，想要小姑娘回来继续自己的人生。

她好歹活了二十八年，苦吃过，但福也没少享，出意外的是她，后果自然也要由她来承受，不能到了另一个世界还要霸占别人的身体。

可是不管赵含章怎么呼唤，这个小姑娘就是不出现，她只能把注意力转移到傅教授身上。虽然那天那个男人只回头看了一眼，但能看得见她，还叫她赵老师的人，肯定是和她一起出意外的傅教授了。

傅教授真帅啊，难怪学生们总是私下说他长得好看。

她不知道他运气好不好，要是他也醒了，会是什么身份呢？他听到她放出的消息能不能找过来呢？要是他没有醒，她还能再看见他吗？

赵含章照常每日发愁。听荷将药碗放好后回来传话："三娘，二娘和四娘在外请见。"

"不见。"赵含章头也不抬地拒绝，"你说我看见她们就头疼。"

听荷沉默了一下，屈膝应下后退了出去。

赵含章躺在床上叹了一口气。她虽然不是小姑娘，但还是有了小姑娘的记忆，所以也不算失忆。

她不去想就不会知道，但只要想，相关的记忆就会出现在脑海中，想起小姑娘以前认识的人，堪比搜索引擎。

但搜索也是需要时间的，更何况还有阅读和理解的时间呢，所以她总是不能第一时间把人认出来，反应的时间有点儿长。于是赵含章干脆对外宣称失忆，反正她的确伤了脑袋，也的确不太想得起来。

可惜，大家好像都不相信她失忆了。

赵三娘，闺名和贞，前不久才年满十四岁。她爹就不用说了，因为早早就死了，没有太大名气。值得一提的是她的祖父。她的祖父赵长舆举国闻名，爵位是上蔡伯，历任中书令，有为政清廉的美名。他只有一个儿子，也就是她爹，但是死了。

祖父只有一个孙子，也就是她的亲弟弟，叫赵永，今年才十二岁，但是个……不太聪明的孩子。这是委婉的说法，十二岁了，除了他自己的名字，他就认识他爹、他娘、他姐和他祖父的名字，这里头还包括重复的"赵"字。所以赵长舆想把爵位传给他的侄子，也就是赵三娘的堂伯赵济。

但前段时间府中突然有流言，说赵长舆要给赵三娘说一门显赫的婚事，以此保证自己的亲孙子赵永继承爵位，不使家产旁落。

流言刚起，赵长舆还没来得及应对，年仅十二岁的赵永就带着人出城狩猎去了。

这座城里刚换了一个皇帝，城外到处是乱军流民，智力不太好的贵族小公子这时候出城相当于"白送人头"。

小姑娘听说弟弟出城了，立即就带了人出城去找，正遇上城外大乱，为了救赵永，她从马上跌落，被抬回来时已经断气。

赵含章一睁开眼睛就发现自己来到了这里，再一闭眼，一睁眼，就从这具身体里醒过来了。

这十天来，坚持不懈地想要见她的二娘和四娘都是赵济的女儿，她的堂姐妹，赵含章还没想好接下来的路要怎么走，所以不想见她们，想先找到傅教授。

这件事太神奇了，说不定聪明绝顶的傅教授能从这件事中找到什么规律呢？

赵含章有些忧虑，摊平手脚，更不想动弹了。

耳边听到听荷疾步进来，赵含章就闭上眼睛道："不是说不见了吗？"

"三娘，是郎主要见您。"

赵含章睁开眼睛，从床上坐起来，讶异地道："祖父？"

"是，成伯带了人过来接您。"

成伯是祖父的心腹，一直随侍祖父左右，现在府里的大管家是成伯的弟弟。

赵含章垂眸，想了想后，道："拿衣裳来，更衣吧。"

她可以不见别人，却不能不见赵长舆，他是家主。

听荷忙翻出一身半旧的常服给赵含章换上。

赵含章很满意，赞许地看了听荷一眼。她换好衣服后，便有四个健壮的仆妇抬了坐辇进来，把赵含章抱到坐辇上抬了出去。

哦，忘了说了，她从马上跌落，不仅伤了脑袋，还伤了腿，虽然不是特别严重，但贵族小姐伤筋动骨必须卧床休息，要是她敢动一下，她的母亲就不停地哭，是可以抱着她哭上一天一夜的那种。

所以这几天赵含章特别乖巧，能躺着绝对不坐着，能坐着绝对不站着。

这是她第一次走出——不，是被抬出自己的院子，沿路花团锦簇，春光烂漫，蝴蝶翻飞。她看得出来，这个家被打理得很好。

她一路被抬过去，路上看到的仆人都低着头弓腰退到一旁，等坐辇过去好远才敢微微直起身来继续做手中的事。

坐辇越靠近主院，路上遇到的仆人越恭敬。

主院的院门大开，院内栽种了一棵梧桐树，此时的梧桐树枝繁叶茂，树下有一张桌子，一个瘦削清俊的中年人正坐在桌旁。

赵含章一看到他，脑海中就浮现出以前祖孙俩相处的画面。天啊，这个姿容清俊的中年人竟然是她的祖父。

赵含章不太叫得出口这声"祖父"。

她被仆妇抬到桌子边放下，仆妇要抱她坐到椅子上，她抬手止住，扶着听荷的手起身，有些不稳地对赵长舆行礼："祖父。"

她叫不出口也得叫。

赵长舆皱皱眉，扫了她的腿一眼，道："何须行此虚礼？你腿脚不便，保住自身才是孝道，快坐下吧。"

"是。"赵含章恭敬地在他的对面坐下，垂眸看着桌子上的茶壶。

赵长舆仔细地打量着她。其实他们祖孙相处的时间不多，他忙于国事，在家事上便有些疏忽。但这不意味着他就不了解自己的孙子、孙女，相反，他们读什么书，性情如何，连吃穿这些琐事他都有过问和了解。

他知道孙子天生愚钝，孙女却聪慧坚韧，因为家中早就定下要把爵位传给二房，她对二房的兄弟姐妹一直多有忍让，是个很懂事的孩子。

但她这一次的应对和从前大不一样，多了几分强势，少了几分隐忍。

赵含章低着头，赵长舆看不到她脸上的表情，只能看着她的头顶道："听成伯说，你失忆了？"

赵含章顿了顿才肯定地回答："是。"

赵长舆忍不住笑了一下："抬起头来回答。"

赵含章抬起头看向对面的人，眼神清亮且坚定，并不改变自己的说辞。

赵长舆看着她的脸继续问："你失忆了，可还记得其他的？"

赵含章想了想后，道："还记得祖父、母亲和弟弟。"

赵长舆脸上的笑容慢慢淡了下来，他用手指轻轻地敲了敲石桌面，过了许久，道："我本意是为你说一门显赫的亲事。国家混乱，百姓流离，有一门显赫的亲事不仅能保护你自己，也能护佑你弟弟。惠帝是前车之鉴，我从未想过让你弟弟继承伯爵府。为你说一门显赫的亲事，就算将来伯爵府不能依靠，你们姐弟俩也能安然无虞。"

赵含章道："祖父，若是连至亲都不能信任，我又怎能相信半路加进来的姻亲呢？"

赵长舆沉默不语。

赵含章道："武帝若是不立惠帝，惠帝就能过得好吗？"

赵长舆皱眉，目光变得凌厉起来："你希望你弟弟继承伯爵？"

"不。"赵含章道，"当年祖父劝诫武帝不立惠帝，孙女是赞成您的观点的，惠帝淳古，并不能做一国君主，武帝当年若听了您的劝诫，那大晋也不会有今日之祸。"

惠帝淳古是赵长舆当年的原话，其实就是说惠帝太过老实愚钝，不适合当皇帝。

赵含章醒过来后，惊诧现在所处的历史节点，以及这个小姑娘竟然是晋朝大名鼎鼎的赵峤之孙女。

去年的十一月，晋惠帝于洛阳突然去世，而后晋怀帝即位，定年号为永嘉。

现在是永嘉元年二月，新帝刚即位三个月，城外处处是乱军流民。

她认真地和赵长舆分析："永弟愚，既不能发扬宗族荣光，也不能守护家族。祖父的决定没有错，永弟的确不能继承伯爵。"

他若把伯爵府交给赵永，结局可能和把国家交给惠帝一样，别说赵家的荣光了，恐怕宗族根基都会有损。

赵长舆的脸色好看了些。

"但是祖父，把我们长房都交给二房，二房果真值得托付吗？"这个问题一直压在小姑娘的心里，直到她追出城去救她的弟弟，才找到答案，只是她已经来不及和她的祖父说了。

现在赵含章代她问出来："这只是一个还未坐实的流言，叔祖没有来找祖父确认，伯父也不曾问话，好似不知此事一般。二郎还差点儿命丧城外，难道祖父放心就这样把母亲和我们姐弟托付给二房吗？"

赵长舆握紧了手中的茶杯，嘴角紧紧抿起。

他的心好似被热油滚过一样难受。许久，他才艰涩地道："独木难支，若不依靠家族和二房，你们姐弟二人恐怕难以在这世道上生存。"

他长叹一声道："新帝虽即位，却不能自主朝政，内乱不平，外又有匈奴为乱，羯胡和羌族也虎视眈眈，天下眼见大乱。你们若不依附家族，如何在这乱世里生存？"

赵含章有些哀伤地问道："若这依靠反过来要取我们的性命呢？"

赵长舆看向院子里唯一留下的成伯。成伯心领神会，立即进屋里拿出一本折子。

赵长舆将折子压在桌子上道："这是请立赵济为世子的折子，这折子一上，可安他们的心。"

这的确是一个办法，但是……

赵含章的目光从折子上移开，对上赵长舆的目光："没有利益冲突了，叔祖和伯父自然不缺我们一口饭吃，但将来总还会有利益相关的时候。祖父也说了，世道要乱了，在这乱世里，我们真能依靠别人吗？"

赵长舆注视着她坚定的眼神，惊讶道："那你意欲何为？"

赵含章道："力量只有握在自己手里才是最安全的，依靠谁都不如靠自己来得可靠。"

赵长舆惊讶地看着她，半响过后，仰头哈哈大笑起来，目光晶亮："好，好！不愧是我赵长舆的孙女！"

他起身来回转了两圈，最后一拍梧桐树，在她的面前站定，目光炯炯地看着她，道："你长大了。我没记错的话，你明年就及笄了吧？"

自己太年轻了。她眼含热泪地点头："是。"

赵长舆伸手轻轻地拍了拍她的脑袋，温柔地注视着她，道："好，好，好啊！祖父很可能见不到你及笄了，我提前给你取个小字吧。"

赵含章一愣，垂下眼眸思考了一会儿，道："祖父，我可以为自己取个小字吗？"她还想叫自己原来的名字。

赵长舆笑道："你不先听听我给你取的小字吗？我觉得你一定会喜欢。"

赵含章便笑着等他说。

赵长舆温柔地看着她道："当年你父亲为你取名和贞，便是占卜而取，从《易经》里取的坤卦，我今日便为你取'含章'二字为小字。"

赵含章愣愣地看着他，目中渐渐湿润。她忍着泪，声音有些沙哑地喃喃："含章可贞……"当年她爸爸也是根据此句给她取的名字。

"对。"赵长舆含笑看着她，"含章可贞，以时发也。或从王事，知光大也。"

"和贞，你是个好孩子。我的孙女一直有美德，却从来隐忍不炫耀，祖父希望你将来也能如此，可以有一个好结果。"赵长舆说到这里有些忧伤。

他一直知道这孩子聪慧，却少往心里去，若不是她这次展露出来的锋芒，他差点儿就误了她，也误了整个赵家长房。

赵长舆激动过后，面色泛起病态的红。他捂着胸口慢慢在桌前坐下，对她道："你先回去吧，祖父要好好地想一想你们将来的路怎么走。今日的事不要告诉任何人，包括你母亲。"

赵含章应下。

赵长舆顿了顿，道："既然你说自己失忆了，那就失忆了吧。"

赵长舆是不相信孙女失忆了的，只以为她是要借此打压二房，之前他心里是不太赞同此举的，但现在……罢了，孩子想这么做，那就这么做吧。

赵含章回到自己的院子，又爬回了床上靠好。

赵家二房显然不能依靠，与其把希望寄托在他们身上，不如遵从小姑娘内心的想法，让大房自己站起来，最起码要有自保之力。

赵含章把自己刚才的应对之策在脑海中又过了一遍,确定没什么问题后就往下一滑,叹了一口气:"我饿了……"

动脑筋的时候,肚子就是饿得快。

赵含章冲外面叫了一声:"听荷。"

听荷忙进来:"三娘要什么?"

"吃的,去厨房要些茶点来,我饿了。"

听荷笑着应下,转身而去。

三娘受伤后,虽然还是忧心忡忡,但胃口比以前好了许多。

赵家厨房的点心自然是很好吃的,听荷送来的点心都很合她的胃口,显然她和小姑娘的口味差不多。

她正吃着,一个丫鬟踱着小步进来,说道:"三娘,陈太医来了。"

赵含章顿了一下,放下点心,让听荷收起来,问道:"谁请的太医?"

赵含章心里正想着要怎么应对,就听小丫鬟道:"是成伯领来的,说是郎主派人去请的。"

赵含章便叫住听荷,又把点心拿了过来继续吃:"请他进来吧。"

陈太医拎着药箱进来,只见一个小女郎正坐在榻上吃点心,还冲他招手:"陈太医,要不要先用些茶点?"

陈太医怀疑地看向成伯:"这是府上的三娘?"

"是。"成伯虽然也惊讶,但很快收敛惊色,弯腰道,"请太医为我家三娘诊一诊。"

陈太医只能上前,赵含章也乖,放下点心伸出手来,太医问什么她答什么。

"三娘还是什么都想不起来吗?"

"也不是,隐约能想起一些来。"赵含章道,"脑海中总是闪过有人跑来与我禀报二郎出城的画面,但接下来便是一片混乱,再细想便头疼欲裂,心跳加快。"

陈太医一边摸着她的脉一边盯着她,问道:"那人呢?可认得人吗?"

赵含章叹气:"除了二郎,我也就隐约记得当初来报信的那个丫头,却只记得长相,不记得名字了。"

"连父母和兄弟姐妹也都不记得了?"

赵含章叹息着应了一声"是",关心地回道:"不知我何时才能想起来?母亲每日来见我都哭得不行,今日好不容易才把人哄回去休息。"

陈太医看着她沉默半晌,收回手,道:"三娘好好休息,既然想不起来就不要硬想,以免病情加重。三娘先养好身体,时机到了,自然会想起来的。"

赵含章深以为然,乖巧地点头,应了一声:"是。"

陈太医留下一张药方后便离开了，成伯冲赵含章弯了弯腰，然后送陈太医出门。

陈太医前脚刚走，后脚这小姑娘的母亲王氏赶忙来了，她的眼睛还是红肿的，显然是被赵含章劝回去后又哭了。

一进门她就紧盯着赵含章，疾步上前："三娘，陈太医怎么说？"

赵含章靠在床上假装虚弱："太医说没有大碍，只是还不记事。"

王氏的眼睛又红了，她拉着赵含章的手簌簌落泪："我可怜的孩子……"

赵含章任由王氏抓着，当着王氏的面，"母亲"二字她怎么也喊不出口，这位姐姐看着和她差不多大，实际上也是这样。

赵含章喊不出口"母亲"，却看不得女孩子哭，所以忙回握她的手，扯开话题："二郎怎么样了？"

王氏眼泪稍歇，用帕子擦干眼泪道："他还在祠堂里跪着呢。这次你祖父生了大气，狠狠罚了他。"

她顿了顿，压低声音道："不仅二郎，二房的大娘也跟着跪祠堂。你祖父虽不拦着我们给送吃的和送喝的，却不许他们出祠堂。他们每日不仅要跪着，还要背家训和族谱。你也知道，二郎愚笨，族谱还能背出一些来，家训却是……"

赵含章低头沉思，二郎，也就是原来的赵三娘的亲弟弟赵永，今年才十二岁。

她想了想，看向听荷："你去找一下成伯，就说我吃了药后睡下，却不小心魇住了，这会儿正浑身发汗地叫着二郎呢，求他让二郎来见见我。"

听荷看着面色还算红润的女郎，欲言又止，半响，还是屈膝应下。

跟着王氏来的青姑立即道："我与你同去。"

王氏忐忑不已，问赵含章："这样岂不是欺骗你祖父？要是让你祖父知道了……"

赵含章安抚她道："没事儿，这院里有什么事能瞒住祖父呢？他要是不愿意，自会让成伯拒绝。"

成伯没有拒绝，于是脸色苍白、跪得都站不直的赵二郎被人扶着送到了赵含章的清怡阁，祠堂里就只剩下赵大娘赵和婉了。

赵二郎被人扶着送进来。除了记忆里，这是赵含章第一次在现实里见到他。

十二岁的少年长得人高马大，脸肉嘟嘟的，带着婴儿肥。一进门，目光触及靠坐在床上的姐姐，毫无征兆地，他张开嘴就号哭起来："阿姐，阿姐，哇——"

赵含章被吓了一跳，王氏也开始哭，小跑着上前抱住儿子："二郎啊……"

赵二郎哭得超大声，眼泪跟决堤的河水似的从脸上流下，被仆人扶着走到床边触及赵含章的时候，他的哭声才开始小下来，但他还是哭得很伤心。

他一边哭，一边勉强睁开眼睛看向赵含章，看了她一眼，哭得更大声了。

赵含章认命地张开手抱住赵二郎,拍着他的后背安抚他。

许久,赵二郎才慢慢地停止哭泣,怯生生地睁开眼睛,怀疑地看着赵含章:"你……你是我阿姐?"

赵含章心中诧异,面上却不动声色:"我不记得了,但他们说是。"

她上下打量赵二郎,道:"我在记忆里见过你,隐约记得年前你站在花园里的假山上迎风撒尿,结果尿到了另一个人的头上。"

王氏剧烈地咳嗽起来:"那都是两年前的事了,三娘你记差了,那会儿你弟弟还小呢……"

赵二郎却没有脸红,在他有限的记忆里也记得这件事。他高兴起来,狠狠地点头:"对,就是我,因为这事,阿姐拿着鞭子追了我两条街,把我抓回来好一顿打。"

他下意识地伸手摸了摸屁股,有些委屈:"好疼。"

赵含章道:"现在还疼?"

赵二郎点头。

赵含章伸手戳了戳他的膝盖:"这里呢?"

赵二郎"哗"的一声,面色痛苦地打了一个寒战,整个人忍不住往后一缩。

王氏看得心疼不已。

赵含章收回手指,对听荷道:"去把偏房收拾出来,让二郎在这儿住下,使人出府去请大夫。跪了这么久,他的腿得好好治,别跪坏了。"

听荷应下。

王氏有些迟疑:"二郎虽然心智小,但年纪不小了,他还住在你院里是不是不太好?"

"谁会说什么吗?住在偏房,又不是在一个屋里住着。"赵含章道,"才出了这么一件事,放他去前院我也不放心,就让他住在我这儿吧。"

王氏也怕他再被人蛊惑做错事,所以赵含章一劝她就答应了。

赵二郎用双手捂住生疼的膝盖,确信地说道:"你就是我阿姐!"

只有他阿姐会这么戳他的痛处。

赵含章面色有些复杂地看着他,都不知道是该夸他聪明,还是说他愚笨了。

他明明都怀疑了,怎么就这么轻易地相信她了呢?

赵二郎在清怡阁里住下,赵家的当家人赵长舆一句话没说,其他人便是有意见也只能憋着,只是赵大娘还在祠堂里跪着呢。

一直稳坐泰山的二房长辈们坐不住了。

傍晚用饭的时候,二房的人联袂而来,哦,除了她那位未曾谋面的叔祖父。

饭菜才被摆上桌，赵含章被人舒服地抬到桌边，刚坐下便有仆人进来禀报："二娘子、三娘，大老爷和大娘子领着二娘和四娘过来看三娘了。"

赵含章看向王氏。

王氏放下筷子，用帕子擦了擦嘴道："请他们进来吧。"

如果只是二娘和四娘过来，她们大可以不见，但长辈过来，就不好再闭门不见了。

王氏坐在桌子边等着，赵二郎抓紧时间往嘴里塞了一口吃的，然后乖乖地把手放在膝盖上坐好，可见礼仪不错，家里是教过的。

赵济带着妻女进来，王氏不甘不愿地领着赵二郎起身见礼。

只有赵含章因为腿伤稳稳地坐在榻上，一动也不动，也不见局促。

赵济一进来就看到了她，凝目看去，正对上赵含章看过来的好奇目光。

赵含章毫不掩饰自己打量的目光，非常嚣张地看过赵济，又看向他媳妇，然后去看他身后的两个小姑娘。

赵济被她的目光看得一惊，这陌生的打量……

赵济眉头微蹙，难道她真是失忆了？

赵含章打量着这一家四口，慢慢地将他们和记忆中的人对上。一下冒出来的记忆太多，她头疼得几乎要裂开，脸色微白，额头微微冒汗。

赵济正看着她，最先发现她的异常，愣了一下后忙问："三娘怎么了？"

听荷也发现了，忙上前扶住赵含章，焦急地道："三娘是不是又头疼了？"

这点儿疼痛对赵含章来说没什么，她大可以忍下来，但……

对上赵济打量怀疑的目光，赵含章想，她为什么要忍呢？

于是她放开记忆的闸门，让看见他们后涌现出来的记忆和情绪淹没自己，脸色瞬间苍白如雪，额头冷汗直冒，"哇"的一下吐出来……

这剧烈的反应怎么看也不像是装的。

赵济心中不安。他还以为赵含章失忆是装的，为的是让大伯处罚他们二房，可现在看来，她竟是真的失忆了。

赵含章吐了好一会儿，屋里的丫鬟仆人都忙起来。等脑海中的记忆稍稍平静了一点儿，她才抬头看向赵济一家四口，目光却看到正从他们的身后进来的赵奕。她立即改变目标，伸出手指颤颤巍巍地指着赵奕："你……你……我记得你……"

一句话没说完，她就歪头晕了过去。

赵奕，赵大郎，是赵济目前唯一的儿子，赵济对他可比对三个闺女好太多了。

赵含章丢完炸弹就放心地装晕。

王氏却不知内情，见女儿晕倒，大惊之下忙扑上去抱住她："三娘，三娘你怎么了？快去叫大夫……"

听荷也被吓坏了，撒腿就要往外跑，被青姑一把抓住："快去请郎主，求郎主请太医来看看，外面的大夫不中用。"

听荷应下，转身就往外跑。

赵二郎见姐姐说晕就晕，也被吓坏了，再加上王氏这么一喊，眼泪立马就冒了出来。他挤上前去紧紧地抓住赵含章的一只手，越看越觉得她脸色惨白，很像前几天看到的死人，忍不住哭起来："阿姐，阿姐……"

王氏本来还稳得住，儿子一哭，她也悲从中来，忍不住抱着赵含章大哭起来。

赵含章忍不住用另一只手挠了挠王氏的手心，哭得投入的王氏没感觉到，赵含章便只能捏了一下。

王氏反应过来，流着泪低头看向女儿，就见赵含章微微睁开了一点儿眼睛，和王氏对上一眼后又紧紧地闭上了。

王氏心领神会，抱着赵含章顿时大哭起来，屋里的仆人们听闻，更是心中悲戚，都跟着小声地哭起来。

只有青姑还顶用，一边让人去打热水，一边让人去找给三娘吃的药，还要派人去门口看看大夫来了没有……

赵济和妻子、儿女顿时僵在了原处，屋里的混乱和伤心都避开了他们，这场景落在谁眼里都能解读成二房上门欺辱大房的孤儿寡母。

赵济额头微抽，反应过来后立即对着儿子大喝："你还愣着干什么！你的三妹妹记起了你，你却只会站着，还不快上去看看你妹妹！"

大娘子也反应过来，忙上前扶住哭得不能自已的王氏："弟妹，这是好事儿啊，先前我还怕三娘不记人。看这样子，她是在好转，都能记起她的哥哥了，接下来就该想起弟妹你了。"

王氏紧紧地抱着赵含章，哭道："要是记起以前的事这么难受，我宁愿她永远记不起来。"

她骗谁呢，三娘这样子像是因为记起赵大郎的好才晕倒的吗？这分明是因为以前赵大郎欺负过她。

虽然王氏不记得赵大郎是怎么欺负过三娘，但三娘既然说有，那就是有。

三娘又不是真的失忆。

没错，王氏也不觉得女儿失忆了，毕竟三娘记得自己和二郎，也认得身边的听荷和青姑，只是反应比以前慢了一点儿。三娘磕了脑袋，腿还摔坏了，伤心痛苦之下反应慢总是正常的。

失忆可以假装，呕吐和脸色发白却不能。王氏摸着赵含章的头发，心疼得眼泪一滴一滴地往下落:"孩子啊,我只愿你和二郎平平安安、健康喜乐,其他的,我不强求。"

王氏心中虽不明白女儿的打算,但她装晕前指着赵奕说的那一通话,显然是在表达对二房的不满。

要论不满,王氏早积累了一肚子,只是一直碍于公爹不敢发作,加之从前女儿也总是劝说她,才一忍再忍。

这一次,因为二房鼓动二郎出城,害得她的一双儿女差点儿殒命,她早恨透了他们。

不过,因为公爹不改初衷,还是想要将爵位传给二房,将来他们长房要仰二房鼻息,她这才强忍下来。

这下连女儿都反抗了,王氏再也压不住心中的怨恨,直接转身一把拉住被赵济推上来的赵奕。

"大郎,你的三妹妹比你还小一岁,她若有什么做得不好的,你与婶娘说,我来罚她,还请你不要吓她。"王氏哭道,"将来这阖府都是你的,我们孤儿寡母只求一碗汤水喝,能平安活着就好,绝不敢与你争什么。"

赵济和吴氏被王氏这一通阴阳怪气说得脸色发青,赵济没忍住,大声喝道:"弟妹这是何意?"

王氏整个人一缩,一把将赵永和赵含章抱进怀里,母子三人缩成一团,都不敢大声哭了:"我……我……我说错话了……"

赵济整张脸都黑了,落在仆人的眼中,大老爷更显恐怖。

大娘子吴氏看到仆人们惊惧的目光,反应过来,忙上前安抚王氏:"弟妹说的这是什么话,他们是兄弟姐妹,一根血脉,将来自会互相辅助、相亲相爱。"

王氏垂下眼眸,声音低落地说道:"大嫂说的是,我不求其他,只要我的一双儿女平安就好。"

她抱紧了两个孩子,想到三娘被送回来时满脸是血,气息微弱,一度濒死的画面,又微微挺直了腰背,抬起眼来看向吴氏,目光凶狠:"三娘和二郎是我的心头肉,为了他们,我连命都能舍,大嫂最好记住今天的话,不然,我便是去了地狱也要挣开锁链回来。"

吴氏被她的目光和话中的凶狠吓住了,半晌说不出话来。

赵济被吴氏挡住,只听到话,没看到王氏的情状,不由得生怒,语气也冷了下来:"弟妹这是何意,难道是怀疑三娘坠马是我们二房害的不成?"

王氏捏紧了手中的帕子,哭道:"大娘现在还在祠堂里跪着呢。她是为什么跪的,你我都心知肚明。"

赵济脸色一青,握紧了拳头,冷声道:"弟妹不如说说,她为什么跪着?"

王氏抱紧了赵含章,害怕得微微发抖。

赵济生气地说道:"弟妹身边的仆人也该清一清了,全是这些人在身边挑拨着,他们兄弟姐妹间才生出这许多误会来。"

他接着沉声道:"二郎自己都说不明白为什么出城,大娘偶然知道了此事,自然是要告诉三娘的。弟妹不如试想一下,若没有大娘告诉三娘这事,三娘能及时追回二郎吗?城外这么多流民和乱军,还不生吞了他!弟妹不仅不念着大娘的好,竟然还听信外面的流言,觉得是大娘蛊惑二郎出城。如今新帝即位,朝中局势变幻,伯父如今都要暂居家中养病,以避朝中祸乱。这样的情况下,弟妹如此内乱起来,岂不是正合了那些挑拨小人的心意?"

他厉目看向一旁的青姑,直接下令:"我看弟妹就是被身边的人挑拨的。来人,将这几个刁奴拿下。"

青姑几个被吓了一跳,瑟瑟发抖地跪在了地上。

王氏也被吓了一跳,忙伸出一臂去拦着:"这与她们不相干……"

赵含章微微皱眉,睁开了眼睛。她推开王氏的另一只手,伏在榻边又假装吐了两口,这才抬起头来冲地上的青姑伸手。

青姑愣了一下才反应过来,忙爬过去,手微微发抖地捧了杯茶给三娘。

赵含章漱过口,这才脸色发白地靠着王氏看向赵济,嘴角微微一挑:"这是大堂伯?"

屋内凝滞的气氛顿时活泛起来,跪在地上的仆人感觉压着她们的气势变弱了,她们可以微微地抬起头来了。

赵含章这一醒一吐,直接把赵济的节奏打乱了。

赵济盯着赵含章,微微蹙眉:"三娘,你越发没有礼数了,谁教你这样与长辈说话的?"

赵含章一脸无辜的神情:"我不记得了。"

"不记得您,也不记得……您身后的这几位,除了,"她冲赵济一笑,微抬着下巴,然后她的目光定在赵大郎的身上,似笑非笑,"他。"

赵大郎无言。

虽然他们堂兄妹两个只相差一岁,是府里年纪最相近的两个人,但他们还真没有这么熟。赵大郎完全不记得什么时候做过可以让她印象深刻的事,以至她都失忆了还记得他。

"不记得也没关系,我们可以重新认识嘛。"赵含章表示自己很大方,并不反感重新认识他们,"不过,这好似是我的院子,这里是大房吧?"

赵含章歪着脑袋疑惑地看着赵济："二房现在可以直接越过大房的当家娘子处理大房的仆人了？"

她嘴角微微一挑，不无恶意地问道："现在，赵家还不是伯父当家做主吧？"

赵济的脸色一变，吴氏和三个儿女都一脸惊讶地看着赵含章，没料到她敢当面说出这样的话来。

王氏都忍不住惊讶地看着赵含章，轻轻地拉了拉她的袖子。

赵含章只当不知，还是含着笑容看着赵济，等着他回答。

赵济平复了一下心情，脸上的怒色很快收敛起来。他平静地道："三娘才醒，不记得家中的事所以误会了，我此举是为了府中安宁着想，若是让仆人们随意传谣，再好的主子也被他们挑拨坏了。"

赵含章微微颔首："大堂伯说得不错，的确要好好地查一查。我虽然记得的事不多，但醒来后也算长了不少见识。算起来，那些风言风语，似乎都是从外面传进大房里的。要查，那就要查到根上。这样吧，让堂伯母和母亲一起查，我母亲查大房，堂伯母查二房，看看到底是哪些仆人在挑拨离间，到时候一并打发出去，大堂伯觉得如何？"

赵含章从小在他的眼皮底下长大，他知道这孩子聪慧，但她从来都温婉顺从，还是第一次这样当面驳他的面子。

然而对上赵含章陌生的目光，赵济都不能发火，只能憋屈地应下。

最后这场探病也不了了之，他们只留下带来的药材，话都没说几句就离开了。

快步走出清怡阁，赵济猛地停住脚步，回头看向昏暗灯光下的清怡阁。

疾步跟在他身后的吴氏被吓了一跳，三个孩子也停下脚步，低头站着。

赵济面无表情地道："她怕不是装的，而是真失忆了。"

吴氏连连点头："是，是，我之前没见到她，也以为她是装的，但今日看来，竟然是真的。"

三娘以前虽偶尔叛逆，但行事稳重，和他们二房的关系也一直不错，不管内心怎么想，两房面上一直很和睦。

像今日这样失礼的诘问，那是一次都没有过的。

赵济头疼起来。他意识到，赵三娘假失忆不好，真失忆对他们更不利。

她若失忆，不记得了，那便没了感情，没有畏惧，从前的经营瞬间都消失了，而且今晚……

赵济想到刚才她的针锋相对，只觉得心口生疼，堵得慌："刚才的事不许外传。"

吴氏小声道："便是我们不说，大房这边也会往正院那边传吧？"

当然会了！

他们前脚一走，赵含章后脚就让跪着的仆人们起来，让她们都退下去，只留下青姑，道："大夫还没来，青姑去正院走一趟吧，和祖父说我醒了，只是头晕恶心，已经没有大碍，倒是母亲被气得心口生疼。祖父要是问母亲为何生气，你知道怎么回吧？"

"还能怎么回，自然是被他们二房气的。"王氏脱口而出。

青姑却是小心翼翼地看了赵含章一眼，结合以前三娘的教导，小声道："就说是被三娘气的，三娘对大老爷无礼……"

## 第二章
## 遗　嘱

赵含章微微颔首:"就说,三娘把以前的礼仪道德全给忘了,二娘子被气得不行。"

以前他们一家三口只有王氏对二房的人生气。儿子是傻乎乎的不能计较,女儿虽然精明,却总叫她忍让,还说什么,脾气要发在要紧处,总是发脾气,以后再发脾气就不值得人重视了。

女儿今日难得冲二房发一次火,王氏只觉得神清气爽。

王氏欲言又止:"这样说是不是不好,万一你祖父对你生气……"

"生气是必然的,但我想,祖父更气的一定不是我。"赵含章嘴角微翘,手指点着膝盖道,"这些年大房养大了二房的心,大堂伯一家太过骄傲了,自觉爵位已经是他们的囊中之物,如此骄傲,怎么会不败?"

她继续道:"我确信,引着二郎出城的事是大姐他们私下所为,大堂伯不知情,不然他一定会拦着。他可不觉得祖父会把爵位传给二郎。也正是因为笃定这一点,哪怕知道我们姐弟两个受伤和大姐他们脱不开干系,大堂伯也不着急,甚至还出手替他们抹掉证据,不承认,反正祖父也不会把爵位给二郎。"

王氏伤心地说道:"凭什么不给二郎?二郎才是他的亲孙儿。"

赵含章回道:"母亲,二郎只会写自己的名字,怎么当得好家主?爵位于他来说不是好东西,反而是夺命的坏事。"

"那你怎么还那样与二房说话?你从前不都叫我忍着吗?"

赵含章冷静地说:"此一时彼一时,当时我想着我们毕竟一脉相承,又从小一起长大，总是有感情的。上下牙齿还有碰着的时候呢，一家子过日子吵吵闹闹再正常不过，无关紧要的事情忍让一些便是，但现在看来，他们的心太大，也太过薄情，想要依靠他们已经不可能。"

王氏呆住："既不要爵位，又不能依靠他们，那我们……"

"母亲，爵位只是个荣誉罢了，这世上的好东西多着呢，我们不要那闪耀人眼的爵位，没说不要其他的呀。"赵含章道，"而那些东西，现在可都还在祖父手里呢。"

王氏眼睛一亮："钱？"

她公爹可是有名的吝啬，又有擅经营的美名，手上一定有不少钱。

此时屋里就只剩下他们母子三个和青姑，赵含章意味深长地道："钱，只是其次罢了。"

最紧要的是赵长舆手里的人啊！

在乱世里，钱粮重要，但人也很重要。

谁手里有人有粮，谁就能活着，还能活得好。现在整个大晋都打成一团，就是看着还安定的洛阳，也才经过血洗。之前隔三五个月就发生一次动乱，洛阳城被血洗了一次又一次，没点儿人手，赵含章觉得自己连大门都不敢出。

所以她眼馋赵长舆手里的人。

青姑瞬间领会，知道该怎么说了。她也精明，抹了抹眼睛，让眼睛红了一些，然后冲赵含章屈膝道："奴必不负三娘所托。"

她转身而去。

王氏愣愣地看着，还没回过神儿来。

赵二郎忍了又忍，忍不住了，拽了拽赵含章的袖子，委屈地道："阿姐，可以吃饭了吗？我饿了。"

赵含章看着天真不知事的赵二郎，挥手道："吃吧，吃吧。"

赵二郎立即回自己的位置坐好，一连夹了好几块肉给赵含章，殷勤地道："阿姐，你刚才吐了，这些都给你吃。"

赵含章看着碗里的肉不说话，只觉得头又疼、胸口又闷起来，恶心想吐。

王氏忙将肉夹走："你阿姐不吃，你自己吃。"

她忧心地看着赵含章："三娘，要不你就吃些白粥吧，看看，吐得脸都白了。"

脑海中涌出来的庞大记忆已经融合得差不多了，赵含章的头已经不怎么疼了，不过胃口还不太好，于是她点了点头。

她看着王氏给赵二郎夹菜，赵二郎也吃得津津有味，凡是被放到碗里的菜全吃了。

赵含章看得有趣，问他："你在祠堂里也能吃这么好吗？"

赵二郎委屈地摇头："没有肉，只有馒头。"

赵含章满意地点头，这样才像被罚嘛。

清怡阁这边安静下来，主院那边却一点儿也不平静。

青姑跪着哭诉了一通，得到允许后才起身，弓着腰悄悄退下。

她退出院子时，衣服都被汗浸湿了。

赵长舆盘腿坐在榻上一动不动，成伯端了一碗茶上来，轻声道："郎主，今晚二房的确逾矩了。"

赵长舆叹息一声，道："何止是二房逾矩，三娘也逾矩了。"

不等成伯说话，他又道："不过也情有可原，我一直知道老二对我有些意见，只是没想到已经发展到如此地步。如今我还在，他就如此对待王氏，待我一走，大房孤儿寡母的，在赵家哪儿还有立足之地？"

"我不知情状竟已严峻到如此程度。"他叹息道，"你以为三娘此举真的只是一抒心中怨气？她这是在逼我做选择呢。"

赵长舆说到这里一笑："她倒是聪明……"

成伯沉默，心想，坏话是您说的，好话也是您说的，反正您总会为自己的孙女找补。

他默默地把茶碗往赵长舆面前放。

赵长舆端起来喝了一口，沉吟道："其实并没有选择的余地，我……并不是有大义之人。"

成伯忙道："郎主为何如此自贬？"

赵长舆却很坦然："这确是实话，我若是大义，此时为了家族的长远发展，就该派你去训斥三娘。家族的力量只有集中在一块儿，才能助赵氏更进一步。而今又逢乱世，更不应该分散家族势力，而我现在要做的却是分散家族势力。"

自打和三娘谈过后，赵长舆一直犹豫不决，到底应该给三娘留多少东西呢？

按照原计划，他是不打算把家族势力分给她的，甚至除了成伯，没打算给大房留什么人。

孙子是傻的，哪怕赵长舆不愿意承认，赵二郎也的确不聪慧，十二岁的少年郎，平时沟通都没问题，但他的心智就是与六七岁的孩子无异。

人家六七岁还能识百字呢，可赵二郎读了六年的书，认识的字一双手都能数得过来。

有惠帝这个前车之鉴，赵长舆自然不可能把家业给他。所以他一直想的是让二房继承家业，将大房托付给他们照顾。

这两年，朝中局势变化，大房和二房的矛盾日益加深，他看在眼里，急在心中，这才想多给大房一个保证。

所以他才开始给孙女寻高门亲事，想在自己离开前安排好三娘，将来她有夫家依靠，也可以照拂母亲和弟弟。谁知道他这边才有一点儿苗头，府中就流言四起，二郎和三娘也出事了。

今晚，哪里是二房上门逼迫大房？这分明是三娘在逼他做出决断。

赵长舆虽然知道她挖了坑，但还是不得不往前跳下去。

赵长舆思虑半晌，有了决断，和成伯道："明日让赵驹和汲渊来见我。"

成伯躬身应下："是。"

赵含章以为赵长舆还需要纠结一段时间，毕竟她这位祖父在历史上可是有名的能臣，是能被人称为千丈松、天下栋梁的人。

这样的人，就算是想徇私，也会纠结一段时间。在家族大计和小家血脉之间，这个时代的大部分士人会选择家族，更何况是赵长舆这样有远见的人。

她没想到，第二天才到午时，正要用午饭，成伯就带了人过来接她："郎主关心女郎，所以让奴过来接女郎去叙话。"

赵含章点头，坐在了辇车上才想到，刚才成伯没叫她"三娘"，而是叫她"女郎"呢。

她的嘴角忍不住往上翘了翘，进主院时都没压下来。

这一次，她毫无心理负担地冲坐在院子里的中年人喊："祖父。"

赵长舆冲她点了点头，等她到了跟前便给她介绍身旁的两个人："来得正好，来见过你汲爷爷。"

赵含章看过去，对着面白无须，面色温和，看上去只有三十来岁的青年怎么也喊不出口。

赵长舆见她看着人发愣，微微蹙眉："三娘。"

赵含章立即欠身叫道："汲先生。"

汲渊眼睛一亮，微微颔首："女郎今日看着精神不错。"

赵长舆有些惊讶地看了赵含章一眼，也没纠正她，而是顺着话笑道："她从小皮实，子渊也知道，治儿只留下两个孩子，二郎那样，我便忍不住将她当作男儿教养。"

汲渊沉默。

赵长舆并不需要他立即做出决定，和赵含章道："三娘，汲先生是祖父的右臂，你将来要将他与祖父等同视之。"

赵含章一听,面色严肃起来,按着坐榻起身,勉强站住后便冲汲渊深深地一揖:"汲祖父。"

汲渊眼睛大亮,激动地伸手扶住她:"好孩子,你伤了腿不必多礼,快快坐下。"

"汲祖父不坐,三娘岂敢坐?您也快请坐。"

赵长舆额头的青筋跳了跳,他连忙打断俩人,指向旁边一人:"这是赵驹,是祖父的左膀。"

赵含章看过去,这人身高应该有一米八二,孔武有力,现在正是春天,洛阳的气温还低着呢,但他只着简单的胡服,布料贴在身上,能够看到他身上的力量感。

赵长舆道:"家中部曲由他统领。"

赵含章心中一动,一文一武,赵长舆这是要把家底都给她?

那是不可能的,赵长舆就是能"自私"到这个程度,也不可能把赵含章推到风口浪尖上。

赵长舆带着三人进了书房,成伯守在院子里。

赵含章因为腿伤只能坐在胡凳上,而赵长舆三人则是盘腿坐在席上。

赵长舆坐在主位上看了眼坐在正对面胡凳上的孙女,道:"我已经决定,明日就上书请立世子,新皇即位,正是加封功臣之时,我的折子应该很快能批下来。"

赵长舆用手指点了点桌子,道:"本来,世子请立之后,我应该把你大伯父带在身边教导,将家族势力慢慢交给他,但是……"

赵长舆抬头紧盯着赵含章道:"你的叔祖父还在呢。"

赵含章心中一动,想起史书上对赵仲舆的零星记载:"您是想让他们父子相斗,我们大房渔翁得利?"

赵长舆快速地扫了一眼坐在一旁的汲渊,喝道:"瞎说什么,我走后,家族大计全落在你的叔祖父和大伯父身上,你不说从旁协助他们,竟然还盼着他们不好?"

赵含章立即低头认错:"是,都是三娘的错,以后再不敢这样。"

赵长舆这才稍稍满意,继续道:"人贵精,而不在多。我给你和二郎留一些人手,将来我不在了,你就和二郎扶棺回乡。"

他也不避讳汲渊和赵驹,直接和赵含章道:"我给你两条路,一是先定亲,等以后出孝了再嫁人,子渊他们会帮你。我们家在汝南有一座坞堡,现在是你五叔公一房在经营,但我们大房才是嫡支,有二郎在,你只要回乡便有机会。"

话不必说得太透,赵长舆这是让她挟赵二郎以令赵氏坞堡。

赵含章觉得这条路不错,微微点头,但定亲……大可不必。

"第二条,今年便定亲成亲,你把子渊他们都带上,将来你的母亲和弟弟依附你生活。"

赵含章道："祖父甘愿把赵氏这么大的势力交给姻亲？"

赵长舆定定地看着她，道："我是交给了你。"

三娘要是不说那番话，不做这些事，他本来是不会分出势力来给她的。

但既然她有此见识，那她的夫家就拿捏不了她，在她手里的势力可以成为她夫家的助力，同样，她夫家的势力也会成为她的助力，保护她和大房母子。

赵含章心中激动起来："祖父信我，我必不负祖父所托，保护好母亲和弟弟，也会保护好自己。我选第一条路。"

赵含章又好奇地问道："您给我说的是谁家？怎么二房那么着急下手？"

"别胡说，没有证据的事不得宣之于口。"赵长舆说了她一句后道，"我看中了傅子庄的长孙傅长容。"

赵含章用力地在脑海中搜索傅子庄这个人，发现搜索失败，一脸茫然地看着赵长舆。

一旁的汲渊笑道："傅公名祇，字子庄，刚晋封中书监、右仆射、左光禄大夫和司徒。其长子傅宣尚弘农公主，傅长容是弘农公主之子，少有才名，比三娘大两岁。两人年岁合适，才貌合适，家世也合适。"

年岁和才貌先不说，家世上看前面的确很合适，但看后面就不合适了。

两人的祖父都任中书监，但人家祖父是现役，她的祖父是退役，人家父母双全，她这边是孤儿寡母好不好？

赵含章很怀疑："傅公……他能答应？"

赵长舆瞥了她一眼，道："他为何不答应？三娘你温柔贤良，才貌双全，傅家求之不得呢。"

赵含章心虚，才貌双全她倒是不否认，但这温柔贤良……不说她，就是原来的赵三娘也没有这个品质啊。

她不觉得赵长舆会不知道小姑娘一直在暗地里谋划击垮二房。

赵长舆面不改色地道："此事你不必忧虑。你是女郎，要矜持骄傲些，头虽是我开的，但现在是他傅家在求你。"

赵含章不解："为何？"

赵长舆瞥了她一眼，蹙眉："还能为何？自然是因为你好了。"

赵含章顿了好一会儿，发现赵长舆竟然是认真的，顿时说不出话来。她承认自己很优秀，原来的赵三娘也很优秀，但这个时代真的承认她们这样的优秀吗？

想到对方姓傅，赵含章心中一动："祖父，这位傅郎君最近还好吗？"

"为何这样问？难道是他在外面有什么不良嗜好叫你知道了？"赵长舆惊讶，"你耳目如今这么灵通，连长安的消息都探知得到？"

赵含章疑惑地道:"他在长安,不在洛阳?"

赵长舆蹙眉,看了一眼她脑袋上的伤:"京城事变,他一直随父母被困在长安,你……你不记得?失忆的事是真的?"

"哦。"赵含章现在却不能承认自己失忆了,毕竟两个重要的左膀右臂在呢,要是让心腹幕僚知道她的脑袋有问题,那不是打击他们的信心吗?

所以她笑道:"假的,只是我不记得傅家的事,他们家的事很大吗?"

赵长舆瞬间被说服,那的确是不大。过去的两年时间里,大晋死了三个王爷,皇帝被人抢了两次,去年甚至直接被人毒死在皇宫里。每一件事都比傅家被困长安要大,孙女年纪还小,收到的信息不全也是正常的。

赵长舆说服了自己,微微点头道:"不过新皇即位,长安之困稍解。虽然从长安到洛阳还是艰险万分,但以傅家之能,回来应该不难,再过两个月你应该就能见到人了。"

赵含章微微失望,看来这位傅长容不是傅教授。

按照她当时出现和消失的时间推算,傅教授出现的地方应该是有一个受伤的人,说不定和小姑娘一样濒临死亡,或者已经死亡,傅教授才在她的眼前"嗖"的一下消失。

她不知道他到底变成了谁。

赵含章的内心蠢蠢欲动,最后她还是没忍住和三人打听:"祖父,不知近来京城可有什么新鲜事,比如和我一样失忆或是受了重伤的人?"

赵长舆道:"不说受伤,京城里每天死的人就不少,你想问谁?"

难道傅教授是个名不见经传的小人物,所以没有风声传出来?

赵含章回道:"没有特定的人,只是我在昏迷前见城门口大乱,似乎有许多人受伤,所以想问是不是有人与我一样失忆,要是失忆的人多了,说不定此事在京城里会被传得更广……"

赵长舆的脸都黑了,汲渊忍不住笑出声来,和赵含章道:"三娘,你失忆的事被郎主按下了,没有外传。"

赵含章惊讶地看向赵长舆:"为何?"

赵长舆静静地看着她,将她看得低下头后道:"你如果想要更多的东西,这段时间就安静些,别总想着去撩拨二房,别忘了我为何给你取字含章。"

赵含章嘴上乖巧地应下,心里却觉得赵长舆注定要失望。这个名字跟了她二十八年,美德倒是有了,谦逊却没学到多少。

他想要她像这个名字一样具有美德而不夸耀,很难。

赵含章嘴角微微翘起,又想起她的爸爸拿着棍子撵她跑了两个大院的事。

她眼睛微湿，低下头忍住眼中的泪花，再次应承道："我都听祖父的。"

看来通过失忆和傅教授联通信息的事是不成了，她还是得派人出去打听那天在城门口受伤的人。

赵含章情绪好转，再抬起头时眼中已经恢复平静。她的目光落在了汲渊的身上，她冲他乖巧且甜甜地笑了笑。

汲渊脊背一寒，突然有些不太好的预感。

赵长舆今日的目的便是让赵含章见一见赵驹和汲渊，此时已经见过，彼此心中都有数了，他留下赵含章单独说话。

赵长舆道："千里虽是武夫，为人却稳重细心。他所求不多，不似汲渊，我本来也要把千里和成伯一起留给你和二郎的。"

赵含章反应了一下才记起来，赵驹，字千里，这个字还是赵长舆给他取的。

这个知识点一记起，相关的记忆就冒了出来。

赵含章没见过汲渊，却远远地见过几次赵驹，二郎的功夫就是跟他学的。

不过和汲渊相比，赵驹显得名不见经传。

汲渊是赵长舆身边有名的谋臣。小姑娘虽然没见过他，但没少听到他的大名。

赵家能在几位藩王的互相攻伐之中立身，她祖父的能力是一个重要原因，但这里面也少不了汲渊的辅助。

"汲渊……"赵长舆顿了顿后道，"他和千里不一样，但受过我的恩惠。他如今还年轻，恐怕不会在你的身边留太久，所以你得尽快培养起自己的人手，以替代他。"

赵含章心中一动："祖父，我能出门吗？"

赵长舆的目光落在她的腿上。

赵含章立即道："这不是问题，我这腿是扭伤和骨裂，并没有骨折。我觉得可以出去。"

赵长舆意味深长地道："你现在不是失忆吗？还受伤严重。"

"就是因为失忆，我才要多出去走走，这样才能更快地找回记忆。"

赵长舆道："你还真打算和二房斗下去？差不多就行了，找个时机恢复记忆吧。"

赵长舆起身，走到书架旁，从里面拿出一个盒子来："我给你和二郎留了一些产业。"

盒子里是四张地契和四张地图，图是画在绢布上的，赵长舆抽出两张地契和两张地图给她："这是我给赵氏留的后路，本来要交给你叔祖父的，但……如今我一分为二，这一份是你的。"

赵含章看了一眼地契后就去看地图，问："这是……？"

"这是我藏匿的财物。"赵长舆叹息一声，"大晋……只怕不会长久了，天下迟早要乱。而今有匈奴和羌人作乱，局势连后汉都比不上。到那时，人命如草芥，只要有钱有粮，你便能聚拢人才以护佑己身，这个是留给你保命的东西。"

赵含章的目光依旧落在盒子里，赵长舆见状，太阳穴又忍不住跳了跳。他伸手将盒子盖起来："这个是留给家族的。"

他顿了一下，道："虽说这些东西是我经营所得，但你要知道，祖父也是继承先祖家业，有了基础才有今日，所以这些东西是必须回馈给族中的。"

赵含章表示明白，大方地道："我知道，这是我们的责任。"

赵长舆满意地点头，示意她把东西收好："我让成伯送你回去。等世子请封的折子下来，我再带你出门去见一见留给你的人。"

汲渊和赵驹还方便来府上，其他人手她就不方便在府里见了，不然正院就是再严密，也瞒不过二房。

赵长舆再次叮嘱她："你要谦逊，知道吗？你又是女郎，示人以弱更易取信于人。"

赵含章却不这么认为："前六年，我们不就一直在示弱吗？我只看到我们退一步，别人便进两步，他们步步紧逼，越发放肆。如果我们一开始就不让，或许是另一番境况，今日之祸直接消弭也不一定。"

赵长舆皱眉。在他的眼里，现在的局面没坏到底，毕竟这次的事是有惊无险。

可赵含章知道，这里面横亘着一条人命。那个十四岁的小姑娘，都没来得及说出自己的想法就死了。除了赵含章，没人知道小姑娘的死亡。

赵含章将目光从盒子上收回来，退了一步："我明白祖父的意思。虽然我心中不高兴，但为了大局，为了家族，我会退让的。"

赵长舆眉目舒展，冲她满意地点头："不错，只有这样，我才能放心地把那些人交给你。以你现在的心性和能力，应该可以留汲渊几年。"

祖孙俩一时相谈甚欢，赵含章满载而归。

她今天得到的是赵长舆留给她的大头儿，那两张地契和两张地图中的东西是赵长舆一生积累的一半，甚至更多。而这是暗处的东西，他肯定不会告诉二房这些东西的存在和去向，那他明面上肯定还会给她一些东西。

赵含章挑了挑嘴角，坐在坐辇上看向二房所在的方向，小姑娘的大堂姐赵大娘，此时还跪在祠堂里吧？

不知道引他们出城是赵大娘自己的主意，还是被人点拨的。小姑娘的仇总得报，她要把王氏和赵二郎安排好，然后找到傅教授，一起想回去的办法……

25

赵含章想着自己接下来要做的事,不一会儿就到了清怡阁。

听荷要仆妇将她抱到榻上,赵含章挥了挥手,扶着听荷的手站起来,一蹦一跳地坐到榻上:"让人准备一下,我们明日出门。"

听荷一愣:"三娘,你的腿还没好呢!"

"多带几个健壮的仆妇,到时候抬着走就是了。"有人有钱,她还怕出不了门吗?

听荷拗不过赵含章,只能下去吩咐。

赵含章脱掉鞋子,用柔软的狐皮盖住伤腿,舒服地往后一靠,对其他丫鬟一挥手:"去拿些果子点心来。"

丫鬟们高兴地应下,她们觉得这次三娘摔伤后比从前更率性,也更快乐了。

主子开心,她们也跟着高兴。

屋里很快热闹起来,如花一般的丫鬟们端来了果盘和点心茶水,站在前后左右服侍着赵含章吃果子。

连擦嘴巴这种事都有人代劳,她现在过得真是太奢靡了。

赵含章接过丫鬟手里的帕子,决定自己动手:"二郎呢?"

"在二娘子的屋里,他的膝盖肿得厉害,二娘子找了药膏给他敷上。"

赵含章点点头:"让成伯给他请个大夫,这两天便让他留在院中,你们看紧他,不许他出去。"

丫鬟们都应下。

听荷小跑着进来:"三娘,刚才郎主派人去祠堂,把大娘放出来了。"

赵含章吃着果子沉思。

明天就要上折请封世子,赵长舆自然不会在这种事上为难二房。

赵含章也不会。

赵大娘多跪一晚上,还是少跪一晚上,有什么区别?

既然答应了赵长舆,她不介意做些面子工程,只要她心里记得就好。

赵含章道:"去二郎那里取一罐伤药给她送去,说我也伤着,就不去看她了。"

听荷不愿意去,指派了另一个丫鬟去。

赵含章笑了笑,问道:"还有别的消息吗?"

听荷想了想,道:"郎主让人去请了二房的老太爷过来,现在还在书房里呢。"

赵含章点了点头:"你把青姑找来,我有话吩咐她。"

"是。"

不一会儿青姑便来了,赵含章只留下听荷,其他仆人都被遣了下去。

"我明日要出门,你把母亲带过来,就让她在这院里陪二郎。看住了她,不要让她去主院和二房。要是二房有人过来，一律拦在院外。甭管他们有什么借口，都不许他们进来。"

青姑愣住，这吩咐，怎么听着像是在针对二娘子？

赵含章幽幽地道："明日祖父就上折请封世子了。"

青姑瞪大眼："怎么这么急？郎主的身体好着呢……"

青姑声音渐低，在赵含章凌厉的目光下低下头去，低低地应了一声："唯。"

赵含章这才满意："看住了母亲，待我回来有赏。"

青姑见三娘神色如常，甚至还有些愉悦，心下勉强安定下来，虽然她不解，但似乎这不是坏事。

三娘比娘子聪慧，也更稳得住，既然她没有反对，那情势应该还不算坏。

青姑有些待不住了，怕二娘子从别处知道此事闹起来，忙道："奴这便去看着娘子。"

"去吧。"

青姑躬身退下，才出院子就疾步而去。

王氏虽然胆子不大，但一直对伯爵之位耿耿于怀。之前郎主只是那么说，一直未定下世子之位，她心里总觉得二郎还有机会。

要是让她知道明天就上折子，王氏即便不闹也会忍不住去主院哭一哭的。

郎主现在身体不好，要是被哭出个好歹来……那三娘和二郎才是真没有依靠了。

王氏现在还什么都不知道，正在教赵二郎认字："这是黄，黄色，刚刚不是才教过你吗？"

赵二郎立即念："黄，黄色！"

王氏深吸一口气，手指一移，点着一个字问："这个呢？"

赵二郎看着它发呆。

王氏忍住脾气，道："这个念'宇'。"

赵二郎乖乖地跟着念了一声"宇"。

王氏的手就一转，她又点了回来："这个念什么？"

赵二郎张了张嘴，盯着它沉默着。

王氏忍不住伸手拧他的耳朵："黄啊！你才念过，这才几息你就不记得了。"

赵二郎低着脑袋。

青姑顿了一下，赶忙进来："娘子，三娘从主院回来了。"

王氏呼出一口气，拍了拍胸口，感觉胸口的气下去了一些才道："公爹找三娘何事？"

青姑轻声道："三娘没说，但看三娘的表情，不似坏事。"

"那就好，昨晚闹得那么大，我还怕公爹训三娘呢。"

青姑有些话想和王氏说，便看向赵二郎。

赵二郎正双眼放空地盯着书上的字，王氏看着就来气，挥手道："出去吧，出去吧。"

赵二郎瞬间灵动，蹦起来就往外跑，不一会儿就没影儿了。

王氏眼都红了，差点儿流下泪来："我也不指望他多聪明，但凡有他姐姐一半，不，哪怕是三分也好啊。"

青姑给她递帕子。

王氏接过帕子按了按眼角，缓过来才问："什么事啊？"

青姑道："三娘明日要出门。您也知道，昨晚在清怡阁，她那样不客气地对大老爷，那边不知要怎么整治清怡阁呢，所以想请娘子明日过去坐镇。"

王氏"哼"了一声道："他们敢！要我说，公爹早应该把他们分出去了。二老太爷自己有家业，有爵位，干吗非盯着我们这一房的东西？"

青姑想起三娘的叮嘱，柔声安抚道："生逢乱世，他们自然需要依托家族庇护，将来三娘和二郎还要指着宗族照拂呢。二郎那样，若无宗亲照拂，只怕……"

王氏沉默。

见她能听得进去，青姑继续柔声道："奴看，这事儿不如听三娘的，爵位倒还在其次，最主要是落得实惠。"

王氏在心里盘算起来：看二房这样子，东西放在二郎手上只怕守不住，还是得交给三娘，让她带走，即便是带去夫家也比留在赵家强，到时候我和二郎也能去投奔她。

她小声问道："还没打听出来吗？公爹给三娘说的是谁家的郎君？"

青姑同样小声回道："打听不出来，但听说他不但家世显赫，而且人品、相貌也都好。"

王氏捂着胸口道："那就好，那就好，公爹选的人，应该不会差。"

青姑干脆就着这个话题展开，一直不知院外风声的王氏顿时被转移了注意力，第二天高高兴兴地带着青姑去给赵含章守院子。

赵二郎站在门口可怜巴巴地看着赵含章，赵含章只当看不见，让人把自己抬出去。

王氏目送她走远，转身就拉赵二郎回屋："走，我们今天继续认字，就认三个，不，两个就行。你要是能记得两个字，晚上母亲给你做好吃的，还给你买马鞍，你想买什么都可以。"

赵二郎却一点儿也不开心："我可不可以认自己的名字？"

"你都已经记得自己的名字了,还认什么认?我们认新的字!"

王氏把赵二郎拽回屋,赵含章则是乘坐马车出了大门。

车的四面挂着帷幔,赵含章安坐在内,透过帷幔可以影影绰绰地看到外面,她嫌弃帷幔挡视线,干脆让听荷把帷幔卷起来。

听荷便将前面和左右两面的帷幔卷起来。

这下好了,视野开阔,赵含章想怎么看就怎么看。

走路的人看到马车,有远远地侧身站到一旁避让的,也有睨了她一眼后特意走到大道上,挡着他们的车走的。

赵含章看着很感兴趣,也不出声,等着赵家的车夫应对。

赵家的车夫掀起眼皮看了一眼,扯住缰绳,让车速慢下来,就这么优哉游哉地跟在那人的身后走着,不驱赶,也不出声催促。

赵含章看向听荷,听荷一副习以为常的模样,见三娘看过来,还以为她要茶点,立即沏了一碗茶给她。

赵含章接过喝了一口,抬头看向前面自觉无趣离开的人,心想,看来赵家在外面也很谦逊。

赵含章正想着,余光突然扫到半空中有什么东西砸来,她下意识地往后一倒避开。

一枝花从她的眼前飘过,砸在了茶壶上。

赵含章愣愣地看着那枝开得正艳的月季,不由得扭头去看花砸来的方向。

左侧酒楼的二楼上开着一扇窗,一个少女靠在窗边,半边身子探出来,见她看过来便大声道:"赵三娘,你躲什么?我投掷的花你竟不接。"

她看到少女,相关记忆冒出来,赵含章适应了一下,等头疼症状稍缓后,才冲楼上的少女微微颔首:"多谢你的花。"

赵含章伸手将掉在车板上的花拾起,冲王四娘挥了挥:"我收下了。"

她的话音才落,月季便从颈部断开,"吧嗒"一声掉在了赵含章的衣裙上。

赵含章忙捡起来当作什么都没发生一样把花拿在手里,抬头去看酒楼上的王四娘。

两个人四目相对了一会儿,赵含章对车夫道:"我们走。"

王四娘见她竟然不停车,而是继续往前,气得大叫:"赵三娘,你去见谁?你出来不是见我的吗?"

那当然不是了,赵含章是要去城门口,看能不能从守门将士那里打听到一些消息。

王四娘见赵三娘真的一去不回头,不由得拍了一下窗,转身就往下追。

仆人们连忙跟上。

王四娘坐上牛车一路追到城门口,一眼就看见了停在路口的赵家马车,她嘀咕一声,从牛车上跳下来跑过去:"赵三娘,你到这儿来干什么?"

赵含章看了她一眼:"我来散心,你追着我做什么?"

王四娘跳上她的马车,伸手摸了摸车上的摆设,羡慕地道:"你的祖父对你真好,竟舍得给你置办这样豪华的车,还是用马拉的。"

"哦,这不是我的,是我叔祖父的。今天我出门的时候看见,觉得这车好看,就临时换上了。"

"你……"王四娘瞪眼,然后上下打量这位好友,微微皱眉,"你似乎有些不一样了。"

赵含章并不掩饰自己的异样,坦然地问道:"很怪吗?"

王四娘担忧地问道:"难道你自暴自弃,打算把家业都给二房了?"

赵含章惊讶地道:"你怎么知道?"

王四娘叹息一声:"这样也好。你总是与他们争,我很是害怕。这次你受伤,吓死我了。不争了也好,以你祖父之能,他肯定会安排好你们的。爵位没了就没了,你自己不说,那爵位落在你弟弟的头上就是催命符吗?"

赵含章点头:"不错,所以我放弃了。"

王四娘转了转眼珠子,拉住她的手道:"不如你嫁到我家来,由我家来庇佑你们姐弟,我们还能做姑嫂,岂不快哉?"

赵含章瞬间抽回自己的手:"我想和你做闺密,你却想让我做你的嫂子?"

"什么是闺密?闺中密友?"王四娘一合掌,笑道,"这个名称好,姑嫂难道就不能做闺密了吗?我的哥哥人品、相貌、才华皆有,家世也不差,配你难道不好吗?你要愿意,我家回头就上门提亲。"

赵含章惊讶:"你能做你兄长婚事的主?"

王四娘道:"主要是你贤名在外,我父亲又开明,不会不应的。"

赵含章想了想后,道:"但我不答应。"

王四娘笑问:"你也见过我的兄长,他是人品不好,还是才貌比不上你?"

"他人品、才貌皆好,但我不喜欢。"赵含章没想嫁人,就是嫁人,那也是回去后的事,当务之急是找到傅教授。

她直接拒绝王四娘:"此事不必再提。"

听荷气喘吁吁地跑过来,看见王四娘忙行礼问好,这才和赵含章禀道:"三娘,问到了,那天死伤的人极多,里面还有王家和傅家的郎君,最近并没有听说谁家郎君受伤后失忆的。"

"傅家？"赵含章倾身，"哪个傅家？"

"就是中书监傅家。"

一旁的王四娘赶忙道："还有我的族兄，那天他也带着仆人进城，正巧遇到流民暴乱，所以受了伤。"

赵含章不太感兴趣地问道："他伤得很重吗？他还能记起以前的事吗？饮食起居有没有变化？"

王四娘回："他还好，只是饮食清淡了些。"

受伤的人饮食当然清淡了。

赵含章还是对傅家更感兴趣，问道："是傅家的哪位郎君受了伤？"

根据她这边的情况，同理可推出傅教授应该和她差不多才对。

在不科学中找科学的理论，这是没办法的办法。

听荷送了不少吃食才打听到消息，回道："听说是傅家的大郎君。他带着仆人从长安回来，还没进城就遇到了这样的事。"

赵含章道："傅长容？那可真是太巧了。"

王四娘留意到赵含章神情有异，道："你喜欢傅长容？他虽说也有才貌，但怎比得上我的兄长？我的兄长可是与卫叔宝齐名的。"

赵含章的记忆需要"重启"才能想起，因此整理人物关系和脑海中的形象就费了一点儿时间。

她整理好记忆后，道："你哥太老了。"

王四娘一肚子的话都被堵住了。

赵含章心痒痒，对听荷道："我们去傅家。"

听荷一脸为难的神情："三娘，我们没有提前递帖子，贸然上门不好吧？"

赵含章蹙眉，目光落在了王四娘的身上。

王四娘生生打了一个寒战。

王四娘坐在赵含章的车上，百思不得其解："上次我们见傅长容是四年前还是五年前，或者更久？那时候我们都还是个孩子吧，你怎么就对他念念不忘？"

她又嘀咕道："我兄长那么好看，你即便是不动心，怎么还忍心叫他给你牵线搭桥去见傅长容？"

赵含章道："你就说帮不帮忙吧？"

路都走到一半了，她还能拒绝吗？

"我兄长这会儿肯定在自在楼里清谈，去那儿找他一找一个准儿。"

赵含章腿还伤着，不好进去，所以她在门外等，让王四娘进去找人。

赵含章用手指敲着膝盖，等了许久，转头问听荷："四娘进去多久了？"

听荷估摸了一下，道："有一炷香的工夫了。"

赵含章对跟在左右的仆妇道："去让店家抬一张坐辇来。"

自在楼并不只是前面这一栋楼，后面庭院极深，十步一景，那才是士人饮酒清谈之地。

在这里，只要有钱，便有机会往后面去，而要是有身份，哪怕没钱，掌柜也会高兴地把人迎进去。

赵含章没来得及砸钱，听荷只是亮出了赵家的名号，便有一个管事娘子带着四个伙计抬了一张坐辇来。

管事娘子站在车旁恭敬地道："小店今日能迎来女郎，真是蓬荜生辉，不知女郎是想去后头用膳，还是饮酒？"

赵含章道："我来找友人，王家的四娘。她进去许久了，也不知被谁给绊住了。"

管事娘子一听，大松一口气，这人不是来找麻烦的就好，她笑吟吟地道："王四娘在悠然居呢，妾身给女郎引路。"

赵含章扶着听荷的手下车，拒绝了仆妇，自己一蹦一跳地坐到坐辇上。伙计们正要抬，左右服侍的仆妇拒绝了，亲自抬着三娘进去。

管事娘子笑着在前面引路。

赵含章好奇地看着。随着进入后面的庭院，相关记忆从脑海深处冒出来，她慢慢地将记忆和现实对照起来。

自在楼是京城最有名的清谈之所，不知多少文人名士在此扬名、交友。

有随性放荡些的，常年住在这里，连家都不回。

赵三娘和朋友们来过几次，只是小姑娘的心思重，现实的担子压在她的肩膀上，让她少有可以放松的时候，所以她不喜欢这儿的氛围，除非朋友力邀，不然一般她是不来的。

悠然居在庭院的正中间，穿过影壁进去，便可见一地花树，不远处的平坦草地上摆放着席子和矮桌。

矮桌上摆着茶点果盘，青年们有半躺着的，也有挺直了腰背坐着的，他们正激烈地争辩着什么，而她的好友，应该是来请人的王四娘正坐在一旁一脸入迷地看着他们，显见已全然忘记她们的目的。

仆妇们抬着赵含章走下台阶，直接往人群中走去，有人发现了她们，惊讶地看过来。

王四娘也回头看过来，看见赵含章坐着坐辇进来，不由得瞪大了眼睛，她忙拉了一下坐在身旁的青年，爬起来连鞋子也没穿，直接袜子着地就往赵含章这边跑。

"三娘，你怎么进来了？"

赵含章道："我要是不进来，你怕是入夜都想不起我还在外面等着你吧？"

王四娘歉疚地道："我……我听兄长他们谈玄，一时入迷了。"

赵含章对玄学不感兴趣，目光越过王四娘落在她身后的青年身上。青年看上去二十一二岁，一身普通的细麻布衣，一点儿装饰也没有，但气质斐然，明朗大方。与赵含章对上目光，青年温和地一笑，冲赵含章抬了抬手："三娘要不要下来喝杯茶？"

在桌边坐着的一个青年转过身来，笑问："眉子，这女郎是谁？真是好生俊俏。"

对于美人，世人总是宽容一些的，尤其是这少女看上去不仅俏丽大方，眉宇间还有种自在随性之意，于是在座的青年和中年们都含笑看着，一脸宽容之色。

王玄替赵三娘解释："这是上蔡伯家的三娘，前不久伤了腿，所以有些不方便。"

赵含章示意仆妇们将她放下，坐在坐辇上冲众人微微欠身："三娘腿脚不便，失礼了。"

有人打趣道："这样来找眉子，难道是眉子欠了女郎的债？这可就是眉子的不是了，女郎说出来，我等替女郎追回。"

赵含章道："三娘是有事要拜托王世兄帮忙。"

接着她冲王玄道："不知世兄可愿移步？"

王玄瞥了妹妹一眼，在她可怜巴巴地注视下，冲赵含章点了点头，笑着和众人招呼一声便随着赵含章的坐辇走到一边。

王四娘连忙跟上。

对妹妹如此失礼的举动，王玄移开眼，只当看不见。

"不知三娘找我是为了何事？"

赵含章随即瞥了王四娘一眼，合着她进来半天连目的都没说出口？

王四娘心虚地冲赵含章笑了笑，忙对王玄道："兄长，三娘想请你陪她去一趟傅家。"

王玄有些迷茫地道："傅家？"

赵含章看出他的疑惑，解释道："我想见一见傅长容，只是我没递帖子，一时不好上门相见，还请王世兄帮忙。"

那她也不该找他啊，他和赵三娘很熟吗？

而且她自有兄弟，这样的事……

还没等他想明白，王四娘已经拉住他的胳膊，将他拽到一旁低语："我本是想求她做嫂子的，但她似乎比较喜欢傅长容，一定要见他。兄长，你就带她去吧，那傅长容长得没你好看，没你有才华，等三娘见过，就知道你的好了。"

王玄瞥了小妹一眼后，回身对赵含章温和一笑："好，我们现在就去傅家。"

媒人嘛，他喜欢做，被做媒还是算了。

其实王玄和傅长容没什么交情，不过相比于他，赵含章一个女郎更不好直接上门，所以才请了王玄帮忙。

三人一同乘车来到傅家门外，王玄上前敲门求见。

傅家的管家赶来，看到坐在车上的赵含章一惊，冲王玄抬了抬手后就赶忙到赵家的车下，恭敬地行礼道："女郎怎么来了？我们郎主已经去您的府上了。"

赵含章一惊，微微倾身："傅中书去了我家？"

管家敛手应了一声："是，女郎这是……？"

赵含章略一思索后道："我要见一见你家大郎君。"

不管傅祗这一趟去赵家是要定亲还是退亲，她都得见一见傅长容，确定他是不是傅教授。

管家迟疑："这……"

赵含章看着他道："傅中书既然去我家了，那您应该知道我们两家正在议亲，我想见一见傅大郎君，不过分吧？"

管家忍不住小声嘀咕："过分的……"

婚姻大事一直是父母之命、媒妁之言，别说他们还没正式定亲，即便是定亲了，谁家女郎这样招呼都不打一声便上门的。

但二人尊卑摆在这儿，管家没敢说出口，见赵三娘一脸坦然的神色，都忍不住怀疑自己小题大做了。

他想了想，还是上前一步，压低声音和赵含章道："三娘，我家郎主上门是致歉的。我家大郎伤了脑袋，这门亲事要作罢，所以……"

您还是别见了吧？

赵含章却是眼睛一亮，坚持道："那我更要见一见了。"

管家一愣，呆呆地看着赵含章，一时不太明白她的意思。

王玄立即上前："管家，三娘托了小妹来说情，请我出面来求见，可见她的诚意和坚持。既然两家有意结亲，且已经连小辈都知道了，显见已经到最后一步。便是因故退亲，也该让他们见一面。"

管家又看了一眼坚持的赵含章，最后还是咬咬牙道："三娘稍候，我这就让人去抬坐辇来。"

显然，他也知道赵含章受伤的事。

他一走，王四娘立即戳着赵含章道："好啊，赵三娘，你议亲这么大的事竟然瞒着我！说，你什么时候和傅大郎君议亲的？"

赵含章抓住她的手指："我也是昨日才知道的。"

王四娘惊奇地道："你答应了？你还记得傅长容长什么样吗？"

不记得，从昨天知道议亲后，她就在脑海中搜索，但记忆中只有一个很模糊的身影，还是和一堆人在一起的，显然小姑娘也不记得这位傅长容长什么样了。

管家紧紧地跟在赵含章的坐辇旁，替他们家大郎君解释："我们郎君伤了脑袋，近来一直在养伤，所以只能有劳三娘移步去敬松堂了。"

赵含章表示无碍。

还没进门，她就听到了朗朗的读书声，而且是二重奏。

她探头看去，一眼就看到了坐在院子里的少年，对方听到动静，抬起眼眸看过来，双方对上目光，都静了一瞬。

赵含章坐在坐辇上上下打量着少年，觉得他眼熟，很像傅教授。她有些激动，张嘴想要问他，可周围的人太多，她努力忍住，只是目光闪闪发光地看着他。

少年的眼中闪过笑意，眉眼都温和下来，他跟对面读书的两个书童点了点头，管家也出声了："有客人来，你们别读了。"

捧着书的两个书童这才发现身后来人，连忙敛手退到一旁。

管家迎上前去和少年禀报："郎君，这是赵家的三娘，哦，那是王家的大郎和四娘，都是来看您的。您看，能记起他们吗？"

管家的身体正好挡住了少年的目光，他的身子往后一靠，他已经偏头去看坐辇上的赵含章。半响，他冲对方笑了笑，点了一下头。

管家惊呆了。

郎君醒过来后就少有反应，话也不说一句，更不要说笑了。

管家震惊地回头看向赵含章，发现她也正笑吟吟地看着他们郎君。管家觉得心里慌慌的，今天郎主去赵家好似是去致歉退亲的……

王玄目睹着这个少年从眉眼冷淡到如沐春风，不由得在傅大郎君和赵三娘之间来回地看。半响，他牙疼了一下，伸手拉住四娘转身往外走："我们先去前厅喝茶吧。"

管家回过神儿来，一脸纠结地看着他们郎君和赵三娘。

赵三娘对仆妇们道："把我放下来吧，你们先退下，我有话和傅大郎君说。"

仆妇们应下，躬身退下去。

少年对两个书童也挥了挥手，示意他们退下。

书童躬身退下。

院子里一下子只剩下听荷和管家这两个外人了，赵含章和少年一起扭头看着他们。

管家一脸纠结的神情,不知道自己该不该退下去:退下去吧,男未婚女未嫁的,于礼不合啊;不退吧,郎君这样,怕是很难再说到这么合适的亲事了,他总不能断了郎君的姻缘吧?

还没等他纠结完,听荷已经一把上前拽住他往外拉。

管家无奈地道:"小丫头,你就不担心你家主子?"

听荷理所当然地道:"我家主子不会吃亏的。"

傅大郎君的头上还绑着纱布呢,他伤得比她家三娘还重,他们打起来也是他吃亏。

管家无言。算了,反正这件事也就他们知道,赵家的仆人不说,他们家的仆人也不是会嚼舌根的,就算最后亲事不成,这事也不大。

管家认命地靠在院外,和听荷一人一边守着院门。

院里,赵含章的目光再次落在少年身上,两个人沉默地看着对方,一时间都没开口。

虽然她的心里已有七分认定,但剩下的三分也很危险。

所以赵含章很谨慎地问道:"我曾听说有人在课堂上向你提过一个问题,如果你注定要与一人共度一生,那人是……?"

一直不曾开口说过话的少年轻轻一笑,看着赵含章道:"除了最开始让我心动的人,只有波恩哈德·黎曼。"

赵含章长出一口气,露出大大的笑容:"傅教授,好久不见。"

少年也呼出一口气,对她微微颔首:"赵老师。"

傅庭涵的目光落在她的腿上,赵含章笑着解释道:"不是什么大问题,过几天我就能下地走路了。"

只是扭伤和骨裂,其实现在已经不怎么疼了,一瘸一拐地也能走,不过她一来怕给伤腿增加负担,二来觉得一瘸一拐的不好看,三便是纯粹偷懒了,宁愿让人抬着也不下地走路。

赵含章坐在坐榻上,而傅庭涵坐在一张矮凳上,二人说话有些不方便,而且隔得太远,于是赵含章冲他招了招手,傅庭涵便起身走到她的旁边,低头看着她。

赵含章靠过去,小声问道:"你刚才怎么一直不说话?听管家的意思,你摔伤了脑袋?"

她担心地看着傅庭涵额头上的纱布,小声问道:"你……没有他的记忆?"

傅庭涵面色有些古怪地看着她:"赵老师,你会说雅言?"

她说的还是这样纯正的雅言。

傅庭涵同样压低了声音："有记忆。我刻意去想的时候，大多数记忆会慢慢浮现；不刻意去想，见到曾经熟悉的人，相关记忆也会出现，只是……只是有记忆，不代表能够马上拥有他的一切。我试过开口，但口音相差很大。"

因为有记忆在，他还是能听懂的。加上中国的雅言其实一直大差不差，傅庭涵教过这么多学生，全国各地的都有，也听过他们当地的方言官话。

赵含章笑了笑道："傅教授忘了我最开始在学校是教什么的吗？"

傅庭涵差点儿忘了，这位赵老师是音乐老师。她虽然教的是钢琴，但似乎很喜欢语言类的科目，会说法语和德语，据说她曾带过一个来自俄罗斯的交换生，两年就和学生学会了俄语。

她虽然不会用俄文书写，但交流是不成问题的。

"赵老师厉害。"

赵含章解释了一句："我祖籍洛阳，小时候是和祖父一起生活的。虽说语调上有些差异，但有记忆在，很快我就适应了。"

醒过来后，她可是在床上沉默了好几天呢。

傅庭涵朝坐辇靠近了一些，压低声音道："赵老师有什么办法让我也能尽快开口吗？"

这段时间大家都把他当智力有问题的人伺候，其实他也挺难受的。

赵含章同情地告诉他："我对外宣称失忆了。"

傅庭涵略作思考，道："失忆……也不会忘掉惯会的语言吧？"

"是不会。"赵含章笑道，"所以委屈傅教授了，不过我们可以找机会碰面，我教你。光靠书童读书熟悉雅言是不够的，你得自己开口说才能纠正过来。"

傅庭涵点头。

管家觉得他们谈得太久了，忍不住从门缝儿里偷看，只见他们家大郎君竟然靠在赵三娘的坐辇上低头和人说话，顿时大惊。

大郎君和赵三娘这么亲密？

不对，不对，他们大郎君开口说话了？

他忍不住又探进了一些身子，努力竖起耳朵，奈何相距太远，他们说话的声音又小，他竟然一点儿都没听到。

听荷忍了忍，还是没忍住，从另一边跑过来将管家扯回去。

管家讨好地冲听荷笑了笑，小声问道："小娘子，你家三娘和我们家大郎君从前可有往来？"

"没有！"听荷直接否认，努力为赵三娘正名，"我们家三娘也是昨儿才从郎主那里听说傅大郎君的。"

好大胆啊，她就这么直接找上门来了？

管家打了个寒战，这婚事要成，将来他们家的主母得厉害成什么样？

赵含章还在和傅庭涵密谋："我刚才到城门口那里看了看，没有异常。当时我们是突然出现在那里的，要是回去，应该也是要从那里回去吧？"

傅庭涵苦笑："赵老师，这不是数学。我这段时间也一直在想，怀疑是和当时的地震，还有天象有关。如果是按照同等条件进行，那我们起码要具备当时的震动情况和天象，这里面还涉及具体能量数值。但一来我们没有当时的具体数值，二来在现有条件下也很难制造出微变量的能量数值。所以我对于回去不抱太大的希望，只能朝此努力，然后期待运气。"

赵含章的注意力却在另一个词上："你是说……"

傅庭涵点头："不错，我怀疑他们两个人应该和我们一样。"

赵含章坐直了身体："怎么得出的结论？"

"我们的经历证实了时空是真实存在的，所以我将时空设定为一个量，我们是在这个量里。经过时空交换，我们从一个量到了另一个量里，同理，这个量也要有相应的量过去，不然量会失衡。"

赵含章道："就是两个人……"

"在数学里，就是小数点后的数值影响也很大，你忘了蝴蝶效应？我觉得量不会让自己失衡。"

赵含章笑笑："傅教授这么说是把量拟人化了？"

傅庭涵但笑不语。

赵含章却是直接相信了他的定论，敲着把手沉思起来："这样的话，不知道他们还活没活着，而且……"

"而且，如果我们这边发生了足够可以交换的变量，但他们那边没有同时发生，那我们有没有交换回来的可能？还是就此死亡？"

赵含章突然问道："这里每天都死这么多人，这些量不算消失吗？"

傅庭涵摇头："不算，死亡并不是消亡。"

赵含章话题一转："都说数学的尽头是玄学，傅教授将来也会信玄学吗？"

傅庭涵低头看着她，道："我们现在站在这儿了，不过，我不信。"

赵含章相信了傅庭涵的推断，开始忧虑起来："当时电梯下坠的速度很快，不知道我们……的身体怎么样了。赵和贞只是个十四岁的小姑娘，突然失明……"

赵含章叹了一口气，只觉得小姑娘太可怜了，不仅一下老了这么多，还失明了，在陌生的世界里醒来，什么都看不到不说，还有可能身受重伤。

赵含章有些烦躁："傅教授，我们得想办法尽快回去。"

傅庭涵当然也想回去，但觉得不可能。他这段时间也一直在思考和推导，并不觉得他们还有回去的可能，变量太大了。

不过看到赵含章面上的寒色，他放柔了声音："我会尽力的，赵老师也不必太担心。在现代社会里，至少他们能得到最好的医治，而且还有学校和方教授他们呢。"

即便他们的身体出现了问题，他们两个也能得到很好的照顾，再加上彼此的家底也不少。

赵含章蹙眉，抬头问道："傅教授有亲人吗？"

傅教授笑容微淡："没有，我父母早亡。"

赵含章道："好巧，我也是。"

傅教授低声道："我知道。"

赵含章挑眉，身子靠过去："你说什么？"

傅庭涵微微偏过头，避开她的视线："没什么。"

赵含章抬头看他，见他耳朵泛起薄红，不由得蹙眉："傅教授，你的伤很严重吗？是不是发烧了？"

"没有。"傅庭涵转回到胡凳上坐下，转开话题，"我现在口音还没纠正过来，所以不能开口说话，我们得找什么借口在一起练习雅言？"

赵含章想了想道："这事我来做，你只要在傅中书问你意见时点头就行。"

"傅中书？"

"就是你现在的祖父。"赵含章看了眼茫然的傅庭涵，"你的记忆里应该有吧？这是西晋，你的祖父傅祗现在是大晋的中书监，我们两家正在议亲。"

傅庭涵面色古怪地道："我和你？"

赵含章点头。

傅庭涵道："倒是挺巧的。"

赵含章点头："是挺巧的。"

傅庭涵愣了一下后脸色爆红，有些不自在地移开目光："你……"

他正想问什么，管家小跑进来："大郎君，郎主回来了。"

傅庭涵看向赵含章。

赵含章笑道："我去拜见傅中书。"

傅庭涵起身跟上。

赵含章见状，转头看着他："你也去？"

傅庭涵没说话，只是点了点头。

赵含章没拒绝，让仆妇抬着她去前厅。

39

傅祗刚从赵家回来，进门就听说家中有客人来了，王家的大郎君和四娘，还有赵三娘一起来看傅长容。

傅祗是长辈，便是有交情那也是和王衍，和王家的孩子并不熟。据他所知，长容和王玄年龄相差大，也不是一起玩耍的人，交情浅浅，更不要说傅长容回京的事并没有刻意外传，连一些亲朋都不知道。

他用脚指头想也知道他们为什么来。

傅祗直接往正厅赶来，却没见到赵三娘。

王玄正自在地盘腿坐在窗下自酌自乐，对一旁急得团团转的妹妹道："你都转小半个时辰了，不累啊？"

"都小半个时辰了，你说他们怎么还没说完？"

"这不是很好吗？"王玄很高兴，"结束得快才不好呢，说的时间越久，说明他们彼此越有好感。郎有情，女有意，两个家族又正有意结秦晋之好，天时地利人和，多么感人肺腑。你怎么不替人家高兴？"

王四娘一步跨到席上，在王玄的对面坐下："可傅长容伤了脑袋，也不知将来会如何，而且他怎比得上兄长？"

王玄剧烈地咳嗽起来，本来就有些辣的酒让喉咙更是火辣辣的，好一会儿才止住咳嗽："你……你快别乱点鸳鸯谱了。"

"兄长，你再不成亲就真的找不到好媳妇了。虽然你长得好看，又有才华，人品也好，但年纪大了呀，三娘就是嫌弃你年纪大了。"

王玄翘起的嘴角落了下来，他严肃地道："我这是成熟，谁与你们说的年纪大的？小娘子不懂风情别乱说话。"

二人正斗嘴，余光看到进来的人，王玄连忙起身，整理衣袖迎到门口，躬身行礼："傅中书安好。"

傅祗停下脚步，微微一笑："是王家的大郎君啊，快别多礼，屋里坐下叙话。"

傅祗的目光在屋内一扫，他发现只有仆人随侍左右，不由得蹙眉："是家中失礼了，未能好好地招待贵客。来人，重新沏茶上点心。"

王玄忙道："是小子不请自来，失礼了。"

二人正叙话，前厅又来了人。傅祗透过窗户往外看，一眼就看到了坐在坐辇上的赵含章，而他的孙子正含笑走在坐辇边上。不知赵含章说了什么，傅长容抬起头来冲对方笑，阳光映照在他的脸上，白得几乎和阳光下的玉一样剔透，浑身都散发着喜悦。

傅祗看得一愣。

他和孙子有五年未见了，这次再见，人抬回来时一度没了气息，太医都让准备后事了。他不知道傅长容在长安的这五年是怎么过的，从长安到洛阳又经历了怎样的艰难困苦。但傅长容醒来后便不言不语，不喜不怒，浑身透着一种焦急的气息，似乎很想离开这里。

这么多天了，傅祗第一次在傅长容的脸上看到这么纯粹的笑容。

傅祗的心慢慢安定，沉思起来，他要是这时候去找老友再提亲事，应该不会被打出来吧？

傅祗想着，笑着起身。

赵含章被抬进来，要下来行礼，傅祗忙拦住："三娘不必多礼，快来人，将三娘抱到榻上坐着。"

赵含章忙阻止："我的腿伤并不是很严重，现在勉强可走，长辈面前怎可如此失礼？"

大家推辞了一番，最后还是赵含章自己扶着听荷的手挪到了席子上，因为她有腿伤，傅祗让人拿了矮凳放在席子上给她坐着。

傅庭涵自觉地在另一侧坐下，才坐好，见大家都扭头看着他，他挑了挑眉，疑惑地看向赵含章。

赵含章压低了声音道："这是你祖父的位置，你坐到我的对面去……"

傅庭涵起身，转身站到了她的对面。

傅祗冲赵含章尴尬地笑了笑："大郎自受伤后，记忆便出了些问题，许多事不记得了，所以在规矩礼仪上也差了些。不过你放心，他的脑子是没问题的，这些都可以重新学。"

应该是没问题的吧，他刚才还听赵含章的话……

傅祗转身请王玄坐下，自己便坐在了主位上。

王四娘坐在王玄的侧后方，借着他哥身体的遮掩冲赵含章挤眉弄眼。

长辈面前，赵含章特别正经，只当没看见王四娘。

她一脸正色地对傅祗道："之前城门混战中看到了傅大郎君，我还以为是看错了，没想到竟真是傅大郎君回来了。"

她看了一眼对面的傅庭涵，继续道："这也是我们的缘分。不巧，我也伤到了脑袋，之前记忆缺失，这两日竟慢慢回想起了一些什么。听说傅大郎君也是这样的病症，不知傅中书介不介意我们二人一起治疗，说不定能好转得快一些。"

傅祗笑得眼睛都弯了，连忙道："不介意，不介意。"只要你祖父不介意就好。

傅祗看了一眼傅长容，只觉得这个孙子有福。他对赵含章笑道："你打算怎么治疗？"

"我的祖父为我请了陈太医，我觉得太医开的药不错，不过还是要多说话，所以我想请傅大郎君上门。我家弟弟别的一般，话却是非常多，人又开朗活泼。到时候我让他带着傅大郎说说话，走走玩玩，说不定就想起从前的事了。"赵含章一本正经地胡说八道，"我之所以能那么快唤醒从前的记忆，便是因为我弟弟，自从见了他，我的记忆就慢慢恢复了。"

王四娘在一旁听得目瞪口呆，你见了你弟恢复记忆，因为那是你弟吧？傅长容和你弟又不熟，不对，他们的年龄相差这么大，两个人认识吗？

也不对，王四娘瞪大了眼睛："你失忆了？那你怎么还记得我？"

赵含章道："因为二郎，我恢复了一些记忆，正巧就记起四娘了。"

王四娘一脸怀疑的神情。王玄脸上笑着，手上却是不客气地戳了一下妹妹，让她没事少说话。

傅祗也不知道信不信，满脸是笑地点头："好，好，那我明天就亲自送大郎过去。"

他也得再和好友谈一谈这门亲事。

傅祗满脸笑意地把他们送到门外，目送他们走远了才回头看孙子，见他还望着赵家的马车，不由得笑道："现在心情好了？"

傅庭涵收回视线，看向傅祗，顿了顿，学着记忆中傅长容的动作躬身行礼，退后两步后便要转身离开。

"等等。"傅祗叫住他，盯着他的眼睛问，"想来你已经知道了，我们家有意和赵家结亲。一直没来得及问你是否愿意，你若是不愿，二郎……"

傅庭涵眉头一皱，冲着傅祗点头。

傅祗有些失望："不能和祖父说话吗？我听管家说，你今天和赵三娘说了半晌的话。"

傅庭涵抿了抿嘴。不是不能说，我怕说了，下一刻你就要怀疑我不是你的孙子了，到时候我是承认还是不承认呢？

见傅长容抿着嘴不说话，傅祗便叹息一声道："罢了，等你想通再开口吧，你身上还有伤，先回去休息吧，明日早点儿起床，我带你去赵家。"

傅祗顿了顿后道："我们早点儿去，明天赵家只怕会闹一场，你就留在赵三……赵二郎的身边，跟着他玩就好，不要到前院去。"

傅庭涵挑眉，点了点头表示记下了，依旧没有说话。

## 第三章
## 定 亲

傅祇看着他走远,叹气道:"这孩子不知是不是在怨我?"
管家忙安慰道:"大郎君素来孝顺,怎么会怨郎主呢?"

傅庭涵回到了自己的院子,坐在榻上发呆。
书童见他不盘腿,而是垂腿而坐,忙拿了小凳子来给他垫脚。
傅庭涵低头看了一眼,将袍子整理好。十多天了,他还是没能适应这里的生活习惯,但赵老师似乎适应得很好。
也是,赵老师一直是这样的人,不管在什么样的环境里,都能很快适应。
哪怕是出车祸导致失明,她也只是颓废了很短的时间就振作起来,然后比以前更用功、更努力,也更坚韧。
傅庭涵想到失明,耳朵红透。她因为失明,所以听力一直很敏锐,只是他不知道她如今还有没有这个本事。
她应该……没听到吧?
傅庭涵有些自欺欺人地想:当时自己说得很小声的。
坐在坐辇上的赵含章也在想:难道傅教授认识以前的我?还是相亲时他听人说的?但他那语气也不像呀!
赵含章努力地回想,也没能想起她以前到底认不认识傅教授。难道她是在眼盲后认识傅教授的?
真是可惜,他长得这么好看,她竟然没看到。

43

不过她十四岁时长得和赵三娘这样像,那傅教授年轻的时候长得应该和傅长容也差不多吧?

赵含章回神,一下子就对上了一张脸,吓得她往后一倒,险险地用手撑住了。

见是王四娘,赵含章便忍不住拍了一下胸口:"你干吗?"

"你干吗?我和你说了一路的话,结果你理都不理我。说,你刚才在想谁?是不是傅大郎君?"

赵含章不否认:"是。"

王四娘一脸不解的神色:"他到底哪里好?不就是看着白一点儿、俊一点儿吗?他连话都不说一句,还伤了脑袋,不知人品如何,哪里比得上我兄长?"

赵含章问:"你就这么想让我当你的嫂子?"

王四娘往外看了一眼,见她的兄长正骑马走在前方,凑到赵含章的耳边低声道:"我的父亲想为兄长求娶东海王的女儿。"

赵含章挑眉:"一朝天子一朝臣,你的父亲这样考量也没错。新帝登基,东海王执掌大权,剩下的藩王里少有能敌过东海王的人了。"

但她们忘了,大晋之外还有匈奴,更有数不尽的流民,大晋内外交困,除非上面这些禄蠹全死了,不然很难复活,东海王也不会持久。

王四娘垮下肩膀道:"连你也这样说,我就是为我的兄长感到不值。他这样的人物,也只有你这样的人才配得上。"

傅祗也在和管家道:"从前只是听说,赵长舆的这个孙女聪慧坚韧,为人贤良。今日一见,贤良没看见,倒是很聪慧坚韧,人又大胆。若能求得她为主母,我傅家之后三代不愁矣。"

管家立即道:"郎主好眼光,奴看大郎君也欢喜得很。当时隔得远,奴听不到他们说什么,却见他们相谈甚欢,还离得很近呢。"

傅祗有些疑惑:"他们从前很熟吗?大郎去长安有五年了吧?那会儿他才十岁出头,赵三娘更是只有九岁,应该不会有太深的私交才对。"

"或许是一见钟情也不一定。"管家笑着说道,"赵三娘和大郎君一见面,目光就定在对方的脸上不动了。郎主当时不在,若在,便知道他们有多中意对方了。"

傅祗摸了摸胡子,心想:看来明天他们很有可能成功啊。他忙与管家道:"你去开库房,准备厚礼,多选些金银之类的贵重饰品给赵三娘备着。"他咬咬牙道,"把《讲学图》找出来,用上等的匣子装好明天带上。"

那可是汉代的画作,傅祗很是喜欢。

管家明白了,躬身应下。

王玄和王四娘将赵三娘送回赵家，站在人家的大门旁齐齐叹息。

王玄扭头去看妹妹："我是叹上蔡伯，你叹谁？"

王四娘道："我叹兄长你啊！这么好的一块美玉，你愣是没把握住。"

王玄点了一下她的脑袋："你才十四岁，怎么这么操心？"他继而蹙眉，"十四岁，你也的确该说亲了。"

王四娘一脸惊悚地看着他，正要生气，王玄已经沉着脸道："你的亲事得尽早定下来，明天我还有清谈会，你随我去走走？"

王四娘的怒气被压了回去，她沉默下来。

聪慧如她自然明白兄长的意思。王玄道："趁着父亲还没想起来你的婚事，我们先行定下，也能成就一段佳话。"

"父亲会答应吗？"

王玄扯着她走："长兄如父，我同意就行。父亲是名士，话已经说出，他不会反悔的。"

只要妹妹找的人家世不是很差就行。

赵含章回到清怡阁，还没来得及坐下喝口茶，王氏哭着找过来了："三娘，你的祖父上折请封世子了。"

赵含章先看了一眼青姑，见她点了点头，这才放下茶碗道："我知道。"

王氏拉着她哭道："二郎不顶用，我本想去找你的祖父哭诉，但青姑说你在他的面前分量更重。三娘，趁着天还没黑，你快去和他求情，让他赶紧把折子要回来。"

"阿娘，已经递上的折子怎么能要回来呢？"她扫了屋中一眼，挥手让众人退下，连青姑和听荷都没留，"母亲，祖父给我们留了东西。"

"什么东西能比得上爵位？"

赵含章道："连上头的皇帝都被换了，这京城的主儿隔三岔五地换，我们要那空有爵位的名头有什么用？"

王氏擦着眼泪的手一顿。

赵含章压低声音道："祖父给我们的都是实惠的东西。"

王氏放下帕子，期待地看着她："什么东西？"

赵含章意味深长地道："阿娘，我和二郎才是祖父的亲孙，你说那东西会少吗？什么金银珠宝、铺子田产，应该有的都会有的。"

王氏沉思："可这些东西我们保得住吗？"

您也会想这个问题啊？

赵含章道："有一个办法，那就是我定亲，把这些放在嫁妆单子上，请人做了公证，那这些东西就没人可以抢去了。等以后弟弟长大些，我再分他一半。"

王氏的眼睛大亮："这个主意好，只是一时间咱们上哪儿找合适的亲事？总不能为了资产便随便给你许一门亲事吧？"

王氏是不愿意的，嫁人可是相当于女人的第二次投胎，她的女儿第一次投胎没投好，嫁人可是一定要选好的。

王氏若有所思："之前你的祖父不是要给你说一门亲事吗？不知是谁家的郎君……"

王氏虽然对公爹把爵位给二房颇为不满，但还是相信他会给三娘说一门靠谱儿的亲事。

赵含章道："我知道，是傅中书的长孙。"

王氏欣喜起来："是傅家？可是弘农公主的长子？"

赵含章颔首。

王氏激动地站起来，原地转了两圈后道："这门亲事好，傅家既是皇亲，又有名望。我们和他们结亲，二房一定不敢薄待了我们，等你出嫁还能带着我和二郎。"

赵含章只想暂时把自己和傅教授绑在一起，免得赵长舆这边给她定另外的亲事，傅教授那边将来也不自由。

他们要想办法回去，就少不了来往密谋，有未婚夫妻这层关系在要方便很多。

"所以阿娘，爵位的事我们让一步，我们催一催祖父将这门亲事定下，再多要些家产，不比死守着爵位强？"赵含章道，"时逢乱世，家主不是那么好当的，您觉得二郎能当好一家之主、一族之长吗？"

王氏有些尴尬——赵二郎连字都不认识几个，怎么可能当族长呢？

族里的人也不会答应的。

王氏终究叹息一声："我知道了。"

赵含章见安抚下她，微微一笑，拉着她的手道："若无意外，明日旨意就会下来了。到时候我们高高兴兴地去给二房贺喜，把面子给他们做足了，后面分家产时也好分。"

王氏不情不愿地应下："那他们诓骗二郎出城，害你坠马的事就这么算了？"

赵含章意味深长地道："来日方长，时间还多着呢。"

王氏却不抱希望——二郎不管用，她并不想让女儿一直记着这个仇。她有时候就是嘴快，想过过嘴瘾，发泄心中的不满，但她心里知道，除非赵二郎有一天开窍，不然这一辈子，大房都压不过二房，这个公道自然也要不回来。

现在公爹还在呢，公道都要不回来，更不要说以后了。

王氏迟疑了一下，也怕赵三娘钻牛角尖，最后还是道："算了，我们不与他们一般见识。"

赵含章冲她笑了笑："我知道，阿娘放心。"

赵含章往外看了一眼，道："时间不早了，让人摆饭吧。用过饭后阿娘回去早些休息，明日我们仔细打扮打扮，精神地去看二房接旨。"

王氏不太情愿地应下，但第二天还是找出一套端庄好看的衣裳穿上，还特意给女儿打扮了一番。

至于二郎，他随便套件衣服就行。

王氏一大早就端坐在自己院子的堂屋里，让人在二门处盯着，就是想第一时间骄傲地出现在天使面前，谁知道她没等来天使，先等来了傅家的人。

丫鬟小跑进来道："傅中书带着傅大郎君带了好些礼物来拜见郎主。"

王氏一下起身，激动地问道："人呢？人被请去了何处？"

"因二老太爷也在，所以傅家的人被请到了前厅。"

王氏一听二老太爷也在，顿时忧虑起来："他该不会捣乱吧？"

之前只是有些风声，二房就下手害人，现在人都上门了，他还不得阻拦这门亲事？

王氏一想不行，立马往外走。青姑生怕她鲁莽坏事，忙拉住她道："娘子，叫上三娘一起。"

"三娘是女郎，给她说亲事怎么能让她去？"

"可我们三娘不是一般的女郎啊，郎主既然要把家产给她当陪嫁，显然是把您和二郎都托付给了三娘。那将来这个家，先不论二房，至少我们大房是三娘当的。她的亲事，她自然说得上话，郎主肯定也是要问话的。"

王氏紧攥拳头："可她现在腿还伤着呢，怎么能去见客？"

万一傅家的人看见，嫌弃她怎么办？

王氏还在纠结，赵长舆已经直接让人过来把赵含章抬过去了，顺便还叫上了王氏。

成伯亲自来接人，躬身道："三娘，郎主问您对这门亲事是怎么看的？"

赵含章道："既然是祖父一早选好的，自然是好的。我听祖父的。"

成伯明白了，请赵含章和王氏去了正厅。

正厅里，赵长舆、傅祗和赵仲舆同席而坐，傅庭涵跪坐在傅祗的身后。

听到动静，他们都扭头看过来，赵长舆扫了王氏和赵含章一眼后便去看成伯。

成伯冲赵长舆微不可见地点了一下头。

赵长舆便回头看向傅祗祖孙。

傅祗冲赵长舆微微一笑，和身后的孙子道："三娘来了，还不快起身行礼。"

傅庭涵起身，先是冲着王氏行礼，这才看向赵含章，一晚上过去，他行礼的动作还挺标准，只是还有些不自然。

赵含章扶着听荷的手下了坐辇，和三位长辈行礼，目光很快落在了唯一有些陌生的中年人的身上。

她今日才看到对方，一直模糊的记忆便慢慢清晰起来。

只是他们两个人的交集实在少，她的脑中关于对方的画面很少，倒是各种情绪翻腾，显然，小姑娘虽然很少见到这位叔祖父，却没少关注他。

赵长舆给王氏介绍了傅祗，然后让母女两个坐到他的身后，这才谈起正事："子庄今日来是为他家的大郎君提亲的，你觉得如何？"

王氏毕竟是三娘的母亲，虽然赵长舆可以直接定下亲事，但还是要问过王氏的意见。

赵长舆瞥了赵含章一眼，都不知道该说她胆大妄为，还是心思浅薄了。

昨天赵含章一回来，赵长舆便知道她去了傅家，不过因为傅祗已经上门退婚，两个人巧妙错过，所以赵长舆自然觉得这件事已经过去，再提只会让孙女难堪，打击她的自信心，于是就假装什么都不知道。

谁知道今天一大早，昨天刚来退掉婚事的傅祗竟然领着据说脑子被摔坏了的傅长容上门来再次说亲。

要不是他们朋友多年，熟知对方秉性，赵长舆一定让成伯拿大扫帚把他们祖孙两个扫出去。

但……

赵长舆瞥了一眼低垂着眼眸坐在一旁的赵仲舆，最后还是决定先忍下这口气，直接询问赵含章和王氏的意思。

他看成伯的样子，含章已经答应，只看王氏了。

王氏自然是很乐意了。王氏一进门就盯着傅庭涵，虽然少年没开口说话，但他面白如玉，清俊如松，嘴角带着笑容，一看便让人心生好感，加上他的家世，王氏是怎么看怎么满意。

这门亲事要是定下，以后他们这一家子都要随着他生活了。

王氏不由得去看赵含章。

赵含章冲她微微一笑，点了点头。

王氏的底气便足了一点儿，她恭敬地道："傅大郎君一表人才，傅家和我们赵家又是通家之好。有公爹做主，这自然是一门极好的亲事，儿媳没有意见。"

赵长舆暗暗点了点头，正要说话，一旁坐着的赵仲舆突然道："我们三娘自然是极好的，只是傅大郎君……"

赵仲舆看向傅庭涵，微微蹙眉："这孩子自进门便一句话不说，是不太乐意这门亲事？"

他扭头对赵长舆道："兄长，虽说婚姻之事是由父母挑选，但也要孩子愿意，这日子才过得长久，不能委屈了我们三娘。"

傅祗忙解释道："长舆，并非这孩子不愿。你是知道的，他前段时间受伤，如今惊魂未定，所以还未能开口。不过你放心，太医说过，他的咽喉没有问题，过段时日他便能开口。"

赵长舆无言，心想：昨天你上门的时候可不是这么说的，他的咽喉是没问题，脑袋也没问题吗？

赵长舆瞥了一眼傅庭涵，见他目光清亮有神，勉强压下心中的迟疑和不安。

事情都到了这一步，此时拒绝，赵长舆的确很难再找到比傅家更合适、更能庇护大房母子的人了。

傅祗和赵长舆的关系不错，他自然知道赵家的困局，也知道赵仲舆为何反对这门亲事，于是继续道："当时那场动乱，长舆也是知道的，三娘也是当时受了伤。"说到这里，他微微一笑，"说来也是两个孩子有缘，当时他们两个竟然都在城门口，一同受了伤。听三娘说，当时她还认出长容了，可见他们的缘分不浅。"

提起这件事，赵仲舆就不说话了。

王氏这才知道傅庭涵也受伤了。她满脸怜惜的神色，底气却更足了，连连点头道："是极有缘分，没想到傅大郎君刚回京就遇见了我们三娘。"

她拉过赵含章的手，对傅祗道："好在两个孩子的伤都不是很严重，有惊无险。"

傅祗没敢再提他孙子的脑袋可能被撞坏了的事，连连点头："是啊，所幸有惊无险。"

赵长舆听着他们一唱一和，沉默片刻后道："既然两家都没意见，那这门亲事就这么说定了，等择日我们再……"

"也不用择日。"傅祗笑着说道，"我今日把孩子的庚帖也带来了。"

傅祗从袖子里拿出一封红色的折子放在桌上，又从另一边袖子里摸出一个盒子，打开拿出一枚印章，笑道："不知长舆可还记得这枚私印，如今我愿以此为定礼，定下这门亲事。"

赵长舆看后，面色稍霁，看向成伯："去把我私藏的那枚青田石印章拿来。"

成伯笑着应下。

赵仲舆惊讶，不由得低声劝道："兄长，以印章为定礼，是不是不太好？"

49

赵长舆道："他手上的那枚寿山石可比我这青田石要贵重。"

赵仲舆心想：自己说的不是这个意思，而是印章背后代表的意义啊！

赵仲舆微微蹙眉，但此时场合不对，一肚子的话只能暂时憋住。

成伯很快拿了一个盒子上来。赵长舆打开盒子，拿出一枚印章推过去，又对王氏道："去取三娘的庚帖来。"

赵仲舆道："今日便定下是不是太过简陋？不如另择良日吉时，到时候多请些亲朋来观礼。"

傅祗只怕夜长梦多，笑道："以我们两家的关系，何至于如此？不过定礼之后的确要宴请亲朋，到时候我请东海王来为两个孩子做媒人如何？"

以傅祗和赵长舆的声望，傅祗请东海王做媒还真不难。

赵长舆只迟疑了一下便点头："甚好。"

赵含章不太喜欢东海王，不过见赵长舆一口应下了，便没有开口。

赵仲舆皱了皱眉，不动声色地看了赵长舆一眼。

傅祗高高兴兴地和赵长舆交换了庚帖和印章，想要更深入地谈论一下两个孩子的婚事，比如接下来的请期、下聘之类的要求，但还没开口，便有仆人快步进来，躬身道："郎主，天使持旨意前来。"

傅祗便收住了话。

赵长舆起身，对赵含章道："你的身上有伤，便不用去接旨了，请贵客去行知院，好好招待。"

赵含章起身应下。

赵长舆对傅祗道："今日怠慢了。"

傅祗笑道："你快忙去吧，与我不必讲究这些虚礼。"

赵长舆这才叫上赵仲舆："走，我们去接旨。"

王氏心中酸楚，不情不愿地跟着一块儿出去，赵含章拍了拍王氏的手，给青姑使了一个眼色，让她看好王氏。

赵含章目送他们出去，这才回头对傅祗、傅庭涵笑道："傅中书请。"

傅祗一直留意她的神色，见她面色一点儿变化也没有，心下暗赞——连她的母亲王氏都做不到无动于衷，她却能面无异色，可见其心性。

傅祗更加满意，笑呵呵地跟着她去了行知院。

不过傅祗很贴心，见孙子总是扭头去看她，到了行知院后他便随便找了个借口："我记得你家种有月季，这时节剪上几枝来插瓶倒别有趣味。"

赵含章便带傅庭涵去剪花。

傅祗站在窗边看着他们走远，笑着摸了摸胡子，道："不错，不错。"

管家站在身后探头去看:"赵三娘的腿好了?"

傅庭涵也看向她的腿。

赵含章道:"腿好多了,我走慢点儿别人看不出来,过两天应该就没事了。"

"可你刚才是坐坐辇过来的。"

赵含章看向他的脑袋:"你昨天还包着的纱布去哪儿了?"

傅庭涵轻咳一声,摸了一下脑袋,转开目光,想想又理直气壮地转回来:"我这是为了达成你的目的。我带伤上门,你的祖父能同意这门亲事?"

赵含章点了一下自己的腿,笑道:"我这也是为了我们好。我腿伤着,可以得到的东西就多,还不知道什么时候才能回去呢,得积累资源。"

傅庭涵一听,沉吟起来:"听起来你的嫁妆不少,但我这边似乎没有私产。"

赵含章挥手道:"这也不是我的,到最后还是要留给赵三娘的母亲和弟弟。我们需要的东西还是得自己挣,不过可以先借助他们的资源。"

赵含章随手扒拉过一枝红色的月季,剪了下来,问道:"你要不要去城门口看看我们落地的地方?不知道发生在我们身上的事对地点有没有特定的要求?我们之后要离开洛阳,得尽早调查清楚。"

"为什么要离开洛阳?"

赵含章道:"不得不离开,洛阳会乱,不适宜生存。"

傅庭涵知道这是一个混乱的时代,但对这个时期的历史并不是很了解。他问赵含章:"战乱吗?皇帝不是刚登基?"

赵含章道:"你不知道,在这个时代,除了南方还相对安稳,北方没有任何一处地方能够长久处之安定之中。洛阳是大晋的都城,更是混乱。所以我想确定,我们身上发生的事是否和地点有关。"

傅庭涵伸手接过她剪下来的月季:"你真觉得我们能回去?"

赵含章抬起眼来看他,两个人沉默着对视了好一会儿,她才抿了抿嘴道:"总要试一试。"在这里,她没有归属感。

傅庭涵定定地看着她,半晌后点头:"好,我会去看看的,但对此没有多少研究,只能说尽力而为。"

赵含章冲他伸出手:"那我们就达成共识了,一起找回去的路,希望合作愉快。"

傅庭涵垂眸看着伸到眼前的手,伸手握住她的手:"合作愉快。"

赵含章看着低垂着眼眸、神情冷静的傅教授,疑惑地道:"傅教授,我们以前是不是见过?"

傅庭涵抬起眼眸看着她:"当然,我们是同事,就算不在一个系里也会碰面,何况赵老师常年在图书馆里。"

赵含章看着他的脸，感觉似有什么东西从记忆深处跑了出来。她摇了摇头，道："不对，那样我应该只认得傅教授的声音。但我觉得应该见过你，在我眼盲前。"

傅庭涵低头看着她还抓着自己不放的手，提醒道："赵老师。"

赵含章也低头，连忙把手收回："抱歉。"

傅庭涵冲她笑了笑，想趁此机会略过这个话题。

赵含章心痒得厉害，想要继续打探，但耳朵捕捉到了一丝异样的声音。她偏着头听了一下，低头就在地上找起来。

傅庭涵跟着低头看："你找什么？"

赵含章回道："石头。"

傅庭涵一脸莫名其妙地从月季树下给她抠出一块婴儿拳头一样大小的石头来："小了一点儿，可以吗？"

赵含章伸手接过，笑道："够用了。"

她掂了掂，也没见她怎么使劲儿，石块就轻巧地飞出去，在半空中划过一道优美的弧线，"咚"的一声，砸在了不远处的假山后。

和这道声音一起响起的是一道痛呼声，然后是一阵阵惊呼声。

赵含章拍了拍手，冲着落在后面的听荷招了招手，等听荷走上前来便扶住她："叫他们抬坐辇来，就说我受了惊吓崴了脚，伤上加伤，一会儿去库房里拿些珍贵药材。"

听荷欢快地应了一声，踮起脚想要去看假山后的人。

假山后的人许久不出来，赵含章皱了皱眉，正想让仆人去看看，假山后便出来了一个小丫头，跪在地上一动不敢动。

赵含章见她的衣襟上沾了血迹，但身上没伤，便知道正主儿不是她，而且据赵含章的判断，假山后面的人应该是二房的主子才对。

赵含章定定地看了她一会儿，问道："假山后面还有谁？"

小丫头战战兢兢地道："没……没有了，只有奴婢。"

赵含章也不为难她，颔首道："退下吧，前几日下雨，假山上的石头松动。你们走过假山的时候小心些，别再被落石砸了，不然下次可就没这么幸运了。"

小丫头没想到赵含章这么轻易就放过了她，愣了一瞬后连连叩头："是。"

仆妇们将坐辇抬过来，赵含章扶着听荷的手坐上去，转手把手里的剪刀递给傅庭涵："你看上哪枝就剪哪枝，随便剪。"

傅庭涵看了她一眼，伸手接过剪刀。

他扫了一圈，慢悠悠地在附近挑选了三枝长得不错的月季剪了，这才回到赵含章的身边，将所有的花都递给她。

在此期间，那小丫头一直俯身跪在地上，一动也不敢动，假山后的人也不敢发出声响。

赵含章指着不远处的一朵粉白色的月季道："凑个单数吧，吉利。"

傅庭涵去剪花。

五颜六色的月季被赵含章用手帕包着拿在手里。她扫了一眼依旧一点儿动静也没有的假山，冷冷地哼了一声，这才让人抬着坐辇离开。

傅庭涵回头看了一眼假山，然后跟上坐辇，又回到了锯嘴葫芦的状态。

他们一走，假山后的人身子一软，整个人瘫倒在地上。丫头一只手捂着她的额头，另一只手扶着她的后背，几乎要哭出声来："大娘，你没事吧？"

跪在假山外的小丫头连滚带爬地回来，一起扶住赵大娘。

前院，赵济刚把天使送走，一脸喜色地回到正厅里。

昨天他们就知道今天封请世子的圣旨可能会下来，所以早早准备好，谁都没出门。

二房这边，除了刚被放出来的赵大娘，全部到场。

而大房那边，赵二郎痴傻，在不在影响不大，赵三娘则是因为腿伤，也不方便露面。

赵济扫了一眼沉着脸站在一旁的王氏，压抑不住自己上扬的嘴角。世子之位说了有五六年，今日终于尘埃落定。

赵济上前冲赵长舆行礼："伯父，您看是否要宴请宾客，以表皇恩浩荡？"

赵长舆瞥了他一眼，不太在意地颔首道："那就办吧。"

三娘也该正式见一些人了。

赵仲舆微微皱眉，不太赞同地瞥了他的儿子一眼，正要说话，汲渊带着人快步进来："郎主……"

大家都停下了话头，纷纷看过来。

汲渊绕过赵济，凑到赵长舆的耳边低语了几句。赵长舆神色惊讶，忍不住剧烈地咳嗽起来，不一会儿就脸色惨白，只有脸颊上因为咳嗽而泛起两抹病态的红色。

赵仲舆看了大惊，连忙上前："大哥！"

汲渊也被吓了一跳，没想到赵长舆的反应这么大，忙伸手扶住他："郎主静心，何至于此？"

赵长舆紧紧地握住汲渊的手，恨铁不成钢地道："他这是自毁长城，毁我大晋基底……"

一语毕，赵长舆终于忍不住，往后一倒，晕了过去。

前厅顿时大乱。

赵仲舆也有些慌张，忙叫道："快去请大夫，拿帖子去请太医……"

"不能请太医。"汲渊拦住赵仲舆，道，"今日是接旨的吉日，郎主病重昏迷之事不宜宣扬，我们悄悄地请大夫。"

赵仲舆义正词严："兄长都病重了，此时哪里还顾得上什么名声不名声的？"

汲渊便压低了声音，道："郎主晕倒是因为得知了河间王薨逝之事，你确定要闹得尽人皆知吗？"

赵仲舆震惊地瞪大了双眼："河间王……"他意识到了什么，连忙紧闭嘴巴，不再叫着要请太医。

王氏被人挤到后面，连靠近一下都不能。她急得团团转。这才请立世子，公爹可不能这时候出事，不然他们真的要没依靠了。

汲渊和众人把赵长舆抬到内室里的榻上，回头看见王氏无所适从的样子，略一思索便上前对她低声道："快去请三娘。"

王氏回神，忙拽了青姑出去："你快去叫三娘来，还有傅中书，两家既已交换庚帖和定礼，那就是亲家了，这事得叫他们知道。"

青姑应下，迟疑地往里看了一眼："娘子，您静等我们，可别与二房起冲突。"

王氏跺脚："我还能不知道吗？现下最要紧的是公爹。你快去，对了，把二郎也叫来。"

不管他傻不傻，祖父病了，他得到才行。

赵含章才把剪好的月季插瓶，傅庭涵顺手递过去一方帕子。傅祗笑着坐在一旁看，觉得他们怎么看怎么相配。

傅祗正高兴，就听到急促的脚步声。

三个人一起扭头看向门外，青姑急匆匆地赶来，恭敬地道："三娘，郎主病急，急招您去见。"

赵含章惊讶："刚才不是还好好的吗？怎么就病急了？"

青姑哪里知道原因，恐怕只有汲渊知道为什么，所以她低着头不语。

傅祗已经起身："走，一起去看看。"

他们赶到正院里，赵长舆已经醒来，只是面色灰白，和早上所见判若两人。

赵含章大步走进房间里，无视二房众人瞪大的双眼走到床边。

赵长舆伸手接过一丸药吃了，扫视一圈后，道："你们都退下吧，长容和三娘留下。"

赵济不由得看了一眼父亲，赵仲舆微微颔首，赵济这才带着众人退下。

屋里顿时只剩下六个人，汲渊退到床头后面，静静地看着他们。

傅祗坐在床边看着赵长舆，叹息问道："你因何事如此大动干戈？"

赵长舆不想说话，伸手指了指汲渊。

汲渊便上前一步道："今早传回来的消息，说河间王回京的路上遭遇匪徒，他以及三子皆殁了。"

傅祗震惊地起身："什么？"

汲渊看了一眼赵长舆，得到他的容许后继续道："据探子回报，是南阳王麾下梁臣带着人在新安等候。确定来人是河间王以后，梁臣就下令全部斩杀。河间王一家，无一幸免。"

傅祗缓慢地坐了回去："南阳王这是想独揽朝纲……"

"可也没必要赶尽杀绝、自毁长城啊。"傅祗有些懊恼地捶了一下大腿，紧握的拳头微微发颤。

赵长舆已经缓过神儿来，目光扫过赵三娘和傅长容后，对赵仲舆道："世子之位已定，你们准备一下，我过段时间带你们去见一些人。这两日紧闭家门，所有访客都不接待。"

赵仲舆没想到大哥这么轻易就要把家底交给他们父子，愣了一下后连忙躬身应下。

傅祗忙道："其他人还罢，你可不能拦着我家大郎。他现在是你的孙女婿了，让他来给你侍疾，尽尽孝心。"

赵长舆没有反对，颔首应下。

赵仲舆不由得扭头看了一眼一直安静地站在一旁的傅长容。他有点儿拿不准赵长舆和傅祗的想法，此时赵长舆为赵和贞说这样一门显亲，难道不是为了爵位？而傅家这时候和赵家结亲，图什么？

赵长舆受此打击，精力大不如前，本来他的身体就不好，这一下更是强弩之末，没说几句话便让成伯送客，只留下了赵三娘侍疾。

赵仲舆更想让赵济来侍疾。赵济刚接手世子之位，又是侄子，是最好的侍疾人选。

但赵仲舆看了一眼傅祗和傅长容，暂时没有出声反对，先退了下去。

傅祗便也带着傅长容告辞。

赵含章冲傅庭涵点了点头，将人送走后回来正好给赵长舆送药进去。

赵长舆接过药碗，看了一眼她的腿："好了？"

赵含章面不改色地点头："好了。"

赵长舆忍不住一笑，一仰头把药都喝了，叹息一声道："以后不可再如此任性了，我时日无多，你这段时间与二房修复一下关系。"

55

赵含章一口应下，面上有些迟疑地道："祖父，上午我和傅大郎君去花园里剪月季，正碰见假山上的石头松动落下来，似乎砸到了谁。"

赵长舆一口气堵在胸口："砸到了谁？"

赵含章道："那会儿前面正在接旨，不知道大姐姐去了没有，如果没有，那可能就是她了。当时离得远，加上她不出声，我也不确定是不是她。"

赵长舆略一想就明白了，只怕二房那边也不想声张，今日对二房来说很重要，他们是最不想出现意外的，但仇肯定是结下了。

赵长舆叹息一声，心累地挥了挥手："罢了，随你高兴吧，你心中有数就好。"

他闭了闭眼，再睁开时目光坚定了些："既然亲事已定，那就把婚期也定下来吧。趁着我还在，将你的婚事完成，以后你的母亲和弟弟就托付给你了。"

既然事情已经这样，不如在他死前把一切都分好，大房和二房之间还能留些香火情，将来也有一条退路。

赵含章想说不用，但触及赵长舆的目光，便沉默下来。

算了，她总不能让他走得不安心，成亲就成亲吧，这样还方便她和傅教授找回去的办法。

赵含章回到清怡阁，急得团团转的王氏立即迎上去："你祖父怎么样了？他想不想见二郎？"

"祖父吃了药睡下了，大夫说没事。"赵含章安抚她，"明日我再带二郎去看祖父。"

王氏松了一口气："也不知道是什么事，竟然让你祖父气得晕厥。"

赵含章道："河间王死了。"

王氏不以为意："这两年死的宗室没有两百也有一百，我不记得河间王和我们家有交情啊。"

赵含章道："河间王轻财好士，名声还算不错。在宗室中，除了东海王，也就他还有些许名望了。之前他固守长安，还算得民心。他这一死，长安彻底无援，只怕支撑不下去了。"

"而且，"赵含章顿了顿，"名望这种东西，用得好，他可以振臂一挥，召集天下百姓勤王护国；用得不好，那就是民心涣散。如今新帝刚登基，正是百废待兴之时，内有万民观望，外有强敌窥伺。这时候杀河间王，相当于自毁根基。东海王走了一招儿臭棋。"

王氏更关注的还是家产的事："那也是国事，与我们有什么关系？现在你的亲事定下来了，你祖父有没有说何时给你定嫁妆？"

"关系可大了。"赵含章低声道,"运气好,洛阳还能安稳一段,支撑到我找回去的办法,运气不好……为了活命,我们只能暂时离开洛阳了。"

王氏一愣:"离开洛阳去哪儿?"

"汝南。"

"回乡?"王氏惊得声音都快要破了,连连摇头,"不行,不行,我就回过一次汝南,当时你父亲还在,你不知道……"

她顿了一下后,道:"洛阳多好呀,陛下在这里,这里才是最安全的地方吧?"

赵含章道:"就是因为皇帝在这儿,这儿才不安全。"

她见王氏都快哭了,不由得好奇:"汝南老家怎么了?有什么不妥吗?"

王氏垮下肩膀,摇头道:"没有,若我们必须回去,那就回吧。"

入夜之后,赵家便安静了下来,似乎白天发生的两件大事对他们并没有什么影响。

二房的仆人进进出出都非常小心,虽然赵长舆病倒,但二房还是没忍住让厨房多准备一些美食,又拿出了美酒,打算悄悄庆祝一番。

赵和婉靠在床上,额头缠了布条,正在听吴氏抱怨:"你不该去的,平白添了这一道伤,还不能说出来,今晚都到不了你的祖父跟前。"

赵和婉攥紧了帕子,低声问道:"所以今天来的那人是傅家的大郎君?他和三妹妹就这么定亲了?"

吴氏应了一声,继续念叨:"你最近别出门了,大房这会儿火气大。我们得了好处,暂且避一避他们,你伯祖父还在,别在他的面前闹得太难看……"

赵和婉没怎么听进去,依旧纠结:"爵位都给了我们家,怎么傅大郎君还和她定亲?阿娘,这事会不会听错了?"

吴氏皱眉:"不会有错的,庚帖和定礼是当着你的祖父的面交换的,哪里能有假?"

"可是……"赵和婉咬紧了嘴唇,道,"不是说,伯祖父给三妹妹定亲是为了给二弟请封世子吗?现在亲事定了,伯祖父却是请父亲为世子。"

吴氏有些尴尬地道:"不知是打哪儿来的流言,你听过就算了,怎么还信了?"

"不是母亲和柳儿说的吗?怎么是……"一语未毕,吴氏一巴掌甩过来,直接把赵和婉的脸打歪,她捂着脸震惊地看着母亲。

吴氏沉着脸低声怒道:"你胡说什么,母亲何时说过这些话?我看你是被石头砸坏了头,以后再胡言乱语,那就继续去祠堂里跪着。"

赵和婉的脸色变得惨白。

吴氏起身，叫了仆人进来："大娘刚从祠堂里出来，病了。最近你们不许她出门，再叫她出去受惊或者受伤，我拿你们是问。"

丫鬟们惊慌地应下，躬身送吴氏出门。

赵和婉的眼泪簌簌地落下。她捂着脸哭出声来："骗我，你们都骗我！"

"大娘，"丫鬟上前安抚，"您快别哭了。老太爷和世子他们在前头吃酒呢，要是听到哭声，一定会生气的。"

赵长舆也不得停息，沉吟许久，还是强撑着病体起身："河间王殁了，长安失控，洛阳西面失去屏障，只怕羌胡会乘机南下，到时候洛阳危矣。"

赵长舆决定上书，建议东海王陈兵京兆郡，以防备羌胡南下。

汲渊扶着他坐在书桌前，沉吟道："但让东海王陈兵京兆却敌，岂不是把大晋的所有命脉都交给了他？"

"两害相权取其轻，当务之急是防备外敌，内乱……"赵长舆顿了顿后道，"再等等吧，希望陛下能明白，暂且忍耐一二。"

傅祗回到傅家，让傅长容去休息后，便也转身进了书房，把自己的幕僚叫了进来。

"河间王死了。"

幕僚忙道："我等正要告知郎主呢。今日方传回的消息，听闻是河间王在路上遇到了劫匪。圣上和东海王震怒，已经下令剿匪，务必要为河间王一家报仇。"

傅祗撇了撇嘴："真是匪徒所为吗？"

幕僚顿了顿后低声道："私下里有人说，是东海王下的命令，执行的人是南阳王麾下的梁臣。"

南阳王是东海王的弟弟，向来都听命于东海王。

傅祗叹息一声道："人已经死了，此时再论是谁杀的意义不大，当务之急是防备羌胡和匈奴。明日我便进宫，提议由王延接管京兆郡，务必要防住北边的羌胡。"

幕僚应下。

傅祗顿了顿后道："派去长安接世宏和公主的人可有消息回来？"

"未曾。"

傅祗叹息一声道："希望他们平安吧。河间王这一死，从长安到洛阳的这一路只怕更难走了。你想办法派人去送信，回途艰难，他们不如先留在长安，或者南下去蜀地，由蜀地再转回洛阳。"

河间王一死，路上的盗贼、流民、异族只会更混乱，这时候除非带着大军，不然管他是王孙贵族还是流民乞儿，命都不值钱。

幕僚应下，小声道："郎主，听说今日大郎君和赵家定了亲事？"

傅祗总算露出了一点儿笑容，颔首道："已经交换庚帖和定礼了。"

幕僚高兴地道："恭喜郎主，既然两家已经定亲，何不请赵公帮忙去长安接人呢？"

傅祗道："长舆是个玲珑剔透之人，此事不用我们提，他自会想到。只是我忧心局势未明，担心他们回途受苦。长容这次回来不就去了半条命吗？"

幕僚便不再说话。

"长舆的身体不好了，他做事周全，必定会事先安排好家小。你和管家近日整理一下家中财产，挑出合适的来给长容做聘礼，等忙过这一阵，便要为两个孩子举行婚礼了。"

幕僚和管家都高兴地应下。

傅长容是傅祗的长孙，一出生便拥有傅家的大笔财富。若没有意外，将来傅家的七成财产都是他的，所以在聘礼上不能亏待了他。

而赵三娘是赵长舆的孙女，看样子，赵长舆是打算把孙子赵二郎交给孙女来照顾了。

幕僚之所以那么高兴，是因为想到素来精明吝啬的赵长舆肯定会把一些资源交给赵三娘。

而赵三娘的，不就是傅长容的？

傅长容的，不就是傅家的吗？

幕僚心里喜滋滋的，高高兴兴地下去安排了。

王氏也在高高兴兴地整理东西，把自己的陪嫁全翻了出来，把两个孩子叫到跟前："阿娘不偏心，你们姐弟一人一半。"

"这铺子和田庄我都分好了，剩下的这些首饰宝石之类的给三娘，这些金银就给二郎，字画和书籍……"王氏顿了顿，叹息一声后道，"给三娘吧。"

她看了一眼坐在一旁吃点心吃得欢快的儿子，苦涩地道："也不知道他将来生的孩子是像他，还是像你们的父亲。"

赵含章安慰她："隔代遗传也是有的。"

王氏更忧虑了。

王氏努力地不去想这件事，继续给赵含章算自己的陪嫁："我的陪嫁不是很多，有一些还是你的父亲后来给添的。要是现在一分为二，我只怕二郎守不住，将来二房当家，我们要是说不清楚，陪嫁也能变成赵家的家产。所以我想全放在你的嫁妆单子上，以后你记得分一半给二郎。"

赵含章便开玩笑道:"阿娘就这么信得过我?不怕我把着不给吗?"

王氏怜惜地摸了一下她的脑袋,道:"你要是这样,阿娘虽然会生气,但心里是松了一口气的。你啊,就是心思太重,也太重感情,总想为我和二郎思虑周全,但这世上的事啊,哪儿有周全的?这世道已经如此,我们能把日子过成什么样就过成什么样,你别总想着我们。"

赵含章愣住:"您……"

王氏含泪看着她:"三娘,二郎是个蠢人,阿娘也不聪明。我们只要有吃有喝就行,不像你和你的父亲,是聪明人。你们不仅要过得好、不遭欺辱,还要身边的人过得好,你们的心才能安定。往常二房明里暗里欺负我们,你都叫我忍着,但我知道,你心里才是最不好受的。"

王氏知道自己忍不住脾气,有仇基本上当场就报,自己不好过,看到对方也不好过,她的心里就舒坦了。

在王氏看来,只要心里舒坦就好,她才不去算什么隐忍得失。

但三娘不是,王氏看着她小小年纪便努力读书习武,因为自己和二郎受了委屈就布局反击,有时候连自己都要忘记曾经受的委屈了,三娘却能在时隔半年之后翻出旧账"哐当"给二房一下子。

虽然报仇的那一下是很开心的,但王氏也心疼,她的女儿,小小年纪便不得不学会算计了。

王氏总觉得这样太累,但这几日下来,她感觉女儿心思没以前重了,性格比以前更加洒脱,对二房也不再那么隐忍,有仇就算不能像她一样当场报回去,也不会像以前那样等那么久。

王氏觉得女儿总算有那么一点儿像自己了,既心疼又高兴,还很欣慰,抓着赵含章的手泪盈盈地道:"以后你就这样,别把委屈憋在心里,要是……"

她咬咬牙:"要是实在想和你的弟弟争家产,你也要记得给他留一点儿。"

赵含章忍不住笑出声来,目光柔和:"好,我给他留一点儿。"

王氏松了一口气,转头看见赵二郎还在吃,不由得拍了他一巴掌:"你整天就想着吃,昨儿教你的字认得了吗?"

赵二郎顿时觉得手中的点心不香了,心虚地看了姐姐一眼,起身:"阿娘,我去给祖父熬药。"

"你祖父用得着你熬药吗?赶紧过来,我们今天认新的字,你只要能记下一个,明天我多给你两块点心。"

赵二郎连忙退到门口,转身就往外跑:"我不要学认字了,祖父都说过不勉强我了。"

"你！"王氏气急，"你给我站住，谁教你与长辈说话时逃跑的？"

赵二郎已经一溜烟儿地跑没影儿了。

赵含章拉住她："阿娘，既然二郎学不进去，那就别勉强他了，让他习武吧。学习，还是应该根据自己的长处来。"

"他如果习武也只是一介武夫，要自保还是得读书。"哪个上位者不是谋士，而是一介武夫？在王氏的眼里，武夫就是给人卖命的。

"武艺和文艺一样，学到极处都可以卖于帝王家。更不要说这样的乱世，能自保就已经是很好的本事了。"赵含章道，"我觉得二郎这样挺好的。"

王氏叹息一声，挥手道："罢了，反正我勉强他，他也学不来。"

她推了推赵含章："你快去给你的祖父熬药，这段时间多侍疾，别光让二房讨了好去。"

可惜她是儿媳，是寡妇。不然她也要到公爹那里去晃荡，这时候能得多少家产，全凭本事了。

"你的祖父家底厚，他手上的好东西可多着呢。"

赵含章很快就见到了赵长舆的家底。他找了一个借口把赵含章带出门，直接去了城边的一处庄园。

赵含章很是惊讶，洛阳城中竟然还有这样的地方。田地阡陌，鸡鸣狗叫，有农人扛着锄头从他们的车前经过，一副要下地劳作的模样。

赵长舆见她一直看着外面，便道："此时正是播种的时候，人们有地的下地，没地的可到地里找活儿。一年之计在于春，今春若能如数播下种子，到秋冬便有收获了。"

赵含章道："我只是没想到洛阳城里也有这样的庄园田地。我以为城中皆是商铺住宅。"

赵长舆道："像你这么大的孩子大多不知道，其实洛阳城内哪儿有那么多商铺住宅？农与田才是最主要的。"

他也偏头看着外面扛着农具来来往往的农人："安稳时，他们是耕作的良人、佃农、奴隶；不安稳的时候，他们便成了乱世者。我有一些人手便被安排在了此处。这些人原本是给你的父亲养着的，在家中没记册，只有千里知道此处。"

赵含章挑眉："汲渊也不知道吗？"

赵长舆道："从前他不知，确定二郎痴傻后就知道了。"

赵长舆也不避讳，直言道："本来我是想把二郎托付给千里，这些人手都给二郎。有我从旁看着，等二郎成亲生子后，再交给下一辈就是，但……"

赵长舆垂下眼眸道："人算不如天算，自我上次病后，身体便一直不好……今日带你过来便是让你见一见他们,等你出嫁,就带上他们。"

赵含章问:"记在单子上吗?"

"不记。"赵长舆目光微凝,"他们的身契,还有庄园的地契都私下交给你。除了你,家中不会再有人知道他们的存在。有什么事,你可通过千里支使他们。"

赵含章明白了,这就是赵长舆给她留的家底了。

"叔祖父也不会知道吗?"

赵长舆淡定地道:"他不会知道的。"

赵含章正疑惑他为何这么确定,赵长舆突然道:"这里边的事,你可以考虑让傅长容知道。"

"祖父不担心傅长容谋算吗?"

赵长舆道:"我既然敢选择傅家,那便不怕他们谋算,而且……"

他的目光落在赵含章的身上:"你们二人之间,到底谁谋算谁还不一定呢。"

他嘴角微微一翘,道:"三娘,并不是男子就一定能在女子之上。你很好,既然你有心做赵家大房的主,那就做好这个主。你和傅长容将来是夫妻,至亲至疏夫妻,自己把握好便是。"

赵含章觉得他像个老狐狸,要是小姑娘听到这番话,心里不知要有多大的野心呢。只怕小姑娘拼尽一生也要护住赵含章母子,保住赵家大房。

虽然赵含章自己也是这么打算的。

赵含章冲他微微一笑:"我知道。我会和傅大郎君好好相处,一起努力保护好赵家大房。"

赵长舆瞥了她一眼,忍不住抬手拍了一下她的脑袋:"你真是古灵精怪。"

到了地方,车停下,赵含章先下车,然后去扶赵长舆。

赵驹早已带着随从候在门口。赵长舆和赵含章一到,赵驹便立即带了人上前跪下行礼,他身后的人跟着呼啦啦地跪下。

随从一共两排,一排七八个,年龄相差不大,在十六岁至三十五岁之间,皆是青壮年。

院子是普通的农家小院,只是围墙有些高,里面养着鸡,屋檐下还挂着麦穗和稻谷,以及捆成一捆的菜花种子。

赵含章的目光在院子里扫了一圈,她跟着赵长舆站在了台阶上。

赵长舆指着她,对众人道:"这是我的孙女,将来我的衣钵由她继承。"

此话一说出口,众人抬头看了一眼赵含章,纷纷跪下行礼:"拜见女郎。"

赵含章看向赵长舆。

赵长舆冲她点了点头,赵含章便笑着对众人道:"起身吧,今后在下就有劳诸位照顾了。"

众人齐声说："不敢。"

赵长舆便对赵含章道："让千里领着你去见一见他们吧。"

他又压低了声音道："这些人既是部曲，又不只是部曲，他们的家小也都在此处。"

赵含章明白了："我会好好地与他们沟通的。"

赵驹很听赵长舆的话，既然赵长舆说了要让赵含章了解这些人手，赵驹就事无巨细地为她介绍，连昨天晚上谁家夫妻两个打架都翻出来告诉赵含章。

赵含章有点儿明白为什么赵长舆这么信任赵驹了。

部曲一共十五个人，不是很多，但他们都是什长，每个人的手底下还有九到十五个手下，总共是一百九十九个，嗯，不算赵驹。

但这一百九十九人身后还有家小，凡出生满周岁的全部登记上册，现在册子上有八百九十六人。

这些人都可为赵含章所用。

赵长舆把名册交给赵含章便在屋内闭目养神，一副全部交权的模样。

但他的手指一直紧紧地捏着，心中并不平静。

这些人说多不多，说少却也不少，而且全是他精挑细选的精锐，在赵家的部曲中算是最优秀的一拨了。

赵含章能把握住还好，若不能，只怕被反噬。

赵含章拿着名册翻了翻，问道："队中有多少马？"

赵驹答道："只有两什配有马，一共是二十四骑。"

赵含章目中生辉："不少了，可以一用。"

赵驹闻言抬头看了她一眼，赵含章问："每日训练的内容是什么？他们消耗多少粮食蛋肉……"

这些人和街上看到的农人相比多了几分精壮，一看就没饿肚子，是好好养着的"正规军"，这样的消耗可不少，加上他们还养着二十四匹马。

不管是现在，还是在她的那个时代，战马都比人金贵，吃用可大多了。

赵长舆也厉害，竟然能私下养着他们而不被赵仲舆发现。

赵含章问问仔细，又与这些什长交流过后便跑回去找赵长舆："祖父，明天我能来看他们劳作吗？"

赵长舆给自己倒了一杯茶，笑问："种地能有什么看头儿？"

"不管有没有，我总要多与他们相处，不仅可以培养出感情，也能了解他们的优劣，以后好指挥他们。"要不是现在腿还没好全，她还想和他们一起训练呢。

军队里的信任基本上是打出来的，够不够默契，能不能听话，多训练就是了。

赵长舆微微蹙眉："我的本意是让你统领他们，让他们保护你们，不是让你……"

"一样的，一样的。"赵含章笑嘻嘻地凑上前去，"祖父，近年来洛阳可不安定，光靠种地养不起他们这么多人吧？您看，您都把人给我了，可我没钱，要是养不起他们……"

赵长舆沉默了好一会儿后道："还有些铺子，回去我一并交给你。"

赵含章殷勤地给他捶腿："谢祖父。"

赵长舆失笑摇头，意味深长地道："东西我是给你了，但你也要把握住才好，不然……"

"孙女知道，握在手里的东西才是我的，握不住，也只能看着它溜走，强留不得。"赵含章笑眯眯地道，"但祖父放心，我的手很大，也很紧。"

赵长舆问："若你实在握不住呢？"

"那我就大大方方地放手，好歹留一份香火情。如今朝野混乱，谁知道我们何时就有求于人了呢？不是原则那样的紧要事，我们大可以宽容一些。"

赵长舆舒爽地呼出一口气，虽然只是大话，还未曾见成效，但和聪明人说话就是省力气。他对赵含章很满意。

祖孙两个高高兴兴地回家。好心情在回到家后便消失殆尽了，宫中来了人，赵仲舆已经接待了好一阵子。

传话的内侍一见到赵长舆便立即起身，上前行礼："上蔡伯，陛下今日收到了您的题本，特派小人来叙话。"

赵长舆便请他上座，内侍拒绝了，目光看向赵仲舆和赵含章："这……"

赵长舆便叹息道："我的身体大不如从前，现在家事、国事基本移交给二弟，内侍有话不妨直说。"

内侍略一思索便道："还请伯爷和亭侯之后守口如瓶，这些话出小人之口，只入两位之耳。"

赵长舆点头应下，却没有叫赵含章退下去。赵含章也低头垂眸地站在一旁，心中默念："看不见我，看不见……"

内侍又看了她一眼，见赵长舆当看不见，只能尽量略过她，压低声音道："陛下也忧心北边的羌胡，因此属意由王延和高韬两位使君镇守京兆郡，傅中书也有此意，朝中支持此调动的人也不少，若能得伯爷上书，那此事便更加顺理成章……"

总结下来就是一句话，皇帝让赵长舆再上一次奏章，这次把接管京兆郡的人由东海王变成王延和高韬。这样一来，皇帝会感激不尽，王延和高韬也会感激不尽。

赵长舆打着哈哈送走了内侍，人一走，他脸上的笑容就消失了，他捂着胸口，身子晃了两下。

赵含章忙伸手去扶，赵仲舆也伸手扶住兄长，看到另一边冲上来的赵含章皱了皱眉，这孩子怎么还在这儿？

不过当下最要紧的不是这个。他忽视掉赵含章，把赵长舆扶到榻上坐下："兄长，陛下这是让您对上东海王吗？"

赵含章给赵长舆倒了一杯热水。

赵长舆喝了一口，缓了缓心口的气才道："拉拢而已。"

赵仲舆道："那我们……"

"我病了。"赵长舆打断他要说出的话，呼出一口气，"从明日开始，家中闭门谢客。我既然病了，于国事上自然无能为力，随他们去吧。"

赵仲舆低声道："其实帮扶陛下一把也没什么不好。王延是陛下的亲舅，高韬权势也不弱，此时兄长卖二人交情，将来我们赵家……"

赵长舆摆了摆手，道："不妥，王延和高韬斗不过东海王。"

"可傅中书不也上书提议由王延接管京兆郡了吗？"

赵长舆抿了抿嘴道："我们赵家和傅家不同。此事不妥，不必再提。"

赵仲舆的脸色有些不好看，板得紧紧的，但他见赵长舆胸膛起伏剧烈，也不敢再议此事，生怕把赵长舆气出个好歹来。

赵仲舆正要起身告辞，一抬眼，又对上另一边站着的赵含章，便皱了皱眉，问道："你的腿伤好了？"

赵含章低着头，恭敬道："昨日祖父病倒，我一急就站起来了，略走了走，发现虽还有痛感，但也不影响走路了。"

赵长舆瞥了一眼赵含章，替她找补道："这孩子有孝心。"

哪怕怀疑她之前是装受伤也不好在此时提及，赵仲舆只能板着脸道："好好服侍你祖父。"

赵含章应下，目送赵仲舆离开。赵仲舆一走，赵长舆便往后靠在了榻上，幽幽地叹息一声，一脸忧虑的神情。他也不知自己是在忧虑大晋，还是在忧虑赵家。

赵长舆想着心事，目光便又慢慢地落在了赵含章的身上，见她正在给他泡药茶，便道："三娘，傅中书提议由王延接手京兆郡，你觉得如何？"

赵长舆顿了顿，问道："你知道王延吗？"

赵含章在脑海中翻了翻，结合史书上的记载，点头道："我知道，傅中书想要趁此机会扶持当今圣上。但东海王霸道自负，怕是不会退让，此事不成。"

赵长舆面色稍霁："但傅中书还是如此提议了，现今我们两家是姻亲，姻亲站在一起也在情理之中，你觉得你叔祖的建议如何？"

"不如何。"赵含章道，"傅家可以这样提，是因为傅家有傅中书在，若事成，便可牵制东海王；便是事不成，也能抵御来自东海王的压力。但我们家不同，祖父病重，显然已经不能再庇护赵家。以叔祖之能，参与进这摊浑水里，要想全身而退几乎不可能，到时候赵家说不定会成为东海王杀鸡儆猴的鸡。"

赵含章说到这里一乐："到那时候，傅家成了那只猴，倒是成全了我们两亲家共患难的情谊。"

赵长舆以前怎么没发现孙女这么促狭？

虽腹诽，但赵长舆心中很骄傲，这就是他的孙女，她才十四岁，谋智已不在她的叔祖之下。

骄傲过后，他便有些心酸和惋惜：可惜了，这样的好孩子却要变成别人家的了，她要是个男儿多好。

她要是男儿，就是阿治早亡，大房也不会断了传承，赵家还能更进一步。

现在这样退而求其次地把爵位给二房，赵长舆虽然嘴上不说，心里还是无限惋惜的。

见赵长舆沉默许久，赵含章有些惴惴，难道她说错话了？

"祖父？"

赵长舆回神，看了她一眼，道："你既然会想，那就多想一想。我让人把西角门打开，从明日开始，你可以从那里离开。城西的人手你得尽快收拢，我的时间可不多了。"

赵含章迟疑："府中……"

"府中不必你担心。家里既然闭门谢客了，那你就每日过来侍疾，替我抄写经文祈福吧。"

赵含章高兴地应下，殷勤地给赵长舆倒茶："祖父，这是陈太医开的药茶，成伯说对您的身体好，来，您多喝些。"

赵长舆伸手接过，成伯一脸喜色地进来禀报："郎主，傅大郎君来了，说是来给您尽孝。"

赵长舆瞥了一眼赵含章，冲她挥手道："那你去和姑爷传个话吧，就说他的孝心我收到了。"

赵含章起身应是，躬身告辞。

赵长舆看着她的背影，怎么看怎么觉得欢快。他微微皱眉，再一次问成伯："你确定他们之前没有私交？"

这怎么看都不像啊。

成伯回道:"奴仔细地问过,这几年女郎和长安那边都没往来,傅大郎君是五年前离京的,五年前……"

五年前赵含章才九岁,他们就算认识,谁能想到那方面去?

赵长舆喃喃:"那就是一见倾心?"

他苦恼起来,这到底算好事还是坏事?

"希望她不要学那些为情所困的女子……"

成伯安慰他:"女郎不会的,郎主看她这几年的谋算便知。且论感情,谁能比得上二娘子和二郎在她心目中的位置呢?"

赵长舆眼下也只能这样安慰自己,而且她到底是自己的亲孙女,好处给她,总比给二房强。

这么一想,赵长舆又振作起来,和成伯道:"把床头柜上左手边第二个格子里的盒子取来。"

成伯一愣:"那些不是要给二老太爷……"

接触到赵长舆的目光,成伯咽下剩下的话,躬身道:"是。"

赵长舆打开盒子,将里面的册子拿出来,开始斟酌着把什么东西划掉:"老二不长进啊,三娘又出乎我意料地能干。这世上的事皆是如此,能者多劳,既然她有此般见识,那就多给她一些东西。"

赵长舆本就是个吝惜财物的人,把大房交给二房,一是为了大局,二是为了孙子和孙女。

现在孙女有能耐,他自然是尽可能地把东西分给赵含章。

其实,对一个貔貅来说,抑制住把好东西给自己人,而是转交给别人的欲望是很困难的。要不是足够理智,知道把东西给王氏母子是害他们,他真想一点儿也不给二房。

现在赵长舆就用了很大的意志力在挑选。他挑挑拣拣,和成伯仔细地检查,确定哪些是可以私下给赵含章的,哪些是必须明面给的。

就这样,赵含章的嫁妆单子开始添加条目了。

和傅庭涵在花园里碰上面的赵含章对此一无所知。她遣退仆人,兴奋地和傅庭涵道:"我今天又得到了一笔资产。"

傅庭涵疑惑地问道:"你家这么有钱?"

能让赵含章喜形于色的资产应该不少。

赵含章矜持地道:"不少,主要是我的祖父会攒。"

傅庭涵没想到她融入得这么好,已经能够没有违和地称呼赵长舆为祖父了。

他替她开心,也有些羡慕:"我们今天开始学习雅言?"

赵含章点头:"以傅教授的智商,应该很快就能融会贯通了。"

毕竟他也有原来的记忆。

傅庭涵笑了笑:"我在语言上不太有天赋,恐怕要麻烦赵老师了。"

"你只管来,我每日下午应该都在府中。"

"下午?"

"对,我上午要去处理资产。"赵含章顿了顿后道,"本来想带你去看看的,但我现在还没掌控他们,突然带你去会横生枝节,所以还需要等一段时间。"

傅庭涵点头:"我可以等你。"

赵含章很满意他的体贴,笑道:"那就这么说定了,以后你每日下午上门,我教你雅言,顺便交流一下我们的处境。你对这个时代不太了解,是吧?我比较了解,可以帮助你融合记忆,尽早融入这个时代。"

傅庭涵点头。

赵大娘停下脚步,看着前面。

赵二娘和赵四娘便顺着她的目光看去,正见傅庭涵在仆人的带领下往大房那边走去,二人撇了撇嘴:"又来了。"

赵大娘觉得额头有点儿疼,不由得伸手摸了摸头。

当时离得远,她听不见两个人说的话,甚至没来得及多看,只是觉得他们相谈甚欢,还没等她靠近一些听,石头就砸过来了。

她此时看见傅庭涵还有那种脑袋炸裂般的感觉:"这几天傅大郎君都上门吗?"

"可不是嘛,他日日都来,生怕外人不知道他们定亲了一样。"赵二娘揪住一朵花扯了下来,不太高兴地道,"伯祖父也是偏心,这段时日只让三娘和二郎侍疾,我们二房的人过去,才到正院门口就被打发回来了。"

赵大娘垂下眼眸道:"他们才是亲祖孙。伯祖父偏心不是正常的吗?"

"可现在阿爹才是世子啊,相当于是父亲继承了伯祖父的衣钵。伯祖父现在不让父亲侍疾,也不见我们,要是传出去,外头的人还不知要怎么编派我们呢。"赵二娘很不高兴地道,"倒显得他们大房姐弟孝顺,日日过去侍疾,连大房未来的女婿都每日上门来尽孝,好似我们二房不孝顺伯祖父一样。"

"那傅大郎君来了便去大房的花园,根本不去正院看伯祖父,谁知道他们在花园里做什么?"

赵四娘小声道:"二姐,这样的话传出去对我们也不好。"

"谁会传出去?我不就与你们二人说说而已吗?要是传出去,必定是你们传的。"

赵大娘和赵四娘相顾无言。

虽然赵长舆不会见她们,但她们还是得每日去正院里问一遍,被打发后才回二房。

每日这样被拒之门外,三个小姑娘便有了脾气。

赵含章着一身胡服从马上跳下来,从西角门进了府。门房立即接了她的马,候在门里的听荷立即迎上去:"傅大郎君已经来了,正在花园里喝茶。二娘子见您今日迟迟不回,便让二郎过去陪客。"

赵含章一边往清怡阁走,一边问:"今日府上有什么事吗?"

"今日府上又来了一位使君,还带了太医来,看过郎主后便离开了。"

"太医前后待了多长时间?"

"两刻钟左右。成伯亲自把人送到门外,人才送走没多久,二房的老太爷便从外面回来,还去正院里见了郎主,也只待了两刻钟。"

赵含章点了点头,回到清怡阁。院中的丫鬟仆妇已经准备好衣裳,伺候她进内室换衣服,不一会儿胡服窄袖便换成了宽袖裙袍。

听荷见她拎起裙子就往外走,连忙追在后面道:"三娘,你的发髻还没换呢。"

"不必换了,就这样吧。"

听荷追在后面:"这样岂不失礼?"

"傅大郎君不会在意的。"

赵含章大步走到花园,就见赵二郎正盘腿坐在次席上满头大汗地盯着棋盘。看见赵含章过来,他立即拈了白色的棋子跳起来,鞋子也不穿,穿着袜子就朝她这边跑:"阿姐,阿姐,你快来看,我会下棋了!"

赵含章走上前去看了一眼,"啧"了一声道:"五子棋啊?"

傅庭涵放下手中的黑子,笑道:"这个简单好上手,二郎也有兴趣,拿来开智最好了。"

赵含章一想也是,便在傅庭涵的边上坐下,冲赵二郎招手:"过来,我试试你的水平。"

赵二郎兴奋地上前,也不管棋盘上快要连成五子的黑子,直接把棋子都收了,然后抢过傅庭涵手上的那颗一并塞给赵含章:"阿姐,给你。"

赵二郎抱着棋盒,抓了一颗棋子,眼睛发亮地看着赵含章,小心翼翼地伸出手:"我……我先下?"

赵含章大方地道:"你先下吧。"

赵二郎"啪"的一声快速地把棋子落在棋盘的正中心。

赵含章笑着落下一颗黑子,赵二郎也不假思索地放下他的第二颗棋子……

不一会儿,赵含章便闲适地随手落下棋子,随口和赵二郎道:"我赢了,你捡棋子吧。"

赵二郎便去捡棋子。

赵含章问傅庭涵:"你父母有消息了吗?"

"还没有。"傅庭涵道,"傅……祖父让我和你道谢,多谢你的祖父派人去长安接人。"

赵含章道:"姻亲嘛,互帮互助正常的。"

傅庭涵不由得去看她的脸:"你……接受得真好,也很快。"

赵含章奇怪道:"这有什么不可接受的?我们是合作关系,又那什么,自然要孝顺长辈,是吧?"

赵二郎捡完了棋子,拉了一下赵含章的袖子:"阿姐,好了。"

赵含章便随手落下一颗棋子。

傅庭涵低声问:"要是结果就是万一呢?"

赵含章用棋子堵住赵二郎的去路,坦然道:"我已经做好万一的心理准备了。"

傅庭涵面色怪异:"可那时我们已经结亲了,你知道这意味着什么吗?"

赵含章落子的手一顿,她抬头看向傅庭涵:"你放心,到时候你要是有喜欢的人,我会和你离婚,哦,和离的。我完全可以做自己的主,不会被世俗裹挟,这一点你完全放心。"

傅庭涵皱眉:"也就是说,你将来也会喜欢上别人?"

他又抿了抿嘴:"在已经和我结亲的情况下。"

赵含章摸摸下巴,道:"对于爱情,我还是很渴望的。这个时代也不乏优秀的人才,但我和他们之间毕竟隔了几百条代沟,在共同生活这个话题上,我们恐怕很难有共同语言。"

傅庭涵悄悄地松了一口气,给自己倒了一杯茶一饮而尽:"我也是。"

赵含章便跟他碰了一下杯:"那再好不过了,我们可以一直合作,少了许多后顾之忧。"

傅庭涵冲她笑了笑,看了一眼棋盘,道:"你又赢了。"

赵含章便收了棋子,对兴致不减的赵二郎道:"让你姐夫陪你玩两局?我有些累了。"

正喝茶的傅庭涵一下被呛住,剧烈地咳嗽起来,口水喷到了赵二郎的衣襟上。

赵二郎正玩得兴起,一点儿不嫌弃傅庭涵的口水,随便一抹道:"好,姐夫陪我下,我还要再战三百回合!"

傅庭涵接过赵含章手里的棋盘,对赵二郎笑了笑后继续下起了棋。

和赵含章不一样,傅教授很在意对手的游戏体验,赢两把总要输给对方一把。这让赵二郎越战越兴奋,赵二郎更是全身心地投入其中,心里、眼里都是棋子。

"你今日回来晚了,是有意外吗?"

"没有意外。"赵含章绽着笑容道,"我今天骑马了,和记忆里的骑术融会贯通,还和我的手下们赛了一场,时间没把握好,所以晚了。"

赵含章想到了什么,倾身靠过去,低声问道:"你要不要学一下?你没有驾照,好歹得会开车,逃命用得着。"

傅庭涵很好奇,这时候的洛阳在历史上到底是乱成什么样,以至让一向胆大包天的赵老师都时时想着逃命的事。

傅庭涵想了想后,道:"我的伤也已经好了,可以学,一起吗?"

赵含章略一思索后点点头:"行,明天早上我们城西见,到时候我找个师傅带着。"

傅庭涵看着她,嘴角忍不住微微上扬,点头应下:"好。"

第四章
# 风波起

"我赢了！"赵二郎"啪"的一声落子，高兴得大叫起来，吓得走神儿的傅庭涵一个激灵。

赵含章低头看了一眼棋面，不由得扫了傅庭涵一眼。这不应该啊，傅庭涵才赢了一局，怎么这局就让给赵二郎了？

傅庭涵面不改色地放下棋子，夸奖道："二郎越来越厉害了。"

赵二郎第一次被人夸厉害，激动得脸都红透了，兴奋地看向赵含章："阿姐，阿姐，我厉害吗？"

赵含章笑着颔首："厉害。"

时间不早了，傅庭涵得回家了，赵二郎依依不舍地拉着他："明天你还来陪我玩好不好？"

傅庭涵笑着应了一声："好。"

既然傅祗让他来尽孝，他自然是每天都要来的。

赵含章照例送傅庭涵出门，结果在二门处碰见了二房的三姐妹，双方都停下了脚步。

赵含章仔细地去打量对面那个没见过的女孩子，这个女孩子只在记忆里出现过。因为是别人的记忆，所以赵含章一直有种不真实的感觉。

这会儿人站在了跟前，记忆和现实融合，她才有了真实的感觉。

赵大娘触及赵含章炯炯的目光，有些窘迫地移开眼，低垂着眼眸行礼："三妹妹、傅大郎君。"

赵大娘这一行礼，还等着赵含章行礼的赵二娘便摆出一脸不爽的模样，不得不跟着行礼："三妹妹这是送傅大郎君出门吗？"

赵含章等二房的姐妹三个都行过礼后才回礼："是啊，姐姐和妹妹怎么到这儿来了？"

赵二娘总觉得赵含章在说"姐姐和妹妹"时有种怪怪的感觉，却又说不上来。见大姐低着头不说话，赵二娘便只能开口："我们来看大郎读书，这会儿正要回去呢。"

不知为何，明明二房已经得偿所愿，世子之位到手，但对上赵含章，她们似乎还是底气不足。

明明以前都是赵含章避让她们的。

赵二娘正想没话找话，一旁的赵四娘突然道："三姐姐，你怎么是束发？这不是男子打扮吗？"

赵二娘闻言和赵大娘一起抬头看向赵含章。

傅庭涵也忍不住扭头看向她。

赵含章大方地任由她们看，还问她们："我自己试的新搭配，好看吗？"

赵二娘道："三妹妹好雅兴，伯祖父病重，你竟还有心思打扮。"

赵含章道："这叫'彩衣娱亲'，只要祖父高兴，别说我换个发型，就是每天换上十套八套衣服去讨他欢心都行。"

赵二娘三人无言以对。

一直沉默的傅庭涵开口，慢慢地道："时间不早了。"

赵含章立即道："我送你出去。姐姐、妹妹，我先失陪了。"

赵二娘目送他们两个走远，皱眉道："我总觉得她在骂我们。"

赵大娘又觉得额头疼了："她又没有骂出口。别管这些了，我们也快回院子吧。"

赵四娘道："我也觉得她怪怪的，哪儿有穿着女郎的裙袍却似男子一样束发的？你们说，她会不会悄悄出府了？"

"她不是辰时后便去伯祖父那里侍疾，午时过后就在花园里陪傅大郎君，哪儿有时间出府？"

赵四娘还是觉得不安："可是……"

"别可是了，现在除了大房的院子，家里都是母亲在管，出门这么大的事还能瞒得过母亲吗？"

赵四娘一想也是，便不再说话。

傅庭涵站在车旁，看了一眼她的身后，问："为什么要引起她们的怀疑呢？"

赵含章道:"这是祖父的意思,我在城西的人需要隐藏,还有一些资产需要处理。所以我得抛个诱饵给二房抓住,把他们的注意力转开。"

赵长舆的身体越来越不好了,不仅赵含章知道,赵仲舆和赵济应该也知道。汲渊说,最近大房的产业中都出现了一些陌生的面孔,在有意无意地接洽生意,还有人在收买里面的仆人,为的就是看账册。

他们的动作越来越大,赵含章总要给他们找点儿事做。

傅庭涵一脸不解的神色:"既然你说洛阳之后会发生战乱,我们甚至都不能在这里生存,那固定资产在这一段时间里产生的效益非常有限,你为什么要费心力在这上面?"

赵含章顿住,眨了眨眼。

她对面的傅庭涵也眨了眨眼,迟疑了一下,问道:"你……不会没想到吧?"

沉默在二人之间蔓延,许久,赵含章轻咳一声:"所以你觉得……"

"黄金、白银、布匹,甚至是瓷器和玉器,这些都比固定资产要强,尤其是前三者,不仅好携带,也好交易和变现。"

傅庭涵因为对这个时代不了解,所以在醒来后便开始观察这个世界,而最好的办法就是到市井里去多听多看。

之前他没有出门的机会,但自从要来赵家尽孝,每日都要绕道去集市,自己下车一路走过来。

如果洛阳真如赵老师说的那样会混乱,那么最要紧的物资应该是粮食、布匹和药材,资产应该是方便携带且价值又高的黄金和白银,其次是布匹、铜钱……

赵含章定定地看着傅庭涵,半晌,伸手拍了拍他的肩膀,道:"傅教授,是我犯了教条主义,太想当然了。"

傅庭涵道:"没关系。"

赵含章目送他走远,转身就回了清怡阁。有些事,她得重新打算了。

赵含章拿出一张大纸,开始罗列起她可以变现的资产来,还没列完,外面便响起嘈杂声。

赵含章笔下一顿,将纸卷了卷丢进火盆里烧了,才坐好。

听荷小跑进来:"三娘,郎主病危,二房已经过来了。"

赵含章惊讶地起身:"派人去请母亲和二郎,你留下,守好大房的门户。"

听荷脚步一顿,躬身应下。

赵含章到正院的时候,院子里静悄悄的,赵仲舆带着一家人站在院子里。看到赵含章扶着王氏和赵二郎过来,赵仲舆便冲他们点了点头。

王氏扶着赵含章的手上前,恭敬地行礼:"二叔父。"

赵仲舆微微颔首,扫了一眼赵含章后道:"陈太医正在诊治,先候着吧。"

王氏低头应下。

扶着她的赵含章感受到她的惧意,不由得挑了挑眉,不动声色地看向赵仲舆。

赵仲舆已经扭头盯着门口,一副忧心忡忡的模样。

过了一会儿,成伯出来,躬身行礼后道:"二老太爷,让郎君和女郎们回去吧,郎主才吃了药,已经缓和多了。"

赵仲舆问:"大哥的病怎么突然加重了?"

这也是赵含章想问的,她早上出门的时候祖父还好好的,怎么晚上人就病重了?

成伯叹息道:"郎主的身体本就不好,这段时间国事家事繁杂,郎主心思重,就……"

说完,成伯又重重地叹息了一声。

赵仲舆知道国事是什么事:"家中一切安好,大哥在忧心什么?"

成伯低着头没回答,只催促道:"二老太爷,让郎君和女郎们回去吧。天要黑了,露水深重,要是受寒就不好了。"

赵含章仔细地盯着成伯的侧脸,突然道:"成伯,我要留下照顾祖父。"

说完,赵含章还轻轻地捏了一下王氏的手。

王氏立即反应过来,连连点头:"对,对,让三娘和二郎留下侍疾。公参看见他们两个,说不定病能好转。"

不等二房的人说话,成伯叹息一声道:"那娘子和二郎、三娘就留下吧,正好,郎主也有话与你们说。"

赵仲舆便压下了到嘴边的话,转头吩咐赵济:"让他们回去吧,你也留下侍疾。"

赵济应下,让吴氏带着孩子们回去,他和赵仲舆留了下来。

成伯微微抬头,见应该留下的都留下了,满意地垂眸。垂眸间瞥见赵二郎,他便有些迟疑,二郎……适合在场吗?

就在成伯迟疑的时候,赵含章已经替他做好决定:"二郎,进去以后要问祖父的身体,要听话,知道吗?"

赵二郎乖乖地点头。

成伯便不管他了,侧身请众人进屋。

屋子里有很浓的药味。

赵含章心想,祖父讲究得很,可不会容许自己的屋里有这么浓的药味。

她的心又放下来了一些,她进到内室一看,陈太医正在给祖父扎针,赵长舆脸色苍白地躺在床上。

他们便站在屏风处,赵含章小声地问成伯:"陈太医怎么说?"

赵仲舆和赵济都竖起了耳朵。

成伯叹息着摇头:"郎主昨天晚上只睡了不到两个时辰便觉得烧心,然后就怎么也睡不着,今天只陆续进了一碗米汤,剩下的全是药。"

成伯在瞎说,早上他们祖孙两个一起用的早食,赵长舆的确胃口不好,但当时也吃了一碗粥,又细嚼慢咽地吃了一个馒头。

赵含章的脸上满是忧虑之色:"下午祖父是不是又吐了?"

成伯顿了顿后点头:"是啊。"

赵含章用帕子擦了擦眼角,擦出红色后才哽咽地道:"祖父总这样吃不下东西可怎么是好?"

王氏不知内情,顿时心如同被火焚烧一样,抓着赵含章的手摇了摇。

赵仲舆的脸色也很不好,虽然和大哥的关系不太好,但他同样不希望赵长舆出事,毕竟赵长舆是赵家的顶梁柱。

因此赵仲舆最先耐不住脾气,问道:"可有办法医治?"

成伯没说话。赵长舆这病又不是一天两天了,而是病了半年,病情一日比一日重,去年冬天,不少人觉得他熬不过去,听闻惠帝把谥号都给他准备好了。

谁知道惠帝都死了,赵长舆竟然还活着。

赵长舆能活过冬天,又熬过倒春寒的时节,到了今天,已经是奇迹了。

成伯觉得郎主能熬到现在,一是因为牵挂赵二郎和赵三娘,二是不放心赵家。

赵仲舆也是这么想的。他迟疑了一下,在陈太医拔了针退下后,还是上前握住赵长舆的手,道:"大哥,你得尽快好转起来,三娘和二郎还等着你教导呢。"

赵长舆睁开了眼睛,定定地看了赵仲舆一会儿,道:"二郎敦厚老实,再教也教不出精明能干来,便由着他这样吧。只希望赵家的福德能够荫庇他,不求大富大贵,平平安安一世便好。"

"至于三娘,"赵长舆顿了顿后道,"我给她定了一门亲事,当日你也在场。"

"是,傅家清贵,傅大郎君的人品、相貌皆不差。大哥放心,他将来会好好地对三娘的。"

赵含章忍不住去看他们兄弟握在一起的手,这安慰真是不走心,赵仲舆什么时候能做傅家的主了?

难怪赵长舆不肯死,若这事发生在她的身上,她也不能放心地死去啊。

赵长舆却是一副认同赵仲舆的模样,点头道:"他们两个都是好孩子,子庄人品贵重,我也放心把三娘交给他们家。我走后,你也多照看照看他们小夫妻。"

赵仲舆满口应下。

"这几日我一直在养病，但并无好转，身子反而日渐沉重，想来是时间快到了。"赵长舆道，"我想在我走前，把三娘的嫁妆和将来给二郎的聘礼准备好，便是最后见不到他们延续后代，我知道安排妥了他们，也心安了。"

赵仲舆能怎么说呢，只能点头应了一声："是。"

赵长舆便看向成伯。

成伯端来一个盘子，上面是两卷丝帛，其中一卷特别厚，打开来，上面是密密麻麻的字，全是罗列的各种金银器物、书画玉石和田庄铺子。

赵仲舆伸手接过，只粗粗地扫了一眼："这是给二郎的聘礼？"

这比他们二房的家产还多。

"不是，这是给三娘的嫁妆，那一卷才是二郎的。"

赵仲舆偏头去看那卷明显要小很多的丝帛，半晌没说出话来。

赵仲舆打开两卷丝帛，两者相差很大，赵三娘的嫁妆差不多是赵二郎聘礼的五倍。

当然，他不觉得大哥这是重女轻男。他盯着嫁妆单子上的一些书籍字画，发现这些都是可传家的宝贝。显然，大哥还是不信任他，所以要把这些东西合理地转移出赵家，想要通过出嫁的赵三娘的手再转回到赵二郎的手中。

可赵长舆怎么就确信傅家肯把到手的东西再交出来？一旦傅家反悔，难道赵三娘还会把到手的嫁妆送回娘家吗？

赵仲舆沉吟道："大哥，二郎的聘礼是不是太少了？二郎敦厚，大哥更该疼两分才是，而三娘将来的荣辱在傅大郎君身上，傅大郎君才貌双全，将来成就必定不低，可封妻荫子。我的意思是，不如将他们姐弟的单子对换，也好为二郎求娶世家女。"

赵含章连连点头，一脸赞同的模样："是啊，祖父，我不需要这么多嫁妆，还是给弟弟吧。"

赵长舆瞥了她一眼，叹了一口气，对赵仲舆道："二郎虽痴愚，却是男子，将来可以自立，但三娘不一样，女子天生柔弱。我走了后，就只能把她托付给你们照顾。我总想给她多留一些东西，将来便是傅家欺负了她，她也有自立门户的资本。"

赵含章反驳道："但留给弟弟的聘礼也太薄了，祖父，从我这里拨一些给弟弟吧。"

赵长舆道："罢了，我自己拿出一些私房来填给他就是了。"

赵仲舆无言。他明白了，赵长舆已经打定了主意，他想要改变已基本不可能。

赵仲舆便放下两卷丝帛："大哥做主就好。"

赵长舆颔首："我时日无多，明日便请傅家上门来商议三娘的婚期，顺便把这嫁妆单子定下来。"

赵仲舆紧了紧拳头，问："不知傅家请了何人做媒？"

东海王是不可能来做媒了，最近傅祗和东海王因为河间王和京兆郡的事有分歧，到现在两个人还没有决断呢。

赵长舆道："暂时还不知道，但我想，子庄不会委屈三娘的。"

所以来的人身份肯定不低。赵仲舆只要还想要名声，那就要保证赵含章得到嫁妆单子上的东西。

赵仲舆心中很不高兴，觉得大哥小看了他，这样处处防备的姿态让他深感被冒犯了。

但赵长舆此时脸色苍白，身体不好，赵仲舆也不敢与他争执，生怕把人吵出个好歹来。

赵仲舆起身："大哥既然做了决定，那便如此吧。"

赵长舆道："明日你留出时间来，让济之明日随我待客。他是世子，三娘定婚期是大事，还需要他这个伯父帮衬一二。"

赵仲舆看了一眼儿子后应下。

赵长舆便显露出疲态，大家识趣地告辞。

赵仲舆出了大房的正院便大踏步往前走，赵济在后面追："父亲，让三娘带这么多东西出嫁，岂不是分我族之力，肥他人之族？"

赵仲舆脚步不停地道："你的伯父病糊涂了，此时一心只想着大房的遗孤，哪里还能想到家族？但他一日是家主，这个家便由他做主。"

赵济叹道："可那陪嫁也太多了。"

赵仲舆停下脚步："你以为那些东西真是给三娘的？不过是他信不过我们父子两个，把二郎的那一份也交给三娘保管罢了。"

赵济脸色带着薄红："伯父为何这样揣测我们？难道我们是那样的人吗？"

赵仲舆狠狠地瞪了他一眼，道："还不是因为你这孽障！听闻前几日你到清怡阁发脾气，还要越过王氏处置她身边的仆人？"

赵济低下头道："是那些仆人太过可恶，挑拨离间……儿子也是担忧王氏和三娘无知，受仆人挑拨……"

"行了，你不必与我辩解。不管你的初心如何，你伯父都只看到你不尊敬大房，定亲是在那天晚上之后，列嫁妆单子也是在那天晚上之后。"赵仲舆脸色不悦，"你该敲打一下吴氏了，作为当家主母，首要之责便是相夫教子。我们二房和大房同出一脉，是血缘至亲，一家子骨肉打闹成这样像什么话？好好的几个孩子，都叫她给教坏了。"

赵济低着头不敢说话。

赵仲舆"哼"了一声，甩袖便走。

第二天一早，赵含章便让人从西角门出去给傅庭涵送信，言明今日不能外出了。虽然她觉得他应该会跟着过来定期，但还是要提前知会一声。

王氏顶着黑眼圈过来，身后跟着一群侍女。

"这是阿娘给你找出来的衣裳，快过来试试。"

赵含章只看了一眼便道："颜色也太鲜艳了，有没有素色的？"

"今天是你定期的好日子，怎么能穿素色？"

赵含章道："祖父还病着呢。"

"那更该穿鲜艳的了，冲一冲，说不定你的祖父就好了，而且他看到你穿得好，心中也高兴。"王氏拿了衣服在她的身上比画，小声道，"昨晚我一夜没睡，一直在想你祖父给你定的那些嫁妆。没想到，你祖父会给你带这么多东西，二房竟然一点儿也没有。只要今天定下婚期，嫁妆单子上落下名字和印章，那这事情就算妥了。有了这笔钱，将来就算二房真的不管我们，我们也能衣食无忧了。再有你弟弟的聘礼，聘娶一个小世家的千金不成问题。"

"阿娘，你就别想二郎的聘礼了。到时候大伯继承爵位，聘礼在族中保管，能不能到，什么时候到二郎的手里可就不一定了。"

王氏一愣："他们敢贪墨？！"

"二郎现在没定亲，又不能把东西搬到他的岳家去，也没人可以给他做公证。到时候或是用家计艰难这样的借口，或是用族中需要做什么事的理由，慢慢把东西用完，难道我们还能逼着二房把东西吐出来不成？"

"那你昨晚费这么大劲儿要往他的聘礼上面添东西？"

"我要是不这么说，叔祖父还不知要围着我的嫁妆讨论几次呢。祖父的身体不好，我没那么多时间跟叔祖父干耗。"

王氏在心里自动地把嫁妆单子上的东西一分为二，瞬间心疼起来："这得少了多少东西啊，亏了，亏了。三娘，要不你再和你祖父撒撒娇，让他把二郎聘礼单子上的东西挪到你的嫁妆单子上来？"

"再多就过于显眼了，传出去，外人指不定要怎么看我们赵家的笑话。他们可不仅仅会说二房谋算大房的财产，也说不定会议论我们大房是小人之心，恶意揣测二房，甚至还会败坏祖父的名声。"赵含章道，"这样就挺好。"

这张嫁妆单子可是赵长舆费了好几天的工夫挑选出来的，可不能打乱了他的计划。

巳时正，傅祗便带着媒人和傅长容上门来了。赵长舆也特意换了一身衣服，赵含章扶着他去前厅。

赵仲舆带着赵济过来，看到傅祗带来的人，不由得一顿。

赵长舆也没想到傅祗会请王衍来做媒人，微不可见地停顿了一下。

赵含章察觉到，不由得抬头看向对面来人。

只见站在傅祗身侧的是一个俊秀文雅的中年人，他着宽袖长袍，身姿如松，站在傅祗身侧。看到赵长舆，他微微一笑，道："上蔡伯，我今日上门是为傅家的大郎君求娶你家女郎的，不知上蔡伯愿不愿许亲哪？"

他的目光往旁边一挪，落在了赵含章的身上，二人目光对上，王衍微微一愣，眉头轻皱，继而笑问："这就是你家三娘？"

赵长舆的目光和傅祗一交而散，他笑着拉过赵含章："是，三娘，来见过你王世叔，我记得你和他家的四娘是好友。"

"是。"赵含章上前一步行礼，"侄女见过王世叔。"

王衍知道赵三娘，她是他的小女儿四娘的好友，以前似也见过，虽然未曾说过话，但他知道她。

在他的印象中，她是个聪慧隐忍的孩子，但也只是聪慧隐忍。

但这一刻见面，他心中不知为何警铃大作，明明她的眼中更见坚韧，这样的女郎在这样的乱世是好事，但……又不是好事。

王衍不动声色地去看傅长容，见他沉静地站在傅祗身后，身姿挺拔，虽然话少，但应答进退有度，才情亦不弱。

王衍压下心中的杂念，在傅祗再一次看过来时，他想起此行的目的，忙和赵长舆提出结亲的事。

两家之前就已经说定，且下了定礼，他这个媒人只要提亲，再提起婚期就好。

傅家连婚期都提前请人算好了，他就是做个见证，费个口舌。

大帅哥王衍虽然号称不喜俗务，但对于这种两全其美又不费精力的事还是很愿意帮忙的。

而且傅祗和赵峤都是当朝名臣，名声不错，为两家说媒，将来小夫妻二人和和美美，他也能得一个美名不是？

婚期定得特别顺利，嫁妆单子盖章也很顺利。

饶是王衍这样的世家子弟，在看到赵含章的嫁妆单子时也吃了一惊，在确认赵、傅两家都没意见后，他就掏出自己的私章，在两份婚书和嫁妆单子上盖上了私章。

婚书和嫁妆单子都是一家一份。

赵长舆知道自己时日无多，因此选了一个最近的日期，六月初六，还有两个来月的时间。

赵仲舆觉得太急了，但两家已经说定，赵长舆又如此坚定，赵仲舆便也干脆地在见证人一行那里签了字。

他的签名重要也不重要。

重要是因为将来便是有纷争，也可证明这张嫁妆单子是他认可过的。

不重要是因为已有王衍见证的嫁妆单子，赵仲舆不可能反悔。

要知道这位王衍在大晋可是名人，不仅是名人，还位高权重，就是赵长舆和傅祗对他都要退让三分，更不要说赵仲舆了。

赵含章也在悄悄地打量这位闻名千古的名士。

赵含章只觉得他长得是真好看，放在她那个时代，完全可以做演员，不仅好看，气质也极好。

傅庭涵顺着她的目光去看王衍，没看出什么来。

等事情结束，大人们决定到花园里赏景谈玄，不管是赵含章还是傅庭涵对这个都没兴趣，听了一会儿后就找借口退出去了。

傅庭涵往身后看了一眼："让他们退下？"

赵含章回神，往后看了一眼便冲听荷几个挥了挥手。

听荷行礼应下，带着人停下脚步，但也没走，远远地看着他们。

附近没人了，傅庭涵这才好奇地问："你干吗一直看王衍？他有什么特别的吗？"

赵含章想了想后道："他除了长得好看，眼光比较毒辣，智商比较高。不过此人自私，也没有情义，不可深交。傅中书怎么会请他做媒？在我的记忆里，我祖父和他的关系不是很好，你祖父和他的关系嘛，好像也很一般。"

傅庭涵道："傅中书用一张字帖做了谢媒礼请来的。他说，请王衍做媒，将来我们两个人的婚事就不会有意外了，方便你祖父的谋算。"

赵含章不由得感叹："你祖父和我祖父可真是好友啊。"

赵长舆也是这么想的。等送走王衍，赵长舆特意找了借口留下傅家祖孙，美其名曰难得他今天精神好，正好让傅庭涵见一见亲戚，不然，以后怕是没机会给傅庭涵介绍。

然后赵长舆就把傅祗拉到了书房说悄悄话："没想到你竟请了王衍。"

傅祗道："本只是一试，谁知道我一请他就应下了，这样也好，他保的媒，应对赵仲舆足够了。"

赵长舆点了点头。

傅祗顿了顿后问："长舆，你果真决定把这么多家产交给三娘保管？"

赵长舆叹气道："我已无能托付之人，只能拜托子庄你了。"

傅祗便叹息道："你信得过我，我必不负你所托。你放心，有我一日在，长容和三娘便会守诺。待二郎成年，嫁妆单子上的东西必分出一半来给他。"

赵长舆握住他的手道："我也只能将他们托付于你了。"

傅祗也握紧了他的手，见他脸色不好，不由得忧愁："你的身体……？"

"陈太医已经尽力，我也就这两三个月的时间了，所以才让你将婚期选近一些的，好看着她出嫁。"

傅祗长叹一声："家事、国事，没有一事顺遂啊。"

赵长舆忍不住劝了他一句："若事不成就不要勉强，王衍此人才情一般，不堪大用。陛下手中无权，这时候和东海王硬碰硬，对你不利，都到了这一步，再争执已经无用，不如后退一步。"

傅祗沉默半晌后摇头："不能退啊，再退，我等和陛下就要跌下悬崖，粉身碎骨了。"

赵长舆道："明知事不可为而为之，这是愚蠢。"

傅祗不认同："尽我本分，尽我之能，就算事不成，我心中亦无悔。"

赵长舆劝不住他，只能作罢："罢了，我都要死了，不与你争执。"

王衍一坐上马车便严肃起来，垂眸思索许久后和左右道："赵家女郎非平常人，幸亏只是个女郎。"

要是男子，他必要扼杀在当下，以免将来坐大。

回到王家，王衍还是有些不放心，派人将王四娘叫来，细细地问过赵三娘的事后，道："赵仲舆无远见，既无心胸，又不够心狠手辣，留下赵三娘，将来后患无穷。"

王四娘不解："阿父，三娘为人宽和，又重情义，怎么就是后患了？"

王衍瞥了她一眼，道："你知道什么？此女目光清明坚韧，气势不输男子，岂是好相与之人？"

好在她是个女郎，傅长容虽才情不弱，但人品方正，也不爱俗务，二人结亲，赵三娘便是有天大的野心也施展不开。

王衍微微地松了一口气。

王四娘不由得嘀咕起来："本来我还想让三娘做我的嫂子呢……"

王衍听到了，身子不由得一僵，跺脚道："你既有此打算，为何不早提？"

若能为眉子求娶赵三娘，那便没有他考虑的后患了。

王四娘问道："您不是想为兄长求娶东海王家的郡主吗？"

王衍扶额："罢了，赵、傅两家连婚期都定下了，还是我做的媒，多说无益。"

王四娘瞪眼："婚期定了？怎么这么快，不是才定亲吗？定了哪日？"

"六月初六。"

王四娘惊讶："怎么这么急？"

王衍也不隐瞒，直接道："赵长舆的身体不行了，他想是要赶在去世之前让二人完婚。"

王四娘便替赵三娘忧虑起来："阿父，我明日想去看三娘，您让我出门吧。"

最近京城有些乱，王衍限制了王四娘出行。

王衍看了女儿一会儿，最后还是点了点头。

王四娘高兴地行礼退下。

但赵含章并不在家。第二天一早，和赵长舆一起用过早饭，她就悄悄地出门了，直接骑马到了城西。

此时地里的农活儿已经告一段落，洛阳少水稻，多麦子，现在麦子已是绿油油的一片。

她进了庄园，绕过几排房子便到了正中间。

赵长舆的确厉害，这一片住的全是他的人，他便直接在中间开了一块空地练兵。哦，这不能叫练兵，应该是学习武艺的地方。

这在当下是很常见的事，不说赵长舆一向谨慎，外人很难走到正中间来看见这样的场景，便是见了也不会多稀奇。

洛阳多权贵世家，而哪个权贵世家不养部曲呢？

这一片这么多青壮年，这样的世道里还能吃得这么壮，一看就知道是部曲了。

赵含章在路口停下，看到傅家的牛车后便打马上前，用鞭子撩开车帘："我一猜就知道是你，你的人不能进去，下车吧，我们骑马进去？"

傅庭涵应下，下了车后抓着她的手上马，坐在了她的身后。

赵含章踢了一下马，径直往巷道深处走去："你会骑马吗？"

傅庭涵点头道："我会骑。"

"是记忆里还是……？"

"我留学的时候学过一段时间骑术，不过是骑着玩的，但不至于从马上跌下来，和记忆中的融合一下，上马不成问题。"

赵含章道："今天我们出去骑马，你可以试一下。我们之后要离开洛阳，会骑术毕竟好些。"

傅庭涵问："离开洛阳去哪里？"

赵含章道："回乡。"

赵长舆在汝南有一个宝藏。

"或者去长安。"赵含章道，"长安比洛阳略强。"

赵长舆在那边也有资产，不过那边大多交给了赵仲舆。但就后期来说，长安比汝南还要安全一些，现在中原一带都混乱，日子不好过啊。

傅庭涵翻了一下记忆中的长安，摇头道："长安也不安稳，沿路盗贼横行。之前长安有河间王坐镇还好，现在河间王死了，只怕长安还不如洛阳。"

"很快洛阳连长安都比不上了。"

赵含章带着傅庭涵出现在众部曲的面前，以赵驹为首的人看了一眼傅庭涵，恭敬地行礼："傅大郎君。"

虽然他们昨天才定期，但所有人都知道赵长舆已经正式把他们交给赵含章了，赵含章便是他们的主子，而赵、傅两家结亲，傅大郎君也算他们的主子。

今天赵含章把傅庭涵带来，此番含义不言而明，所有人都看到了赵含章的态度。

傅庭涵也牵了一匹马骑上，跟着赵含章一起去田庄后面的开阔地。

"没想到洛阳城中还有这样的地方。"

赵含章道："我第一次见时也很惊奇，看到那座山了吗？听说那边是王家的庄园，一直延绵到城墙处。赵驹说，镇守西城门的中郎将出自王家，一旦洛阳再发生大的兵变，王氏一族可通过西城门离开。"

傅庭涵疑惑地道："你们都这么不看好洛阳，为什么不迁都？"

"还真有人提议过，但大晋的困局不是迁都就能够解决的。一锅粥要坏，就算分成两半，馊的那一半还是会渗透到另一半中去，彻底坏掉不过是时间问题。"

赵含章问道："七星连珠的事查得怎么样了？"

"我最近大致翻了一下家里的藏书，发现这方面的记载很少，还需要更多的天文记载作为参考。"傅庭涵道，"参考数据足够多，计算数据才更精准。"

他们知道地点，虽然不知道地点是不是条件之一，但洛阳的城门会一直在，只要再确定时间，然后研究能量变量的影响，就有可能回去。

傅庭涵解题习惯从易到难，所以想先计算一下七星连珠的时间。

赵含章回想了一下脑海中的记忆："我记得我的家里有几本和天文有关的书籍，还有手抄本呢，回头我翻出来给你。"

傅庭涵点头："要是能进钦天监看一下他们的记录就好了。"

赵含章思索："倒也不是不可以，只要运作得当……"

她有事解决不了找祖父。

赵含章跑回去找赵长舆。

赵长舆正看着成伯和一众管事准备赵含章的嫁妆呢。他难得见了王氏，对她道："三娘嫁妆的事交给你，你带着成伯将单子上的东西都找出来，单独放在一个库房里，将来三娘出嫁，直接抬出去就行。"

因为婚期急，嫁妆又多，所以他们从现在开始便要忙碌起来，连吴氏都不得不过来帮忙。

成伯打开了大房的库房，带着仆人鱼贯而入，不一会儿便抬出一个又一个箱子，打开来，将收藏着的金银珠宝——清点，挑选出嫁妆单子上的东西后放到一边，由王氏清点过目后重新造册搬到新库房去。

赵含章回来时，府里正热闹。她悄悄地从西角门进入，又悄悄地溜到了正院。

赵长舆正坐在案前写东西，听到动静便抬起头来看，瞥见她小心翼翼地走进来，便放下笔招了招手。

赵含章立即上前："祖父。"

"你今天带傅长容去了城西？"

赵含章应了一声。

赵长舆盯着她："你就这么相信他？"

赵含章道："祖父放心，傅大郎君没有争权夺利的那种世俗的欲望。"

赵长舆冷笑："王衍也不喜俗务，只爱清谈，但依旧自私自利，不顾民生社稷。"

"傅大郎君不是祖父亲自选的孙女婿吗？"

"是我亲自选的，但我也没让你只见了人家几次面就把家底给人亮出来。"

赵含章走到赵长舆的身边，坐下为赵长舆研墨："祖父放心，王衍是虚于其表，傅长容却是真的不喜世俗权力，而且他也不喜清谈。"

赵长舆一脸怀疑的神色："他不喜清谈？"

在赵长舆的印象里，傅长容虽然也是务实的少年，但也很喜欢混清谈圈，他的才名多是清谈中传出的。

赵含章肯定地点头："他不喜欢，不然，昨日他见到王衍怎会一点儿反应也没有？"

赵长舆仔细一想还真是，昨天傅长容面对王衍一直表情淡淡的，并没有激动的神情。

要知道王衍可是大晋清谈第一人，在一众名士中名声极大，只要是喜欢清谈的，不管观点是否与他相通，见到他都难免激动。

和王衍的观点差不多的人，总是会崇拜他；相悖的，更想与他辩一辩。

赵长舆总觉得哪里出了问题："长容竟然不喜欢清谈？"

赵含章点头:"从前种种都已成了过去,祖父,你要相信我的眼光,我不会看错人的。"

赵长舆便想起她刚点评王衍的话,不由得敲了一下她的脑袋:"评点王衍的那些话以后不许再说,你现在不过是个孩子,传出去对你有害无利。"

赵含章应下:"是,含章记住了。"

赵长舆这才重新拿起笔处理手头的事:"你心中有数就好,家中已经在理你的嫁妆了,这些都是摆在明面上的。你也要多用心,暗处的产业没人看得见你是怎么处理的,自然无人看到你的能力。这是一个好机会,处理好你的嫁妆,让大家看见你的能耐,才有人听你的调遣。良才选主,主人的能力永远被排在第一位,你展现了自己的能力,就算你是女郎,时日长了,自有人来投。"

赵含章郑重回道:"好。"

赵长舆咳嗽了几声,干脆将手中的文书都推给她:"你看看。"

赵含章伸手接过。

让赵含章惊讶的是,这一堆文书里不仅有国事,还有族务。

国事方面,多是朝中各级官员来信,还有外地皇室宗亲和将领的来信,都是在和赵长舆谈论当下局势,或是与他问策,或是请他出面站在某一方的利益上行事;族务更多,他死后,各种产业、人手怎么安排,事务怎么移交,事无巨细,他一点儿一点儿地交托下去。

难怪他的脸色一日比一日难看,这完全是带病工作啊,还是超负荷的工作量。

赵长舆点了点那一堆信件,道:"你替我回信吧。"

赵含章应下,铺开一张纸,蘸墨后等待着。

赵长舆起身走了起来,沉吟片刻后,道:"三兄见信安,峤近觉身体困倦,清醒之时渐少,只能着孙三娘代为回信……国势已如此,不如谋于将来,当今圣上有才干,而东海王已年迈,初得权势,难免得意,当下应该避其锋芒……"

赵长舆的策略是,没必要在东海王春风得意时和他对上,东海王现在颇有一种"老子天下第一,无人能匹之"的傲气,何必与他硬碰硬呢?

新帝刚刚登基,不仅聪明有才干,还年轻,如今也未见品德败坏,不如蛰伏下来,等东海王这股骄傲的劲儿过去再图谋。

当务之急是安定京兆郡和洛阳一带,防备羌胡和匈奴。所以赵长舆的建议是,他们不如一股脑儿地站在东海王这边,助力他平定京兆郡和洛阳城外的流民乱军,守住关中。等确定羌胡和匈奴不敢进关以后他们再慢慢为皇帝谋算。

那时,东海王心中的那口傲气应该也过了,很多事可以运作起来。

赵含章一口气帮他回了八封信,措辞有不同,但意思大同小异。

显然,这就是赵长舆的见地。

赵含章看着这些她亲手写下的信发怔。

历史已经太过久远,这个时代留给后世的只有两个印象:魏晋风骨和混乱。

而在赵含章的记忆里,魏晋风骨未见多少,但混乱是实打实的。

她知道很多的历史事件,但跨度是以年来计算的,具体到某个日子上,她并不知道当下的洛阳会乱成什么样,也不知道有多少人为当下的局势努力过,结果如何……

赵长舆喝了一口茶润润嗓子,温和地道:"把信封起来吧。"

赵含章回过神儿,应下后将信放进信封里,再写上收件人封好放在一旁。

赵长舆看着剩下的族务,沉吟片刻后,道:"从明日开始,你过来为我执笔吧。"

赵长舆连国事都让她代笔了,族务还有什么可忌讳的呢?他们不让二房知道就行了。

赵含章应下,每天从城西回来后便过来替赵长舆代笔处理族务。成伯守在门外,正院的消息一点儿都没往外漏。除此之外,赵含章还要和王氏一起处理嫁妆。她行事比王氏雷厉风行多了,几日下来,不仅顺手处理了几个刁奴,还往自己的身边拉拢了好几个人。

她决定出嫁时带上他们,嫁妆这么多,需要的人手也不少。

她不仅给自己安排人,还给赵二郎安排以后要用的人,尤其是赵二郎身边的随从。先前因为贸然出城的事,赵二郎身边的人都被逐到田庄,现在没有得用的人。

赵含章找了一圈,最后看上了成伯的小儿子赵才。

那小子现在在城中的一个香料铺里做伙计,赵含章见过他,很是机灵的一个小子。赵二郎已经够憨了,身边就需要一个机灵且忠心的人。

赵含章仗着那香料铺也是她的陪嫁,直接把人叫进府里安排到了赵二郎的身边,一找身契,发现身契竟然在吴氏的手里。

赵含章叹息一声,没想到这段时间已经刻意避开,到最后还是不得不面对二房。

赵含章起身,招呼听荷:"走,我们去二房坐坐。"

自从赵长舆有意让二房接他的爵位,家里俗务多是交给二房来处理。

而赵济被请封为世子后,赵长舆更是把除王氏和赵含章院内的事交给他们夫妻,家中的产业等也慢慢地移交给他们。

要不是这次找赵才的身契,她还不知道,大房这边仆人的身契,除了成伯几个在正院里伺候郎主的人,以及王氏的陪嫁,其余人的身契都在吴氏的手里。

吴氏正在看三个女儿打算盘,教她们管家,看到赵含章过来,不由得笑起来:"三娘今日怎么有空过来了?你祖父和母亲的身体可还好?"

赵大娘三个也起身见礼："三妹妹。"

赵含章笑着回礼，逐一叫了一遍人才回答："祖父还是和往常一样，母亲身体还好。"

她也不客套，开门见山："大伯母也知道，我正在整理嫁妆，需要一些人手，像听荷这些在我身边伺候惯的仆人，我是一定要带走的，结果找他们的身契时才发现大房仆人的身契都在大伯母这边。所以冒昧来打搅，我想把他们的身契拿回去给祖父看一看，商议要带走的人，您看……？"

吴氏愣了一下，然后道："是我的不是，这几日都忙忘了，你的婚期定得太急，这会儿是要准备陪嫁的仆人了。"

吴氏忙扭头吩咐："快去把身契盒子拿来，让三娘好好地挑选一下陪嫁的人。"

仆人应声而去，许久才抱了一个大盒子出来。

吴氏拿了钥匙将盒子打开，对赵含章笑道："这盒子到了我这儿还未曾开过呢，也不知你想带几个人过去，可要问过你母亲的意见？"

她把盒子打开推过去给赵含章挑选。

赵含章翻看了一下盒子里的身契，虽然只是粗粗一翻，但也看得出来，这里面应该只是大房仆人的身契。

她将盒子合上："这些人也太多了，而且陪嫁的人三娘一人也不能做主，不如将这身契让我带回去与母亲商量，等商量好了再定。"

吴氏道："既然如此，不如你和你母亲先商量着，等定好了把名单给我，我把身契找出来给你。"

"这一来一回的也太麻烦了，又要劳烦大伯母操心，"赵含章道，"今日既然把盒子翻出来了，不如让我带回去，定好了名单再来归还。"

吴氏想到前两日赵济与她吵架的事，张了张嘴巴，还是挤出笑容道："也好，那三娘把盒子带过去吧。"

赵含章示意听荷捧上盒子离开。

赵含章假笑着告辞，对方假笑着送行。

听荷高兴地抱着盒子："三娘，她们脸上的笑都僵了。"

赵含章道："快回去吧，把我们要的人都挑出来。"

"是。"

赵含章先把听荷和赵才的身契翻出来："把我们之前拟的名单拿来。"

听荷应下，小跑着去书房里取单子，才一出门就和急匆匆跑来的小丫头坠儿撞在一起，两个人齐齐往后一倒，听荷骂道："跑什么？"

坠儿顾不得疼，隔着门就冲屋里喊道："三娘，我们府被官兵围住了。"

"什么?"赵含章疾步出来,"被谁围住了?"

"不知道,西角门的二忠刚跑进来回话,说是有官兵突然跑了来将西角门给封了,婢子往前头一看,大门好像也被人围住了。"

赵含章抬脚就往外走,吩咐道:"听荷,你去找青姑,让她带着母亲和二郎去正院,约束好我们三个院子的仆人,不许乱走动,违者事后一律送到庄子里去。"

"是。"

赵含章赶到正院时,赵济刚好带着吴氏和赵大郎跑来。

赵含章脚步一顿,目光扫过赵济的身后,问道:"大伯父,叔祖父呢?"

"他在里面。"

赵含章忙跟着一起往屋里走去,就见赵仲舆扶着面色青白的赵长舆在榻上坐下。

赵长舆的脸色一看就不好,赵含章不由得焦急,上前几步:"祖父……"

赵长舆冲她挥了挥手,示意自己没事:"我已经让人出去打听,大家都等一等,事情不明,不要过于忧惧。"

赵仲舆看向赵济和赵大郎,面色严肃:"你们两个最近在外面没惹事吧?"

"没有,父亲,此时正是多事之秋,我和大郎怎么会惹事?"

"那好好的,我们府上为什么被围了?"

家里最近出门的只有赵济和赵奕,不是他们是谁?

赵长舆不动声色地抬头看向赵含章。

赵含章也疯狂地回想她这段时间干的事,并没有发现自己干过坏事或出格的事,于是冲赵长舆摇头,只是心高高地悬着。

赵长舆沉吟:"未必是孩子们的缘由,说不定是我们的。"

"我们?"赵仲舆道,"可大哥在家中养病,已经很久不上朝了,我也基本不管国事,我们能犯什么事?"

"郎主,前厅来了客人。"成伯悄无声息地从门外进来,低声禀报道。

"不知是谁?"

"东海王麾下马家恩将军。"

赵长舆已经猜出其中缘由,冲赵含章伸出手:"走吧,去看看。"

赵含章扶着赵长舆往外走。

赵济心中忐忑,很是不安,扶着赵长舆的另一只手往外走。

前厅里站着一个身量高大、着一身铠甲的男子,听到动静转过身来。

看到赵长舆,他微微惊讶,没想到赵长舆竟病得这样重了。

想了想,马家恩还是上前抱拳行礼:"上蔡伯,王爷着我问上蔡伯几句话。"

赵长舆扶着赵含章的手站定，微微颔首："你问吧。"

他竟是不卑不亢，连腰都不弯一下。

马家恩抿了抿嘴，不悦地道："王爷问上蔡伯心里有没有王爷，有没有大晋江山和大晋的黎民百姓？"

赵长舆问道："不知王爷为何有此疑问？"

马家恩从怀里掏出一封信来，递过去道："上蔡伯，这是你劝说人反叛王爷的罪证，你认还是不认？"

赵含章瞪大了眼睛，看了一眼赵长舆后上前接过信，转身双手递给赵长舆。

赵长舆拆开，一目十行地扫过，半晌说不出话来。

"信不是我写的。"赵长舆将信转手递给身旁的赵含章。

赵含章接过，打开来看，看到上面熟悉的字迹，不由得眉头一抽。

马家恩的目光落在了赵含章的身上："信上说得很清楚，此信是上蔡伯的孙女代写。这位女郎想来就是信上所言的孙女了。"

赵含章已经将信看了一遍，淡定地回道："这信不是我写的。"

"你说不是就不是？"

赵含章指着信上的一个字道："说出来您可能不相信，但事实就是我写不出这样的'讖'字来。而且这上面的字迹虽与我的相仿，但还是有差异的，不信我另外拿一封我写的草稿给您看。"

赵含章扭头对成伯道："去祖父书房里的废纸篓里找一找，应该有这两日写废的稿纸。"

成伯躬身应下，退了出去。

很快他就拿了七八张被揉得乱七八糟的纸过来，摊开给马家恩看。

赵含章微笑道："马将军要是觉得不好分辨，可以请人来分辨。王司马好字，前段时间还为我和傅大郎君做媒，或许愿意帮忙。"

马家恩翻了翻这些稿纸，抬起眼皮看了她一眼后道："我会上报的。"说罢，他转身就要走。

"等等。"赵长舆叫住人，面色沉沉，"我虽不知这信是谁伪造的，但能想通其中关窍。我已是强弩之末，赵家也没多少可谋算的东西。此人不仅挑拨我和王爷的关系，也在挑拨王爷和陛下的关系，一举三得，好狠辣的心思。还请马将军转告王爷，长舆不会让王爷为难，也请王爷不要着了人家的道，做出亲者痛、仇者快的事情来。"

马家恩回头看了一眼赵长舆，大步离开。

他一走，赵长舆终于撑不住，身子软软地倒下去。

一直扶着他的赵含章用力地将人抱住，压低声音唤了句："祖父……"

赵仲舆大惊，忙伸手扶住他的半边身子："大哥！"

"快请大夫来。"

众人将赵长舆抬回屋中。

此时他们出不去，只能请家里的大夫看。

大夫摸过脉后一惊，垂下眼眸又仔细听了听脉，最后退到外室，压低声音禀道："二老太爷、三娘，郎主已是强弩之末了。"

"胡说，之前太医分明说祖父还有三月之数，这才过了多久？"

"我不敢胡说，脉象的确如此，已是弱得听不见了，家里有什么话就赶紧说吧，不然……"

赵仲舆张了张嘴，不由得看向赵含章。

赵含章心绪起伏，拳头紧紧地攥着。

她没有说话，转身进了内室，坐在床边看着眼睛紧闭的赵长舆。

她以为自己不会伤心，赵长舆是历史人物，他的死亡是注定的，可是……

这是个陌生的世界，但在这个陌生的世界里，他是最信任她，也是最关心她的人，连她原先的名字都是他重新赋予她的。

赵含章以为他们还有很长的一段时间一起走，毕竟他要看着她出嫁，看着她在傅家站稳脚跟，然后把王氏和赵二郎接过去……

她的心一阵一阵地酸痛起来，眼睛又胀又涩，她一时说不出话来。

王氏也听到了大夫的话，忍不住掏出帕子低声哭起来。

赵长舆慢慢地睁开了眼睛，微微偏头看向他们，目光扫过王氏和脸色难看的赵仲舆，最后落在了赵含章的身上。他含笑道："看来祖父要失约，不能送你出嫁了。"

赵含章再也忍不住，眼泪一滴一滴地落下。

赵长舆伸出手来拍了拍她的手，轻叹道："不必伤怀，死亡未必不是新生。"

"祖父……"

"我们闲话少叙，多说些有用的话吧。"赵长舆话说急了，脸色更加青白，他让赵含章扶着自己靠坐起来，"信是不是我们祖孙二人写的，东海王拿了草稿自然可以分辨。只是分辨出来了，东海王未必就会退兵，这些年将错就错的事并不少。"

赵仲舆等人听得脊背一寒，将错就错的后果是什么他们再清楚不过，这宅子里的人有可能一个都不能活着出去。

"时也命也，就是赶得这么巧，我这条命临了还有些用处。"

其他人还一脸迷茫的神色，赵含章和赵仲舆已经脸色一变，齐声道："不可！"

赵仲舆脸色发青，道："大哥，我赵家也是名门之后，还有门生故旧，亦有亲朋在京，岂能让他们如此欺辱？"

"就算是东海王又如何？"赵仲舆有些生气地原地打转，"他还不值得我们拿一条命去填。"

赵长舆平静地道："他手中有兵，就是硬闯进来，你又能如何？"

赵仲舆张了张嘴，半晌颓然地坐在床边，狠狠地拍了一下床板，道："那便死在一起，将来史册上必会因此事记他一笔。"

赵长舆便深深地叹了一口气，扭头看向赵含章："你觉得呢？"

赵含章低声道："府邸的左侧连着贾家，选出几个护卫来，让他们带着二郎和大娘四个翻墙过去。许贾家重金，托他们把人送出洛阳，只要出了城门便可回乡，我们在这里能拖一日是一日。"

赵长舆赞许地看着她道："好孩子，你叔祖的法子是下策，你的法子是中策，都比不上我的。"

赵含章眼睛都红了："祖父，您别这样，我会恨死他的。"

赵长舆忍不住笑了一声："傻孩子，大夫都说了，我的时间到了。"

赵含章哭着摇头："陈太医说过您能活到我出嫁的。您只要心里想活着，就一定能活着。"

"我多活这两三个月，也不过是多遭两三个月的罪罢了。"赵长舆伸手握住她的手，又朝赵二郎伸手。

王氏一边哭，一边把赵二郎推上前去。

赵长舆将姐弟二人的手放在一起："含章，我将二郎托付给你了。"

赵含章哭着点头。

赵长舆喘了喘气，看向赵仲舆："我知道，你怪我以前骂你，觉得我轻待了你。"

赵仲舆张了张嘴，眼眶微红，摇头否认："没有。"

赵长舆叹息一声，道："不管有还是没有，我都要走了。我给三娘取了小字，叫含章。她的脾气像我，有点儿大，你是长辈，不要与她一般计较。"

赵长舆松开赵二郎，伸手搭在赵仲舆的手背上，眼睛也微微地红了起来："赵氏一族都要交给你了，我做过族长，知道族务繁杂，烦心事很多。等你到了那一步就知道了，我并不是不疼你，而是有许多的不得已，总是希望你能争气些，自己可以立起来。"

赵仲舆听后内心的感动便一散，他抽回自己的手，问："在大哥心里，我是不是一直很无能？"

赵长舆盯着他抽的手，心中一叹，面上有些悲伤地看着他，道："在我的心里，你就如同阿治一样。我希望你能青出于蓝而胜于蓝，所以对你的要求严格了些，事实也证明，严格是对的，你现在便不错。"

赵仲舆惊讶地看向赵长舆，这是自己第一次明确地在赵长舆这里得到认可。

"家族要交给你了，我们赵家也要交给你。"赵长舆顿了一下，还是将赵含章的手牵起来搭在赵仲舆的手上，满眼含泪地看着他道，"我将这两个孩子托付给你了，你多照看他们一些。"

对上赵长舆的目光，赵仲舆也有些动容："大哥放心……"

赵长舆哪里能真的放下心来？他暗暗握紧了赵含章的手，许多话不能说出口。

赵长舆将代表家族的印章交给赵仲舆，又拖着病躯起身写了一封奏折。

信中不改初衷，依旧是希望皇帝能让东海王尽快收服京兆郡，安稳中原后一致对外。

到了这一步，他也不吝才智和真诚，直接对皇帝道："臣坚知，假造书信之人非陛下授意。此人居心叵测，不仅想挑拨臣与东海王的关系，还想挑拨臣与陛下的关系。东海王和陛下，越是此时，越应坦诚。惠帝逝去，百废待兴。东海王为国之栋梁，陛下龙章凤姿，若能依仗东海王，那我大晋中兴指日可待。"

写完了劝诫的话，赵长舆转而说到自己的家事，表明他病体沉疴，已不能再为陛下效力。而他在任期时，上不能劝慰帝王，下不能管理百姓，实在是有负武帝所托。但人临死，总是会忍不住想到家人和后嗣。他希望皇帝能容许赵济继承祖上爵位，让他的孙子孙女扶着他的棺椁回乡安葬。

赵长舆抖着手写完奏折，到最后已不成字。他也顾不得难看，示意赵含章将奏折合起来："我死后，你们就想办法将奏折递上去，只要能到御前，此困可解。"

屋中沉默，大家都没说话，只有赵含章和王氏一直在流眼泪。赵二郎懵懂无知，见母亲和姐姐哭得伤心，便也跟着流眼泪。

赵长舆看着这个痴傻的孙儿，心中无限感慨。二十年前，他极力反对惠帝做继承人，认为惠帝痴傻不能当国主，谁知他的儿子也会给他生个痴傻的孙子……

武帝还好，不只一个儿子，还有选择。

他却只有一个儿子、一个孙子。他下不了决心将家族交给孙子，只能托付给侄子。

所有人都觉得他做得对，毕竟有惠帝这个前车之鉴，可谁又知道他心里有多不安呢？

因为他和赵仲舆的关系一般，和这个侄子的感情也一般，他实在难以放心啊。

可此时，他已经到了不得不死的时候。

他此时死了还能保全家里，若不死，那死的便有可能是全家了。

赵长舆微微闭上眼睛，想到了什么，突然又睁开，一把抓住赵仲舆的手："我把他们交给你了……我把他们交给你了……"

赵仲舆忙回握他的手:"大哥安心,我一定好好照顾三娘和二郎。"

赵长舆将眼睛闭上,成伯将药端了上来:"郎主,大夫开的药,您喝一碗吧。"

赵长舆没睁开眼睛,只是微微偏过头去,拒绝了。

赵含章接过药碗,轻声道:"祖父,我们一定会有别的办法。等天黑透了,我就从贾家那里翻出去,去求傅中书周旋,还可以求王衍出面和东海王说情……"

此时,傅庭涵就在赵家不远处的巷子里。天色渐暗,他站在巷子里几乎和身后的墙融为一体。

小厮傅安很快跑来,傅庭涵忍不住迎上前去,将人拉进巷子里:"怎样,打听到了吗?"

"打听到了,里面的人都没事,围了三面围墙,连贾家那边的门都叫人盯上了。听说马将军只是拿了几封信就走了,没有派兵进院子里。"

"那只是软禁了。"傅庭涵松了一口气,回头深深地看了一眼赵宅的大门后转身便上了车,"走,我们回家。"

傅庭涵急匆匆地跑回家找傅祗帮忙。

他手中没人没钱,只能找傅祗。

这一刻,傅庭涵才深刻了解到拥有自己的势力是多么重要,难怪赵老师一直在和他强调人和钱。

傅祗不等他开口便道:"你放心,我已经给几个朋友去信,只等明日天一亮便进宫求见东海王和皇帝。"

傅庭涵问:"东海王会同意放人吗?"

"长舆一直支持由东海王的人接手京兆郡,不少人的手中有与长舆来往的信件,想要洗刷他的冤屈并不难。"

傅庭涵见他许久不说话,忙追问道:"难的是什么?"

"难的是人心。"傅祗压低了声音,"东海王……越发疯狂了,谁也不知道他会不会将错就错,你这位赵祖父可是富过皇室……"

傅庭涵想到赵含章私下和他说过的那些家产。他很坚信,赵老师和他说那些只是诱惑他跟着她一起走,私下,她手里的东西只会更多,所以……

傅庭涵脸色微变,问道:"东海王要是不退兵,他们会怎样?"

傅祗道:"他们会死。"

傅庭涵问:"那要怎么应对?"

傅祗抬头看向他:"没有应对之法,整个京城都在东海王的手中,皇帝他都能说换就换了，屠尽赵家也不过是一句话的事。除了固求，就只能祈祷上天。"

傅庭涵从不相信上天，抿了抿嘴，转身离开。

傅祗以为他是心灰意冷回屋去了，谁知管家跑了来："郎主，大郎君带着傅安又出门了。"

"天都黑了，他出去干什么？"

"或许大郎君是不放心赵三娘，又去赵家了？"

傅祗张了张嘴，半晌嘀咕了一句："这还没成亲呢……你派人跟上去，别让他与东海王的人发生冲突，此事还得缓着来。"

"是。"

但管家追出去就不见傅庭涵的踪影了，往赵家那边去也没见人，傅庭涵就这么失踪了。

傅庭涵带着傅安直接去了城西，既然东海王有可能会发疯，那他就得做好对方发疯的准备，不管怎样，至少要把赵老师从里面抢出来。

三更的梆子声在寂静的夜中敲响，傅庭涵探出头去看了一眼不远处守着的士兵，回身靠在墙壁上，推了一把赵驹："时间到了，我们走。"

赵驹带着人就要出去，被落在后面的汲渊一把拉住："等等，你进去后知道找谁吗？"

"找郎主。"

"要是找不到郎主呢？"

赵驹瞪眼："怎会找不到郎主？"

汲渊压低声音道："莫要冲动，你进去后先去找三娘，听三娘吩咐。若是郎主安稳，你就把三娘和二郎带出来。我在西城门等你们，卯时一到就出城，所以你们必须在卯时前到城门口。若是郎主……你就带着人混在府中的护卫里，护住三娘和二郎即可，不得冲动行事。"

赵驹瞪眼："你这是什么吩咐？"

傅庭涵心中有不好的预感："汲先生是说赵祖父有可能……"

汲渊扭头盯着傅庭涵："傅大郎君，此行危险，你大可不必同行，只留在此处听消息。"

傅庭涵却是一定要去见一见赵含章才放心。他摇头："我一起去。放心，我不会拖后腿的。"

他想了想后道："要是被发现，你们还可以留下我应对他们，我祖父是中书监，他们不会把我怎么样的。"

汲渊挑了挑眉，拱手一揖道："傅大郎君大义。"

傅庭涵心想，他才不大义呢，要不是赵老师在里面，自己是不会来蹚这浑水的。

赵驹选了十个好手跟上，分成了两队，悄悄地摸上贾家的围墙跳了进去。

傅庭涵踩着护卫的肩膀还算顺利地上墙，然后跳下，扫视了一眼院子，低声道："这是贾家的北后院，如果横穿太过危险。我们到后头去，绕着围墙到东面，从那里可以翻进去，其间会经过三个院子、两条长廊……"

赵驹本来想蛮干，之前跟着郎主来过贾家，虽然对贾家的后院不怎么熟，但认准了方向冲过去还是可以的，而傅庭涵这么计划……好像也没错。

赵驹决定听傅庭涵的，于是一行人悄悄地摸到后面，不知何时变成傅庭涵在前面带路。

这是后院，门房守着的都是仆妇，巡逻的家丁基本没有。这会儿是子时，正是人最困倦、睡得最沉的时候，一行人遇门翻墙、遇廊就快溜，有惊无险地摸到了东墙。

傅庭涵却没有直接让他们翻墙过去，而是沿着墙往前走，走了三十多步停了下来："从这里翻过去。"

赵驹一路上都在打量他："傅大郎君，你怎么对贾家这么熟？"

贾家可没有郎君在京，都是女郎，傅庭涵对贾家的后院如此熟悉，赵家女郎头顶的颜色还好吗？

傅庭涵还在打量眼前的这堵墙，头也不回地道："汲先生不是给了贾家内宅的地图吗？"

他贴在墙上听了听，确定地说道："我们就从这里进，距离清怡阁近一些，离他们把守的外墙和角门都远，动静轻一点儿，应该不会被发现。"

赵驹便仰头看了一眼，后退几步，助力一跳，踩着墙便飞了上去。他冲底下伸手："把傅大郎君托上来。"

部曲已经先一步跪下，让傅庭涵踩着他的肩膀向上爬。

傅庭涵在赵驹的帮助下跳下围墙，不住地抬眼去看从墙壁上飞跃而下的部曲，他们动作轻盈，落地几乎没有声音。

原来这世上真的有轻功吗？

这具身体好像才十六岁，高中生的年纪，他这时候开始习武应该不晚吧？

赵驹等人到齐，便低声道："我们现在就去找女郎。"

傅庭涵回神，想了想后，道："先去清怡阁看看。"

对赵家，傅庭涵更熟了，毕竟这段时间他差不多天天来，一是为了熟悉这个世界，二是为了方便练习雅言，他和赵含章经常避着人在赵宅里转悠，因此对赵宅熟得很，比赵驹这个跟随了赵长舆二十来年的人还要熟。

他熟门熟路地带着人绕到清怡阁。清怡阁里很安静，连灯都没亮一盏，傅庭涵只看了一眼便道："人不在清怡阁，我们去主院。"

以赵老师的性格，发生了这样的事，她不可能还睡得着。

一行人摸到主院外面，院子里果然灯火通明，安静的夜里，傅庭涵隐隐地听到了哭声。

他有些焦急，快走了两步。赵驹忙拉住他，低声道："我等是郎主暗中给女郎的人手，不能出现在人前。"

傅庭涵冷静了下来，略一想便道："你跟我进去，二房的人要是问起来，就说他们是我傅家的人。"

"这……"

"怕什么，我是赵家的女婿，岳家有难，女婿带着人来救妻族不是天经地义的吗？"

赵驹一想还真是，于是让其余人散开隐在黑暗中，他带着傅庭涵进去。

院子里的人一脸惊恐地回过头来，还以为是门外的士兵闯进来了。

待看清是傅大郎君，一个丫鬟连滚带爬地跑进屋去："三娘，三娘，姑爷来了，姑爷带着人来救我们了。"

赵含章一脸是泪地抬起头来，握着已经柔软不见温度的手，哭得说不出话来。

傅庭涵快步进来，无视迎上来的赵济和赵大郎，径直单膝跪在赵含章的身后，伸手抱住她。

"贤侄，外面……"赵济看着越过他的傅庭涵，剩下的话被噎在了喉咙里。

傅庭涵抱住赵含章，往床上看了一眼，正对上眼睛微睁的赵长舆。傅庭涵抿了抿嘴，一脸严肃地抬起手来覆在赵长舆的眼睑上，低声道："赵祖父，您放心，我会照顾好他们的。"

傅庭涵的手滑下，赵长舆轻轻地闭上了眼睛。

屋内一片哭声，赵含章一点儿声音都没发出，只是默默地流着眼泪。

傅庭涵将她抱起来，扶着她坐到一边。他握住她的肩膀，半跪在她的身前，盯着她的眼睛问："你想怎么做？我帮你。"

赵含章抬手擦干脸上的泪，与他对视了许久后道："帮我带一封奏折出去，请傅祖父上交给陛下。"

傅庭涵问："你不和我出去吗？"

赵含章摇头，扭头看了一眼床上已经没有气息的赵长舆："我得如他的愿，保下整个赵家才行。"

没有人比她更合适了。

傅庭涵有些担忧，压低声音道："傅中……我祖父说，东海王现在有些疯。"

"我知道，但我祖父名声极好，他还活着也就罢了，东海王可以往他的身上泼脏水，但现在……东海王再霸道，也得顾着天下悠悠众口。"

赵含章赌，赌东海王还不敢直接与士族门阀对立，还需要那一点点的名声来维持政治平衡。

她将怀里收着的奏折拿出来交给他："趁着天没亮，你快走吧。"

赵济挤上来，低声问道："贤侄，你来时，你祖父可有提及外面的情况？"

傅庭涵道："祖父已经在联络朝臣，打算天一亮便进宫谏言。"

赵仲舆闻言蹙眉："那你来我赵家，不是你祖父派遣的？"

傅庭涵没有正面回答，而是道："赵祖父病重，我担心他的身体，因此便去找了赵叔带我进来。"

赵仲舆沉吟，看向赵含章："三娘，让长容带大郎和二郎出去吧，以防万一。"

赵三娘垂下眼眸想了想，抬起头来看向赵二郎："二郎，你走吗？"

赵二郎虽懵懂无知，却也知道祖父刚刚去世了。他此时脸上都是泪，连连摇头，往后退到母亲的怀里，拉着她不肯走："我要和阿娘、阿姐在一起。"

赵含章点了点头，对赵仲舆道："叔祖父，祖父已经为我们铺好了路。身为我赵家男儿，可以权衡利弊，却不能胆小怯弱，二郎留下来，天亮以后随我一起披麻报丧。"

赵仲舆蹙眉，抿着嘴沉默了一瞬后对傅庭涵道："那就有劳长容将奏折送出去了。"

赵仲舆不再提带走赵大郎的事。

傅庭涵应下，担忧地看向赵含章。

赵含章低声道："你放心，我不会有事的。"

傅庭涵拿出帕子擦了擦她眼角的泪渍，低声道："节哀顺变，不要太伤心。睡一觉，心里会好受很多。你想一想，此时还有家人在身边，不是吗？"

赵含章看着他。

傅庭涵冲她笑了笑："这样一想，是不是会好受很多？"

赵含章看着他，微微点头："是，你不想笑就不要笑了。"

傅庭涵脸上的笑容收了起来，他伸手将人抱进怀里，安抚地拍了拍她的后背，低声道："我明白这种感受，本以为你不会再经历的……"

他没想到，他们才来到这里一个来月，她就对赵长舆这么有感情了，竟哭得这么厉害。

赵家人默默地看着他们，到底没出声阻拦，但……这也太于礼不合了。

赵含章听到他的低语，有些惊讶："你……"

她打量着他，小声问道："我们以前认识？"

傅庭涵没回答她，拿着奏折起身："等你平安了再告诉你，我先走了。"

赵含章忙起身将他送出去，赵济看了父亲一眼，也跟了上去，很客气地道："贤侄，我赵家的事就托付给你和亲家了。"

傅庭涵看了一眼赵含章，点头应道："好。"

赵含章看向一旁的赵驹，他眼睛红红的，对着赵含章欲言又止。但他还记得汲渊的叮嘱，在赵济的注视下还是什么都没说。

赵含章的眼睛也通红，她低声道："你在外面，一切听傅大郎君的吩咐。"

"等等。"赵济蹙眉，小声吩咐赵驹，"出去后召集我们家的人手在府外听命，一旦府外的士兵冲进来，你们立即来救援。"

赵驹看向赵含章。

赵含章不动声色地点了点头，强调道："听傅大郎君和汲先生的。"

赵驹明白了，先听傅大郎君和汲先生的，不冲突再听赵济的。

赵驹抱拳行礼后便带着傅庭涵离开。

傅庭涵走出院门时又回头看了一眼赵含章，而后大踏步地离开。

他们在电梯里没死，更不能在这里死去。他可不觉得他们还有那样的好运气，可以换个地方，换个身体再重新来过。

傅庭涵一夜未归，傅祗派出去的人竟然找不到他的人影，傅祗焦急地在书房里走来走去，忍不住发火："这么大的人，赵宅附近才有几条道？怎么就找不到？"

"郎主，郎君回来了。"管家立刻推开了门迎傅庭涵进来。

傅祗立即转身，见傅庭涵四肢健全，没痛没伤，这才沉着脸问道："这一晚上你去哪儿了？"

傅庭涵将怀里一直揣着的奏折拿出来，有些伤感地道："祖父，赵祖父薨逝了。"

傅祗大受震动："你说什么？"

傅庭涵将奏折奉给傅祗，傅祗脸色苍白地快速接过，将折子打开一目十行地扫视，不过片刻，忍不住老泪纵横："长舆糊涂，糊涂啊，何至于此，何至于此……"

傅庭涵眼中也含了泪，压低声音道："明日赵家会出门报丧，还请祖父帮忙解除他府外的兵禁。"

傅祗握紧了手中的奏折，擦干眼泪后问一旁的幕僚："几时了？"

"快五更了。"

傅祗道："更衣，准备进宫。"

傅庭涵松了一口气，退后两步站在一旁。

傅祗想了想后道："我记得前不久王家的眉子上门来看望你。"

傅庭涵愣了一下后点头："我与他不熟，应该是受含章所托来看我的。"

傅祗瞥了他一眼："含章？"

傅庭涵这才发现自己说漏嘴了，忙解释道："是三娘的小字。"

傅祗便点头道："既然王家兄妹与三娘亲近，那你今日便去请他们往赵宅走一走。虽然长舆在奏折上说，此事是居心叵测之人挑拨所为，但皇帝和东海王是否真的没参与，除了他们自己，无人知道。"

"而且不参与不代表不知情。"傅祗道，"我未必能顺利见到皇帝和东海王，所以我们得多做一手准备。王玄是这一代年轻人中的翘楚，可当臂一呼。当今势弱，他此时最需要门阀士族做依靠，即使东海王，此时也不敢和门阀士族撕破脸。所以你只要能请得动他们帮忙，不管是皇帝还是东海王，都会顾忌一二。"

## 第五章
## 报 丧

傅祗垂眸看着手中的奏折，心中悲伤："长舆要是活着，这样的计策未必奏效，还有可能会激怒东海王。但长舆一死，人生悲戚，赵氏一族的生门就开了九成。"

不算赵长舆这条命，这条计策可谓上上之策，除了他，没人能想得出这条计策来。

傅庭涵没想到这里面有这么多的弯弯绕绕，张了张嘴巴后低头应道："是，孙儿这就去王家。"

傅祗叮嘱道："避着点儿王衍，那位可是趋利避害的人物，他必定不愿王家兄妹参与其中。"

傅庭涵应下。

天还没亮，外面宵禁解除的钟声响起，傅祗便换好官袍出门。

傅庭涵等他走了，便回屋把所有的现钱倒进一个布袋里提上。

傅安看得一愣一愣的："郎君，您这是要做什么？"

"打点开路，这些都需要钱。"傅庭涵想了想，打开妆盒，把里面的玉饰和金银饰品也都倒进袋子里。

傅安被吓得脸都白了，忙拦住他："郎君，哪里用得着这些，打点仆人百儿八十文就足够了。"

傅庭涵看了他一眼，没有妥协，今日并不是只去王家。傅庭涵依旧提着一袋子钱出门："走吧，先去王家。"

他对京城不熟悉。他离开京都时才十一岁，一走就是五年，从前的朋友很多不在京都了,而在的他又不熟悉,想来想去,现在能求助的也只有王家兄妹。

傅庭涵拿着钱袋子直奔王家。

另一边的赵家,傅庭涵才走,赵仲舆便让人开了库房,把先前便准备好的麻衣、白幡等取出来。

这是赵家提前准备好的,赵长舆病的时间不短,半年多前他曾重病一次,当时惠帝把谥号都给他拟好了,只是或许是不放心年幼的赵三娘和赵二郎,他又挺了过来。

也正是那一次好转,他开始想着给赵三娘说亲。

赵长舆一直到和傅祗通气,互相都有了这个意思,他才露出口风,结果还没来得及告诉王氏和赵三娘定的哪家便出事了。

青姑带着人抱来几身孝服,上前扶住还跪坐在床边的赵含章,低声道:"三娘,先换衰服吧。"

赵含章收回看向赵长舆的目光,声音嘶哑地问道:"谁来替祖父换寿衣?"

"世子一会儿就带着大郎过来。"

赵含章点了点头,这才撑着床沿起身,和青姑下去换衰服。

天才微微亮,赵宅里面已经挂上了麻布和白幡。赵含章将赵二郎叫来,让他拿好裁剪好的白麻,出门时看到门边放着的苴杖,不由得停住了脚步。

赵大郎看见后,脸色涨红,忙将苴杖拿在手里:"父亲正在为伯祖父换寿衣,一会儿我便奉给父亲。"

赵含章走上前,不太在意地道:"给我和二郎吧,我和二郎来拿苴杖。"

"这……"

赵含章微微一用力就把他手中的苴杖给拿了过来,转身递给赵二郎,自己拿了门边剩下的那根:"叔祖父还在呢,大伯父和你拿着不合适。"

赵大郎脸色通红地看着她拿起苴杖便走,忙追了两步:"三妹妹,你不等等祖父和父亲吗?"

赵含章停住脚步,道:"那就有劳大郎去请一请叔祖父吧。"

赵仲舆一夜之间老了许多,鬓间都见了白发,出来看见赵含章手里拿着苴杖,眉头微微一皱,他看向赵大郎:"你父亲呢?"

赵大郎低头回道:"父亲在为伯祖父换寿衣。"

赵仲舆的脸色这才和缓了一些,对赵含章道:"把苴杖给你大伯,让他披麻给你祖父守孝,他既然继承了爵位,这就是他该履行的责任。"

赵含章脸色好看了些,将苴杖交给赵大郎,转身接过赵二郎手里的白麻布条,挺直了腰背,道:"叔祖父,请吧。"

赵仲舆没动,盯着她,问道:"三娘可要想清楚了,你要亲自去吗?此事可让你大伯去做。"

赵含章道:"没有比我们姐弟更合适的人了。叔祖父,我们走吧。"

她哪里不知道他们心里其实是害怕的,并不想开门直面外面的士兵,毕竟,对方真的动起手来,死亡也不过是一瞬间的事。

奏折已经被送了出去,他们大可以缩在家里等待消息。东海王很可能会撤兵,当作什么事都没发生过。

但凭什么呢?

她祖父死了,为了赵氏而已,因为大晋,因为东海王和皇帝的内斗死的。

她要让所有人知道,赵长舆是因为什么而死的。

赵含章目光坚定地往外走去。

赵仲舆只能跟上。

赵宅的大门沉重地向两边打开,守在外面的士兵听到动静,一脸肃然地扭过头来,握紧了手中的刀枪。

大门被慢慢地打开,看守大门的参军目光如炬地盯着门内,手握着腰间的刀柄,大有抽刀砍人的架势。

一身衰服的赵含章率先跨过门槛,抬起如雪般的小脸,直视参军。

参军微愣,惊讶地看着他们身上的衰服。

参军眼尖地看见落后一步的赵仲舆的腰间也绑着一条麻布,他额头一跳。

赵宅里,能让赵仲舆也绑麻布服丧的只有一人。

果然,赵含章抬起头来看了参军一眼后跪了下来,把手中的白麻高举过头,红着眼睛大声道:"赵氏三娘、幼弟二郎向东海王报丧,祖父赵氏讳峥昨夜薨逝!"

参军紧张地咽了咽口水,看着递到跟前的白麻布紧了紧手,接也不是,不接也不是。

赵二郎在姐姐跪下时便也跟着跪了下去,见对方不接白麻他姐姐就要一直跪着,不由得瞪大眼睛去瞪对方。

赵仲舆站在姐弟二人的身后,道:"死者为大,我兄长一生为大晋操劳,便是没有功劳也有苦劳。如今他薨逝,只留下这一对年幼的孙子、孙女,参军连报丧都要拦着吗?"

参军握紧了手中的刀柄,道:"王爷有令,事情未查清楚前,赵府所有人不得离开。"

赵仲舆道:"你做不了主,不如请马将军来。我不信,他敢拦着我家报丧,难道就不怕天下悠悠众口吗？"

赵含章将手中的白麻布条举高，哽咽着喊道："赵氏三娘、幼弟二郎向所有亲朋故旧报丧，祖父赵氏讳峤昨夜薨逝！请参军接麻。"

参军盯着她手中的麻布不言，脸色阴沉，拳头松了又紧，紧了又松。

这边的动静很快引起了左右两边宅邸的注意，有人偷偷开了门探出头来看，待看到赵含章姐弟二人一身孝服地跪在大门口，纷纷一惊，赵家这是有丧事了？

双方正僵持不下时，一道声音远远传来："我来接！"

众人扭头看去，便见傅庭涵带着一群人正快马往这边赶来，后面还有几辆马车和牛车慢悠悠地跟着。

傅庭涵看见赵含章的身影，一踢马肚子加快了速度，到了大门前才急勒住马。

他跳下马，大步上前，参军举起手，象征性地拦了一下就不拦了，没看见后面还跟着这么多人吗？

有郎君、有女郎，这些人一看就是贵人，一个两个他还得罪得起。这么多，他又不笨，自然识时务。

傅庭涵三步并作两步地走到赵含章的面前，定定地看了她一眼后，从她的手里接了一条麻布绑在腰上。

王玄和王四娘落后一步。

王四娘从马上跳下便跑过来，一脸关切地道："三娘，你没事吧？"

赵含章看了她一眼，低头举高手中的麻布："赵氏三娘向所有赶来的亲朋故旧报丧，祖父赵氏讳峤昨夜薨逝。"

王四娘眼眶都红了，伸手也接了一条麻布条。

王玄缓步上前，对参军道："不提赵公的功绩，便是寻常人家，那也是死者为大。赵氏两房在此，总要容许他们出门报丧，陛下和王爷那里，也该去人通知。你若做不了主，不妨现在就去请马将军。"

"赵公一生清简，岂是你等上下嘴唇一碰就能羞辱的？人死了都不能报丧，你们这些匹夫想做什么？"

跟在王玄身后的人或是骑马，或是乘坐马车、牛车，也陆续到达，见赵含章姐弟手捧麻布被拦住，不由得愤怒起来。

他们这些人正是年轻气盛，对家国现状最不满也最有抱负的时候，一时间心中激荡，忍不住指着参军和士兵骂起来。

有一个拎着酒壶骑驴过来的落魄中年人干脆坐在台阶上，对着大门又哭又笑："世风日下，道德皆无，轻侮国士，国士流失。哈哈哈哈，这全是报应啊，赵长舆啊赵长舆，你劝我出仕，说好男儿志在社稷。你倒是忠义，可如今落得什么下场？"

这人指着大门,哭着骂道:"你为他司马家奔波,为他大晋殚精竭虑,却险些两次亡于晋室之手。临了,临了,你还是死了,却连子孙后代都庇护不住,何苦来哉,何苦来哉?"

他又指着参军骂:"走狗死尸,全无心肝。大晋失赵长舆,如失大厦。你还有时间软禁赵家,且等着吧。假以时日,连你主子都难踏洛阳之地。"

赵含章闻言抬头看向他,眼中泪水滚滚而下。她忍住哽咽之声,问王玄:"他是谁?"

王玄道:"这是张景阳先生。"

赵含章问:"你请他来的?"

王玄苦笑:"我哪儿有那个本事?张先生上个月又一次拒绝皇帝征辟,说是病了。别说我,就是我父亲都见不到他,没想到他今日会来。"

赵含章便明白了。她捧着手中的麻布膝行上前,挪到台阶下,磕头将麻布奉上:"多谢先生来吊唁祖父。"

参军和士兵们被骂得脸色青紫,却不敢对张景阳出手,也不敢拦着赵含章。

张景阳沉默地看着奉到眼前的白布,泪水潸然落下。他抖着手拿了一条,然后攥在手里,哭得伏倒在阶上:"长舆啊,长舆啊,何处归去,归去何处啊?呜呼,呜呼,大晋呜呼……"

赵含章深深地朝他拜了一拜,而后起身,回头看向赵二郎,忍着泪道:"二郎,随我去报丧。"

赵二郎忙爬起来小跑着跟上。有士兵欲上前阻拦,傅庭涵和王玄侧身挡住,目光坚定地看着他们。

参军将士兵扯了回来:"让他们走。"

上面的人倒是会躲。再拦下去,他们就算不被这些读书人骂死,之后也会被问罪砍死。既然如此,他们不如放行。

赵含章带着赵二郎走下台阶,一步一步地往街口而去。赵仲舆见状悄悄地松了一口气——事成了。

姐弟两个,一人捧着麻布,一人拄着苴杖,沿着街道往外走,只要是遇见与赵家相熟之人,他们就会停下跪在大门外报丧,等里面的人出来接麻布条。

傅庭涵等人缓步跟在他们的身后,在一旁看着。

他看着赵含章在大门前跪下,高举着手中的麻布条,大声报道:"汝南赵氏三娘,携幼弟二郎前来报丧,祖父赵氏讳峤昨夜薨逝……"

屋里的人听得不是很清楚,陶侃停下手中的笔,竖起耳朵听:"外面的人在喊些什么?我怎么听着像报丧?"

很快管家便跑了进来,急急地道:"郎主,赵家来报丧了,说赵中书昨夜去了。"

陶坼猛地起身,拿着手中的笔就指过去问:"你说谁?"

"赵中书,上蔡伯,昨夜没了!"

陶坼拎起袍子就往外跑:"是不是东海王下的手?"

这是所有围观的人,还有收到消息之人统一的疑问:赵长舆的死,是不是东海王下的手?

陶坼疾步出来,看到跪在大门前的赵含章姐弟,眼泪瞬间落下。他上前接过赵含章手中的布条,哽咽道:"我一定去吊唁。"

赵含章领着赵二郎磕了个头,起身便走。

赵长舆在洛阳的熟人很多,不仅有亲朋,还有同僚故旧。赵含章这段时间跟着赵长舆处理信件文书,知道该找哪些人报丧。

她不太认路,好在赵二郎是知道的。

他们报丧时,有和陶坼一样出门亲自接的,有派了管家、仆人出来接的,也有闭门不见的。

不管是遇到何种情况,赵含章都带着赵二郎磕个头,只当是替赵长舆答谢这个世界了。

跟在后面的青年们忍不住落泪,王四娘更是哭得像个泪人。等他们到了王家大门,见王家竟然闭门不出,她气得不行,上前就要砸门:"阿父到底在想什么?"

王玄忙拦住她:"阿父不在家,家中仆人怕是不敢做主。"

他正要上前去接,大门突然被打开,一身素衣道袍的女子带着人走了出来。

王玄脚步一顿,蹙眉:"二姐姐?"

王四娘眼睛一亮,连忙迎上去:"二姐姐。"

王二娘淡然地冲妹妹略一点头,走到赵含章的面前,伸手接过一条白麻布,低声安慰道:"节哀顺变。"

赵含章抬头看了她一眼,深深地叩下,起身带着赵二郎前往下一家。

王二娘目送他们姐弟两个走远,握紧了手中的白麻布。这世道,谁又能真正地安稳呢?

他们过了王家,不等赵含章姐弟到各家府邸,各家便已经知道赵长舆昨夜薨逝了。有人早早地开了大门等着,等看到赵含章姐弟,不等人到跟前便自己先哭着迎了上去。

而此时,皇宫里,傅祇也在哭,坐倒在地,拿着赵长舆的折子问皇帝和东海王:"此等挑拨离间之言,陛下和王爷为何会相信?峥森森如千丈松,在任期间殚精竭虑。各王叛乱,百姓流离失所,多仰仗他调度才给离乱的百姓一个安居之所。自河间王死后，他更是一直敦促朝廷尽早做出决断，以免内外受困。他既早已表态，又怎会私下写信传与此相悖的想法？陛下、王爷，莫要被人挑拨坏了情分啊。伪造此信之人心肠歹毒，不仅是挑拨上蔡伯与陛下、与王爷的关系，也是在挑拨陛下和王爷的关系啊。"

年轻的皇帝听闻，眼泪落下，让人将折子拿上来。看傅祗哭得越来越厉害，皇帝忍不住走下龙椅去握东海王的手："王叔请看，上蔡伯言之有理，我们不能被这等小人挑拨离间啊。"

东海王伸手接过折子，看完后慨然一叹："昨日我突然听到那样的传闻，又收到了密信，深恨赵长舆挑拨之心。可今日看来，是我误会他了。"

傅祗哭道："陛下，赵长舆已于昨夜薨逝了。"

皇帝大惊："什么？那这折子……"

傅祗落泪低头，悲戚道："此是遗折。"

朝堂之上顿时叹息声一片，不管是真情还是假意，每个人都掉了两滴眼泪，好似都很伤心。

东海王也一副很伤心的样子，叹息道："没想到竟如此不巧，昨日马家恩过去守着赵家，倒是便宜了他，让他见了上蔡伯最后一面。"

他话锋一转，道："不过此等背后挑拨离间之人还是可恶。既然有假信在手，外又有流言，不如详查，将这幕后之人揪出来。我大晋朗朗乾坤之下，怎容得下这样的魑魅魍魉？"

皇帝张了张嘴，忙去看其他大臣。

众人都避开了皇帝的目光。

傅祗沉吟道："当务之急是为上蔡伯治丧。王爷，让守在赵家附近的士兵退回吧，赵家也好治丧。"

皇帝回神，连忙道："对，对，当务之急是治丧。快来人，立即去赵家看一看，可有何事是朕等可以帮忙的。"

傅祗指点道："上蔡伯有安社稷之功，请陛下拟定谥号，允他奏折所请。"

皇帝连连点头："好，好，朕记得先帝曾为他拟定谥号'简'……"

皇帝不知道造假信的是谁，但东海王紧抓不放。他只担心，东海王这一番舞剑，想指的是他。

东海王真的不知道赵长舆的真实想法吗？皇帝三番五次地派人去劝说赵长舆改口，东海王会不知道皇帝被赵长舆一再拒绝吗？

但收到假信后东海王还是直接派兵去围了赵家，只怕目的是赵长舆的家财。

东海王对支持他的赵长舆尚且如此心狠，更何况是反对他的人？

皇帝忧心不已，只想拖延一些时间好想出应对之法。

赵崶……死得太快了，若他不死，这火短期内还烧不到皇帝这里。

皇帝摇了摇头，将脑海中的想法摇去。皇帝扶额沉思，片刻后道："便用先帝给他定的谥号吧，下旨让赵济袭为上蔡伯。"

众人应下。

东海王心中冷笑，皇帝以为不谈此事自己便不查了？

赵长舆一死，东海王倒成了笑柄。东海王心中积着一股气没处撒，自然不肯如此轻易地放过皇帝。

那假信，多半是皇帝的人捏造出来的。

东海王大踏步地离开，外面已是一片悲戚，不论是士族官员，还是普通百姓，都知道昨夜赵长舆薨逝了。

赵长舆素有清名，在百姓中声望极高。东海王一出皇宫便听到了大街小巷传来的哭声，待听清楚哭的是什么，脸色瞬间铁青。

此时，傅祗拿到了皇帝的圣旨便急忙出宫。看到走在前面的王衍，傅祗立即上前一把扯住他："夷甫，王爷呢？"

被拉住的王衍一脸蒙地答道："王爷早走了，你不知吗？"

傅祗当然知道，但这不耽误他假装不知道，见四周站着的同僚都竖起耳朵听，不由得"哎呀"一声，跺脚道："怎能让王爷这么走了？夷甫，你怎不劝一劝？长舆临终都在忧虑国事，最怕的便是王爷和陛下因此事生出误会来。夷甫和王爷关系亲近，还请夷甫代为说和。王爷深查此事本没有错，但最后若查到陛下这边来，不仅伤了长舆的心，世人也不会相信的。"

王衍不太在意地笑笑，道："傅中书多虑了。丁是丁，卯是卯，王爷不是指鹿为马之人。"

东海王不是指鹿为马的人才怪，要是实事求是，又怎会去围了赵家？

傅祗扯了扯嘴角，皮笑肉不笑地道："我等自然知道王爷不是那种人，但世人不知啊。不管是在民间还是士族里，长舆的名声都极佳，昨日王爷围了赵家，夜里长舆便薨逝了，传出去只怕于王爷名声有碍。"

见王衍还是一副不愿蹚浑水的样子，傅祗便压低了声音道："今日赵家姐弟已经报丧，现在满京城的人恐怕都知道此事了，夷甫不如出去听一听民声再做决定？"

王衍微微正色，看了一眼傅祗，最后拱了拱手带人出了宫。

他到了大街上，果然随处可见议论之人。

王衍皱紧了眉头。

跟着王衍一起跑到大街上的官员见状，忙问道："王司马，这如何是好？王爷此时正烦闷,若是传到他的耳里,又是一场风波。"

王衍叹道:"俗事繁杂,心绪就难免乱。罢了,我们去劝一劝王爷吧,心平和些也利于养生。"

一直到傍晚,赵含章才带着赵二郎到了傅家门前,傅祗早早地就在家门口等着了,她人才跪下,他便上前将人扶住,叹息一声道:"难为你们两个孩子了。"

他取了一条麻布条,绑在手臂上,幽幽地叹了一声:"回去吧,今日陛下已下旨厚葬你祖父,礼部的人也已过去辅助治丧,有什么要求,你只管提。"

赵含章一听,便知道事情到这一步算是如了赵长舆的愿——赵家平安了。

她长出一口气,冲着傅祗深深一拜:"多谢傅祖父。"

傅祗看向傅庭涵:"送三娘和二郎回去吧。你是孙女婿,也该在赵家尽孝,不必急着回来。"

傅庭涵应下,上前扶住脸色发白的赵含章。她今天走了一天,跪了一天,也饿了一天,身体再好也扛不住啊。

"我们坐车回去吧。"

"坐我的车,坐我的车。"王四娘从后面跑上来,指着她的牛车道,"坐我的车,平稳。"

赵含章谢过,扶着傅庭涵的手便上了车。赵二郎一脸懵懂地跟着上去,到现在都还觉得在梦中。

他不由得靠近姐姐,挤着她小声问:"阿姐,天亮以后是不是就醒了?"

赵含章伸手摸了摸他的脑袋,道:"天已经亮一天了,这不是梦。"

赵二郎身子一僵:"那祖父……"

赵含章道:"祖父去和父亲团圆了。"

她指着天幕上不知何时出现的星星,道:"看到没,他们变成了星星在天上守护着我们呢。"

赵二郎仰着脖子看天空,呆呆地道:"星星和星星之间隔得那么远,祖父和阿爹能坐在一起吃饭吗?"

"能吧。"赵含章道,"现在天还不够黑,所以看到的星星稀少。等黑了,漫天都是星星,你再抬头看,密密麻麻地凑在一起的就是一家人,别说吃饭,睡觉都能凑在一起。"

赵二郎一听,整个人都轻松了下来:"如此祖父就不寂寞了,等我死了,也要去找祖父。我想和他一起吃饭,一起骑马,还想让他夸我。我最近都很听阿娘的话了,又认得了两个字……"

赵含章安静地听着，将他抱进怀里，轻轻地拍了拍他的后背："是啊，最近二郎很乖。"

王四娘在一旁听得眼泪汪汪的，忍不住和兄长抱怨："东海王太可恶了，世人都知道那信是伪造的，偏他查也不查就……"

"慎言。"王玄低声呵斥道，"再乱言，我禁你的足。"

王四娘委屈地嘟了嘟嘴，不过还是老实地闭上了嘴巴。

王氏兄妹把赵含章姐弟送到赵宅门口，后面跟着的青年们也都停下了脚步。

赵含章拉着赵二郎站定，对着这些陪他们姐弟走了一天的青年们深深一揖。

青年们见状，纷纷回礼。

赵含章看向王玄和王四娘，轻声道："多谢。"

王玄叹气道："赵公大义，我等受之有愧。"

傅庭涵也对着大家行礼："今日多谢大家的帮忙了。"

有青年拱了拱手，道："傅大郎君记在心里，以后还我们一杯水酒就是。"

赵宅的大门已经挂上了白布和白幡，灯笼也都换成了白色的。

有仆人看见赵含章和赵二郎回来，立即迎上来："三娘、二郎，灵堂已经设好，全家都在那里守灵哭丧呢。"

赵含章微微颔首："我们这就去。"

仆人便一脸为难地看着傅庭涵："傅大郎君……"

赵含章瞥了傅庭涵一眼后道："他今夜也留在此处为祖父守灵，成伯呢？"

仆人忙道："成伯在灵堂那里呢。"

赵含章便拉着傅庭涵和赵二郎去了灵堂。

灵堂已经设好，赵长舆已经被收殓放进棺椁之中，只是未曾合棺。

赵济正领着一家人哭灵。王氏看到姐弟二人回来，一直惶恐不安的心瞬间安定下来，扑上前去抱住赵含章上下看："没受伤吧？"

赵含章安抚道："没有，我们都平安。"

王氏抹掉脸上的泪，将人拉到灵前："快给你祖父上香。"

赵济等姐弟二人上完了香才上前焦急地问："外面的情况如何？"

赵含章道："赵家危机已除，伯父应该已经收到陛下的旨意了吧？"

赵济呼出一口气："是。虽然东海王退兵了，但我心中还是不安，外面的情况还好吧？"

赵含章"嗯"了一声，道："今日多亏了王眉子和王四娘，还有许多青年才俊相随护佑。相信从今日以后，不管是东海王还是皇帝，再对赵家出手都要权衡一二了。"

赵济惊讶地道："王玄？我们家和王衍没多少交情吧？"

是啊，我从您的称呼就可以听出来了。时下对还算尊重和有好感的人，大家都喜欢直接称字，王玄字眉子，不管是赵含章还是原来的赵三娘，称呼他时不是叫王大郎，便是叫王眉子。

不过赵家和王家的关系的确一般，赵含章也不在意，环视了一圈，问："不知叔祖父在何处？"

赵济道："丧礼有许多事要做，父亲正在和成伯商量，你累了一天，先下去休息吧。这是第一晚，晚上还得你和二郎守灵呢。"

看到站在不远处的傅庭涵，赵济沉吟片刻："长容……"

赵含章道："我会让人为他准备一间客房。他有孝心，也不是外人，已经决定今晚随我们一起守灵。"

即便是一直不太喜欢这门亲事的赵济都不由得对傅庭涵心生好感，谁不喜欢既孝顺又知礼，还上心的女婿呢？哪怕这是侄女婿。

赵济温和地道："他也跟着你奔波一天了，先下去用饭休息吧。"

赵含章点头应下，把哭得眼睛通红的王氏也给带走了。

一家四口在清怡阁里用饭。

赵含章饿了一天，但此时并没有胃口，所以坐着看桌上的饭菜发呆。

傅庭涵见了，扭头对仆人道："去盛碗白粥来。"

他把白粥放在赵含章的面前，轻声劝道："吃白粥吧，好歹让胃好受点儿。"

赵含章接过，吃了两口后，对青姑道："派人去叔祖父那里候着，看见成伯出来便请他过来。"

青姑应下。

赵含章问："今日汲先生和赵驹没来过吗？"

"都来过了。"王氏道，"他们来上香，还哭灵了，只是很快就被你叔祖父带走了，说是有要事商议。唉，你祖父的事就他们两个知道。"

王氏对这两个人不太关心，更关心成伯："三娘，你得把成伯要过来，你的那些嫁妆虽然都被整理出来了，可还有一部分在你祖父的院里，须得成伯取出来。"

那只是明面上的嫁妆，真正的好东西是在外面的。

不过赵含章还是点了点头，心里已有打算，她得先见一见汲渊。

赵二郎还小，又是孩子心性，王氏担惊受怕一天，也累得不行，赵含章不想让他们守全夜，就让青姑几个扶着他们回去休息。

除了守在门口的两个仆人，灵堂里只剩下赵含章和傅庭涵。

111

傅庭涵也换了一身孝服。他没有拿丧杖，服的是仅次于斩衰的齐衰，继承了赵长舆爵位的赵济也不过服此丧。

也正是因此，赵家上下才没拦着他跟着赵含章一起守灵。作为姑爷，他肯服小功就已经够孝顺了，现在直接服齐衰，就是对他多有挑剔的赵仲舆和赵济都挑不出一点儿错处来。

傅庭涵给灯添油，又坐回赵含章的旁边，低声道："你要不要眯一下？从昨晚到现在，你一天两夜没睡。"

赵含章道："大脑皮层极度活跃，一时睡不着，你也一直没合眼，要不要靠一下？"

傅庭涵想了想后道："不如我们说说话？倾诉可以散情绪，情绪散去应该就可以入睡了。"

赵含章无意识地抓了一把黍稷梗丢进火盆里："说什么呢？"

傅庭涵顿了顿后，道："我没想到你对赵家的感情已经这么深了。"

明明一直惦记着回去的是她，对这里的人割舍不下的也是她。

赵含章垂下眼眸看着自己葱白的手指，但反过来便可见手心和指腹间的茧，这是小姑娘读书习武留下的茧子。和自己一样，小姑娘一直努力地活着，努力地想要活得更好，让身边的人过得更好一点儿。

"赵长舆对我很好。"赵含章道，"其心善，其品方正，对陌生人我们都会有同理心，何况我和他朝夕相处一个多月。"

赵含章又不是冷漠的人，这一个多月赵长舆处处为她谋算，哪怕知道他为的是自己的亲孙女、亲孙子，但她亲身体验过这些感情，怎么可能分得开？

傅庭涵伸手抓了一把黍稷梗给她，低声问道："现在，你还想回去吗？"

赵含章扭头看他："当然，我对这里的人有感情，但并不妨碍我依然想回去。"

她眯了眯眼："傅教授不想回去吗？"

傅庭涵叹息一声，道："我想，但可操作性很小。我不希望你抱太大的希望，不想你太过失望。"

赵含章便坐直了身体，定定地看着他："傅教授，我们以前认识？"

傅庭涵便抬头冲她笑了笑，只是嘴角的笑容有点儿苦涩："我初高中都是在二十二中念的。"

"可我是二十四中……"赵含章说到这里一顿，二十四中就在二十二中的对面，两个学校门对门，连成绩都是你追我赶，颇有一种王不见王的架势。

二十二中啊……

赵含章久远的记忆被翻出来，她惊讶地看向傅庭涵："你就是二十二中那个和我同一年跳级升学的同学？"

傅庭涵道："是，初中两年，每年期末考试，不是你第一，就是我第一。第三年，你跳级上了高中。就那么巧，我也跳级上了高中，第一个学期，你第一名，我第二名。"傅庭涵盯着她的眼睛，沉默了下来。

赵含章也伸手摸了一下眼睛，轻笑一声："啊，想起来了，后来你一直是第一名吧？我偶尔听同学们提起过，说二十二中有一个很厉害的学生，每个学期都是全市第一名，甩开第二名好远，听说后来直接去了大学的少年班。"

傅庭涵垂下眼眸，道："那是因为你留级了……"

当时赵含章出了车祸，出院后两个眼睛都看不见了，复健加上熟悉盲文，她几乎是从零开始，再回到学校已经被远远落下了。

赵含章一脸惊讶地看着他："所以傅教授一直认识我？"

傅庭涵没有否认。

赵含章有些尴尬，想到她在学校里的名声，觉得有损她少年时期的威名，于是找补道："我其实一直挺知礼温和的。"

傅庭涵忍不住笑，目光柔和地看着她："我知道，你会伸脚踹金老师，是因为他太烦人了。"

赵含章道："你怎么知道我是伸脚踹的？他一直说的是我推的。"

"所以我做证说的是没看见你推人。"

赵含章一副一言难尽的表情，看着他，问："那个匿名为我做证的人是你？"

"本来是没必要匿名的，但主任说我和你们同校任教，公开了反倒不好。反正大家都信任我，所以就采纳了我的证词，只是向两位当事人隐去了我的名字。"

赵含章真心实意地道："多谢，当时要不是你做证，离开学校的恐怕就是我了。"

所以其实傅庭涵一直知道她？那……

"那相亲的事……"

傅庭涵转移话题："赵长舆给你留下这么多东西，你都能拿到手吗？"

赵含章看着他红透的耳朵，定定地看了一会儿后，道："嗯，问题不大，汲渊不背叛就行。"

聊了一通，赵含章大脑放松下来，还真的困了。她的眼睛慢慢地合起来，脑袋一顿一顿的。

傅庭涵见她的脑袋要往下落，忙伸出手捧住，轻轻地往自己这边带，让她靠在了自己的肩膀上。

赵含章睁了一下眼睛，见是他便又闭了起来。

傅庭涵见她闭着眼睛睡着了，提着的心慢慢地放了下来，肩膀也放松了下来，让她靠得更舒服一些。

傅庭涵低头看着这张记忆中熟悉的脸，一时有些恍惚。他不止一次在校门口和她遇上，就隔着一条街，每一次她的身边都围了好多人，大家都很喜欢和她交朋友。每次他从她的眼前走过，都能听见她爽朗的笑声

傅庭涵伸出手指想要点一下她的脸颊，还未碰到，赵含章的脑袋突然动了一下，他立即收回手，正襟危坐……

赵含章努力地把眼睛睁开一条缝儿，撑着起身，这才发现自己不知何时靠在了傅庭涵的怀里。

她揉了揉眼，抬头去看傅庭涵。

傅庭涵靠在身后的柱子上正睡得沉，赵含章看到他眼底发青，眉头轻皱，连忙起身坐直。

但不知是不是一个姿势保持久了，她的半边身子都有些麻。她一坐直，身体便不受控制地往边上一倒，直接倒在了傅庭涵的身上。

傅庭涵一下子睁开眼睛，手已经扶住她。

赵大娘姐妹三个进来便看到傅庭涵将赵含章整个人抱在怀里，三人一惊，赵大娘忙背过身去，还拉着赵二娘和赵四娘转身。

但两个人身子转过去了，却一直回头看，赵二娘还重重地咳嗽了一声。

赵含章揉着大腿想要站起来，那酸疼的感觉，让她"哒"了一声。

傅庭涵也觉得麻，但没出声，扶着赵含章起身，淡淡地瞥了一眼站在灵堂门口的三个人。

赵含章一脸莫名其妙地看着她们："外面的院子很好看吗？进来吧。"

赵大娘三个这才转过身来，见二人还是靠在一起，便移开目光："三妹妹，你去梳洗用饭吧，这儿我们来守。"

赵含章揉开麻意，先上前上了一炷香，烧了一把黍稷梗才应下。

傅庭涵默默地跟在她的身后往外走。

赵二娘看着二人肩并肩地离开，疑惑地道："傅大郎君为何这么喜欢三妹妹？"

之前他每日都上门来，昨日那样危险也不离不弃，更是陪着她守灵服孝，他们不是才见面不久吗？他为何一副情深不渝的样子？

赵四娘道："或许是因为他有所图谋？现今家里最富有的就是三姐姐了吧？"

赵含章领着傅庭涵去了客房，让赵才照顾他，她这才回屋去。

听荷打了水给她洗脸，低声道："三娘，汲先生在西角门外等您。"

赵含章点头应下，只略略整理了头发就往西角门走去。

西角门在大房一侧，靠近赵长舆的书房，她一路过去，只遇到几个仆人，他们看见赵含章都低着头行礼，等赵含章走过才抬起头来。

赵含章边往外走边问听荷："这边的人都是成伯安排的吗？"

"是，遵照您的吩咐，早就换成了我们的人，他们都在拟定的陪嫁名单上。"

赵含章这才满意地点头。

守着西角门的门房看到赵含章，一句话也不问，悄悄地开了门，自己先出去看了一圈，确定安全才让赵含章出去。

一辆牛车停在巷子里的不远处，正好挡住了巷口。

赵含章对听荷点了点头，自己上前。

车夫抬起头来，赵含章才看到斗笠下是赵驹的脸。

赵含章心想，倒也不必如此吧？

她扶着赵驹的手上车，车厢里坐着汲渊。看见她，汲渊立即避到一旁，弯着腰仓促行礼："女郎节哀顺变。"

赵含章坐下，抬头看了他一眼："先生早猜到了？"

汲渊叹息道："赵宅被围后风平浪静，我便猜到了郎主的破解之法。"

赵含章沉默了一下："城西那边怎样了？"

"女郎放心，人和财物都很好。"

赵含章问："昨日叔祖找你们有何吩咐？"

汲渊道："正要与女郎商议，二老太爷留我，又让赵驹去将赵家养的部曲都调进城来。"

赵含章沉吟片刻："有劳汲先生先留在叔祖的身边，助他们父子尽早管好赵家。"

汲渊眉头一扬："不知期限到何时？"

"等丧礼结束，我会和叔祖提扶棺回乡的事，到时候会和他要千里叔叔护送我们姐弟。汲先生可随我们同行，也可以直接辞去幕僚之责。"

赵驹是赵家的部曲，身契在赵家，不是自由身，但汲渊是自由身。

汲渊原先效力的赵长舆死了，本可以另外择主。汲渊若要走，赵仲舆拦不住。

这里面要紧的是赵驹。

赵长舆一死，名义上赵驹就属于新的家主赵仲舆或者新的上蔡伯赵济了。

不过只要能把他带到扶棺回乡的队伍中，那赵驹就属于她了。

赵含章没想过继续和二房在一个锅里吃饭。

汲渊有些惊讶："女郎要离开洛阳，独自支立门庭？"

"不行吗？"

汲渊沉吟："女郎到底是女子，行事多有不便，而二郎又敦厚老实，若无宗亲照应，只怕……"

赵含章道："先生，我叔祖的为人和脾性您都知道，我的手上有这么多人和财物，一日两日可以不被发现，但时日一长，他不会察觉不到，到时候恐怕心生怨恨。"

"您看大晋现在的情况，内外交困。外部且不说，皇室倾轧不断，不就是因为心不平吗？"赵含章道，"我避开他，不仅是为我们姐弟的安危着想，也是想维持赵氏的平和。"

汲渊道："何不趁着热孝期成亲？从前晚和昨日傅大郎君的表现看，便是为女郎粉身碎骨他也是甘愿的，女郎大可以趁此机会光明正大地带着嫁妆出嫁。嫁妆等早已梳理好，热孝期间一切从简，都用不到三月，婚事即刻就能办。"

赵含章蹙眉："那扶棺回乡的事……"

汲渊道："在下已经听说，昨晚傅大郎君陪同女郎一起守灵，服的是齐衰，既然他都愿意为郎主服如此重孝，扶棺回乡之事自然也愿意。"

赵含章沉思。

汲渊还是认为此时出嫁更顺理成章，赵长舆留给赵含章的那些东西都可以趁此机会合法合理地到达傅家，掌握在赵含章的手中。

汲渊目光炯炯地看着她。

赵含章是一个很擅长听取别人意见的人："我回去找傅大郎君商议一二。"

汲渊放松地笑了起来。

以傅大郎君对他们女郎的上心程度，他肯定会答应的，就看傅家那边愿不愿意了。

赵含章沉吟道："不管在热孝期内出嫁与否，我都要扶棺回乡。我们的人不能留在洛阳了，还请汲先生操劳，让城西的人收拾一下行李回汝南去。"

汲渊惊讶："女郎要把势力都移到汝南？"

赵含章点头。

汲渊不太赞同："女郎，洛阳不仅仅是京都，郎主一直将这批人养在京都，便是因为大房在此。而将来您和傅大郎君也是要在洛阳城里生活的，将人和财物移回汝南岂不是白费人力？您不用他们了？"

赵含章道："我和傅大郎君都不打算在洛阳城里久居，先让他们收拾行李吧。"

"这……"

赵含章正色道："先生，洛阳乃是非之地，不便我们久留。"

汲渊沉吟片刻，这才缓缓地点头。

赵含章回到清怡阁，一直不见踪影的成伯终于找了过来，见到赵含章就要跪下。

赵含章见他面色疲惫，好似一夜间老了十几岁，忙伸手扶住他，指着矮桌对面的木榻道："成伯，坐下说话吧，也吃些东西暖暖胃。"

她扭头吩咐听荷："再去盛一碗白粥来。"

"是。"

成伯见她就只吃一碗白粥，连碟小菜都没有，不由得叹息："三娘节哀，不要过于忧伤，二娘子和二郎还得仰仗您呢。"

"我没有什么胃口。"赵含章问，"我们大房的人手安排……"

"都遵照女郎之前的安排，清怡阁和松安院全部换上了我们的人，他们全在陪嫁单子上，忠心耿耿，其余人都借着操办丧礼的名义被调到了前头。"

松安院是王氏住的院子，赵二郎还是住在赵含章的偏房里，只要看好这两个院子，他们母子三人的安全就没有问题。

赵含章微微颔首："西角门也不能丢，沿路都要是我们的人。"

"是，奴知道，那是三娘连通外面的门。"成伯顿了顿后道，"二老太爷的意思是，当下最主要的是办好郎主的丧礼，其余的事待丧礼结束后再说。"

赵含章挑眉："这是何意？"

成伯斟酌道："听二老太爷话里的意思，三娘重孝，和傅家的婚事是三年之后的事了。我留在后院无用，所以二老太爷让我到世子爷的身边去，先帮着管理家务。"

赵长舆知道，不能明着把汲渊和赵驹给赵含章，不然谁都能猜得出来他暗地里给赵含章留了东西。

所以他从未明着提过汲渊和赵驹的去留，但说起过成伯的去留问题。

成伯从前是赵长舆的长随，年长后又是赵家的管家、赵长舆的心腹。

赵长舆的妻子亡逝后，家里的庶务就由成伯管着，不管是王氏还是吴氏，她们都只管着后院，支取银子都要经过成伯的同意。

可以说，若论谁对赵长舆的资产最了解，那非成伯莫属，连汲渊都比不过。

但成伯也是唯一一个身契一直在赵长舆手里的人，赵长舆临走前将成伯的身契交给了赵含章，还明着留下遗言，让成伯跟着赵含章。

所以现在，无论是名义上还是实际上，成伯都是赵含章的人。

赵仲舆这是想挖她的墙脚啊。

她笑了笑，对成伯道："不必忧心，我听叔祖的吩咐，当务之急是操办好祖父的丧礼。"

见她心有成算，成伯松了一口气，正色道："三娘，天快大亮，祭拜的亲朋故旧差不多该来了。"

赵含章便点了点头，将碗中的白粥吃完，漱口后便要往灵堂走去。

她才走到院子，便看到了背对着自己站在院门口的傅庭涵。他不知何时来的，正站在院门那里怔怔地望着远处。

赵含章走上前去："你在看什么？"

傅庭涵回神，指着不远处的花丛道："花全谢了。"

赵含章看过去，只见不远处的月季花瓣落了一地，连枝叶看着都恹恹的。她看了一会儿，问道："吃了吗？"

傅庭涵点头："吃过了，前面应该快来人了，所以我过来找你。"

赵含章将落在花丛上的目光抽回，转身道："那走吧。"

赵含章扭头盼咐跟在身后的听荷："派人看着这些花，查一查昨日到今日有谁靠近过这些花。"

她想看看这是自然现象，还是人为原因。

听荷应下，停下了脚步，等他们走远才回身去找人。

赵含章并不避着傅庭涵，他看向她："你怀疑是人为？"

赵含章揉了揉额头，道："可能是我太敏感了，但谨慎一些好。"

傅庭涵点了点头。

"我有事想与你商议。"赵含章看着不远处的灵堂停住了脚步。

傅庭涵也站住看向她："你说。"

赵含章直截了当地说："我们在热孝期内结婚吧。"

傅庭涵差点儿被口水呛住，瞪大了眼睛看着赵含章，耳朵都红透了："你……你是认真的？"

赵含章的目光扫过他的耳朵和脖子，没想到他这么容易害羞。她若有所思，面上却不动声色地道："这是最快也是最好的将遗产合法合理化的办法，当然，你要是不愿意……"

"我愿意。"傅庭涵快速地截断她的话，说完可能意识到自己表达得太急，又顿了顿，用和缓的语气道，"本来我们的婚礼也是要在六月举行的。我家那边做了准备，聘礼也已准备好，只要想办就能办。何况热孝期内结婚一切从简，之前的准备应该够了。一会儿祖父来了，我就和他提。"

赵含章突然觉得自己是不是做错了，傅教授这样，不管最后他们能不能回去，关系恐怕都回不到从前了。

她倒是没什么，大大咧咧惯了，就怕委屈了傅教授。

傅庭涵似乎感受到了她的迟疑，耳朵上的热度稍减。"你不要多心，这是权宜之计，将来你要是想……"他看到站在一旁的成伯，将"分开"两个字咽下去，"我都听你的。"

成伯目光炯炯地看着两个人，心中感叹，也不知三娘是如何办到的，短短时间内竟能让傅大郎君如此听话。

不过他们家三娘很是好看，难道傅大郎君是见色起意？

可如此好色，傅大郎君将来会不会变心啊？

成伯心里冒出许多想法，还没来得及捋清，看到对面过来的赵仲舆和赵济，立即垂下眼眸，低声提醒正在低声说话的二人："三娘，二老太爷和世子来了。"

赵含章立即敛神，神色严肃起来，转过身对赵仲舆和赵济行礼："叔祖父、伯父。"

赵仲舆点了点头，见她的脸色还有些发白，便叹息一声道："走吧，灵堂那里已经准备好了，一会儿吊唁的人就来了。"

他看向傅庭涵，面色和缓了许多："长容啊，这两日有劳你了。"

傅庭涵看了赵含章一眼后道："这是晚辈应该做的。"

傅庭涵一点儿也不把自己当外人，到了灵堂也是站在赵含章的身侧，和她一起答谢前来吊唁的人。

赵长舆的名声和人缘都不错，家中大门才开便有人上门来吊唁，看着站在一旁的赵含章姐弟，所有人都心中一叹。

赵长舆这一死，赵家大房就算没落了。

来的人有真心伤心的，也有走了一趟便离开的，赵含章都领着赵二郎诚心答谢。

她的边上站着傅庭涵，那么高大的一个人，宾客们想当作看不见都难。

便是王衍这样挑剔的人都忍不住对左右道："傅家郎君至孝，守诚信诺，是为君子。"

随后，他又有些惋惜地道："可惜了。"

左右不由得问："可惜什么？"

王衍笑了笑没说话，可惜傅庭涵已经定亲，不然倒是可以为四娘提一提。

王衍不说，旁人也猜出来了，也不由得感叹："上蔡伯的最后一步棋走对了，他为大房遗孤找了一个可靠的靠山啊。"

"傅中书为人方正，傅郎君又是君子，只要傅氏不倒，赵氏姐弟便可安稳一生。"

在这样的世道里，安稳便是最大的幸福了。

赵仲舆或许也是想通了这一点，或许因为赵长舆临终的托付，对赵含章的态度和缓了许多，还一度叮嘱她注意休息。

傅祗赶着正午之前到了，吊唁过后和傅庭涵在一旁说了一会儿悄悄话，然后回身去找赵仲舆。

赵仲舆惊讶万分:"在热孝期内成亲?"

傅祗叹息道:"是啊,原来两家定的六月,本意也是想让长舆放心地离去,谁知竟会出此变故。虽然如此,但我还是想让两个孩子尽早成亲。一来,也算圆了长舆的愿望;二来,长容的年纪也不小了,守孝三年便十九岁了,所以只得委屈三娘戴孝入门。"

赵仲舆道:"傅兄说的什么话,应该是长容委屈了。"

但赵仲舆一时难以决断:"成亲毕竟是大事,这一时之间……"

傅祗安慰他道:"不必忧心,这是热孝期,一切从简,聘礼和嫁妆都是一早准备妥当,也不必请多少乐手,只简单布置一二便可嫁娶。我知道长舆的遗言。我已经决定,待他们成亲后,让长容陪着三娘和二郎一起扶棺回乡。"

赵仲舆大为感动,沉吟片刻就应下了:"也好。"

傅祗感到有些意外,没想到会这么顺利,连赵含章都没想到。

但赵仲舆的确答应了,还特意找王氏和赵含章说了一声:"等丧礼结束,趁着热孝出嫁。我已经让傅家略算了算日子,七天之后,等过了你祖父回魂之后便出门,到时候祷告亡灵,也能让你祖父安心。"

赵含章一脸感动地道:"多谢叔祖父。"

赵仲舆道:"你先别谢我,我同意此事是有要求的。"

王氏有些不安起来。

赵仲舆摆出笔墨纸砚,道:"这里也没有外人,我们便打开天窗说亮话。我知道,大哥给你准备这么多嫁妆是为了二郎,那里面至少有一半是二郎的吧?"

赵含章微微挑眉,也不遮掩,直接点头:"不错,这份嫁妆我和二郎一人一半,我也应承了祖父,待二郎成年娶亲后便将这一半送还给二郎。"

"那就把这个承诺写下来吧。"赵仲舆将纸笔朝她推了推,道,"你把嫁妆单子上应该属于他的那一份写下来,然后签字盖章,一式两份,你拿一份,我们家中留存一份,待二郎成年娶亲,我们去做见证分割。"

赵含章上前接过纸笔,微微笑了笑,抬起眼眸看向赵仲舆:"叔祖大义,三娘先替二郎谢过了。"

赵仲舆面色严肃:"你不嫌我多事便好,我自然是相信你的,只是不相信傅家。"

傅长容太殷勤了,傅家又急着迎娶赵含章,赵仲舆既感动又怀疑,只能和赵含章要个保障。

那些东西既然是大哥留给两个孩子的,那就不能平白落到傅家的口袋里。

赵含章也不含糊,应了下来。

赵含章想到自己就要离开洛阳,忍不住想要"坑"一回这位叔祖:"叔祖父,您也知道，丧礼过后我们姐弟二人要扶棺回乡。此次归乡，少则一两年，多则三四年，洛阳这边的产业不好经营，而且您也知道，我是女子，二郎又是那样子。这些产业在我们的手中别说赚钱，怕是不亏钱都难，所以我想出让一部分给您。"

赵仲舆一愣，蹙眉："你要卖嫁妆？"

赵含章叹息一声道："金银比较好携带，也可长存。我和二郎都不是擅长经营之人，有现银总比经营铺面田庄好。"

"或者叔祖父愿意拿家乡的田产铺面与我交换也行。"赵含章道，"我们此次回乡会多留几年，若停留的时间足够长，二郎说不定会在那里寻觅良缘，那边的资产多点儿也好说亲。而且家乡那里的亲族多，也更好经营。"

赵仲舆沉思，赵含章手中的嫁妆有什么他都是知道的，那些产业囊括丰富，不仅有洛阳的，也有长安和汝南的，其中以洛阳和长安的最值钱。

虽然现在赵家和长安的联系薄弱，但那儿毕竟是大城，一旦平定，长安和洛阳的资产可比汝南的好太多了。

只是这事传出去可不好听，而且这个侄孙女……

赵仲舆有些怀疑地看向她，她是真心想换，还是假意设套？

赵含章当然是真心想换，补充道："此事不必告诉别人，我们自己立契，我将地契和房契交给叔祖。若外人问起来，只说是我托叔祖和伯父帮忙经营。我和二郎年纪小，仰仗亲族也是情理之中。"

也就是说，这是私下交易，不会体现在嫁妆单子上，自然就没了毁损名声的风险。

但他们又私下定了契约，现在赵仲舆是赵氏的族长、赵济是上蔡伯，赵含章也不可能反悔。

天时地利人和，赵仲舆权衡过后点头应下了。

赵含章便道："那就让成伯去交割吧，这些资产我也不熟，让他来办最合适不过。"

赵仲舆也很满意，点了点头。

赵含章把写好的承诺书交给赵仲舆，起身行礼后带着有些恍惚的王氏离开了。

出了书房老远，王氏才反应过来，忙拽住赵含章问："三娘，你怎么就把那些产业贱卖了？那可是你祖父千挑万选给你留下的好东西啊。"

赵含章低声安抚道："阿娘，我心中有数，我们不会亏的。"

王氏一脸怀疑地道："真的？可你叔祖也是聪明人，你不亏，难道他能亏？"

赵含章没法儿告诉她信息不对称的好处，只能道："我比叔祖更聪明。当然，在叔祖的眼中,这不是吃亏,而是双赢。"

除非历史在接下来的轨迹中转一个大弯儿,洛阳无险,不然赵仲舆必亏。

赵含章没想到,接下来的历史的确转了一个弯儿,却是朝着另一个方向转的。

赵含章将香插上去,回头看向面色疲惫的王氏等人,对他们道:"你们回去休息吧,今夜我守灵。"

王氏忙道:"你回去吧,今晚阿娘来守,你都连着守了三个晚上了。"

婚期将近,虽然一切从简,但还是要做一点儿准备,尤其是傅家那边。所以傅庭涵陪着赵含章守了两个晚上后便回家去了。

"阿娘,你身体不好,回去休息吧,要是不放心,让二郎留下来陪我。"安抚住王氏,赵含章看向一旁的赵家三姐妹:"姐姐妹妹们也都回去休息吧,明日再来。"

二房的三姐妹本就是堂亲,服的孝轻,也就赵大郎因为是赵家的嫡长孙,而且继承了赵长舆的爵位,所以跟着服了重孝而已。

三姐妹也没推辞,行了一礼后就要离开,结果她们才动,外面突然传来"砰砰"的巨大响声,吓得她们一缩。

"怎么像是打仗的声音?"

"又是谁要闯宫门了不成?"

过去的三年里,她们没少听到这种声音,每次听到都是一次政变,想到伯祖父现在不在了,三人的脸色瞬间惨白。

赵含章也竖起了耳朵听,清晰地听到了由远而近的喊杀声。她面色一变,走出灵堂,叫来成伯:"约束好家中的仆人,去接叔祖父和伯父他们过来,守住灵堂。"

她的话音才落,赵仲舆和赵济也匆匆赶来:"紧闭门户,一门五人,有异状立即来报。"

赵仲舆还算镇定,又吩咐下去:"把府中的护卫都叫来,从现在开始分三队巡逻府中,看住府上的仆妇仆人,不得乱窜,违者直接打死。"

赵含章便停了下来等他吩咐,等他安排好了才上前:"叔祖父,外面是出什么事了吗?"

赵仲舆皱着眉头道:"已经叫人出去打听了,你们先留在府中,不要出去。"

赵含章想了想后道:"汲先生消息灵通,或许知道。叔祖父,不如派人去接汲先生过来?"

"外面正乱着呢,刀枪无眼,此时留在屋中才是最安全的。"赵仲舆道,"等这一阵混乱过去再说。"

赵含章点头,也觉得此时安全最重要。

只是心中难免焦躁,她回顾着自己知道的历史,这一段时间洛阳城外虽然是混乱的，但城内应该还是稍显安定，至少在东海王掌控朝政的头两年里，洛阳没有发生大的战争。

可是……

那毕竟是后人记载的一千多年前的历史，史料总有缺失，所以也不能全信。

赵含章苦笑一声，就算史料齐全，记载得详细，她也得都看过、都记住啊，所以还是得搜集当下的信息。

赵含章转头去看慢慢暗沉下来的天幕，只是不知在当下的混乱中，新帝是否安全，要是出事，恐怕洛阳当即就要大乱。

赵家上下人心惶惶，一起留在灵堂里听了一晚上外面的动静。

赵含章的听力比所有人的都好，尤其是闭上眼睛时，她可以清晰地听到街道上士兵走动时甲胄碰撞的声音。可惜，没人说话，她提取的信息有限。

不过，路过的士兵并未敲赵家和贾家的门，似乎略过了他们这几家。

赵含章微微睁开了眼睛，垂眸思索，看来这乱是从内部起的，而且东海王把控住了局势，对方似乎坚信他们这几家没有参与其中。

她用手指点了点膝盖，虽不知是什么事，但似乎问题不大。

果然，第二天乱势就被平了，赵家派出去打探消息的仆人回来禀报道："把守路口的士兵都退了，只有主街和皇城入口那一段还有没清洗干净的血迹，四边城门都关闭着，暂时不让人外出。"

赵济连忙问："可问到是发生了何事？"

"问不到，那些兵卒都凶得很，小的不敢久留。"

赵仲舆略一沉思便道："备车，我出去问问。"

仆人应声而去，才出去就碰到急匆匆赶来的汲渊。

赵仲舆眼睛一亮，迎上前去："汲先生，你来得正好。"

赵含章也上前两步，目光炯炯地看着汲渊。

汲渊抹了一把额头上的汗，平缓了一下呼吸才道："右卫将军高韬袭击刺杀东海王，已经平乱了。"

赵含章眉头一跳，上前问道："是高韬袭击刺杀了东海王，还是东海王在捉拿高韬？"

赵济道："这不是一样的吗？"

当然不一样，因为历史上，高韬没来得及实施刺杀计划就暴露了，然后被东海王捉拿杀死。

汲渊道："昨日傍晚东海王的车驾才出皇城便被伏击，高韬带着手下的士兵袭杀东海王，计划失败，他遁逃而去。"

他顿了顿后压低声音道:"听闻东海王受了重伤。"

赵含章咽了咽口水,问:"消息准确吗?"

汲渊道:"东海王重伤一事未能确定,但刺杀一事属实,高韬应该已经逃出城去了。"

赵含章心想,那可真是太刺激了。

历史还真拐了一道弯。

她的心中突然产生了一股强烈的危机感,她突然抬头看向汲渊,目光炯炯。

汲渊也正看着她,在她看过来时轻轻地点了一下头。

赵含章便扭头对赵仲舆道:"叔祖父,我想提前送棺椁去庙里,我们一家也都暂居庙中为祖父做一场法事吧。"

赵仲舆回神,摇头道:"你要想做法事,请和尚道士来家中便可,何须去庙中?等丧礼结束再把棺椁移过去吧。我知道你在忧心什么,但如果连洛阳城内都不安全,城外只会更不安全。而且如今乱势已平,东海王重伤的事只怕是他故意放出来的消息。东海王这是想把生了异心的人一网打尽呢。"

"叔祖父既然知道,为何不躲开这次风波呢?"

"这与我们并无干系,我们又不会去反他东海王,且坐山观虎斗便是。"

人想要坐山观虎斗,那就得要有独善其身的本事,不然只会成为被殃及的池鱼。

高韬逃了,东海王不管是真受伤还是假受伤,既然放出了这样的风声,总能吸引一些胆子大的想要放手一搏。

或许东海王最后可以平乱,但在此过程中,洛阳必定不得安宁。

最主要的是,万一东海王掌控不了呢?

司马家这样的事还少吗?

在短短十七年的时间里,大晋便又陷入一片战火之中,不就是因为司马家重蹈覆辙吗?

赵含章对东海王掌控全局的能力表示怀疑,极力劝说赵仲舆到城外去。

可惜,赵仲舆没答应,理由同样很充分。

赵长舆的丧礼不能缩短,这不仅关系到赵氏一族的脸面,对赵长舆也很重要。而且赵含章的婚期已经定下,就在三天后,此时出城,一出一进,极费时间。

赵含章见说服不了对方,叹息一声,私下找了汲渊:"让我们留在西城的人明日一早出城,一什带着三什和五什留下,让二什带着剩下的人护送所有家眷回汝南。寅时让他们来西角门拿东西,把我的嫁妆里可以携带的东西都带上,祖父给我们留下的那些钱也都带上。"

这一次汲渊没有反对,颔首道:"此时洛阳已是是非之地,早些离开也好。可是女郎，我们这边动静这么大，只怕二房那边瞒不住。"

赵含章道："不必担心，我自有办法应对他们，明日你们只管悄悄地来。"

汲渊躬身应道："唯！"

赵含章看着他离去，沉吟片刻，让听荷把成伯请来："将我所有的嫁妆都送到祖父的书房去，明日寅时有人来取。"

成伯虽然惊讶，但是没有多问，沉吟片刻后道："那今晚守夜的人要全部换成我们的人。"

赵含章点头："不错，灵堂那边也都换掉，先别走漏风声，等过了丑时，将他们叫醒，把所有嫁妆搬出西角门，行动间慢些。"

成伯应下。

赵含章坐在书房里思考片刻，便抽了一张纸给傅庭涵写信，表明对当下洛阳局势的担忧，让他劝说傅祗离开洛阳。

"不管傅祗愿不愿意离开，我们都要做好离开的准备了。我不知发生了何事，高韬竟能成功举兵刺杀东海王，还能逃出洛阳，我心中总有种不安的感觉。"

在家里准备婚事的傅庭涵收到赵含章的信，不由得沉思起来。

虽然她未曾明说，但他依然读懂了她的言下之意。

历史上，高韬应该没能举兵，也逃不出洛阳，历史在这里发生了变化。

傅庭涵将信丢进火盆里烧了。

一只蝴蝶偶然地煽动了一下翅膀，尚且能在一段时间后引起龙卷风，何况他们两个活生生的灵魂突然替代了这个世界的两个人？

不过虽产生了不可测的变数，但他相信其中依旧有规律可循，他们的优势是赵含章对这个时代的历史足够了解，他不想让这个长处变成短处。那他们就要在变量中找出其发展的规律，掌握其中的定数，继续保持优势。

这么一想，傅庭涵立即起身去找傅祗。

傅祗很忙，书房里有官员和幕僚来往，一刻也不得停歇。

昨晚东海王的动静吓坏了不少人，今天早上，大街上的兵士才退去，大家便活动起来。

现在的皇宫在众人眼里就是个会吞人的怪兽，除了极个别人，没人愿意往那里去。于是位高者如王衍、傅祗等人的府邸便门庭若市，众人都想从他们这里打探消息，得到一些保证。

傅祗又应付走一拨人，有些头疼地揉了揉额头，闭目养神。

傅庭涵端了一盘点心进来。

傅祗看到孙子，露出一抹笑容，温和地道："你怎么过来了？"

"您累了就休息吧，让管家把剩下的客人打发走。"

傅祗摇头："他们今日要是见不到我，恐怕寝食难安，我还是见一见吧，洛阳也需要他们安定民心。"

傅庭涵问："高韬为什么要刺杀东海王？"

傅祗叹息一声道："自河间王死后，朝中便分成了两派，一派是如我这样的，想让王延和高韬接手京兆郡，另一派则是想要东海王接管。"

"如今陛下都在东海王的手中，即便陛下不情愿，情势也依旧倾向于东海王。"傅祗顿了顿后道，"你赵祖父便是为此支持东海王，怕两派相争不下，拖延时间太长，会让京兆郡更加混乱，还有可能会引羌胡南下。"

"事实证明，他的顾虑是对的。"傅祗好似一下老了三岁，叹息道，"高韬就是因此事久决不下，对东海王心生怨恨，便鼓动右卫军，想要刺杀东海王。"

"昨夜抓了不少高韬的同党，这才知道，与高韬密谋之人有生了反叛之心的，已经悄悄地将高韬的刺杀计划告诉了东海王。"傅祗一脸愁容，"高韬原本定的是端午那天动手，东海王便决定让高韬引出更多的人来，到时候一并捉拿。"

"谁知道东海王派兵围了赵家，逼死了赵长舆，高韬觉得东海王太过残暴，连支持东海王的赵长舆都不放过，更不会放过他们这些与东海王作对的人，于是临时决定起事。混在里面的告密者来不及告诉东海王，被裹挟着一起动手了。"

其实这事还是因为赵含章那天京城报丧深入人心，众人觉得东海王薄情寡义，不值得跟随。

高韬趁此东风振臂一呼，本来还犹豫不决的人直接投入他的阵营，人数足够了，他胆子也就肥了，直接动了手。速度之快，让告密者来不及传出消息，也让东海王来不及反应。

傅庭涵问："所以东海王是真的受伤了？"

傅祗上午去见过东海王了，冷哼一声道："不过小伤。"

傅庭涵心中有数了。他看着鬓发霜白的祖父，抿了抿嘴，道："三娘说洛阳很可能会乱，让我们离开洛阳。"

傅祗苦笑道："我是中书监，别人离得，我却离不得。"

他抬头看向孙子，叹息道："再有三日你们就成亲了，成亲以后，你随三娘去汝南，那里虽是乡下，却比洛阳安全一些。以后除非陛下掌权，或是东海王上位，不然你们不要回来了。"

这也是傅祗愿意让傅庭涵随赵含章扶棺回乡的主要原因之一。

每个人都有自己的考量和责任，傅庭涵沉默片刻，不再劝说傅祗，行礼后退下。

傅祗看着傅庭涵身姿挺拔的背影，心中既欣慰又伤感："这孩子稳重了许多。"

管家道:"郎君离家五年,都十六岁了,自然稳重。"

管家说完又忍不住炫耀起来:"不是奴自夸,这满京城里怕是也没几家郎君比得上我们家郎君。郎君身上带着伤,也依旧每日读书写字,就是去三娘那里,也不忘随手带上一卷书。"

傅祗也很满意,微微颔首道:"时逢乱世,他多读些书是好的,但也不能一味地读书。这段时间外面不太平便罢了,让他在家里练一练骑射。等过段时间外面安定了,让他出去多与人切磋,不仅可以增长见识,也可以学些自保的本事。"

管家应下。

傅祗道:"后日就是长舆的头七,你准备好东西,待我从宫里回来,我们就过去祭拜,也得和赵仲舆商量一下婚礼的具体事宜。"

管家躬身应下:"是。"

傅庭涵给赵含章写了一封信,信中只有一句话:"两只蝴蝶的效应,高韬已经逃出京城,暂不知所终,东海王轻伤。"

信很快就被送到赵含章的手中,她看过后,将信丢进了火盆里,目光沉沉。

晚上,她把自己房间里的一些财物也都收进箱子里,和她的嫁妆一起送到了祖父书房所在的院子。

过了三更,赵宅里的人都睡熟了,赵含章睁开了眼睛,从床上起来。

住在外室的听荷披着衣服起身,低声道:"三娘,还没到丑时呢,您再躺一会儿。"

今天晚上是王氏带着赵二郎守灵,赵含章不到戌时就睡下了,虽然现在还不到丑时,但也足够了。

她此时神采奕奕,直接换了衣裳起身,低声道:"去叫人,动作轻一些,我们悄悄把东西运出去。"

灵堂上下都换成了他们的人,大房这边更是只用赵含章和王氏的心腹,以及在陪嫁单子上的人,所以大家还算听命令,都悄悄地起身,聚集在书房的院子里。

傍晚,赵含章借口头七将至,要用灯为赵长舆引路,要求从今天晚上开始,府上终夜不灭灯。

她随手拿了一盏白色灯笼照着不太明亮的道路,走进院子,看着敛手低头站在院子里的人道:"你们皆是我精挑细选出来的,将来,会随我嫁去傅家。我荣,尔等便荣耀;我辱,尔等便也受辱,所以希望我们接下来同心同德,共造荣耀。"

仆人们没敢吱声,只是冲着赵含章深深一拜,表示明白。

赵含章满意地点点头,轻声道:"开始吧,动作轻一些。"

仆人们低低地应了一声，将院子里打包好的箱子抬出去。

有的箱子太重，必须四个人才能抬动，行走间不免有些摩擦，好在动静不是很大，大房和二房又离得远，倒是没惊动二房。

成伯也赶了过来，见仆人们已经抬着东西出来，便走到她的身边低声道："府中的护卫也打点过了，在天亮前，他们会特意绕过这里。"

赵含章点了点头，见他面色忧虑，便问："成伯在忧心什么？"

"就算今晚瞒得过，等到后日你出嫁，此事也瞒不住，三娘可有想过后果？"

赵含章面色平静地道："我的财物，我自然是可以做主的。"

见成伯还是忧虑重重，她便安抚道："放心，我就要出嫁了，便是因为傅家，叔祖也不会为难我的。"

成伯瞬间想通，是啊，因为傅家，赵仲舆也不会为难三娘。

这可真是有恃无恐。

成伯呼出一口气，也放松了下来。

西角门已经被打开，仆人们悄无声息地将箱子抬到外面，沿着大街放下。

汲渊也带着人提前过来了，来时看到街道上已经摆了不少箱子，便一挥手让人把箱子抬到牛车上绑好。

看到有人提着一盏白灯笼冲他走来，他生生被吓了一跳，待看清举着灯笼的是赵含章才拍着胸脯松了一口气："女郎，你可吓煞老朽了。"

不到四十岁的人也好意思叫自己老朽？

赵含章冲他笑道："汲先生怕什么？"

"怕郎主知道我与女郎以这样的方式伙同逃京，怕是要气得从棺椁里坐起来。"

赵含章问道："您提前过来了，这是打点了巡夜军？"

"用不着打点，现在人都围在东海王府的周围，把那边的街道围得密不透风，其余地方连打更人都找不到，更不要说巡夜军了。"汲渊道，"何况寅时宵禁就结束了，我就是提前一点儿出来，便是被看到也有理由。"

他看向赵含章："就是怕事后女郎不好和二老太爷交代。"

赵含章道："我后日就出嫁了。"

"也是，就算是为了傅家，女郎便是把赵家都搬空，二老太爷也只能忍着。"

箱子一一被搬上车捆好，赵含章把盖了赵长舆印章的过所交给汲渊："虽然现在过所已无用，但盖上祖父的印章，路上总会方便点儿。汲先生，我将全副身家交予您了。"

汲渊正色道："渊定不负女郎所托。"

见赵含章一张小脸上满是认真和严肃之色，汲渊忍不住和她开玩笑："女郎就不怕我带着这些财物和人另择良主？"

赵含章笑了笑，道："疑人不用，用人不疑，我相信先生。何况先生跟随祖父多年，即便真的带着人和东西走了，我便只当这些是祖父付与您多年辛劳的报酬。"

赵含章微微抬起下巴，道："而我尚年轻，不管是财物还是人，再赚就是了。"

她伸手拍了拍车上的箱子，感叹道："我失去这些财物并不觉心疼，只是会心痛失去先生，先生之才，岂是这些许俗物可比的？"

汲渊定定地看着赵含章，确定她说的是真心话后，便往后退了一步，举手与她深深一揖。赵含章被吓了一跳，忙把灯笼塞到听荷的手里，举手回以重礼："先生折煞我了。"

汲渊起身，看着长揖回礼的赵含章道："女郎不负我，我也定不负女郎。"

第六章
# 逃出洛阳

天微微亮时，汲渊他们分成几队到了西城门，他们的家人也都拎着大包小包的行李挤在车队之中。

一行人不少，但在浩浩荡荡的想要出城的人群中并不是很显眼，最引人注目的是他们的车队。

守城的士兵不断地看向他们，拦住他们的车队："你们是何人？"

汲渊立即拿了过所上前："我等是上蔡伯府的，这些是送到庄园上的先伯爷的旧物，先伯爷就要出殡了，这些都是陪葬之物。"

守城的士兵咋舌，先伯爷的陪葬之物竟这么多？

不过他们也没怀疑，还有人用活人陪葬的呢，东西多点儿算什么？他们早就听说上蔡伯擅长经营，又节俭，必定存了不少金银财宝。

士兵目光炯炯地扫过他们的车，放他们出城。

车队一出去，后面的百姓便跟着往外挤。

前天晚上和昨天的动乱还是吓坏了不少人，他们都决定离开洛阳，知道今天西城门会打开放人，就都挤在了此处。

赵含章的八百多人混在人群里面根本不显眼。

等出了城，八百多人汇聚在一处，又成了一股无人敢惹的队伍。

部曲们从车上抽出被藏匿的武器，将人和车队护在中间，不少暗中盯着车队的人触及兵器的冷光，立即收回目光。

他们才平安出城，便立即有人回去给赵含章报信。

赵含章点了点头，吩咐道："留下的人继续住在城西，听从千里叔的调遣。"

"可队主现在几乎不回城西。"

赵驹被赵仲舆派去整顿府中的人手，忙得连见赵含章一面的时间都没有，更不要说回城西了。

赵含章道："他很快就有时间回去了。"

明日便是赵长舆的头七，过了头七，她就要出嫁，因为是在热孝期内，婚礼一切从简，习俗自然也是。没有洞房，自然也没有所谓的三朝回门。

赵含章决定后天出嫁，大后天就回来准备扶棺回乡。

赵仲舆走不走她不管，反正她是要走的。

赵含章直接找赵仲舆要人："叔祖，我们扶棺回乡需要人护送，千里叔武功高强，您让他护送我们回乡可以吗？"

赵仲舆没意见，道："我多给你派些人手，路上不安全。"

赵含章满心感动，决定来者不拒："多谢叔祖。"

她接着道："我决定婚礼后第二天就启程，千里叔那里我使人去叫他回来？"

赵仲舆惊讶地道："这么急？"

"为何如此着急？我已经决定先将棺椁寄存在庙里，等你三朝回门后和傅家熟悉一些再启程。"他不太赞同，"这样着急，只怕傅家会心中不满，而且你们相处的时间太短，万一傅大郎君欺负你怎么办？"

赵含章道："叔祖放心，到时候我多带上一些人，傅家人数比不上我们家，谁欺负谁还不一定呢。"

赵仲舆道："你也不要欺负傅大郎。"

赵含章坚持婚礼后第二天就要走。

赵仲舆这段时间也没少见识这个侄孙女的好强性格，便不再坚持，颔首道："好吧，我让赵千里挑些人回来。"

赵含章提着的心才彻底放下。

第二天是头七，今天晚上是赵济父子二人守灵，赵含章凌晨醒来就一直没睡，此时便有些犯困，便早早回屋睡下了。

睡到半夜，她猛地一下睁开了眼睛。

她躺在床上没动，凝眉仔细听了听，确认自己没听错，的确有重物砸在地上的声音，就好似卡车从自家楼下经过时发出的那种声音。

但这是大晋，哪儿来的这种声音？

还是这样间断的声音，就跟山体滑坡一样……

赵含章想到这里,立时瞪大了眼睛,一下坐了起来,掀开被子下了床。

听荷睡得迷迷糊糊的,听到动静爬了起来,看到赵含章披了衣服往外走,瞬间惊醒,立即跳下木榻:"三娘,你怎么了?"

"嘘——"赵含章站在门口,踮起脚往远处看,房屋层叠,她看不清具体的情况,只看到北边和东边的天空是橘红色的,那一看就是火啊。

听荷也看到了,紧张起来:"走水了?"

"不。"赵含章面沉如水,"是有人在攻城,这隆隆的声音是攻城的声音。"

听荷仔细一听,似乎是有"隆隆"的声音传来,她的脸色煞白:"是……是谁?三娘,他们会攻进城来吗?"

赵含章转身回屋:"更衣。"

赵含章穿好衣服便往外走,院子里的仆人都被惊醒了,赵含章让他们老老实实地待在院子里,自己提了一盏灯笼就去找赵仲舆。

赵仲舆也醒了,坐在床上还有些没回神,突然仆人进来禀道:"郎主,三娘求见。"

赵仲舆回神,蹙着眉头起身,穿上衣裳便趿拉着鞋出去。

赵含章没进客厅,而是站在院子里看着远方。

赵仲舆走到她的身后,轻咳一声。

赵含章回头行礼:"叔祖父,有人攻城,您和伯父要不要进宫看看?"

赵仲舆看了她一会儿,半晌后点头:"也好。"

赵含章行礼后就要退下,赵仲舆突然道:"三娘,战事起了,你和傅家的婚事只怕要推迟。"

赵含章脚步一顿,回头道:"那就推迟吧,当务之急是扶棺回乡,安葬祖父。"

她把傅教授捎带上就行。

赵仲舆点了点头:"应该是流民军在作乱,东海王手握大军,平定只是时间问题。等打退敌军,我让千里送你们离开。"

赵含章应下,转身正要走,突然一声巨响,把赵仲舆吓了一跳,他不由得抱怨起来:"大晚上的攻城,他们就不能天亮了再动手吗?"

赵含章的脸色大变,她听到了喊杀声和哀号声。

"他们攻进城来了。"

"什么?"赵仲舆看向赵含章。

赵含章脸色苍白:"他们从北城门攻进来了。来人,熄掉所有的灯,把女眷孩童都聚到灵堂去。"

赵仲舆也反应过来,上前一把拉住她:"你怎知他们攻进城来了?"

"我听到的。"赵含章认真地看着赵仲舆道,"叔祖父,你信我,他们攻进来了。"

赵仲舆没多犹豫,转头吩咐一直候在一旁的长随:"熄灯,紧闭门户,让所有家丁护卫都到灵堂去,快!"

还沉睡着的府邸在赵仲舆的命令发下去后不久便苏醒了过来。

仆人们赶紧起床,将廊下、院子里的灯一盏一盏地熄灭,屋里也不敢点灯,只一队又一队的人提着白灯笼汇聚到了灵堂外。

所有人一到齐,就熄掉了手中的灯笼。

灵堂里只有火烛还在燃烧,院里院外一片寂静,没人敢说话,但人心惶惶,时不时有女眷和孩子的啜泣声。

赵仲舆和赵含章调派好把守门口和巡逻的护卫便一起走来,一直紧靠着赵二郎的王氏看到她,提的一颗心终于放下,眼泪忍不住地往下落:"三娘……"

赵含章走上前去紧挨着王氏。

赵含章安抚似的拍了拍她的手,拉着她回到赵二郎的身边,将主场交给赵仲舆。

赵仲舆看着汇聚在这里的一家老小,第一次感受到了家主一位压在肩膀上的重担。

他得保证这么多人活下去。

他沉默片刻,道:"外面不知是何人在作乱,但陛下在此,东海王在此,谅这些乱兵也坚持不了多久。而我们要做的便是在这段时间里保住自身,等待东海王平乱。从现在起,紧闭门户,不得喧哗,不得生火,所有人在此处听遣,谁若故意喧哗生乱,别怪我不念情面。"

众人齐声应下。

赵济上前低声道:"父亲,灵堂里的灯烛要不要灭了?"

赵仲舆一听,怒火"腾"的一下就冒了起来,一巴掌打在了他的脸上:"逆子!"

赵济低下头去。

赵仲舆脸色铁青,看了一会儿灵堂后,对赵济道:"去取厚实些的布来,里面遮一层,外面罩上油布,将整个灵堂包起来。行动间注意些,灭了一盏灯,我打断你的腿。"

赵济低声应下,带着一帮仆人去取布。

王氏忍不住捂着帕子痛哭起来,将赵含章和赵二郎拉到灵前跪下,低声怨恨道:"三娘,你说得对,你这伯父就不是可以依靠的。他竟为了生存要断了你祖父的魂,我从未见过如此恶毒之人。"

王氏被气得浑身发抖,刚才要不是赵含章紧紧地拉着她,她必定上前痛打赵济一顿。

赵仲舆已经被气得手都抖了,过了许久,才勉强压住心中的愤怒,沉着脸走到灵前,先给赵长舆上了一炷香,这才对跪在灵前的母子三人道:"济之被吓到了,这才犯了糊涂,侄儿媳妇莫气,待此事过去,我必重罚他。"

王氏只能抹着眼泪应下。

赵仲舆叹息一声,对赵含章道:"三娘,你安慰一下你母亲。"

赵含章不是古人,感触没那么深,但见赵仲舆都能被气得脸色发青,想来这个时代对灵堂里灭灯烛一事很看重。

赵含章抱住王氏的肩膀,安抚地拍了拍她的后背。

家里的仆人都聚在此处,把布匹找出来以后,仆人们便迅速行动起来,灵堂很快就被遮起来,烛光被挡在屋里,空气不太流通,人待在里面有些难受。

赵含章生怕乱军还没打过来,他们先被闷死在这里面。

所以她将王氏劝出去,让他们留在院子里,然后让人将门窗打开,把油布撑开,用木板挡住泄露的光线,这样留了口子,空气就可以进来。

一家人便留在院子里听着越来越大、越来越近的喊杀声。

仆人挤着仆人,大房的人都围在赵含章的身侧,王氏最胆小,紧紧地挨着赵含章,手还紧拽着赵二郎,脸色有些发白。

赵二郎懵懂无知,但也感受到大人们的惊惶,也有些害怕地靠着母亲和姐姐,但没过多久眼皮沉重,靠着王氏睡着了。

整个院子里,除了那些少不更事的孩子,就只有他还睡得着。

住在赵家隔壁的人家速度要慢一些,但在发现赵家一片漆黑以后,他们家也热闹起来,不到两刻钟,家中的灯火皆灭,也慢慢地安静下来。

一片黑暗中,所有人都在祈祷乱军发现不了他们这片区域。

城中很快响起惨叫声和喊杀声,有的声音距离赵家很近,感觉就在一墙之外。

赵含章紧握拳头,目光如水地听着,看向赵仲舆。

赵仲舆的脸色也不好看,他闭上眼睛养神,等到天色微微亮时,才睁开眼睛,将家中的护卫叫来:"派几个人去叫赵千里来,把我们的部曲都带到府中来。"

赵仲舆又叫来赵济道:"我要进宫一趟,家中就交给你了。"

他不动声色地看了一眼赵济,低声警告道:"今日是你大伯的头七,灯烛不能灭,有什么决断不了的事和三娘商议一下。"

昨晚她是最先反应过来的,且人力调度一点儿不比赵仲舆差,加上这段时间治丧,两个人没少打交道,赵仲舆隐隐明白赵长舆为何会将赵二郎的那份家产也交给她做嫁妆了。

他低声道:"乱势之下,唯有团结或可保全家族,记住了吗?"

赵济应下了。

赵仲舆换了一身便服,带上几个护卫便悄悄地离开了。

赵仲舆也有官职,现今乱军入城,他得知道对方是谁,还得知道上面是怎么应对的,不然跟没头苍蝇似的,要知道他的身后可还有一大家子呢。

赵仲舆避过火势冲天的地方,快速向皇城靠近。

赵家本就距离皇城不远,虽然绕了一点儿路,但还是很快到了。远远地,他便看到有乱军在和晋军对抗。

看到乱军身上的军衣,他微微一愣:"这也是……我们晋军?"

有个护卫眼尖,低声道:"郎主,似乎是河间王的人手。"

"河间王不是死了吗?"赵仲舆说完一顿,立即反应过来——这是有人在驱使河间王留下的人,理由都是现成的,为河间王报仇!

赵仲舆看了一眼战场,转身退回巷子里:"我们从另一处皇城门进宫,走。"

与此同时,赵含章也在调派自己的人手:"成伯,你悄悄地派两个人去城西。那边多是贫民所居,乱军一时不会到那边,让一什长带着所有人去傅家接傅大郎君,把人送到我这里来。记住,务必要保证傅大郎君的安全。"

成伯应下,退了下去。

赵济正在烦躁地找人:"成伯呢?怎么一错眼又不见了?"

从阴影处走出来的赵含章只当没看见他,自有仆人回话:"成伯去给郎君娘子们找吃的了。现在不能生火,厨房很多东西不能用。"

赵济这才压下火气。

赵含章站在棺椁前,招来看守灵堂的仆人:"去拿锤子和钉子来,今日盖棺。"

仆人应下。

赵济皱了皱眉,按规矩,应该出殡前再钉死棺材的,但现在外面……

想了想,他还是没阻拦。

赵含章看着仆人将棺材钉死,点了三炷香烧上,静静地看了棺椁一会儿,转身去找王氏。

"阿娘,收拾一下东西,我们可能要马上扶棺回乡了。"

王氏急得团团转:"怎么这时候打起来,明日便是婚礼,此时离京,你和傅大郎君的婚事怎么办?"

赵含章道:"此时保命要紧。"

王氏还是着急。

赵含章想了想便道:"我们把傅大郎君带上,阿娘放心,他跑不掉。"

不知为何,王氏一下就不着急了。

王氏不急,但傅庭涵急。

傅家离皇城更近,就在东海王府的不远处,所以乱军一开始没打到这里来。

但混战加巷战,使得掉队的乱军到处乱跑,住在东海王附近的人家就倒霉了。

反正能住在这一片的就没有穷人,于是乱军或明攻,或偷袭,这一片变得混乱起来。

也有人趁乱爬进傅家的院子里,有的一落地就被杀了,有的则成功跑进了院子里,最后还是被护卫追上一刀毙命。

傅庭涵第一次直面这样血淋淋的战场,脸色有点儿发白,浑身发凉。他尚且如此,赵老师恐怕被吓得更厉害。

而且赵家在外侧,他立即去找傅祗,想要请傅祗出手将赵家母子接过来,大家在一处也安全一点儿。

傅祗正要带人去见东海王,闻言道:"赵家的部曲护卫比我们傅家的多多了,只要他们熄灯静默,那儿比我们这儿还安全,你老实在家待着,乱势未定前不要出去。"

说罢,傅祗就带人离开了。

家里瞬间只剩下傅庭涵一个主子了,看着惶惶然的仆人,傅庭涵无奈,只好守在傅家,将不小心跑进傅家的乱军都收拾了。

天一亮,他就让管家安排人送他去赵家。

管家直接拒绝:"郎君,郎主说了,乱势未定前您不能出去。"

"我去接人,接了人就回来。"傅庭涵想了想,然后道,"或者我就留在赵家,祖父不也说了,现在赵家比我们这儿要安全吗?"

管家无言,心想,您到底是姓傅还是姓赵呀?

这一刻,管家第一次怀疑,郎君的这门亲事到底是定对了还是定错了。

夫妻恩爱自然是好事,可若是他家郎君忘了本家就不好了。

管家坚持道:"外面乱得很,要是半路遇到乱军就不好了,您不能出去。"

傅庭涵抿了抿嘴,有些生气。

但一府的家丁仆人,除了傅安还听他的话,其余人等没人愿意听他的。

傅庭涵一下领悟到了赵含章前段时间那样急切地掌控手中势力的原因。

握在自己手里的力量才是真实的,先前他反应得太过迟钝了,不该将注意力都放在了解这个时代的文字、文化和历史上。

他正头疼,东城门方向再次传来巨大的碰撞声和倒塌声,远远地,他隐约听到了喊杀声。

傅庭涵来不及思索,推开管家就往外跑。

管家大惊:"郎君!"

傅安赶忙追上:"郎君去哪儿?"

"去马厩,取马,我们去赵家!"他绝对不能和赵含章分开,这一分开,在这人生地不熟,又传说到处战乱的时代,再见面得是什么时候?

不管是回去,还是留在这里,他们两个都要在一处商量着才好。

在傅庭涵的心里,周围的人都是陌生人,在这个世界上唯一知他、认他的人是赵含章,他唯一熟悉的人也是赵含章。

傅庭涵跑得快,管家在后面追不上,忙叫仆人们去拦他。

仆人们纷纷张手要拦,傅庭涵推开他们的手,喊道:"东城门已失,又一批乱军入城,你们还拦着我做什么?"

仆人们一愣,惊慌起来:"那……那我等怎么办?"

"结伴去城西,那边多是贫民,乱军一时不会去那边,而且北城门和东城门距离城西远,你们或许能从那里出城。"

管家跑上来听见这话,不由得跺脚:"哎呀,郎君你说的什么话?他们要是跑了可是逃奴,被抓到是要被发配的。"

傅庭涵大手一挥:"生死关头,还论什么逃奴?我做主放了你们,从现在起你们都是良人了,自己收拾东西赶快跑吧。"

说罢,在仆人们愣神儿的工夫,傅庭涵拔腿就往外跑。

管家在后面一边追,一边大喊:"郎君,郎君,你别跑啊。你怎么突然就变了,明明之前还那么稳重乖巧……"

你竟然一转身就蛊惑仆人逃跑,这是人干的事吗?

傅庭涵和傅安抢了两匹马就跑,一边跑一边回头冲追不上来的管家大喊:"您放心,他们不会跑的,祖父是中书监,若是跟着他都危险,那这世上大部分的地方也不安全了。"

仆人们的心一下就落了下来,是啊,他们要是跟着郎主都有危险,那流落到外面,只怕更没有活路了。

傅庭涵骑上马就跑。

管家站在大门口看着两个人跑远,忍不住"哎呀,哎呀"地跺脚,却是多余的一句话都说不出来了。

他回头看向院子里散落在各处的仆人，抖着手指："让你们拦着郎君，你们就是这么拦着的？"

仆人们纷纷低头。

傅安跟着傅庭涵跑到大街上，看到地上的尸体和血迹，不由得紧张地抓紧了缰绳："郎君，我们直接去赵家吗？"

傅庭涵想了想，道："我们不走主街，走那条路过去。"

"那要绕一个大弯儿了。"

"城西的人要是过来必要走那条路，她肯定会派人来接我，很大概率会用城西的那些人，我们走。"

傅安只能跟上，只是忍不住念叨："三娘可能没想到这些，郎君，您会不会想多了？"

傅庭涵没理他，转过一条街后，两个人迎面和一队士兵碰上，最前面是一队骑兵，一打照面，还没来得及看清人脸，傅庭涵和傅安便浑身一凉，直觉要完。

对面的人也被吓了一跳，定睛一看，见是傅庭涵，大喜："傅大郎君！"

傅庭涵抬头看去，愣了一下后也惊喜地叫喊道："千里叔！"

东城门的声音在众人的耳里只是一道巨响，在赵含章的耳里却是一道城门的轰然倒塌声，然后是巨大的喊杀声浪。

马蹄声、喊杀声、惨叫声，各种声音从东城门远远传来，加上火光，洛阳城内的人都知道东城门被攻破了。

赵含章立即去找赵济："伯父，我们立即出城。"

"什么？"赵济瞪眼，"此时外面都是乱军，你不好好地在家待着，跑出去干什么？"

"城东城西多为官员世家和富人所居，而且宫城靠近城北，不管攻城的人是谁，肯定直取宫城。我们家在此处并不安全，趁着乱军还没打到这里，我们立即取西城门而出，或许可以避开这场祸事。"

"不过是些许宵小，你也太看得起他们了，洛阳可是有东海王的二十万大军。"

"但二十万大军并不在城中，而且那只是号称。"赵含章心中不祥的感觉越来越强烈，她有些烦躁，"东海王派人杀了河间王，京兆郡一直混乱不停，谁知道他有没有私派军队出去平乱？他若没有二十万大军，救援不及，那洛阳会陷落，留在洛阳城中的人不会有好下场。就算他真有二十万大军在洛阳，等他们回援，我们到时候能不能活命还未知。"

赵济道："你休要在此危言耸听，乖乖回灵堂守着，若是敢外出给我赵家惹出祸端，别怪我不念情面。"

赵含章一听，转身就走。

她叫来成伯："准备车马，将祖父的棺椁绑上，我们即刻出城。"

成伯惊讶："赵千里和傅大郎君还未到呢。"

赵含章略一思索后说道："逃命如避火，等不及他们了，我们给他们留信，我先把你们送出去，在城外会合。"

自赵长舆死后，赵含章便是成伯的主子，成伯自然听她的，于是下去准备。

等赵济知道，赵长舆的棺椁已被绑在车上了，赵济连忙带着人赶来，指着赵含章："你怎如此顽劣，不知道府外都是乱兵吗？你要找死别拖着大家一起。"

赵含章道："伯父放心，便是到了外面，我也不会露出我是赵府的人。我只带走祖父的棺椁和我的陪嫁，其余的人我一个不动。"

"你！"赵济气恼地道，"此时正该团结一致，或许可渡过难关，你此时带着这么多人走，就是陷赵府上下于危险之中。何况你这样走了，我怎么和伯父交代，怎么和父亲交代？"

赵济不许她走，让人拦住车。

赵含章面色一沉，伸手抽出一旁护卫的剑，点在赵济的眼前："伯父，你想与我兵戎相见吗？"

赵济的脸色一下变得铁青。

赵含章满脸肃穆之色："我今日是一定要出城的，伯父若拦我，那我们只能在府中先斗一把了。这样一来，两败俱伤，谁也讨不得好。"

赵济哆嗦着手指着她："你……你宁愿两败俱伤也要走？"

"不错。"赵含章道，"我是女儿家，没有伯父的气量，所以我要做的事，那就一定要做到，即便是两败俱伤、粉身碎骨也在所不惜。"

不管她说的是真是假，但气势在这儿，赵济犹豫了。他豁不出去，但也拉不下面子。

两个人正僵持着，这时两个护卫气喘吁吁地从外面赶回来："大郎，郎主有手书回来。"

他们是凌晨跟着赵仲舆离开的护卫，跪在赵济的面前奉上一块裁剪下来的绢布。

赵济打开看，上面只有四个凌乱的大字："立即出城！"

要不是这两个护卫的确是他爹的人，而这字迹也的确是他爹的，他都要怀疑这是赵含章干的。

他不由得看向对面的赵含章。

赵含章心中一动，将剑收回，上前一步一把扯过绢布，速度之快让赵济反应不及。

看到上面的四个大字，赵含章心中更加沉重，一脸严肃地将绢布交还给赵济："伯父，时间紧急，还是听从叔祖的吩咐尽快离开吧。"

赵济捏紧了手中的绢布，问两个护卫："外面到底发生了何事？"

两个护卫跪在地上回话："我等护送郎主进了皇城，然后就在宫门外听吩咐，并不知道宫里的情况。但外面乱军很多，一直有人在攻打皇城，还有人在城中四处作乱。和我们一起留在宫门外听吩咐的王府郎将说，是出逃的高韬勾结了京兆郡的叛军攻城，还说……"

赵济追问："还说什么？"

"还说其中混有羌胡军，对方兵马强壮。攻城和巷战有河间王的军队，城外羌胡骑兵又无人能敌，所以东海王打算带陛下出城暂避。"

赵济听得目瞪口呆，问道："我们走了，那父亲怎么办？"

"不少官员都在宫城中，他们会与陛下和东海王一起走。"

赵济没有再多问。前两年惠帝还在的时候，常常被抢来抢去，官员们跟着一起被抢，裹挟着出逃洛阳时，皇帝和官属分开逃命的事时有发生。

赵济已经见怪不怪，正想吩咐下去，赵含章突然问道："城北是河间王留下的残部和羌胡，那城东攻城的是谁？"

护卫迟疑着没说话，看向赵济。

赵济怒道："看我干什么，还不快说？"

"我等也不确定，只隐约听说是匈奴人，好像是匈奴的左贤王刘渊带军。"

这一下，不仅赵含章，连赵济也变了脸色。他终于不再磨叽，沉沉地看了赵含章一眼后，转身就走。

赵含章抿了抿嘴，将她这一房的仆人都召集过来："你们随身都带上一些钱财，带好自己的包裹，出去以后紧随大队。不冲散还好，要是不小心冲散了，你们自己想办法活下去，只要能回到汝南，我赵家大门会一直向你们敞开。"

众人心中惶惶。

赵含章面色坚毅，认真道："这一路上，我会尽我所能保护你们，望尔等不弃。"

众人躬身应下。

赵济的吩咐下去，府中人的动作就快了很多。因为是逃命，大家基本只能带金银细软一类的东西。

但二房一收拾，竟然发现没有多少金银细软，一回想才记起，他们家的那些东西都和赵含章换了。

赵济的呼吸都停顿了一下，但他很快略过此事，盯着大家准备好后去前院和赵含章会合。

待看到大房轻车简从，他便微微皱眉："你们怎么才这点儿行李？"

赵含章扫了一眼二房的行李后道："我们和伯父的差不多，正好合适吧。"

那怎么一样？

"你的嫁妆呢？"

赵含章沉默了一下，然后道："伯父想必也知道了，我和叔祖父签过契书，我的陪嫁将来有一半是要给二郎的。所以为了不让傅家为难，我提前让人把这些陪嫁送到了傅家。"

赵济一时没反应过来："傅家为何为难？"

"我带这么多陪嫁进去，浩浩荡荡的，惹人眼，过个几年便没了一半，落在外人的眼中岂不是傅家贪墨了我的陪嫁？"赵含章一脸惋惜地道，"本来明日我就要出嫁，所以才提前两日把陪嫁送过去，没料到会遇上这样的事。"

赵济张大了嘴巴，说不出话来。

赵含章催促道："伯父，此时不是谈论这个的时候，我们还是快走吧，乱军说不定什么时候过来呢。"

两个护卫也催："大郎快走吧，我们离开时，东海王已经护着陛下要出宫了，我们得赶着去城西，不然留在城中，到时候孤城无援……"

赵济道："那么多的陪嫁……"

赵含章也一脸心痛的神情，道："傅家也带不走，最后只怕要便宜乱军了。但祸兮福所倚，这于我们家说不定是好事，此时逃命要紧，舍去钱财，轻车简从，我们一定会比别人家多得生机。"

赵济被气得胸膛起伏，转身便走。

他招来心腹："去查一查，大房果真没有留下东西吗？东西什么时候运出去的，这么多东西，动静不小，府里竟然什么都不知道……"

大房一直被赵长舆和赵含章管着，一时间二房哪里能查到？

但心腹也聪明，并不明说，而是出去晃了一圈回来，对赵济道："大郎，我打听到东西的确被送走了。"

赵济问："何时送走的？从哪儿送走的？谁送走的？"

心腹顿了一下，听着外面越来越近的喊杀声，胡诌道："前夜从西角门被送走的，听说是成伯叫的人。"

赵长舆将成伯给了赵含章，就算不是成伯干的，成伯也一定知道。前两天成伯才跟着清点了现钱交给赵含章，昨天晚上有人攻城，东西运不出去。既然不是今天也不是昨天，那自然就是前天晚上了。

赵含章没想到对方随便一猜还真猜对了，确定赵济准备离开后，便让人把她和赵二郎的马给牵来，还把赵长舆的剑挂在了腰上。

她对赵二郎叮嘱道："出去以后你要紧紧地跟着阿娘的车，无论何时都要保护好阿娘，知道吗？"

赵二郎一脸认真地应下。

赵家大门打开，仆人先出去，然后是马车、骡车和牛车有序地出去，家丁、护卫都跟在车马左右，手中紧紧地握着刀。

他们刚走出去不远，隔壁府邸的大门也被打开，从里面出来不少人和车马，大包小包，还有不少人带上了孩子，显然和赵家一样，都是要逃出城的。

双方碰见，立即有人上来找赵济："赵伯爷，可是要出城？"

赵济看到他们也很高兴，连连点头："是极，贾兄若也是出城，不如一起？"

对方求之不得，立即点头，于是两支队伍会合成一支，乱糟糟地挤在一起。

不仅仆人心中惶惶，被护在中间的郎君女郎们也惶恐不已。

赵含章骑在马上，看见有人不断地催促车夫快一些，车夫不得不打马，马往前一冲，挤开了前面的车，或者将往前跑的仆人和护卫顶到一旁。

有人摔倒，被拦在后面的车就慢了下来，气得车上的人不断怒骂，车夫便挥舞着鞭子抽打在车前挡路的人。

本来还有序地跟在王氏马车前后的大房仆人被这一股乱势一冲，便有人落后了一些。

赵含章抿了抿嘴，打转马头回去，一把拽住抽出来的鞭子，狠狠一拉，将车上的车夫一把拉下车："不会赶车就滚下来，再插队，我把你这辆车和车上的人都丢到后面去。"

车上的人猛地一下掀开帘子，怒视她："赵三娘，你这话是何意？"

赵含章将鞭子团了团扔到他的脸上："字面上的意思，要跟着我们一起就老实些，队伍因为你们慢了多少？有序才能迅速，无序只会起乱。贾二郎，你读的书都读到狗肚子里去了。"

赵济和贾老爷赶过来，看着被打了脸的贾二郎，赵济有些尴尬："二郎别和三娘一般见识，她也是着急。"

赵济又扭头喝赵三娘："三娘还不快向二郎致歉，怎么越大越无状……"

赵含章见他上不能拒绝贾家，下不能约束仆人，早对他不满。此时她也不给他面子，直接冷哼一声，打转马头就走。

赵济见她当着外人的面驳了他的面子，被气得不行："你……"

贾老爷忙安抚他："算了，算了，都是孩子，难免年轻气盛。"

贾老爷又去说贾二郎:"还不快退到一边,因为你,后面的车马都过不了了。"

赵含章骑着马在人群中找到和一群仆人挤在牛车上的成伯,拽着他上马,把他送到了王氏的马车上。

成伯惶惶地道:"这如何使得?"

赵含章道:"成伯,我和弟弟还有赖您看顾,您就留在马车上吧。"

王氏也撩开帘子道:"是啊,成伯,这乱糟糟的,牛车太慢,一错眼就看不见了。"

成伯便坐在了车辕上。

他们一行人往城西行去,路上经过的人家往外一探头,看到他们这么多人往外逃,便也回屋拎上包裹,拉着一家老小跟在队伍的后面。

才走过两条街,看到城西的城门时,他们之中已经挤进来不少人,乱糟糟的,赵家的队伍长,赵济几乎没做安排,首尾不能相顾,很快便落下了不少人和行李。

赵含章骑在马上不断调整人手,想让护卫和健壮的仆人尽量将他们大房的人围在中间,少走失一些人。

但二房的仆人在不断走失,甚至连护卫都被落下不少,只能嚷嚷着从赵含章这里抢人。

赵含章倒是不想答应,但护卫们知道现在赵家是二房当家,不等赵含章同意便挤过去保护二房。

赵含章咽下到嘴边的话,这些护卫不是她的人,人都趋利避害。现在赵家是二房当家,要是二选一,她肯定不是被选的那一个。

她叹了一口气,只能让仆人尽量跟上车马,不要走散,放弃争抢这些离开的护卫。

仆人和护卫们簇拥着车队转过弯儿,就看到了不远处的城门,脸上的笑容还来不及展开便僵住了。

赵含章听到一声轻轻的哨响声,似乎是空气被破开的声音。她的身体比意识更快地反应过来,整个人往左侧一倒,双腿夹住马肚子,一支箭"嗖"的一声从她的身侧飞过,直插进后面一辆车的马身上。

马儿嘶鸣,顿时疯了一样在队伍里冲撞起来,人群顿时大乱……

赵含章一拉缰绳,借着巧劲儿调整马头,无视身后的混乱,直直地看向前方,这才发现城门口正在混战,百十来个晋军正守着城门,不让乱军越过他们出城。

赵含章的目光快速扫过这一条主街,她看到了不少尸体,还有地上深深的车辙印:"糟了,我们被落在了大军的后面。"

这个位置,他们简直是在当靶子。

她的话音才落，从主街两侧的街道中又杀出不少乱军，乱军本想直奔城门，但看到这一群大包小包，还有不少车马的贵族，立即转身朝他们杀来。

赵济和贾老爷等主事人看到杀来的乱军，立即召集护卫："快却敌！"

护卫和家丁们拿着刀冲上前去，但他们哪里比得上军队里的士兵，只拦了一下就节节败退。

赵含章一拍车夫，让车夫将马车挤到侧边，想要从侧边突围。她指挥着挡在前面的护卫和家丁："结队，三人一队向前推进……"

但护卫们各为其主，不说这是许多家的护卫和家丁混在一起的，彼此不认识，就是赵家的护卫，那也是分了两派的。

有听赵含章吩咐的，勉强三人一组挤在一起，也有不听她调派的，只信自己，自己在一旁打得很开心，就是被砍死，也只是痛一会儿。

赵含章见状，知道情势已经不能逆转，干脆带着几个一直牢牢跟着她的仆人上前，想要为王氏的马车开出一条道来。

此时，人都往后缩，赵含章想要倒退回去，逆流而行，非常艰难。

赵济虽不聪明，却也知道此时回头就是死，皇帝和东海王都跑了，洛阳要成为孤城，他们留在这里很可能被屠尽，所以他挥舞着马鞭冲前面一直回头的仆人怒吼："不许后撤，冲出去……"

贾老爷等人跟着一起驱赶自家的仆人往前冲，但这里面还有很多平民，他们可不会听赵济等人的调派。

有趁乱想要往城门跑，却被前面的乱军一刀毙命的，也有想要往两边街道躲去，转头回家的。局面顿时大乱，整条主街都是喊叫声和哭声。

车夫白着一张脸在赵含章的调度下挤到了前面，直面乱军。赵含章抽出剑来，挥剑挡住一把砍向马的大刀，力气之大让她的虎口一麻。与马下的胡人对上目光，她干脆丢掉手中的剑，手腕一转，在剑落下时握住剑柄，剑尖灵活地一转，在对方没反应过来时刺入对方的胸口……

赵含章握住手中的剑柄狠狠一抽，血液溅在她发白的脸上，她却没有停顿，直接打马上前，一剑划过冲过来的乱军的脖子，为身后的马车清出一个缺口。

一旁有各家的护卫家丁分担压力，加之赵济等人驱赶着仆人们往前冲，很快就冲出了一个口子。

赵含章第一个冲了出去，王氏的马车紧随其后。

赵二郎一直谨记姐姐的话，要牢牢跟着母亲的马车，所以也打马跟上。

守城门的士兵并不阻拦他们出城，见他们的车马过来，让开位置让他们出去，然后和同袍一起上前不断击杀乱军。

赵济他们被落在了后面，等终于挤出城时，披头散发不说，连马都丢了，身上都是灰土和血，应该是从马上掉下来滚了一圈所致。

赵含章等人冲出城后，速度就慢了下来。

他们的马车和人太多了，而且一路惊慌，马也累了，正喘着粗气慢慢地往前走。

赵含章伸手摸了摸马脖子，往后看了一眼，见大队伍慢慢赶上来，而二房不知被落在了何处，一直紧跟着她的除了车上的成伯、青姑和听荷，就只有赵才四个仆人，他们都是她的陪嫁。

她扫了一眼地上凌乱的车辙和马蹄印，偶尔还能看到零星的血迹，便知道前面肯定有乱军跟着大军，虽不知有多少，但她并不想单独迎上去。

她还是得跟着赵济等人，至少得真的跟上大部队才会安全。她已经给赵千里和傅教授留下信息，他们能带着人尽早找到自己还好。若是不能，她就只能去找赵仲舆和傅祗，至少得借着他们的力量渡过这一关才行。

赵含章思索着，然后便看到了二房的车马。

吴氏他们被护在中间，除了受惊，脸色有些苍白，并没什么大碍，但仆人和行李遗失了不少。倒是赵济狼狈不已，爬上了一辆挤着仆人的牛车，脸上有细小的血印，应该是落马时被刮伤的。

清点了一下人手，赵济大感心痛和惶恐："怎么只剩下这点儿人了？"

赵含章下马，安抚了一下马，然后对赵济道："伯父，后面有追兵，前面可能还有追击大军的残兵，前有狼，后有虎，我的建议是将队伍中的青壮年聚在一起，把妇孺老人护在中间，结阵向前，或许可保存更多的人。"

赵济没说话，和他一样狼狈的贾老爷立即道："三娘说得对，我也有此打算。"

赵含章道："不论主仆，凡为青壮年都算在内。"

她指了指自己，道："我也算一个，如何？"

贾老爷刚才看到她杀人的样子了，知道她不比一般的女郎，连连点头，然后看向赵济："赵伯爷以为呢？"

赵济不语。

赵含章道："虽说是把所有青壮年抽调出来，但互相熟悉的三人为一队，且各自守在家人的位置。这样他们知道身后便是自己的亲眷，也会更尽力。"

赵济这才点头道："好。"

赵含章松了一口气，不等赵济开口，便开始调派人手结阵。

反正他们已经应下，她就当他们默认她来调派了。

赵含章把青壮年都揪了出来安排好，转头瞥见一道窗帘被放了下去，便走上前去，把缩在里面的贾二郎给拽了下来："你到前面去。"

贾二郎脸色苍白:"我不去,我家出的人不比你家的少,你少狐假虎威。"

赵含章将他拽到前面,贾二郎发现自己竟然挣脱不开。

赵含章把他狠狠地往前一掼,将他当作配饰一样的剑丢在他的身上,道:"你就守在这辆车前,这车后是你的母亲和妹妹,你要不守,我就让这里缺一个口子。"

贾二郎和正想着能不能躲避到后面的郎君们无言以对。

虽然他们怕死,但后面就是自己的母亲、妻女或者姐妹。

他们默默地握紧了手中的剑,赵含章微抬着下巴道:"按照我给你们安排的位置向前吧。"

经过调整,队伍变得有序了许多,速度也快起来,看着似乎比之前强了些。但赵含章知道,这就是个假样子,没有经过训练,彼此间的配合度几乎为零,一旦遇到乱军,这支队伍不堪一击,但至少提高了成功率,给众人多一丝生机。

后面有逃出城门的百姓追上来,见他们行动有序且青壮年多,立即跟在后面,想要蹭一段路。

赵含章等人也很乐意他们跟着,这是旷野,人越多,存活的概率才越大。

一行人铆足了劲儿往前跑,马和骡子累得直喘气,但没人敢停下来,因为后面追上来的人喊道:"乱军追来了,乱军追来了……"

赵含章回头,远远地看到乱军追着一群逃难的百姓往这边跑,还有十来个乱军骑着马。

或许是不敢深入,骑着马的人赶上来杀一顿后立刻回转,待过一段时间又杀上来,如此往复。

赵含章一边骑马往前跑,一边回头计算他们出击的间隔时间和前进速度,心中不由得一沉。

这样下去,用不了一个时辰,乱军就能突破后面逃亡的人群杀到他们跟前来。除非他们像后面的人一样四散逃开,因为人数少,乱军懒得去追。

但这是不可能的,不说他们随行带了这么多行李,就是把行李都扔了,他们也还有这么多人和车马呢,总不能分开逃命吧。

赵含章一发狠,勒住马,回身和贾老爷等人道:"如此不行,我们得拦住乱军。"

贾老爷也不是没见识的,回头看了一眼渐渐逼近的乱军,头疼地道:"他们都是亡命之徒,我们又被冲散了不少人手,哪里拦得住?"

赵含章道:"最要紧的是他们的马,把他们的马废了就行,不然用不了一个时辰,我们谁都逃不了。"

贾老爷沉吟片刻后问:"三娘想怎么做?"

赵含章道:"给我弓箭,再给我二十个人手。"

贾老爷看向赵济。

赵济张了张嘴，想要赵含章别胡闹，而一旁和他们一起逃命的隔壁街邻居陈老爷已经道："好，我家出五个人，听凭三娘调派。"

贾老爷便也道："好，弓箭……我出十把，人我也出五个。"

赵含章便淡淡地说道："那剩下的十个，我们赵家出。"

赵含章看向赵济："伯父，我要挑十个人留下。"

赵济在众人的注视下点了点头。

赵含章便也不客气，直接点了十个人，至于剩下的弓箭也由赵家出了。

赵长舆有钱，虽然在生活消费上有点儿抠门儿，但养部曲一点儿也不抠，装备都是极好的，

弓箭也一样。

赵含章从一个护卫的手里接过弓，伸手缓缓地拉开，适应了一下力度后松开手，拿了一箭筒的箭。

她打马追上前面王氏的马车，和坐在车辕上的成伯道："您带着我母亲和二郎去追大军，我殿后。"

她扭头去看二郎，倾身去摸他的头发："二郎，你要紧跟着阿娘的马车，保护好阿娘，知道吗？"

赵二郎一脸认真地点头，保证道："阿姐放心，我一定保护好阿娘。"

他顿了顿后道："还有阿姐。"

赵含章笑了笑，点头应道："好。"

王氏听到了，撩开窗帘看着她："三娘，你才多大，又是女郎，怎么能让你殿后？是不是你伯父要害你？"

这一次却是王氏冤枉赵济了，赵含章道："不是，是我自己要求去的。阿娘，后面的乱军若是没有人去拦，很快就会追上来了。"

王氏道："那后面还有不少人呢，我们跑在最前面，说不定很快就能追上大军了。"

"覆巢之下无完卵，我不敢赌前面的情势一定是对我们有利的，所以后面这一批乱军一定要挡住，至少得把他们的马弄废。"

赵含章伸手狠狠地拍了一下对面的马的屁股，让王氏他们的马车加速往前去，自己则慢慢勒住身下的马，看着他们跑远。

被挑选出来的护卫也停在了一旁，站在路边看着他们远去，不断有逃亡的百姓从他们跟前跑过，人数之密，让她想要在路上设陷阱都不行。

赵含章握紧了手中的弓，目光在两边的树林里扫过。她仔细看了一下附近的

地形,将他们每三人一组安排下去,一共四组,互为掎角地防守在两侧。

"我们的目的是射马,只要他们的马受伤,步兵就很难追上我们的队伍。"

"可我们怎么办?一旦射不中,他们须臾间便可到达,到时候我们……"

步兵对骑兵,基本上没有胜算,何况对方还是擅骑射的匈奴。

"所以我们要埋伏在林中,一人三支箭,全部射出去后立即钻进林子里。这里树多,马速受限,接下来能不能逃出生天就看你们的运气了。"

还没被安排的八人互相看了看,小声地问:"那我们呢?"

"你们负责拉绊马索。"

"他们骑兵虽是突袭,但步兵紧跟其后,绊马索一拉,我们……"

赵含章心中叹气,到底不是军中的士兵,在军队里,只有服从命令,将士不畏死,便是畏惧,也不会将贪生怕死当作质疑说出口。

赵含章下马,拍了拍马屁股让它进林子里休息一会儿,平静地与他们对视:"我与你们一起,你们射箭,我也射箭。而且我会给你们殿后,你们都跑了,我才会收手离开。所以,你们若是死了,我也会死。在前面跑着的是我们的亲友,我们若是不能留下乱军的马,最多一个时辰,乱军就会在这条路上拦下我们的亲友。"赵含章目光扫过他们的脸庞,沉声问道,"所以,你们随我一起吗?当然,这是九死一生的事,你们若是不愿,现在就可以走。"

二十个人不由得你看看我,我看看你,沉默半晌后抱拳弯腰:"谨遵赵女郎调遣。"

赵含章悄悄松了一口气,点头道:"他们快到了,准备吧。"

不断有逃亡的百姓从他们的身边跑过,见最后一拨人也快跑到了,赵含章便一挥手,二十个人按照安排隐在山林两侧,手中的四根绊马索也被布置好,就垂在地上,被不少人踏过。

可惜,逃命的人太多了,不然他们还能在路上挖一些坑,或是钉一些木刺,不说马,追击的乱军也能弄伤几个。

赵含章把箭筒背在背上,躲在树后目光炯炯地看着越来越近的追兵。

在对方又一次加快速度,想要追上来抢掠时,赵含章抽出一支箭搭在弦上,慢慢地拉开了弓……

她看着越来越近的十几骑,心里计算着他们的速度,将弓拉到最大后放开,一支箭"嗖"的一下飞出,直直地插进为首的一匹马的脖子上,马吃痛嘶鸣,蹄子一弯便摔倒在地……

后面的两骑反应不及,齐齐被绊倒,但后面的很快反应过来,控制着马飞跃而起。

就在赵含章的这支箭射中马脖子时，左右两边的人同时将手中的箭射了出去……

乱军很快反应过来，有人躲开，有人拿着刀将射过来的箭矢砍落，看到山林两侧隐隐透出来的人影，瞬间大怒："有埋伏，砍了他们！"

说罢，乱军一踢马肚子加快跑过来。赵含章搭弓射箭，三支箭接连射出，但只有一支箭射中了一匹马。

其他人也将手中的三支箭射完，命中率惨不忍睹，须臾间，骑兵飞速追了上来，看到赵含章他们，便挥起大刀狠狠地冲他们砍去……

赵含章侧身躲在树后，刀砍在树上，一时竟拔不出……

不远处躲避的护卫则没有她的好运气，被追上来的骑兵一刀砍下脑袋，血液喷溅出来，脑袋飞出，骨碌碌地滚到了赵含章的脚边。

赵含章来不及低头看一眼，就将手中的弓一丢，弯腰从马脖子下滑过，抽出腰间的匕首朝它的脖子一扎，立马翻身躲开。

马上的人摔落，但在落地时一滚，立即爬了起来。他抽出腰间的匕首，一个腾跃便冲着赵含章扑去。

赵含章听到动静，头也不回，翻身时狠狠踢出一脚，正中他的腰间。对方吃痛，却没有避开，大手握住她的小腿，把赵含章整个人都甩了起来。

赵含章的身体在半空中柔韧地一曲，匕首直冲他的头……

对方立即松开她的腿，伸出一只手挡住，另一只手却拿着匕首直扎她的心口。

赵含章的腿一被放开，立即环住他的脖子，她借力一绕，躲开了匕首，同时将人往地上狠狠一压。

对方被环住脖子倒在地上，伸手摸到赵含章的腿，就要拿手上的匕首去扎，赵含章已经脚上用力将他的脖子狠狠地一扭，对方瞬间瞪大了眼睛，手无力地垂下……

赵含章喘了一口气，不敢停顿，立即从地上爬起来。

他们交手招式倒多，但其实不过几十秒钟的事，她爬起来朝路中间一看，只见绊马索已经被拉起，成功绊倒了五匹马，但其他骑兵躲过了箭和绊马索，还有六骑。

他们直冲入山林里。

步兵对上骑兵，基本没有还手之力，哪怕是在林中，借着地势之利躲避也不能支撑太久。

赵含章"呸"的一声吐出带血的唾沫，捡起地上的弓重新找了一个隐蔽的位置，将箭搭在弦上，瞄准在林中腾挪的一骑，在他才杀了一人回转时，她将手中的箭一松，箭飞射而出，直接将马上的人射落。

躲在另一边的一个护卫也机灵，立即反应过来，三步并作两步疾冲上前，一个翻身跳上马，一踢马肚子便跑。

赵含章已经换了一个位置重新搭弓……

对方很快发现了她，见是个女郎，气得冒烟："刘光，宰了她！"

赵含章的箭头便一转，在他话音才落下时急射而出，他忙侧了一下脑袋，箭划过他的脸颊射在了身后的树上。

赵含章收弓转身便往树林深处跑，冲着散落在各处的护卫大声道："跑——"

虽然知道她此举是为了引开骑兵，好让其他人逃跑，但骑兵还是决定追她，因为这人杀了他们四个人！

而且她一看就是这群人的头目，他们不杀她杀谁？

剩下的骑兵都打转马头朝她追来，其他护卫立即乘机钻进林子里逃跑。

赵家的护卫没跑，扭头看见，大惊："三娘——"

赵家的护卫握着刀剑拔腿就朝这追。

赵含章头也不回地钻进林子里，看见她的马，一把扯住缰绳就要跳上马背，身体却突然在半空中一转，摔落在地上，一支箭"嗖"的一声穿透她肩膀上的衣服落在地上。

她将箭从衣服里拔出来，只觉手臂火辣辣地疼，知道是被擦伤了，但是她没敢详看，见马儿受惊跑走，便爬起来往林子里跑……

马在林子里受限，对方虽紧紧跟在她的身后，一时却砍不中她，于是对方改用箭。

赵含章左奔右跑，尽量躲在树后跑，好几次差点儿被箭射中。

她觉得自己还不够厉害，但追杀她的骑兵惊讶不已，这人竟能躲过这么多箭，要不是女郎，把人活捉送到军中做战奴也不错。

赵家的护卫提刀在后面追赶，有人见赵含章危急，干脆踩着树飞跃起来，飞到骑兵们的头顶，双手一张便扑了下去……

被扑的骑兵以逸待劳，拿出大刀便朝半空扎去……

赵含章趁乱回头，见此情状，快速抽出一支箭拉弓射出，正中对方的手臂。骑兵一吃痛，手中的刀落下，半空中的护卫也反应过来，一把将骑兵扑到下马，用手中的匕首在骑兵的脖子间一划……

但旁边的骑兵很快反应过来，手起刀落，一颗脑袋便落在马蹄下，对方从马上弯腰捡起脑袋，狠狠地朝赵含章扔去，哈哈大笑道："小娘子，送你的脑袋。"

赵含章脸色煞白，抬手接住头颅，看着怀中眼睛瞪得极大的人，伸出手将他的眼睛合上，然后抬头看向渐渐朝她围过来的骑兵。

赵家其他护卫赶到，一时不敢靠近，但也不甘愿就此退去，拿着刀缓慢靠近，将剩下的五骑围在中间。

骑兵现在看他们就如同在看死人："就凭你们这几个还想杀我们？不说我们的援军就在后面，便是没有援军，你们这些中原的两脚羊也不是我们的对手。"

对方上下打量了一下赵含章，心中一动，舔了舔嘴唇，道："人虽然烈了点儿，但烈的更香啊。哈哈哈，小娘子，中原的男人都没血性，不然你跟了我吧，放心，我一定不让你到战场上杀人。"

其余人闻言也哈哈大笑起来，上下打量赵含章。

赵含章把怀里的脑袋放在树下，将手中的匕首反手握着，微抬着下巴道："让我跟着你，你就不怕我杀了你吗？"

她冲他们招了招手，含笑道："想让我跟着你，你至少得打得过我，这样才能让我忌惮，而不是整日谋划着要杀你。"

为首之人收起脸上的笑容，目光沉沉地看着她："激将法，用得不错。"

虽然知道是激将法，但他依旧走了进去。他有自信可以收服赵含章。

他从马上跳下来，看了一眼手中的大刀后，笑道："我让了马，这兵器就不让你了。"

赵含章握紧了手中的匕首，戒备地盯着他。她学过武，这段时间，她的功夫和记忆里的小姑娘学的完全融合。但是，她学过，不代表就能打得过在战场上真正拼杀的人。

但赵含章此时热血沸腾，不但不觉得害怕，反而还有些兴奋。

一旁的护卫们有些着急，忙叫道："三娘！"

其他四骑立即将刀对准这些护卫，撇嘴道："我们队长主要和她打，我们就让你们多活一刻钟。你们最好识趣些，要不然，现在就送你们下地狱。"

一个护卫闻言，知道他们帮不上太大的忙，于是把腰间的剑一解，朝赵含章扔过去："三娘取剑！"

赵含章伸手接住，将剑抽出来，看向对方："那就试试。"

说罢，她的剑径直朝他的脖子刺去，对方轻蔑一笑，轻巧地挡住她的剑并隔开，然后大力朝她砍去。

赵含章迅速躲过，利落地回剑，在他的腰间一点。方才他砍下的力气太大，一时收不回来防守，竟然就被她挑了一剑。

她的第一剑看着平平无奇，力度不大，速度不快，但在引他出招后，她的剑招就极为利落，加上身形极快，赵含章竟一时占了上风。

短短几招下来，对方就被赵含章刺了三剑，伤口都不深，也不大，她都是一得手就后撤，滑溜得不行。

但刺出口子来，自然是疼的，对方被这种痛意折磨得不轻，使出的招式也更加凌厉，趁着一个空虚，他上前两步贴近赵含章，手中的刀便"哐哐哐"地往她的身上砍，完全是不留活口的打法。赵含章一时拉不开距离，却能速度极快地左右躲避，她的躲势和对方的攻势几乎是同时进行的，她显然是预判了他的招式。

赵含章连连后退躲避，在触碰到身后的树干时，迅速转到树后，他的刀狠狠地劈下，这一次却不是朝着她正面而去，而是侧面，正好躲过了树干……

赵含章听到砍下来的风声，知道自己再躲已经来不及，干脆冒着两败俱伤的危险将剑尖一转，露出半边肩膀，剑从她的身侧狠狠地朝身后刺去，同时，她听到了背后破空的声音……

赵含章感受到剑尖传来的阻塞感，咬牙用力往身后一推，加大了这一剑的深度，然后等着感受被刀砍的痛苦。

可身体没感觉到一点儿疼痛。赵含章一顿，立即回身，她手中的剑正刺在对方的腹部，他的刀还高举着，眼睛瞪得大大的，半截箭从他的后心处穿过来，直直地对准赵含章的脸。

赵含章看到这半截箭心中一喜，来援军了？

死不瞑目的他握着刀直直地往前一扑，赵含章立即往旁边树后一躲，看到他后心处有些熟悉的箭羽，立即抬头看向四周。

她这才发现，现场已经一片混乱，跟在后面的乱军步兵已经赶到，但他们不是自己来的，而是被人撵来的。赵千里手握大刀，一刀一个就跟砍西瓜似的。对上赵含章的目光，他便大叫一声："三娘别怕，我这就来救你！"

赵含章表示自己并不怕，把地上的尸体翻了一个面，将还插着的剑抽了出来。

血液溅到她的衣摆上，她已经能面不改色地看着了。

"赵老师——"傅庭涵躲着战场上乱飞的刀剑，骑着马跑过来，见赵含章浑身是血，有些紧张，跳下马打量她，"你受伤了？"

"没有。"赵含章挡住他要检查的手，"都是别人的血。"

傅庭涵大松一口气："那就好，那就好，我们回赵宅找你，你们家已经人去屋空，只在西角门那里的墙壁上发现了记号，这才知道你们出城了。"

赵含章看到有序拼杀的人，微怔："怎么这么多人？他们配合得还不错。"

傅庭涵道："是你家的部曲。"

"哦，对，千里叔奉命去召部曲进城，这些就是赵家养在外面的部曲？"

傅庭涵点头："我们冲杀出来的时候遇到两股乱军，损失了一些人手，这是剩下的。"

他顿了顿后压低声音道:"赵祖父给你私军的事应该瞒不住了,千里叔迫于情势,把两支队伍编在了一起。"

赵含章点头,不太在意地说道:"不打紧,等过了乱军肆虐的地方我们就转道去汝南,不与他们同路。"

所以赵仲舆和赵济知不知道已经不重要了,只要她能把握住这些人就行。

而且……

赵含章的目光落在那些奋勇杀敌、进退有序的部曲身上,她想拐走他们。

这些人比府中的护卫好用多了,至少能做到令行禁止。

赵千里带来的人不少,加上又是精英,兵器和甲胄也都是最好的,很快就把这一股乱军打趴下了,只逃了几个人,谅这几个骑兵也成不了气候。

所以赵千里也没去追,让手下的人休整,清点战利品和伤亡的人数。然后,他朝着赵含章跑过来,一脸着急地道:"三娘,你怎么一人在此,世子爷、二娘子和二郎他们呢?"

赵含章擦了擦脸上的血,靠在树上道:"他们先走了,我们在此阻拦追兵。"

她的目光扫过他身后的那些人,她见一什长、三什长和五什长都还好,只是他们身后的人少了几张熟悉的面孔。

赵千里顺着她的目光看去,低声道:"我们损了五个人。"赵含章点了点头,目光扫过一旁自成一队的人,人数更多,该有七八十人。

赵千里道:"这是我们家的部曲,为首者叫赵典。"

他冲那边叫了一声:"赵典,上来。"

赵典立即跑过来,对方显然还不知道赵千里要和他们分道扬镳,所以恭敬地抱拳:"队主!"

"这是府里的女郎,三娘。"赵千里给他介绍。

赵典立即冲赵含章行礼:"三娘。"

赵含章点了点头,也着急回去找王氏和赵二郎,吩咐道:"准备一下,我们去追伯父他们。"

赵千里缴获了五匹马,还有兵器若干。

兵器被均分给了底下的部曲,马还没来得及安排,赵含章已经大手一挥,均匀地分给了三什和五什的人。

赵典忍不住看过来,这些人一看就是部曲,只是自己从没见过他们,但他们穿的衣服上也有赵家的印记。

他很早之前就想问了,只是今天不是在逃命,就是在找人,现在主子在此,机会再好不过:"三娘,这些人……"

赵含章也不隐瞒，直言道："是祖父留给我的部曲。"

赵典便沉默了下来。

赵含章的马被找回来，她看着人埋好护卫们的尸首，便上马道："走吧，天黑之前，我们要追上他们。"

他们在这里打了一仗，又耽搁了不少的时间，大部分部曲没有马，靠两条腿急行，所以她觉得在天黑之前能找到王氏他们就不错了。谁知道才往前跑了一个多时辰，赵含章就听到山对面传来了震天的哭声和叫嚷声。

赵含章和傅庭涵对视一眼，立即一踢马肚子疾跑上前看。

才一拐弯，两个人就看到前面一片混乱，一群衣衫褴褛，手拿棍棒和刀剑的乱军在四处抓人和抢东西。

逃亡的百姓惊叫着奔逃，但没跑出多远就被追上。一棍子敲在百姓的脑袋上，乱军就开始抢东西，有的连衣服都被扒了。

赵千里和赵典也骑马赶上来，看到荒野中的人，顿时面色一变："是流民军。"

赵含章扫过荒野中的乱军，目光放远，看到远处还有朝着这边跑来的人影，应该也是流民军。

但被拦住的百姓不多，应该是中后部被截断了。

她当机立断："去将他们冲散，让百姓们继续逃，我们速战速决，只冲散，不恋战。"

傅庭涵有点儿紧张，目光四处看，寻找最佳的路线，看到一个躲在田埂下的几人，还有倒伏的车马。

他一下愣住，忙伸手去拉旁边马上的赵含章："含章，你看那是不是赵祖父？"

赵含章扭头去看，看到田埂边倒下的棺材，瞳孔一缩，待看到躲在田埂下的王氏等人，更是大惊失色。

流民军也看到他们了，冲着他们跑去，看到年轻貌美的听荷，更是眼睛一亮，立即伸手去抓。

听荷尖叫一声，伸手去推伸过来的手，不小心将护在身后的王氏露了出来。

他们看到容貌绝色的王氏，又立马去拉王氏："能卖高价，能卖高价……"

王氏惊叫起来，不断往后缩。

赵二郎被她护在身后，见他们欺负母亲，气得"哇哇"大叫，扑上去就打。

流民军并不把赵二郎这个少年放在眼里，握了拳头要和他对打，结果拳头一碰上，对方就感觉捶在了巨石上，"啊"的一声叫，手臂软下来。

赵二郎已经扑上去，不要命地冲他们的头打去。

凡是被赵二郎的拳头扫到之处，立即变得火辣辣地疼，他们怒极了，干脆围着他打起来。

成伯一边护着王氏往后退,一边指挥赵才和车夫:"快救二郎,快救二郎……"

赵才和车夫也在打,不过是挨打。

王氏见儿子被围在中间揍,连还手之力都没有了,又悲又愤,在地上胡乱摸着,摸到一块石头便爬过去,也不管是谁,朝着对方的脑袋就砸……

赵含章在看到他们时便抽了剑从山脚下疾驰而下,赵千里和赵典也被吓坏了,纷纷带上骑兵追上。

傅庭涵骑术一般,落后了两步,看到赵老师马速不停,冲过去一剑便砍了一个人,再回转马头冲回来,一剑又划了一个……

温热的血喷溅而出,洒了王氏和流民军一脸。沉迷于揍赵二郎的流民军终于回神,看到马背上的赵含章和她手中带血的剑,丢下赵二郎转身就跑。

赵含章一个都没放过,和赵千里一起将十几个人都杀了。

部曲和护卫们则是将剩下的流民军全部驱赶出逃亡的队伍。宽广的荒野上慢慢安静下来,一直惊惧的百姓们沉默地看着尸横遍地的田间,慢慢地跪在地上痛哭起来。

赵含章跳下马,冲上前去抱住赵二郎,见他虽然鼻青脸肿但没有大碍,这才松了一口气:"没事就好,没事就好。"

跪坐在地上的王氏突然"哇"的一声大哭起来,扑上前去一把抱住赵含章,拍着她的后背哭得上气不接下气:"你不听话,叫你不听话!你知不知道我们差点儿都死了,我都说不要去了,你祖父,你祖父……"

她泪眼婆娑地四处看,看到倒在一旁的棺材,哭得更大声了,爬过去抱着棺木痛哭:"公爹啊,公爹啊,你睁开眼睛看看啊,你那杀千刀的侄子丢下我们就走,你还把爵位给他!"

赵含章也双眼通红,知道她被吓到了,忙上前抱住她:"我再也不去了,再也不去了,母亲,我把棺材抬过来。"

王氏被吓坏了,根本停不下来,闭着眼睛继续哭。

赵含章无措地看向傅庭涵。

傅庭涵忙上前,半跪在王氏的身前叫道:"夫人……"

王氏把眼睛睁开一条缝儿,看到他,哭声立即一顿,然后惯性地抽泣起来,不再哭了:"姑爷,哎哟,是姑爷。"

她忙擦干净眼泪,看看傅庭涵,再看看赵含章,大松一口气,立即拉着他的手问道:"是不是姑爷救了三娘?"

傅庭涵想说不是,赵含章已经先一步应道:"是,就是傅大郎君救了我。"

155

王氏一脸欣慰地看着他道:"好,好,姑爷有心了,快,快把你祖父抬起来。"

王氏终于不哭了,所有人松了一口气,大家合力将棺材抬起来放好。

赵含章这才环视一圈,问道:"青姑呢?"

"跑散了。"王氏抹着眼泪道,"才转过那座山,两边就突然跑出来好多流民,他们上来就抢东西,抢不到就杀人,拉着你祖父棺材的牛受了惊,车一下冲到田埂里翻了。"

"你伯父的心好狠,他竟然视而不见,我又不能丢下你祖父,就让人去抬,但仆人们也被吓破了胆,你伯父那边一招呼,他们全跑去护着二房逃了,我们的马车下田埂时不小心也翻了。"王氏恨恨地道,"青姑跑去追你伯父,拦在他的车前求他救我们,你伯父说什么生死在天,然后让人推开她就跑了。再后来便是乱军冲了过来,一眨眼青姑就不见了。三娘,我以后不许你再和二房亲近,这个仇我要记一辈子,你要是还对他们好,那你就不是我的女儿。"

赵含章连连应下,焦急地四处张望。

傅庭涵便招呼着部曲们一起去翻找,可是将这一片的尸体和受伤的人翻过来也没找到人。

赵含章既庆幸又焦虑:"没找到也是一个好消息,我们先往前面去,青姑说不定是被裹挟着往前走了。"

赵驹也道:"三娘,那边又过来一群人,似乎还是流民军,我们赶紧走吧。"

众人将牛车翻过来,略修了修,然后套上牛,把棺材抬上去。

马车的整个轮子都坏了,也没法儿修,赵含章将王氏扶到马上坐好,让傅庭涵带着赵二郎骑马。

一行人即刻启程,想要避开还在往这边来的流民军。百姓们一看车马要走,顾不得悲伤,抹干眼泪便拉着亲人相携着跟上。

跟着赵含章他们,百姓们还有活命的机会,落在后面,不是加入流民军,就是被杀掉。

一行人才走出去一段,就看到一人蹒跚着逆向行来,赵含章眼神厉害,远远地认了出来,大喜:"是青姑!"

青姑也一眼看到骑马走在最前面的赵含章,忍不住又哭又笑,一瘸一拐地向他们跑来。

赵含章踢了踢马肚子迎上去,正要跳下马接她,王氏已经提前滑下马,一把抱住青姑,两个人抱着大哭起来。

青姑看到王氏一身的血,忍不住在她的身上摸起来:"娘子,您哪儿受伤了?"

王氏撸起袖子,露出手腕上的青紫:"你看,那些粗人想抓我,抓得我好疼。"

青姑心疼起来："我们的行李里有药膏，待晚些歇息，奴婢拿来给您揉开，明天就好了。"

王氏也担忧地看着她，见她一身的泥，衣服都被磨破了，忙问道："你这是怎么弄的？"

青姑落泪："世子爷不抵事，我去求大娘子，想要求她回来救您和二郎，结果他们的车马太快，又有乱军追赶，我被挤到了田沟里，崴了脚，好一会儿才爬起来。"

她爬起来一看，人都跑远了，连乱军都跑没了，她担心王氏，又一瘸一拐地往回走。

她已经在心里做好一去不回的准备，见赵含章不仅把王氏救了出来，还带回这么多健壮的人手，一时高兴得不行，小声对赵含章道："三娘，我们去追世子爷，这些部曲还能是我们的吗？"

她暗示道："还不如我们转弯去汝南？"

赵含章赞许地看了她一眼，小声道："我也是如此打算。"

但不知现在外面的情况如何，要是乱军太多，那他们不能在外面乱逛，所以还是需要信息。

赵含章沉吟起来，如何能得到消息，又能把这些部曲都带到汝南呢？

天色渐暗，赵含章扫了一圈，指着一片还算空旷的地方道："停下扎营，今晚在此休息，千里叔，你往前面找一找，看能否找到伯父他们。"

赵驹应下，带了两个人沿着道路寻找。

天快黑了，道路两旁的田野里到处都是难民，看到赵含章他们有马还有刀剑，纷纷起身离远一些。

赵驹带着人走出去很远，没找到赵济，倒是把陈老爷和他的女儿带回来了，父女俩身旁只跟了一个仆人。看到赵含章，陈老爷惊喜地拉着女儿上前，连连行礼："贤侄女，你终于回来了，我就知你吉人自有天相，不会有事，果然平安归来。"

赵含章略一挑眉，回礼道："有劳世伯挂念了。"

她看了一眼他身边的小姑娘，一脸迟疑地道："世伯怎么和妹妹落在后面，世兄和伯母他们呢？可见到我伯父了？"

她一脸忧虑地道："也不知他们是否还平安。"

"贤侄女放心，他们跑在前面，比我们安全，速度若快，此时应该已经追上大军了。"

赵含章松了一口气："那就好，那就好。"

陈老爷扫过她四周健壮的部曲，眼馋得不行："不瞒贤侄女，我和小女与家人走散，所以被落在了后面，如今天色已晚，只能等到明天再启程。虽不好开口，但还是厚颜求之，不知明日贤侄女可愿搭我们一程？"

生怕赵含章拒绝，他忙道："贤侄女放心，我和小女身体康健，行走速度并不慢，可以跟上你们的脚程。"

"世伯说的这是什么话？你我两家多年比邻，相处甚好，救命大事哪里敢轻忽，您放心，我一定让人送您到大军之中。"

陈老爷听了一愣，问道："怎么，贤侄女不去吗？"

赵含章叹息一声，回头看了一眼停在不远处的棺材，道："世伯也知道，我祖父留有遗愿，想要魂归故里。他逢七遭遇战祸已是极不幸，我又如何能罔顾他的遗愿？所以我决定扶棺回乡，让祖父入土为安。"

经过今天的相处，陈老爷已经知道她是个极有胆气的女郎，却还是没想到她能有如此胆魄，人又极孝。想了想，他还是提醒道："那你要小心，尽量避开颍川，我听人说去年颍川雪灾，今年入春后就没再下雨，所以难民遍地，有不少人落草为寇，跟着流民军出来乞活，你们要去汝南，那就从前面绕路，从颍川上面绕过去。"

这是赵含章所不知道的，她忙问道："除了流民军，不知匈奴会不会南下追击？"

遇上流民军，他们可以绕过去，实在绕不过去还可以弃财保命，但遇上匈奴的大军就完蛋了。

## 第七章

# 扶棺回乡

陈老爷道:"匈奴大军不会南下的,最多在洛阳一带劫掠一遍就走。东海王的大军也不是吃素的,等他的大军回防,匈奴大军自会退去,而且还有南阳王的大军呢。"

赵含章沉思:"这样算来,陛下他们很快又会回转洛阳了。"

陈老爷叹气:"是啊,等大军回防,各地勤王之军上京,我们便可回洛阳,少则两三个月,多则一年吧。"

一旁的陈二娘很不理解:"阿父,既然东海王最多一年后就要回转,我们为何要如此辛苦外逃?"

"别瞎说,要是不逃,一年后我们都成白骨了。"

现在洛阳门户大开,三路大军进入,不管是羌胡的大军还是匈奴的大军,他们的目的都是劫掠财物,要是能抓到或杀了皇帝自然好,抓不到,在洛阳城和皇宫里抢一遍也不亏,甚至连京兆郡的官军,打的恐怕也是这个主意。

他们留在洛阳,运气好一点儿能保住命,只是被抢掠财物;运气不好,被屠族或屠城也不无可能,所以能跑就跑。

赵含章的信息来源有限,陈老爷到底是一家之主,得到的信息总比她多一点儿,她很热情地将人留下来,打算请他吃晚饭。

他们的晚饭是一块硬如石头的馍馍,不过烤一烤还是挺香的,就是有点儿费牙齿。

赵含章年纪小,牙齿顶好,所以努力掰了一块放进嘴巴里嚼,片刻后她面无异色地拿了出来。一旁的傅庭涵看见，忍不住低下头笑了一会儿，随手递给她一个碗，拧开水囊给她倒了一点儿水。

赵含章收拾好表情，立即让听荷再去拿两个碗来给陈氏父女俩。

赵含章把那块馍丢进水里泡着，问道："世伯，不知东海王要带陛下去何处？"

"他们应该是去弘农，那里有别宫，可在那里休整。"

"却不知弘农的储粮可够？这么多大军和难民进去……而且大军的粮草也是个问题啊。"赵含章叹息道，"世伯也看到了，我带这么多部曲，从这里到汝南需要不少粮草，我听说世伯家中有人在禁军中任职？"

陈老爷闻弦知雅意，立即道："我有一堂弟在禁军中打点粮草，若我能见到他，倒是可以为贤侄女牵一牵线，只是买些粮草，问题应该不大。"

赵含章立即给他倒水，还替他把干硬的馍馍掰好了放进水里："饮食简陋，委屈世伯了。"

只剩下一身衣服和零星饰品的陈老爷表示他一点儿也不委屈。

二人相谈甚欢，颇有成为忘年交的架势。

一旁的陈二娘看得目瞪口呆。

傅庭涵却早就见怪不怪，赵含章一直这样，不管在什么样的境遇下，都能很快成为人群中的焦点。

一起吃过晚饭，赵含章也没让陈老爷他们走，毕竟夜晚在全是难民的野外是很危险的，谁也不知道什么时候因为什么就被人一刀抹了脖子。

所以赵含章让成伯把陈老爷和陈二娘安排在自家的队伍中，外围有部曲保护着，安全得很。

一直提着一颗心迟迟不肯告辞离去的陈老爷大松一口气，拉着女儿去歇息。

傅庭涵见陈老爷走了，看向赵含章："你……还打算去追赵济？"

傅庭涵目光扫过赵典几人，低声道："赵仲舆在大军里，见到他，你还能留住这些部曲吗？"

"所以我打算让一什长去交易，我们则是转道去汝南。"赵含章蹙眉道，"可惜我对路途不熟，颍川挡在中间，又遭遇了天灾，这段路怕是也不好走。"

傅庭涵思考了一会儿后道："我在傅祗那里看到过大晋的地图，虽然不是特别详细，但官道、山川和大的城镇都有标注，我可以画出来，然后避开受灾的地方到达汝南。"

赵含章挑眉："傅教授全部记下了？"

傅庭涵："七八成吧，你不是说要离开洛阳去长安或者汝南吗？我那段时间就在想怎么去更快捷、省力一点儿，看到他那里有地图，还是军事地图，就忍不住多看了一会儿。"

你多看了一会儿就能记下七八成？

赵含章对他的记忆力有了更深刻的认识，早就听同学们谈论起，二十二中那个"学霸"的记忆力超群，有过目不忘的本事，语文什么的看一遍就会，数学更厉害，反正第一年奥数他拿了全省第一，她就稍稍落后了点儿。

赵含章立即叫来听荷，问道："我们的行李里还有笔墨纸砚吗？"

边上火堆里才上了药的赵二郎脊背一僵，立即低下头去。

听荷翻了翻，然后道："还有墨条和纸笔，砚台却是没有了。"

她看了一眼旁边的赵二郎，小声道："二郎拿去砸人，都砸坏了。"

"没关系，拿个碗来。"

赵含章给傅教授研墨，将唯一一个还完好的箱子拖过来给他垫着作画。

天色完全暗下来，嘈杂声慢慢消去，四周渐渐安静下来，只有些许说话声和啜泣声传来。今日混乱不断，有人失去了丈夫或者妻子，有人失去了父母，还有人失去了儿女，但明天他们还要继续逃命，所以只能强压着自己尽快休息，只是心绪起伏不定，想要睡觉，大脑却不受控制。

陈二娘就一直放心不下。她年纪还小，靠在父亲的身侧，睁开眼睛见他还坐着不动，便靠过去小声地问："阿父，赵家的三姐姐真的会送我们去追大军吗？"

"会的。"陈老爷睁开了眼睛，低头安抚女儿道，"她是个品性高洁之人，既答应了我们，自会做到。"

就是为了粮草，她也会送他去的。

看看这些部曲，百十来人，个个身强体壮，要是没有足够的粮草和利益，她哪儿能留住人？

赵济可真是捡了木椟丢了珍珠，偏偏赵含章还那么孝顺，大房都被落下了，却还忧心赵济一家。

陈二娘好奇："从前未曾听父亲提起过赵家，我们和赵家的关系很好吗？"

陈老爷道："我倒是想与他家交好，那也要高攀得上啊，赵长舆是中书令，以前我只是见过。"

陈二娘瞪大眼："那她对我们如此亲切，还说我们是比邻而居……"

陈老爷轻轻地拍了拍女儿的头，道："隔着两条街的邻居也是邻居，傻孩子，等你再长大一点儿就知道了，这是人情世故。"

反正和赵含章交往的这半天让他很舒心，赵含章有义，他自然也不能无情。等追上家人，即便不能从禁军那里买到粮草，他也有办法为她筹谋一批粮草。

一幅被标注了重要道路和山川城镇的地图渐渐地在傅庭涵的笔下生成，赵含章一边在一旁为他研墨，一边将地图记在脑子里。

她抬头看了一会儿星星，辨别出方向后对照地图，指着一处只画了一条官道的地方问："这部分有岔路吗？"

傅庭涵闭上眼睛想了想，提笔在那里勾勒了一座山川，然后在边上画了一条小道和一个点："我要是没记错的话，这里应该有个聚集点，就不知道是小县城还是大的乡镇了。"

赵含章点头："继续。"

傅庭涵并没有将全部地图画出来，只画了从洛阳往西、往南和往东的一部分区域，相当于河南全部、河北和陕西的部分区域。

当然，当下这些地区隶属于豫州和司州。

两个人凑在一起看地图，傅庭涵在地图上一指，道："我们从这里绕过去，正好可以避过颍川，还能沿途补充粮草，不过……"

赵含章接道："不过这一段路不是官道，怕是不好走。"

"地图上看不出来，只能实地看情况，要是不合适，我们再临时变道。"

赵含章点头，招手叫来赵驹："千里叔，我打算扶棺回乡，明日就转道去汝南，便不去和叔祖会合了，赵典那边……"

赵驹低声道："我劝过他，但他似乎并不想随我们去汝南。"

这些部曲都是赵长舆为赵家养的部曲，赵典一直屈居赵驹之下。

赵驹从小是由赵长舆养大的，被赐予赵姓，赵长舆让他忠于赵家，他便忠于赵家，让他忠于赵含章，他便忠于赵含章。

和赵驹不一样，赵典更聪明，也更圆滑。他只忠于赵家，或者说，现阶段只忠于赵家。

赵含章虽然惋惜，但也不强求："人各有志，祖父当时把他们留给叔祖，他们有此选择是正常的。"

不过她还是决定争取一下，于是跑去找赵典。

赵含章利诱道："赵典，你若护送我去汝南，每月的月钱我给你双倍，等到了汝南，我还会分给你田地，将来你的儿女都入良籍，可以选择不做部曲。"

条件很诱人，赵典身边的部曲听得蠢蠢欲动，但赵典无动于衷，直接拒绝了："三娘，属下是赵家的部曲，而现在赵家是二太爷和世子爷当家。"

赵二郎要是个正常人，那赵典不介意带着人投奔赵含章，但赵二郎不是。

赵二郎是个智力残疾。

赵典也想建功立业，现在又恰逢乱世，跟着二房和大房是完全不同的前程和境遇，现阶段的钱财并不能打动他的心。

赵含章早有心理准备，也不失望，而是看向四周竖着耳朵听他们说话的部曲，高声道："诸位刚才也听到了，我对赵典的承诺对尔等也有效。"

赵典一听，赶忙拦住她："三娘，您这样挖人，我还有何脸面去见二太爷和世子爷？大军就在前面不远，我们明日加快速度，最多一日便能赶上，到时候您和二太爷商量我们的去留就是，何苦此时为难我们？"

赵含章正色道："赵典，这不是为难你们，我是真心诚意地邀请众人与我同去汝南的。"

"既然谈到此处了，那我便敞开了说。"赵含章道，"恰逢乱军祸国，今日的惊险大家也看到了，路上并不安全。我邀请你们去汝南，其实是求诸位护送我回汝南。魂归故里是祖父的遗愿，我说什么也要完成祖父的最后一个心愿，但我们这一行人，老的老，小的小，只靠千里叔带着这二十多人护送，路上并不安全。"

赵含章眼睛微红，道："诸位都是祖父一手培养出来的，这一次且当是我的私心，只想安全回到汝南。"

部曲一直受赵长舆供养，和二房的来往其实很少，也就这半年多的时间，因为赵长舆病重，这才开始让赵济接触他们。

但说真的，部曲们对赵济并没有多少好感，尤其是今日还看到被抛弃在半路的王氏和赵二郎。

在不少人的眼里，赵二郎、王氏和赵三娘才是他们真正的主子，他们本来还没转过弯儿来，赵济这一手，直接将他们的不满推到了顶峰。

虽然上司不愿意跟大房走，但不是还有赵驹吗？

赵驹才是队主，才是部曲的老大，看他一直站在赵含章的身后便知道他的选择了。

于是不少部曲上前一步，对赵含章表忠心："三娘，某愿随您去汝南。"

"某也愿。"

"还有俺，俺也要去。"

赵典看到如此多人响应，脸色微变，忙对赵含章道："三娘，何必急于一时，便是要带他们走，也要让他们和家人告别才是。就一天时间，老伯爷归乡一事不小，您总要和二太爷、世子爷打声招呼。"

赵含章定定地看了他一会儿，突然深深地叹了一口气，道："我如何不想去面见叔祖好好告别？但今日母亲所言你们也都听到了，我不能忤逆母亲，也不敢怨恨伯父。再见，我心里不好受，伯父只怕也羞愧难当，不如不见。"

她眼泪汪汪地看着众人道："当然，你们若想与家人告别也可以，只不过今日实在是太混乱了，也不知道他们有没有走散。"

有家人在随行队伍中的部曲一想到今日看到的惨状，便心如刀绞。

赵济连王氏和赵二郎都抛弃了，三娘一个未及笄的女郎更是被抛在后面抵抗追兵，部曲的家人又怎么可能得到妥善的照顾？

大部分部曲心如死灰，直接决定和赵含章一起走，若是追上大军，他们就都走不了了。

有一些本不打算追随赵含章的，但听她这么一说，兔死狐悲，何况王氏和赵二郎都被放弃，更何况他们呢？

于是又有十来个人站出来，决定跟着赵含章走。

这边的动静被躺在不远处的陈老爷父女收入眼底，陈二娘目瞪口呆："阿父，这就是你说的品性绝佳、极其孝顺的赵三娘？"

陈老爷道："这样不是更好吗？明天去追大军，我们可以更放心一点儿了。"

陈老爷不惧君子，只害怕小人。但相比于君子和小人，他更喜欢和赵含章这样的聪明人进行利益往来。

君子可做朋友，却不适合利益往来，尤其是他们现在谈的交易还带了那么点儿灰色。

赵含章不缺心机，便是为了粮草也会尽力保全他们父女，送他们与大军会合。

陈老爷想的不错，赵含章抛出肥美的饵料后就带着赵驹退到一边商量安排明天护送陈老爷的人："明日一早就让季平带着二十人护送陈老爷去追赶大军，我会给他们凑出一笔钱来，能买多少粮草便买多少。"

赵驹一脸不赞同的神色："三娘，季平是一什长，他带的一什是精锐，应该把他留下保护你和二郎。"

"不是还有你吗？"赵含章道，"而且我没有打算明日就让赵典他们离开，他们需要错开一点儿时间，让季平有机会把粮草带回来。"

"可刚才三娘和赵典闹得如此不悦，他会听从您的命令？"

"他必须听从，叔祖和伯父不在，我便是赵家的主事人，他只能听我的。"赵含章抬起眼眸看赵驹，"没有我的命令，只有叔祖和伯父在的情况下，他们下令，你敢不听？"

赵驹一想，发现自己还真不敢，于是低下头道："我这就去安排。"

赵含章点了点头。

两个人说话避开了赵典等部曲，却没避开坐在一旁的傅庭涵主仆。

傅安不知为何，生生打了一个寒战，轻轻地挪到傅庭涵的身边，小声地问："郎君，明日我们不和陈老爷他们一起启程吗？"

傅庭涵还在完善他的地图，闻言头也不抬地道："我启程去哪儿？"

傅安连忙道:"去追郎主啊,郎主是跟着陛下和东海王逃出来的,肯定在大军中。"

傅庭涵都不带思考一下,直接摇头:"不去,我要送赵三娘回汝南。"

"郎君,您和三娘的婚礼未成,还不是夫妻呢,而且……"傅安挠了挠脑袋,迟疑片刻,压低声音小心翼翼地道,"三娘也太厉害了,您这样跟过去,以后这家是听您的,还是听三娘的?"

傅庭涵终于抬头看了他一眼,然后道:"家事不应该是商量着来吗?"

"若是意见相悖呢?"

傅庭涵道:"那就谁有理便听谁的。"

傅安无言以对。两个人都意见相悖了,那自然是公说公有理、婆说婆有理,这怎么听?

他满腹忧愁,看到大踏步走过来的赵含章,默默地咽下劝说的话,挪动屁股又坐了回去。

赵含章在傅庭涵的身边坐下,把听荷找来的披风摊开在地上铺好:"时间不早了,你早点儿睡吧。"

傅庭涵点了点头,把晾干的地图叠起来收进怀里,见她让出一半的披风位置,犹豫了一下,还是躺了下去。

二人中间隔了一条手臂的距离,傅庭涵的脸有点儿烫,他盯着天上的星星,没话找话:"明天的天气不错。"

赵含章已经闭上了眼睛,闻言又睁开眼睛,也看着天幕上的星星,"嗯"了一声道:"是很不错,难得看见这么多的星星。"

傅庭涵道:"不是一直这么多吗?"

赵含章扭头看向他:"你认真的?"

傅庭涵也忍不住扭了一下头,二人一下靠得太近,呼吸可闻,他静静地看着她,半响才反应过来她的问话:"我说的是到这个时代之后,每一天都是这么多的星星。"

赵含章也有些不自在,重新躺好,盯着天上的星星,不去看他:"你竟然每天都有时间看星星?"

傅庭涵问:"不是你让我研究七星连珠的吗?"

赵含章道:"对不起,我差点忘了这事。"

她拍了一下脑袋:"这几天事情太多了。"

傅庭涵还在看着她,迟疑了一下,还是开口问道:"你……没事吧?"

赵含章看他:"我能有什么事?"

"不需要进行心理干预吗？毕竟你是第一次面对战场，还有杀人。"傅庭涵顿了顿后道，"如果你愿意，我可以帮助你，你知道的，我们当老师都要进行相关的心理学培训，我自己扩展了一些知识，可能比不上心理医生，但倾诉能让你释放压力，我也可以引导一下你。"

赵含章闻言，干脆就侧躺着和他面对面地说话："傅教授呢？"

赵含章低声问："你也是第一次上战场，不害怕吗？"

傅庭涵直言道："我怕。我很确定，这是一个真实的世界，那些人也都是真实的，他们就这样在我的面前失去了生命。我害怕，甚至有些自责，但这些都已经无法改变，所以我会尽量让自己走出这种情绪。我还会害怕自己在这场混乱中失去生命，害怕你会受伤和死亡，但我都找到了调节的方法。你呢？你经历得比我多，参与度比我深，你找到平衡的点了吗？"

赵含章看着他眼里的担忧之色，突然一笑，然后慢慢严肃起来，思索了许久才开口："我可能是遗传，也有可能是真的心理有问题，惶恐只存在于一瞬间，然后我就快速地适应了这场战争，还有我杀人的事实。"

傅庭涵惊讶地看着她。

赵含章笑了笑，问："很不可思议是吗？"

傅庭涵想了想后道："有些天才是会异于常人的，这应该不是心理问题，至于遗传……"

他的声音低落下来："应该是的，你的父母是很出色的军人和警察，可能是天生的基因？"

赵含章挑眉："傅教授，你知道的挺多啊！你怎么知道我父母的身份？"

傅庭涵定定地看着她，声音几不可闻："他们的葬礼我去参加了。"

赵含章还是听到了，脸上的笑容慢慢地收了起来，她再次认真地打量他："你……我们两家有渊源？"

她的父母是在执行任务时牺牲的，葬礼不小，但因为她当时在赶回去的路上出了车祸，所以学校里知道这事的人不多，也就她的班主任和同桌知道点儿消息。

她和傅庭涵最多是没正式打过交道的对手，连朋友都算不上。他怎么会知道这些，还去参加了葬礼？

"我的祖父和父母都是科学院的，我祖父和你祖父还认识，两家住得也近，所以我就过去了。"傅庭涵道，"你当时坐在轮椅上，眼睛还蒙着纱布，所以不知道我去了。"

赵含章想到了什么，伸手去抓他的手掌，抓在手里捏了捏才反应过来，这是傅长容的身体，不是傅庭涵的。

傅庭涵手掌一合，将她的手握在手心，一脸紧张地盯着她。

赵含章想要抽回手，却被他一下握紧，抽不出来。

赵含章一脸莫名其妙看着他："傅教授，松手。"

傅庭涵下意识便要听从松开，手指才抬到一半，想起了什么，重新合起来握住："葬礼上，我送了你一盒磁带，是全英文朗诵的《假如给我三天光明》。"

赵含章便不再抽手，由着他握着，将右手垫在脑袋下看着他："你那时候就知道我要失明了？"

"我不知道。"傅庭涵顿了顿后道，"但我知道失去父母亲人后的那种孤寂感。我希望海伦·凯勒能给你挺过那段艰难时间的勇气。我父母去世的时候，我就是读着这本书挺过来的，你当时眼睛受伤了，我才送你磁带，没想到……"

没想到她不只是受伤这么简单，而是双眼失明，她家里直接给她办了休学。

他知道的时候，已经是三个月后，他们都要升到高二了。

他知道他们再无可能同级，所以便直接跳级上了高三。等他再回母校时，就碰到了被人霸凌的赵含章，不过没等他英雄救美，赵含章直接把人给揍趴下了。

傅庭涵握紧了她的手，有些心疼地看着她的眼睛，轻声问道："你重回学校的时候很难吧？"

赵含章歪着脑袋想了想后道："还好吧，我回学校的时候，跟我要好的同学都上了高三。本来是要直接上高二的，但我才学盲文一年多，还不太熟练，考试的时候没及格，所以只能进高一和一群小屁孩从头学起。"

傅庭涵忍不住笑："你本来就跳级了，当时和你一样大的学生有的是，你后来被欺负，是不是就是因为把他们当小孩子看？"

"才不是呢。"赵含章将手抽回，躺正看着天上一闪一闪的星星，轻声道，"人总是对和自己不一样的人充满好奇，有的人会带着善意，但也有的人会带着恶意。我只是运气不好，遇到了带着恶意的那一拨人而已。"

赵含章想到那段青葱岁月，嘴角的笑容若隐若现："不过的确是一种很特别的体验，我从小到大都很受欢迎。要不是眼盲，我都不知道在这个世界上，十五六岁的少年会对同龄人产生这么大的恶意。"

她笑着道："我也不会发现我的心肠还挺硬的。"

那一年，别人欺负她，她回击，常常见血。她不好过，那拨霸凌她的人也被她折腾得不轻，她也学会了怎么在人前示弱，怎么保护好自己。

要论弱势，谁比得上她？

眼盲、女孩子、被欺负得带伤、父母都是烈士、学习成绩还优异，上至处理案件的警察和老师，下至对方的父母亲人，谁都不能昧着良心把责任推到她的身上。

不过她当时出手是有点儿狠。

赵含章有点儿手痒，一下坐起来，对惊愕的傅庭涵道："我想打架了。"

傅庭涵道："那你现在去练练？"

赵含章扫了一圈周围，最后还是放弃，直接躺倒："算了，万一吓到我娘就不好了。"

王氏此时正悄悄地看着这边，一脸纠结地道："青姑，你说我要不要把三娘叫过来呀？他们还没成亲呢，怎能靠在一起睡觉？"

青姑道："这种时候哪里还论这些礼仪？三娘跟在傅大郎君的身边也安全点儿，万一晚上又有贼寇过来呢？"

王氏就是担心这个，纠结了一会儿后便躺倒："算了，按照原来的计划，她本应该明日就出嫁的，两人婚书都定了，和夫妻也差不多。不过你还是看紧些，也别让他们太亲近了。"

青姑往那边看了一眼，见两个人此时靠得极近，也不知道在说什么悄悄话，只当没听见王氏的叮嘱。

他们都已经这样了，还能有比这更亲近的举动吗？

三娘又不是没有成算的人，怎样做自有她的道理。

赵含章和傅教授乱七八糟地聊了半个晚上，顺便把第二天的路程和他们这一行可能消耗的粮草给算了出来，最后她脑子里活跃的打架分子才慢慢地消去，不知不觉地睡着了。

傅庭涵见她许久不说话，抬起脑袋看了她一眼，见她眼睛紧闭已经睡着，不由得笑了一下，也躺好。

听着她浅淡绵长的呼吸声，傅庭涵也觉得困意袭来，慢慢地闭上眼睛睡了过去。

天才微微亮，赵含章就一下睁开了眼睛，拉起身上的衣裳看了看，这才发现是傅庭涵把外衣脱了下来给她盖上。

见他侧身缩在一旁，她把衣服轻轻地盖在他的身上，小心翼翼地起身。

听荷也爬了起来，小声地凑过来："三娘，那边有河渠，我去打水给您洗漱。"

赵含章点了点头，叮嘱道："带上两个部曲，别走太远。"

"是。"

赵含章开始去翻他们的行李。

他们出发前带了不少行李，除了一些金银，还有不少饰品和布料，但现在所剩无几，尤其是王氏的妆盒，那么多宝贝都被抢了。所以他们剩下的东西不多。

赵含章翻了翻，翻出一块布，打开摊在地上，开始从行李箱里摸东西。

箱子里有三个细金镯子，还有两根银饰，还翻出一个完好的盒子。摸着这金丝楠木打的盒子，她挑了挑眉。可惜了，这会儿金丝楠木还没那么值钱。

不过能装在金丝楠木盒子里的也不会是普通的东西。

她打开，见里面放着一套珍珠饰品，每一颗珍珠都圆润亮泽。即便她对首饰不太熟悉，也看得出来这是一套很贵重的饰品。

王氏基本不戴珍珠饰品，而这里面还有一根镶嵌了粉色珍珠的簪子，她用脚指头想也知道这些东西是给谁准备的。

赵含章心虚地看了一眼王氏的方向，见她还睡着，立即把盒子放到布上，卷好便拿给季平："尽量多买粮草，一会儿用过早食，我们立即出发。"

季平接过，一脸严肃地应下："属下必竭尽所能。"

陈老爷也醒了，父女两个简单地洗漱了一下，啃了半个馍馍后就起身了。

赵含章给他们两个拨了两匹马，这样速度快一些。

赵典见赵含章把马分给陈老爷父女，没有说话，见季平等人乘着朝阳启程，不由得一惊，紧追了两步，问赵含章："三娘，我们也要去找二太爷和世子爷，为何不让我们同行？"

赵含章道："他们去筹集粮草，你们再一走，我们就没人保护了。所以还有劳你们护送我们一程，等他们回来，我自不会拦着你们去找叔祖和伯父。"

赵典道："这……"

赵含章脸色一沉："怎么，现在赵家大房的主子已经指挥不动你了吗？"

赵典立即低头："属下不敢。"

赵含章冷淡地道："收拾行李，用早食，尽早启程。"

马车皆被损毁，只有一辆牛车还完好，牛车要拉着棺材，王氏等人都要骑马前行。

赵含章带着王氏，傅庭涵则带着鼻青脸肿的赵二郎，速度根本快不了。

难民们见他们一走，立即拖家带口地跟上。

他们走到中午便到了岔路口，赵含章停下马，回头看了一眼后面跟着的难民，打转马头上前。

她冲着众人抱了抱拳，道："诸位，看这地上的车辙印，大军就在前面不远处。你们若是速度快，今晚便能追上大军的尾巴，若慢一些，只要不遇上乱军，明天也能追上了。我要扶棺回乡，在此转道去汝南，便不能与诸位同行了。"

难民们一听，纷纷惋惜，但也只能应下。

赵含章正要走，人群中有几个中年人大声喊道："女郎稍待。"

赵含章回头看。

就见他们搀着几个妇人,带着好几个孩子挤上前来,跪在地上道:"不知女郎家中可缺耕种田地的仆人?小的们愿卖了自身,只求女郎能给碗饭吃。"

赵含章一一扫视他们,见他们衣着虽不富贵,却也是整齐厚实的细麻,衣服合身,不见补丁,想来家境也不差,只是他们这一行十二个人不带一件行李,一中年男子的背上还背着一个昏迷的女子。

她略一沉思就明白了——他们这是被抢了个精光。

赵含章问:"你们会种地?"

"会。"中年人立即道,"我们都是左邻右舍,每年春播秋收都是亲力亲为的。"

"听你应答不似一般农人,可识字?"

中年人道:"我年轻的时候读过两本书,勉强认得一些字。"

当下能认字的人可不得了,赵含章立即道:"好,我都收下了,你叫什么名字?"

对方已经带着众人拜下:"小的胡直拜见女郎。"

其他人显然也是第一次卖身,连忙跟着拜下,不像是拜主子,倒像是在拜祖宗。

赵含章冲成伯一挥手,成伯立即上去安排。

人群中有人见状,也凑上去想要卖了自身。

他们去追大军是为了背靠大树好乘凉,以后也能跟着大军再回洛阳。

但他们没想到逃难这么艰难,这还没追上大军呢,行李就都被抢了,连家人都死了一半。

即使追上大军,他们也得自力更生,要是能现在找条活路,也不必再去追随大军。

昨天他们都打听到了,跟着他们一起冲出来的,为首的这三家是赵家、贾家和陈家,其中以赵家的势力最大。

经过昨日的事,众人心中有数,赵含章心善人好,他们跟着她未必就比跟在大军的后面差。

皇帝老爷那么尊贵,他们跟在后面,万一乱军追上来,说不定还要被当作人盾推出去呢。

所以见有人成功投在赵含章的门下,立即有人效仿。

但赵含章也不是什么人都收的。见来投的人多,她干脆让众人停下休息,也让马儿歇一歇,然后让成伯带着人去统计要收的人。

"有手艺者优先,能识字会算数的更好。"赵含章道,"剩下的,看品性吧,也别带太多人,队伍累赘不好走。"

成伯不太理解:"三娘,我们为何在路上买人?现在人并不值钱,等回到汝南,若是缺人，再买就是。"

赵含章道："我们缺的不是出力气的人，而是可以管人的人，以及有手艺的人，路上遇到好的就收了，不必拘泥。一碗饭的钱我还是有的。"

她刚从赵仲舆的手上拿了这么多资产，再加上弟弟是智力残疾，母亲多年不曾回老家，突然回去继承一大堆家业，手上得用的人自然是越多越好。

成伯明白了，一双老眼盯着来投奔的人。他活了一辈子，跟在赵长舆的身边见过形形色色的人，不敢说有识人之能，但一般人的品性他还是可以看得出来的。

除了赵含章开口要下的十二个人，他只勉强看中了七人。

成伯干脆当场让他们签了卖身契，不会写字的按手印画押，然后带着他们去给赵含章磕头认主。

赵含章也大方，一挥手让成伯把硬得可以砸死人的馍馍拿出来分给他们，一人一个，多的也没有了。

成伯摸着瘪下去的粮袋，很想问一问坐在一旁泰然处之的三娘，她是怎么觉得他们不缺粮的？

傅庭涵看了一眼粮袋，也有些忧虑："他们要是不能及时带回粮草……"

赵含章道："你不是说前面有个聚集点吗？明天他们要是还没回来，我去借粮。"

傅庭涵的第一个反应是："你有认识的人在前面？"

"没有，但我们可以交一些朋友。"

他扭头注视着她肃穆的小脸，半晌默默地收回了目光，如果是她的话，还真有可能。

一行人用过午食，休息后便启程了。他们和大部分难民分开，曾经聚在一起的人群慢慢分出两股来，还有的人虽不选择投靠赵含章，却决定跟在她后面走，没有去追大军。

赵含章也不阻拦他们，甚至还压了压速度，让他们能跟上来。

赵典带领着人护送他们。他知道，今天要想去追赵仲舆是不可能了，甚至明天、后天可能都去不了，而且……

他扫了一眼他的手下们，对于三娘的慈善，他们显然很感动。再这样下去，他也不知道最后还能带走几个人。

一行人疲惫地往前走，赵含章为了不让马太累，中途还从马上下来，牵着马往前走。

傅庭涵便也下马，走在她的身侧："我好像看到房屋了。"

赵含章眯着眼睛远眺，微微一笑道："我也看到了，走！"

一行人加快了脚步，走了不到两刻钟便看到了房屋。这应该是个小镇，先是零星散布的房屋映入眼帘，但顺着地势往上，可以看到一道道炊烟升起，显然，这是一个很大的村庄。

住在村口的几户人家听到动静探出头来看，看到这么多人和马，被吓了一跳，立即"哐当"的一声把门关起来，躲进屋里去了。

赵含章循着声音看去，便见一个青年偷偷地从一个院子里翻了出去，躲着他们的视线撒腿就往村里跑。

赵含章见状，抬手止住大家，看了一眼四周，然后指着一旁的空地道："今晚在此驻扎，千里叔，约束好众人，不得进村骚扰村民。"

赵含章的目光落在后面跟着他们的难民身上，然后她转头对成伯道："分出一些馍馍来给他们，告诉他们，跟着我们就要守规矩，谁要是做杀人偷盗一类的事，我全当乱军处理了。"

成伯应下，摸出粮袋，想了想，还是分出一半拿了过去。

赵含章将王氏扶下马，找了块石头让她坐下："阿娘，你身上还有啥值钱的？"

王氏下意识地摸了一下头上的钗子，看着女儿，点了一下她的额头，低声骂道："你可真是讨债的。"

王氏摘下来给她，小声道："我们家这么多财物都叫人抢了，自己连饭都吃不上，你还这么瞎大方。"

赵含章冲她讨好地笑笑。

王氏一脸忧虑地道："也不知道汲先生带着你的那些嫁妆安全回到汝南了没有，要是……那我们现在身上的东西就是家里唯一的财物了，你可别大手大脚的。"

赵含章道："阿娘放心，我心中有数。"

赵含章在唯一的箱子里翻了翻，实在翻不出什么好东西了，只能用一方手帕将钗子包起来，好让它看上去显得贵重一点儿。

傅庭涵看见，伸手将钗子拿掉，解了腰上的玉佩给她："这个更好用。"

赵含章接过，看到玉佩上的字，还回去，摇头道："不行，这玉佩太好了，上面还有你的姓氏，应该是你家中的长辈为你刻的。"

傅庭涵坚持递给她："拿去吧，你想换粮食，没有足够的诚意怎么行？"

赵含章想了想，接过："我以后再给你赎回来。"

傅庭涵笑了笑。

赵典带着人出去找到了水源，打了水回来，还找了些木柴，村子里的人也终于在报信青年的带领下赶来。

村民们都拿着棍棒和菜刀，却没敢靠得太近，见他们在村口驻扎没有进村，立即停了下来，把棍棒和菜刀往身后藏。

走在最前面的一个老人和一个中年人顿了一下，立即转身让村民们停下，二人相携着上前，冲着成伯躬身道："不知贵客中做主的是哪一位？"

两个人问是这么问，目光却径直落在了傅庭涵的身上。

傅庭涵则是直接看向赵含章。

赵含章起身，笑着迎上去，先行了一礼："打扰老丈了。"

成伯立即道："这是我家女郎，队中由她做主。"

老者微微惊讶，却不敢小瞧了赵含章。他看到了被众人护在中间的棺材，问道："不知女郎如何称呼？哪里人氏？从何处来？要到何处去呢？"

赵含章道："三娘出自汝南赵氏，从洛阳出来，祖父薨逝，故要扶棺回乡。路过贵宝地，打搅老丈和村民们了，还请海涵。"

老者一惊，不由得又看了一眼棺材。

"薨"字可不是谁都能用的，除了宫里的太后、王爷，只有权贵将侯才有资格用这个字。

"不知祖上是哪位？既然遇见，我们也祭奠一番才好。"

赵含章道："先祖上蔡伯，前中书令。"

老者一惊，眼泪当即流了出来："竟是赵伯爷。"

他立即拉着中年人上前跪拜，赵含章忙将人扶起来："老丈折煞我等了。"

老者流着泪道："这个礼赵伯爷受得，永安那年兵祸波及我们这儿，我们这些村庄被搜刮了一次又一次。我们都要活不下去了，是赵伯爷出面约束那些四处抢掠的士兵，我们这才没有背井离乡。此恩我们都记着呢，没想到恩公竟然……"

他哭着问："恩公是何时去的？"

赵含章叹息道："八日前。"

老者看了看他们，又看了一眼棺材，哪里肯让赵长舆的棺材留在外面落霜？

于是他立即让人在他家的院子里搭起灵棚以安放棺材，然后拉着赵含章就要请回家里做客。

赵含章连忙拒绝："我们只停留一夜，实在不必搭建灵棚。"

"若让恩公在我们村子里风餐露宿，那我等还有何面目活在世上？"

赵含章闻言，只能跟着他们进村。

傅庭涵一脸木然地跟在她的身后，和众人一起进村。

村子里的人一改之前的防备和敌意，很是热情地招待了他们。

灵棚很快被搭了起来。赵长舆的棺椁才被抬进去，村里就来了一拨拨哭灵的人，哭得声嘶力竭、涕泗横流，比赵含章这个亲孙女还要真切。

赵含章愣愣地看着。

老者也上前哭了一场，这才红着眼睛过来招待他们。他好奇地看向一直跟在赵含章身旁的傅庭涵："这位是……？"

"哦，这是祖父给我定的未婚夫，也是傅家的大郎君，老丈呼他为傅大郎君就好。"

王氏被村里人的哭声勾起了伤心事，也拉着儿子去公爹的灵前哭了一场，几乎昏厥过去，最后被青姑和听荷搀扶着下去休息了。

赵二郎昨天受了伤，今天又骑了一天马，早就腰疼屁股疼，困得眼睛都要闭起来了，迷迷糊糊地跟着母亲一块儿进屋去了。

老者一直留心观察着，见状叹了一口气，让家中的儿媳妇请赵含章下去休息，拉了儿子避到一旁说话："应该是真的，听说赵伯爷的孙子和惠帝一样是个痴儿，看他们的衣着谈吐，也不像是骗子。"

中年人问道："阿父的意思是……？"

"我看他们也不会长留，既不是恶人，那我们就做好待客之道。我看他们行李散乱，后面还跟着一群难民，多半是逃出来避祸的。我们多准备一些粮食，好好将他们送走。"老人叹气道，"这样既报了恩，也免得生出祸事来。"

中年男子应下，躬身下去准备。

进到屋里的赵含章示意听荷把门关起来。

听荷看了一眼傅庭涵，有些犹豫。

赵含章反应过来，对她道："去请成伯和千里叔过来，我有话吩咐。"

听荷这才下去。

赵含章拿出他的玉佩看了看，笑着递给他："用不上了。"

傅庭涵接过："那你要拿什么东西和他们交换？"

成伯和赵驹过来，赵含章先对赵驹道："千里叔，约束好我们的人，我们就在此处住一晚，别坏了祖父的名声才好。"

赵驹应下。

赵含章这才吩咐成伯："二郎先前读书用的那册《论语》注释是您收着的吧？取来给我。"

成伯愣了一下后忙道："三娘，二郎还没开始读这本书呢，这可是郎主特地给二郎做的注释。"

"我知道。我是拿来抄写，并不是要送人。"

成伯这才松了一口气，躬身退下，去把那本书找来。

他们带的书不多，大部分的书叫赵含章收到嫁妆箱笼里一并让汲渊带走了。

赵长舆一直想亲自教赵二郎，可惜赵二郎不开窍，目前为止还停留在《千字文》的第一页上，所以这本书一直是赵长舆收着。

他们逃出来的时候，成伯把这本书当宝贝一样收了起来。

赵含章从箱子里翻出一沓纸，开始裁剪。

傅庭涵帮她，也随手拿了一个碗研墨："一起？"

赵含章笑着点头。

两个人也没事做，长夜漫漫，抄书培养睡意也不错。

一人抄一页，速度快得很。

这并不是全本的《论语》，而是三册中的第一册，上面是赵长舆细细做的注释。

《论语》不易得，但注释更难得，尤其这还是赵长舆做的注释，不说它的意义，就是放到市面上，也可抵十金、百金。

而在这个绝大多数的人不识字的村庄里，这一本书更是无价之宝。

进来的时候，赵含章便看到了旁边厢房里快要秃毛的毛笔，显然，这一家是有人读书识字的。

赵含章和傅庭涵半个晚上合力抄出了一册《论语》注释。

赵含章整理好顺序，压着放在书桌上，看到已经困得眼睛快闭上的傅庭涵，点了点他的肩膀："去休息吧。"

傅庭涵醒过神来，这才离开。

赵含章躺在床上，打了一个哈欠，翻了一个身后就沉沉睡去。

而此时，一直在难民中寻找家人的陈老爷碰到了贾老爷，邻居见邻居，两眼泪汪汪，二人抱在一起痛哭。

贾老爷道："陈兄，没想到你还活着，大喜，大喜啊。"

"贾兄，我终于找到你们了，可知我的家人在何处？"

"在那边。"贾老爷道，"我们也是中午才追上大军的，只是难民太多，延绵几里。听闻你家中有个兄长在禁军任职，所以你的家人便与我们告别去寻亲了，傍晚时还偶尔碰见，应该是在那处。"

贾老爷看到他身后的季平等人身高体壮，疑惑地问："这几位是……？"

陈老爷忙道："是我路上遇到的义士，多亏他们救命，不然我真见不到贾兄了。"

贾老爷羡慕地看着他。

陈老爷忙带着季平去找自己的家人。

陈夫人看到陈老爷和女儿，又惊又喜，哭着扑上来："郎君啊——"

儿女们也都凑上来，一家人抱在一起痛哭。

哭完，陈老爷这才看向一旁黑着脸的堂兄，抹干眼泪上前："四哥，弟差点儿就见不到你了。"

陈四郎问道："那是谁救了你？"

陈四郎的目光落在季平的身上，但又觉得季平不是一般的江湖草莽或义士，倒像自己，也是从军中出身。

陈老爷便将陈四郎拉到一旁，低声把这一路上发生的事说了。

陈四郎诧异地看着他："赵中书的孙女？"

"是，绝非池中之物，她还救了我，四哥，何不卖她一个好？"

陈四郎道："她知不知道她的叔祖高升了？"

"啊？"

陈四郎沉思道："中帐传来的消息，今日赵仲舆晋为尚书令。"

陈老爷忙道："四哥，我看赵家大房和二房的关系有些不一般，我们何不将两房分开打点？"

陈四郎听出他的偏向，问道："你觉得赵家大房还能翻身，压在二房之上？"

"多个朋友多条路嘛，何况，即便不论利益，她也救了我和二娘一命，便是为了回报……"

陈四郎听明白了，想了想后道："我能腾出手的粮食不多，倒是认识几个随军的粮商，他们的手上有不少。他们随军，一是因为王爷所召，二是也想乘机发一笔财，我这边倒是没什么，他们要的价钱可不低。"

陈老爷立即去找季平，不一会儿拿了一个盒子过来，打开让陈四郎看里面的珍珠首饰。

陈四郎看到这样品相的珍珠，满意地点头："我明天便去给他们准备。"

陈老爷却哀求道："兄长，我们等得，他们却等不得。当时为了掩护我们先走，赵三娘一行人带的行李和粮食都叫人给抢了。您受受累，今晚把事情定下，这样明天一早他们就可以走，而且季平几个到底是赵家的部曲，要是不小心让赵仲舆的人看到……"

陈四郎看着他，无奈地道："你啊，你啊，我真是欠了你的。"

陈四郎大踏步地离开，去给他们牵线。

夜渐深，一直嘈杂的营地慢慢地安静了下来。赵仲舆一身疲惫地走出中帐，候在不远处的护卫立即迎上来，举着火把给他照路，压低声音道："郎主，世子，不，伯爷他们到了。"

赵仲舆精神了些，加快脚步，问道："人都安全吧？"

护卫没回答。

赵仲舆不由得皱眉看向他:"怎么,是逃难的路上出了什么事?"

护卫低声道:"只有伯爷他们,二娘子和三娘、二郎都不在其中。"

赵仲舆脸色一沉,停下了脚步:"这话是什么意思?三娘和二郎不在,那他们去了何处?"

护卫的声音更低了:"说是在路上走散了。"

赵仲舆握紧了拳头,问道:"那……棺椁呢?"

护卫小声地道:"一并遗失了。"

赵仲舆便大踏步地往前走,护卫小跑着跟上,解释道:"伯爷也狼狈得很,说是路上遇到了匈奴兵,又被流民军追赶,混乱之中便走散了。"

赵仲舆停下脚步,问道:"那大郎、大娘、二娘和四娘呢?他们可安好?"

护卫忙点头道:"都安好。"

赵仲舆压抑不住怒火地骂道:"他们都安好,那怎么只有大房的人丢了?他这是把我当智力残疾,还是把世人都当智力残疾了?"

说罢,赵仲舆转身怒气冲冲地回了帐房。

赵济追上大军后费了一番工夫才找到赵仲舆,禁军们确认他的身份后就让他住进赵仲舆的帐房里了。

此时一家人还有些惊魂未定,这两天的经历实在是太惊险了。

赵仲舆撩开帘子进来,帐房里的人立即起身,眼泪汪汪地叫着"祖父",连赵济都含着泪叫了一声"父亲"。

只是赵济话才说出口,就被赵仲舆打了一巴掌。

帐房里顿时一静,大家都一脸惊恐地看着赵仲舆,没人敢说话。

赵仲舆手被震得一疼,紧握着拳头垂到身侧,忍住了再动手的冲动,只是脸色铁青。他对孙子孙女们道:"你们先出去。"

赵和婉忙带着弟弟妹妹们下去,护卫也忙退下,仆人们跟着鱼贯而出,帐房里只剩下赵仲舆、赵济和吴氏。

人走干净了,赵仲舆才忍不住怒火,上前又打了赵济一巴掌,满眼怒火地瞪着他:"我问你,你伯父的棺椁呢?王氏,还有二郎和三娘呢?"

赵济脸色苍白,捂着脸道:"是儿子无能,路上和他们走散了。"

"你!"赵仲舆被气得闭了闭眼,问道,"我给你留了这么多人,家中的护卫、仆人,还有赵驹手里的部曲……赵驹呢?"

赵济忍不住大声喊道:"赵驹根本没有找来,父亲,我哪儿有人可用?"

"城中乱得太快,他或许被绊住,还可能……"赵仲舆的心一阵阵地疼,这可是

177

他们赵家花费了大力气养的部曲,"现在不是论这个的时候,就算没有赵驹,凭赵家现有的人手,你也不至于把大房的人全带丢了。"

赵仲舆越说越气:"说,你在哪里丢的人,怎么丢的?我走前是不是千叮咛万嘱咐,让你有事与三娘商议,先把此次劫难过了再说?你已经是上蔡伯,为何还要和两个孩子计较,王氏一介妇人,便是有口舌厉害的时候,又能伤到你什么……"

吴氏见赵济被骂得面无血色,忍不住插嘴道:"公爹,您不知道,三娘早在几天前就把她换下来的嫁妆送去了傅家……"

赵仲舆一愣,然后扶额,头疼得后退两步倒在椅子上。

"显见她本就不信我们,不然也不会提前把嫁妆送走……"

见她还喋喋不休,赵仲舆大怒,抖着手指指着她骂道:"你闭嘴,妻贤夫祸少,我看这些祸事都是你撺掇的。"

赵仲舆脸色黑红,怒目瞪向赵济:"那是她的嫁妆吗?那是二郎的家产!之前她是当着你的面签的契书,那些东西是他们姐弟的。只要最后这笔钱能回到二郎的手里,你管她怎么处理呢?你怒什么,难道你还想把那些东西也据为己有吗?"

赵济脸色羞红,辩解道:"儿子没有。"

"既然没有,你为何抱怨,为何将他们丢弃?你真是……真是……"赵仲舆被气得手脚发软,心头一口气没上来,眼前一黑,直接晕了过去。

赵济大惊,连忙上前扶住:"父亲,父亲——"

吴氏也被吓坏了,赵仲舆要是出了事,那可就是被他们气死的,若是传出如此不孝的名声,不仅他们夫妻两个,他们的孩子也完了。

吴氏连忙上前和赵济一起将人扶到床上,然后跑出去让人去请大夫。

赵仲舆现在升官了,住的地方离中帐不是很远,东海王听说他病了,让一个太医去为他看诊。

太医的诊断很快就出来了:"尚书令劳累过度,惊怒交加之下便晕厥了,必须好好调理,注意休息,不得再动气。"

赵仲舆晕了半个时辰就醒过来了。不再动气这一条医嘱也很难遵守,因为他一醒来看见赵济,脸色立马不好看,心火开始往上冒。

太医看了一下他的脸色,识趣地起身,还提醒了一句:"切不可动气,但实在压不住就发出来吧,不然憋在心里更不好。"

赵仲舆虽然一肚子的火,却也不会当着外人的面和儿子儿媳发。等太医离开,他才压着怒火重重地道:"着人回去找!"

"务必要把人和棺椁找回来。"他目光凌厉地看向赵济,警告道,"二郎和三娘没事还好,要是他们和你伯父的棺椁找不回来,你这一辈子都完了,大郎会完,赵氏也要完！"

赵济脸色发白。

赵仲舆一把攥住他的手腕，紧盯着他道："你以为你大伯恶我，却为何几十年不分家？因为个人利益之上是小家，小家之上是大家，大家之上还有宗族！"

"你丢了大房母子三人，还丢了你大伯的棺椁，以为借口战乱便能合情合理吗？"赵仲舆道，"不会有人相信你的，你的妻子儿女一人不落，平安归来，怎么大房就一个人不剩？而且活人可以走丢，你伯父的棺椁呢？"

"那可是你大伯的棺椁，是他的棺椁啊！你怎么不跟着一起丢了！"赵仲舆越说越气，恨不得把这个儿子丢出去让他冷静冷静。

赵长舆有意让赵济继承爵位时，族中便有人提议让赵济兼祧两房，或是直接把赵济过继给赵长舆。

一是赵济不愿，二是赵长舆也不愿意，所以这事便不了了之。

虽然不了了之，但世人默认赵济继承了赵长舆的爵位，那赵济就应该待赵长舆似父，丢下"父亲"的尸首独自逃命，是会遭到世人唾弃的。

"此事若传回宗族，便是我为族长也保不住你，更不要说士人也会羞与你为伍。赵济，你做事之前就没有想过后果吗？"

赵济和吴氏脸色惨白地跪在床前没说话。

赵仲舆闭了闭眼，道："你还跪着做什么，还不快派人出去找！"

赵济回过神儿来，连忙起身退出去。

这一次朝廷出逃带的人不少，有宫中的妃嫔、朝中的官员，还有保护他们的禁军，除此之外就是听到了消息跟着他们一起逃出城来的官眷和士族了。

所以人数多且杂乱，信息搜集困难，赵济并不知道被落在后面的陈老爷回来了，还带着赵家的部曲。

而且赵济也不认识季平，只怕面对面见到了也认不出来。

所以等赵济组织好人，季平这边也买到了粮草。

第二天一早，赵济的人手先一步出发，季平他们带着粮草，重新准备了车，押着粮草悄悄离开。

他们方向相同，但因为前面的人都骑着马，轻车简从，速度很快，而后面车马混杂，还有人需要步行追赶，带着辎重，所以速度要慢很多。

出发不久，出来找人的赵家护卫就碰到了被落在后面的难民，一打听才知道他们就是被赵三娘救下来的。

"赵家女郎带着家小往汝南方向去了，说是要扶棺回乡。"

被遣出来找人的护卫一听，立即加快了速度去追。

但赵含章他们并没有在半路多停留，第二天一早，村子里的人给他们凑了一堆粮食把人送到了村口。

老者还在极力挽留，虽不知真假，但赵含章还是按照真的来处理，心里很感激地拒绝了。

她将昨晚抄好的《论语》注释送给老者，叹气道："路上遇到乱兵，我们已身无长物，只随身带了一册祖父为二郎注释的《论语》，我和傅大郎君昨夜抄录了一份，送给老丈以作留念。"

老者眼睛大亮，双手接过，有些激动："这是宝贝啊！女郎大恩，我们一定好好保管恩公留下的字稿。"

老者叫来读书的孙子，让他给赵含章磕头拜谢。

对方看着比赵含章还大，赵含章哪里能受，他才要跪下她便扶住了。赵含章和老者连连行礼："老丈折煞我了，我等困窘，多亏了老丈援手，该是我等磕头拜谢才是……"

傅庭涵站在一旁看他们你拜我、我拜你，好一会儿才依依不舍地分开。

翻身上马的时候，傅庭涵长长地吐出了一口气，忍不住扭头去看骑马走在一旁的赵含章。

赵含章问："看什么？"

傅庭涵道："这时候的赵老师和传闻中的不一样，和我认识的也不一样。"

"传闻中的我是什么样？凶悍、野蛮、无礼，殴打同事的母老虎？"赵含章扭过头，笑着问。

傅庭涵斟酌了一下后道："我以为赵老师和我一样讨厌应付这些人情世故，所以宁愿冷脸以对。"

赵含章笑了笑后道："你可以将我的这些行为归结为利己主义行为。在我们那个时代，我们有钱，有本事，没有生命和生存上的威胁，所以我们追求的可以更高级一点儿，能够凭借自己的心情选择是否与世俗虚与委蛇。当然，并不是所有的礼貌都是虚假的推辞，比如刚才，我虚伪吗？"

傅庭涵在她的注视下摇头："不虚伪。"

赵含章满意地点头。她回头看了一眼还站在村口目送的村民们，脸色坚毅："不管他们是真情，还是为了挡灾，今日受的恩惠我记下了。"

傅庭涵道："我问过了，这个村叫临南村，他们这里有一条小一点儿的偏道通往汝南方向，比走官道要节省时间，可以少绕很多路。"

一行人很快到了那条小路路口。

和平坦的官道相比，这是一条中间满是草甸，两边有车辙的地方露出地面。

路的两旁是田埂，不远处是一座低矮的山丘，路是绕着山丘而去，因此看不见尽头在哪儿。

而边上则是官道，小道通往东北方向，官道直直往北。看傅庭涵画出来的地图，他们至少要走一天的路程才能偏向东方，然后是向东行大概四十里，官道才和这条小路连在一起。

据村民们说，这条小道就是四十里左右。

也就是说，走这条小路，他们至少节省一天的时间。

这条小道除了小和颠簸，车难走点儿没别的毛病。他们只有一辆牛车，其他人不是走路就是骑马，问题不大。

而且都走草地，对马蹄和人脚也比较友好，就是委屈了赵祖父。

赵含章下马把马让给了王氏，扶棺而行。

王氏在马上看着，心头一酸，低下头落起泪来。

青姑给她牵着马，见状忙安慰道："娘子快别哭了，让三娘看见，她心里又要不好受了。等回到汝南就好了。"

王氏心中却更不安了，眼泪越掉越凶："未必就能好，大伯他们不安好心，汝南那些人的嘴巴也坏得很，我们回去也是要仰人鼻息。"

"我们母子三个要活着怎么就这么难？"王氏抬起泪眼看向前面自己骑马走得欢快的儿子，更伤心了，"我虽不聪明，却也不愚笨，他父亲更是聪明灵慧，怎么他就是痴傻的呢？"

青姑忙示意她小声些："三娘一再叮嘱，不许我们说二郎痴傻，人后也不行，二郎知道也要不高兴的。"

"这与您和郎君都没关系，老天爷是公平的，您和郎君出身富贵，它就总要从别的地方找补回来，所以您和郎君受苦了，福报就会应在三娘和二郎的身上。您看是不是，三娘聪慧伶俐，却不似郎君体弱多病，反而能文能武，上次遇到那么大的灾难都挺过来了，昨天也是有惊无险，可见我们三娘多有福气啊。"青姑道，"二郎也是一样的，您看他多有福气啊，之前有郎主护着，现在又有姐姐和姐夫，您看……"

青姑示意王氏去看和赵含章一起扶棺行走的傅庭涵。

王氏眼泪渐歇。

青姑也一脸满意地看着傅庭涵："奴婢说句大不敬的话，像姑爷这样的人品、相貌，世间能有几人？二房受了我们家这么多的好处，不说二太爷和大郎，大老爷能有姑爷十分之一的孝心，我们也不会在这儿了。但大老爷毕竟是外人，又和您平辈，孝心落在您这儿能有多少好处？所以老天爷特地给您安排了姑爷，他才是自己人，又孝顺，您和三娘、二郎才算是有了依靠。"

181

跟在后面的部曲看着扶棺而行的傅庭涵，心里同样感动，连赵典都忍不住沉思起来，如果大房当家做主的是傅庭涵，他留在大房，倒也不是不可以。

赵驹骑马从后面追上来，跳下马，牵了马上前找赵含章："三娘，留好印记了，季平他们会追上来的。"

赵含章点头。

赵驹将他的马拉到她的旁边："三娘骑我的马吧。"

赵含章婉拒了："虽说乱军是追着大军去的，但也要防备有溃散的流民军和朝廷军队过来。派人去前面探哨，后面也要留人。"

赵驹应下，上马去安排。

奉命来找赵含章等人的护卫顺着路找到了临南村，一打听，知道早上便走了，立即上马沿着官道去追。

季平一路留意着路上的印记，连临南村都没去，直接在村口不远处转弯，看到印记后下了小路。

赵含章他们需要步行的人多，后面还跟着一群难民，男女老幼都有，速度便慢上许多，天快黑的时候他们才走到进官道的路口。

前去哨探的部曲跑回来禀报："前面没有村落，但路边有个破旧的土地庙，可以稍做停留。"

赵含章道："走。"

此时，季平也抬头看了一下天色，虽不认识这条路，完全推断不出三娘他们要在何处落脚，但可以根据地上的痕迹推断出他们走过的大概时间。

一个部曲摸了摸车辙印，眼睛一亮，跑上前道："什长，车辙走过的水迹还在呢，我们离三娘不远了。"

前面有个水坑，车走过会沾上水。

季平一听，立即挥手："继续走，天黑之前不必停留。"

他们都是车马，速度要快一点儿，鞭子一甩，往前跑了小半个时辰就看到了宽敞的官道。

有部曲跑上去看，看到印记，往远处眺望，立即跑回来禀报："什长，前面似乎有炊烟。"

于是一行人加快了速度，朝着炊烟的方向跑去，看到围着一间破庙四处躺着的难民，季平知道找对了。

难民们看到这么多车过来，纷纷站起来。

赵含章和傅庭涵听到动静走了出来，见季平高兴地从马上蹦下来，几步上前跪在赵含章的面前，抱拳道："女郎，某幸不辱命。"

赵含章一眼扫过车上堆得满满的粮袋，脸上的笑容怎么也压不住，她上前将季平扶起来："好，辛苦你了，快进里面来。"

赵含章还想知道大军的情况。

"听陈四爷的话音，皇帝并不想放弃洛阳西逃，东海王拿剑逼着他，皇帝没办法了，只能携宫人和朝臣一起出逃。"季平道，"只是朝中大臣对东海王放弃洛阳西逃之事也颇有微词，大军刚驻扎，他们就在中帐吵了起来，东海王一气之下砍杀了陛下的亲舅王延，此事才暂时了结。"

王氏听得心惊胆战，半晌才缓过气来道："天哪，幸亏我们不随大军，连国舅都被随手杀了，那……二太爷还好吧？"

季平忙道："二太爷很好，还升官了，现在是尚书令。"

王氏有些不是滋味："他升得还挺快。"

赵含章道："这次朝廷出逃，很多官员被陷于洛阳，如今生死不知，中帐自然不能等他们找上门来，这么多官缺，自然要找人顶上。而且这也是笼络人心的好方法，赵仲……叔祖父在危难之际去皇宫勤王，这是他的忠心。不管是皇帝还是东海王，都愿意用这样忠君的人，而且叔祖父的能力也不是很差，又有祖父的名望在，他当尚书令是实至名归。"

赵含章摸了摸下巴，继续道："不过，这会儿伯父一家应该和叔祖碰上面了。叔祖父前脚升官，后脚伯父就把祖父的棺椁和我们大房丢了，此事传出去，叔祖父的仕途坎坷啊。"

王氏道："我看他不会有事的，战乱呢，直说混战中走丢就是了。"

"我们丢了也就丢了，祖父的棺椁都丢了像什么话？"赵含章道，"而且世人也不糊涂，除非伯父舍得把自己的三个孩子也丢一两个，不然没人会相信他。看来，很快就会有人来找我们了。"

王氏有点儿紧张："那……"

赵含章笑了笑，道："正好补了赵典他们离开的缺儿。"

她低声吩咐成伯："去，开一袋粮，今晚我们吃好的，给外面跟随的难民也分一些。"

成伯知道怎么安排了，低头应了一声："是。"

天已经黑了，本来已经做好晚食，他们人多，临南村送的粮食也不是很多，大家不敢放开了吃，所以都是煮粥，这会儿倒好，直接把这部分给了外面跟随的难民。

季平他们则另外开了粮袋做干的。

等晚食做好，部曲们端着碗筷蹲在庙外吃，难民们满脸羡慕地看着，就连部曲们也各有想法,盘算起来。

本来决定跟着赵典去找二房的几个部曲靠在一起说着悄悄话:"其实跟着三娘也不错,三娘心软,待人也大方。而且三娘已和傅大郎君定亲,看今日这样,傅大郎君极孝,将来三娘必定会带着二郎一块儿去傅家过活的,家中若是傅大郎君做主,我们何愁没有前程?"

"可我们受赵氏供养,现在族长可是二太爷,我们私自跟了三娘,便算是三娘的私产了,我还有家人在庄子里呢。"

"你没听老五他们说吗?大老爷把郎主的棺椁都丢了,此人薄情冷性,我们的家人是不是在队伍中还不一定呢,还是得有前程,若是流散,以后也好找。"

"先保全自己吧。"

对方迟疑不已,最后还是摇头:"我还是得去看看家人是否在,若在,一家人还是要在一处才好。"

连赵典都在沉思,到底是跟着赵含章好,还是跟着赵仲舆好。

不,应该是他跟着傅庭涵好呢,还是跟着赵仲舆好。

在他的心里,跟随赵含章就相当于是跟随傅庭涵了。

就在他纠结不下时,赵含章抬头看了他一眼,低声对赵驹道:"千里叔,你一会儿问一下都有谁要跟着赵典走,凡有迟疑的都力劝他们离开。"

赵驹道:"何必如此着急?我看今日赵典的态度和缓了许多,竟像是在考虑留下来。"

赵含章直接摇头:"他留下,弊大于利,当下部曲只需认你为首,认我为主。有他在,我就一直不好笼络人心,让他走。若是留下的人太多,就多劝劝心思不定的人,让他们跟着赵典离开。"

只要赵典人手足够,他就一定会想走。

"还有,告诉他,叔祖父现在是尚书令了。"

赵典一听二太爷升官了,心立即偏向一边,当即道:"队主,粮草既然已到,那我明天就带着人去追二太爷?"

赵驹道:"去吧。"女郎还真了解赵典。

最后愿意和赵典离开的部曲只有二十八人,活到现在的部曲一共是九十四个,不算季平这些人,愿意和赵典离开的竟然不到三分之一。

赵典什么话也没说,拿了配给的干粮后,第二天一早便辞别了赵含章。

当然,赵含章不会让他这么白白地回去。她不仅写了一封声情并茂的书信托他带给赵仲舆,还和傅庭涵合力写了一封信给傅祗,交代了他们的打算。

他们离洛阳越远,乱势越淡,虽然沿途有不少山匪盗贼,但赵含章带的部曲不少,加之又有难民跟随,一般的山匪盗贼不会找他们麻烦。

有了粮草,赵含章等人一路顺利地往东走,绕过颍川进入汝南。久寻他们不见的护卫在第一条路和他们走岔后就越走越偏,护卫们骑几匹快马,直接要穿过颍川回汝南,结果在颍川遇到了流民军,举步维艰……

赵含章脑海里对汝南的记忆很少,但成伯熟啊。

还未到界碑,成伯就指着一片开始泛黄的麦田道:"三娘,那是我们家的庄子。"

赵含章一听,扭头看去,挑眉:"到汝南了?"

成伯笑道:"再往前是安昌,便进汝南境内了,从这儿到西平老家最少还得走三天。"

赵含章嘴角微挑,道:"我们不去西平,去上蔡。"

成伯一怔:"上蔡?"

赵含章点头:"上蔡和西平距离不远,那里有祖父的封地,还有家里以前置下的田产和庄子,去那里最合适。"

"可现在新伯爷是大老爷……"

赵含章问:"大伯会回来吗?"

那自然是不会,别说赵济,就是赵长舆都多年不曾回乡了。

"那就行了,封地由我暂时替大伯管着,而且那里又不只有封地,还有祖父置办下的田产呢。先前我还和叔祖换了这边的产业,除了封地食邑,上蔡的地契、房契都在我的手里。"

她就没想过要回西平老家,那里是宗族做主,她一个已经定亲,即将要外嫁的女孩子回去干什么?她每天听着宗族长辈们说教吗?

赵含章道:"我们直接去上蔡,等安顿下来,再派人去西平通知宗族,选个好日子让祖父入土为安。"

成伯躬身应下。

上蔡和西平在同一个方向,一直到灈阳路才分开,上蔡在其北边偏东的方向,西平在其北边偏西的方向。

而汝南郡治所以前便在上蔡,不过本朝改到了新息。

虽然改了,但上蔡依旧是汝南郡里数一数二的大县,城池比别的县城要高大许多。

赵长舆的爵位是继承自先祖,因为他出身汝南郡,所以才被封为上蔡伯。

他曾立下大功,本来有望把爵位往上提一提,变成上蔡侯或者上蔡公。可惜,当时当政的是贾后,她一直记恨赵长舆曾经反对她的丈夫惠帝继位的事,所以撺掇

185

着惠帝手一挥,念及赵长舆的功劳,赏赵仲舆为汝南亭侯。

当时赵长舆的儿子、赵含章的父亲赵治还活着呢。

赵含章这段时间一直思考大房和二房的关系,觉得两房的关系紧张,内因外因都不少:内因自是不必说;外因嘛,外人不遗余力地挑拨也是一大因素啊。

贾后都这么努力了,赵长舆和赵仲舆兄弟俩自然不能让她太过失望,于是兄弟俩的关系一直很不好。

赵家的坞堡是在西平的宗族地,在上蔡这里的资产虽有不少,但最大的是一个庄子。里面住着的佃农、长工,人多得可以组成一个很大的村子,赵长舆在这里建过别院,一直由家中的仆人打理。

这个庄子和别院被光明正大地放在赵含章的嫁妆单子里,所以她现在是这里名正言顺的主人。

赵含章当然不会一声不吭就过去。她提前两天让人去通知庄头,让他们收拾好别院,安排好一切,到达上蔡的时候更是每隔两刻钟便派出两个部曲去通知。

傅庭涵忍不住去看她,在他的印象里,赵老师是个很低调的人,从不喜欢引起别人的注意,尤其是在学校里。

只是因为她有些特殊,就算不特意引人注意,也总是会被人关注。

赵含章没有解释,带着一行人穿过上蔡县城,出了另一边的城门后不远就看到了赵家的庄园。

远处的房屋错落有致,被围在中间的似有双层,甚至三层的高楼。

道路两侧栽种着桑麻,在村口不远处站了一群人,赵含章他们靠近了些才看到站在最前面的十个部曲,正是之前他们派出来通知的,部曲们的身后站着一个中年男子,再往后则是男女老幼都有,目测应该有二三百人。

赵含章骑着马走在最前面,傅庭涵瞬间明白过来她要干什么,拉了一下缰绳压住马速,落后她半个马身。

赵含章骑着马上前,庄头抬头对上赵含章的目光,看到跟在她身后的赵驹和成伯,立即跪下。

庄头身后的人见状,也跟着跪下,瞬间跪满了大道的两侧。

赵含章没有停留,带着众人从他们中间穿过,直接往庄子正中的别院而去。

成伯则是停下马候在一旁,等棺椁和王氏等人乘坐的车过去,这才看向庄头:"别院可收拾好了?"

庄头弯着腰道:"收拾好了,小的一收到消息便让人收拾。屋里都熏过,被褥等都是重新浆洗过的,就是怕主子们嫌弃,但这几年收成不好,不容易买到好东西。"

成伯道:"这话你糊弄我都不行,还想糊弄主子?一会儿我领你去见女郎,你有胆,这些话你和她禀去。"

庄头一脸苦涩地说道:"成伯,小的不敢瞒您,收成是真的不好啊!去年旱灾和雪灾,庄子里都饿死了人,今年还有颍川跑下来的难民,那没熟透的麦子都被偷割,县城布庄里一两丝都卖出天价了,小的上哪儿找这么多钱买丝买绵做被子?"

成伯蹙眉问:"这几日没有人过来吗?"

"没有谁来过。"

"客人也没有吗?你以前见过的汲先生,也没来吗?"

"没有啊,从未听说过汲先生要来。"

成伯脸色微变。

别院是赵长舆住过的,听说赵治也在这里住过一段时间静心读书。

所以别院布置得很雅致,即便主人多年不来,也依旧被打理得不错,就是很久不住人,没多少人气。

赵含章下马,先将棺木放到布置起来的灵堂里,让王氏和赵二郎去休息,这才带着傅庭涵在正堂里见庄头。

庄头和成伯一样,是世仆,很荣幸地被赐了赵姓,叫赵通。他一进来就跪在地上,恭敬地趴在了地上。

赵含章道:"起来吧。"

赵通爬起来,低着头站在一旁,开始向赵含章道歉,表示去年收成不好,所存不多,所以他们没有多余的资金为主子们添置新被子,所用的被褥都是从柜子里拿出来浆洗晾晒过的。

"不过别院里的东西我们每年都晾晒过,一直保存得很好,那被子都有七八成新呢。"

赵含章抬手止住他的回话,问道:"上蔡可以买到冰吗?"

赵通愣了一下,然后道:"这会儿天还不是很热,并没有开始用冰,市面上也没开始买卖,不过若是女郎要,想来城中的冰商愿意卖我们赵家一个面子。"

赵含章微微颔首:"那你现在就带着人去县城,多买些冰来。"

赵通虽不解,但还是弯腰应了下来。

赵含章挥了挥手:"退下吧,你媳妇呢?让她来见我,家中需要一些仆妇仆人。"

赵通眼睛微亮,躬身应道:"小的这就让她来拜见主子。"

赵通出去了,双方都没有谈钱,赵通是觉得这点儿钱主子过后肯定会结算给商户的,他们赵家富可敌国,还怕没钱付吗?

但赵含章真的是一文钱都没有了。

他们一路走来，为了尽可能完好地保存赵长舆的尸首，只要经过大的县城她就会买冰。

她身上的首饰、王氏身上和行李里的东西，甚至傅庭涵的东西，除了那块玉佩，能当的全当了。

现在除了一车粮食，他们什么资产都没有。

哦，现在还偌大的庄园，不过这庄园看着也穷。

这就不得不提一句她惜财的祖父了，赵长舆擅经营，但也极吝啬。对于他的资产，他会尽可能一文不少地收在手中，留给各庄园的都是只够他们来年经营的费用。

所以赵通说去年的收成不好，她就不会问从前的积累。因为从前的积累都被送到了赵长舆的手里，要么赵长舆是以另一种形式供养了宗族，要么就是被他偷摸着藏起来置私产了。

不然他那四处宝藏是怎么出来的？

他除了会赚，自然还得会攒！

要论攒钱，赵长舆要说自己是大晋第二，一定无人敢称第一。

赵含章看向成伯："打听到了吗？汲先生可有来此处？"

成伯有些担忧："没有。三娘，汲先生会不会去西平老家了？"

赵含章摸了摸下巴道："汲先生又不傻，连我都知道不能去西平老家，他自然更知道。"

成伯迟疑："那是……？"

赵含章笑了笑，道："我相信汲先生。趁着赵通去买冰，将我扶棺回乡的事传出去吧，再派人去一趟西平老家，祖父该入土为安了。"

赵家的祖坟在西平老家那里，但西平距离上蔡并不远，赵长舆封号上蔡，从上蔡出殡也合情合理。

汲先生即便不在上蔡和西平，也一定会派人盯着这两个地方，只要她一来，他定能收到消息，她剩下该做的就是等。

不过也不能都指望汲先生手里的东西，想起赵长舆埋着的宝藏，她有点儿蠢蠢欲动。

她用了很大的意志力才压下自己的想法，算了，还未到山穷水尽时，不能动用，而且她现在还没有完全将人收拢，此时取用这些东西并不安全。

赵含章想了想，便冲成伯招手，等他走近，凑过去问道："成伯，别院里有什么可以变卖的东西吗？"

## 第八章
## 西平赵氏

成伯道:"三娘,这别院不常住,只你父亲年轻的时候在这里住过两年读书,那时候有些器物没收走,现在便是没遗失也不值几个钱。而且……都是郎君留下的旧物,当出去也不像样啊。"

傅庭涵见她这么为难,忍不住道:"不然我们自己想办法赚些钱?"

赵含章问:"傅大郎君有什么好主意?"

傅庭涵道:"按照套路,我们可以做些这个时代急需的东西或者奢侈品出来,只要经营得当,很快就可以变现。"

"比如?"

"做肥皂、玻璃,或者是纸张?虽然我也不介意给你做些黑火药之类的,但这种太反人类,我内心深处是不太赞成的。"

赵含章道:"玻璃就算了,你还会做肥皂和纸张?"

傅庭涵道:"我多少有些了解。我并不觉得在知道原理的情况下很难实验出来。"

"你的想法不错,我支持你,但你这个速度恐怕比汲先生找上门来还慢,"赵含章道,"我有一个更好的办法。"

她扭头对成伯道:"成伯,你今天好好休息,明天一早便带人回西平老家。我手书一封给五叔公,将洛阳兵乱一事告诉宗族,五叔公要是问起我们路上的事,你实话实说就行。"

赵含章冲他眨眨眼,然后道:"母亲伤心过度,加上一路担惊受怕,才到上蔡身体就受不住了,二郎身上的伤还没好彻底,我一个女郎支撑大房已是精疲力竭……"

成伯瞬间明白，躬身道："奴明白了，明日就去西平老家。"

都安排好了，赵含章这才起身，伸了伸酸疼的后腰，道："可真是太累了，走，咱们去给祖父上香，然后回去休息。"

傅庭涵道："你……刚才那样是在和西平那边借钱？"

赵含章道："可以这么说吧，现在就看宗族那边是要借我，还是送我了。"

西平县就在上蔡县边上，庄子和宗族地距离不远，赵含章他们上午进的庄子，等到天快黑的时候，赵氏坞堡里的几位族老就知道赵含章扶棺回乡的消息了。

赵淞和赵长舆同岁，只是比赵长舆小几个月。赵淞在族里行五，所以人称赵五郎。

当然，赵含章不敢这么叫他，得叫他五叔公。

赵氏坞堡一直是他管着的，他属于赵长舆在西平宗族内的代理。

赵淞一听说赵长舆的棺椁回乡了，眼泪簌簌而落。他忙问道："既然回了汝南，为何停在上蔡，而不回西平？"

来报消息的仆人哪里知道，只磕头道："是村尾三郎家的仆人带着媳妇去上蔡走娘家时看到的，只认出了成伯和二娘子，但看为首的，应该是大房的三娘。"

赵淞想了想后道："大兄过世前给三娘定了一门亲事，应当是把大房交给三娘的意思，她停在上蔡，或许是想让我们去迎一迎大兄？也理当如此，快去告诉各家，今晚稍做收拾，明天一早我们就去上蔡把大兄迎回来。"

管家应下，先退下去传话。赵淞的儿子赵铭却满腹疑惑："阿父，怎么只有二弟妹和三娘扶棺回乡，济之他们呢？就算济之忙碌，那也该让大郎操持此事才对，济之继承了大伯的爵位，理应尽一份孝心。济之不能回，也该让儿子扶棺回乡，怎么只让长房一门孤儿弱母扶棺回乡？"

赵淞微微蹙眉："明天去问问就知道了。"

第二天一大早，赵家坞堡里人声、马声和牛声混杂在一起，知道老族长的棺椁回到了上蔡，不少赵氏族人要跟着去迎棺。

而成伯天还没亮的时候就已经带上几个部曲轻车简从地往西平来了。

中午的时候，成伯只停下来啃了两口干粮，等马喝过水后他起身道："走，再有一个多时辰就到了，大家抓紧点儿时间。"

大家正要把水囊收起来上马，就见官道那头儿来了不少马和牛车。

成伯把自己的马拉到路边，想等他们的队伍过去再走。

走在最前面的是两匹马和一辆马车，成伯的目光和马上的人对上，然后不动声色地转开，扫过马车时也是一眼带过。

突然他眼尖地看到车身上的徽记，立即扭头看回来，待确定那的确是自己最熟悉的徽记后，微微瞪大了眼睛。

他立即丢了马，上前几步，举手高声问：“车上坐的可是西平赵家的人？”

马车缓缓停下，马上的护卫戒备地看着他，喝问道：“你是谁？”

赵淞撩开帘子往外看，对上成伯的目光一愣：“成伯？”

成伯也惊讶，大声叫道：“五郎，哦，不，五太爷，是五太爷！”

赵淞立即下车，成伯跪在地上：“小的拜见五太爷。”

"快起来，你怎么在这儿？大兄的棺椁果真回到上蔡了？你怎么不送回西平？"

成伯跪地痛哭："小的是奉三娘之命去西平报丧的，也是求五太爷出面主持一下郎主的丧事，没想到竟能在半路遇到五太爷。"

成伯哭唧唧地掏出一封信来奉上，道："五太爷，我们女郎苦啊！她实在羞于回族，只能悄悄地叫我来请五太爷，还请五太爷相助。"

赵淞立即接过信拆开。

信中，赵含章从赵长舆被诬陷谋害东海王一事开始说起，言明赵长舆是为了整个赵家才拒绝治疗，选择在那个时候病逝。

赵淞看得眼泪直流，鼻头酸涩不已，待得知洛阳被围，东海王竟带着皇帝逃出洛阳，放弃了整个京城，顿时大惊："东海王这个贼子是在误国呀！"

他再看到一家一起出逃，在路上被打劫，不少仆人财物遗失，他们几个在部曲的保护下护着祖父的棺椁才勉强逃了出来，在路上和赵济走散。

赵含章写得隐晦：三娘侥幸逃回，便见祖父的棺椁散于田野之间，弱母及幼弟瘫倒在棺椁边上痛哭不止，只二三忠仆在旁护佑，大伯一家尽皆走散……

但赵淞看完信还是被气得鼻子冒火："赵济无能，连一具棺椁都护不住，还丢失长房母子，简直……简直……"

赵淞发现自己找不到合适的词来骂，一旁的儿子赵铭看着着急，替他接上了："简直畜生。"

赵淞瞪了儿子一眼，赵济是畜生，那他的祖宗是什么？和赵济同一个祖宗的他们又是什么？

他骂人都不会骂，哪儿有把自己骂进去的？

赵淞叠上信，问道："三娘受了这么大的委屈，怎么不扶棺回西平请族里做主？"

"这……"成伯一脸纠结地道，"三娘说，家丑不可外扬，大老爷是郎主亲自选的伯爷，现在赵氏又是二太爷当家，这样的事传出去对宗族声望极不好，所以……"

赵淞冷哼一声："我怕他老八？"

赵仲舆在家里排行第二，在族里却是行八，岁数比赵凇小，赵凇是不怕他的。

赵长舆估计也是想到了这一点，当初才让赵含章扶棺回乡的。

赵凇收了信，当即上车："走，去上蔡！"

一行人气势汹汹地赶到上蔡，赵含章正在给赵长舆选陪葬的东西呢，听到动静出来，就见一个中年男子从车上下来，看到满院缟素，一对上赵含章的目光，眼泪便涌出眼眶。

中年男子克制地上前，红着眼睛看着她："你就是三娘吧？多年不见，你都长成大人了。"

成伯立即道："三娘，这是五太爷。"

赵含章一听，立即长长一揖："五叔公。"

赵凇见她行的是揖礼，也不介意，伸手扶住她，祖孙两个便携手进去。

王氏和赵二郎今日也都换了孝服，正坐在灵堂里烧稷梗，看到赵凇，她忙拉了赵二郎起身行礼："五叔。"

赵凇对她却没有好脸色，冷淡地点了点头，扫过赵二郎，再抬头看向灵堂时便一脸悲戚之色。

跟着赵凇一起来的族人纷纷悲戚地哭起来，本来冷寂的灵堂里顿时哭声一片。

有人还带了孩子来，孩子们哭不出来，大人便在孩子的身上狠狠一拧，孩子就大哭起来，灵堂里的哭声也相应地跟着越来越大，离院子二里的地方估计都听出来这儿有丧事了。

这都是亲族，劝还不能劝，王氏在他们哭的时候已经受不住，直接伏地痛哭。

赵含章不知道哭灵的人有几分真，但王氏显然是真伤心，哭声里还带着惶恐不安。赵含章忙上前跪在王氏身侧，伸手抱住她。

也不知道西平老家有什么可怕的，王氏这么害怕这些人？

青姑见赵含章哭不出眼泪来，便悄悄退了下去，不一会儿重新进来，一脸悲伤地去扶王氏，却掏出一张帕子给赵含章擦眼泪。

本来没泪的赵含章眼泪一下冒了出来，浓重的姜汁味道辣得她眼睛都快要睁不开了。

从后院赶来的傅庭涵正好看到了这一幕，这场面……很稀奇。

赵凇哭过，擦了擦眼泪，扭头看见傅庭涵，目光定住了，眼中闪过惊艳之色。

这少年玉树挺立，一看便是品貌上佳的世家子。

赵含章抬起通红的眼睛，压着泪意给赵凇介绍："五叔祖，这是傅家的大郎君。"

"原来是姑爷。"赵凇更加满意，眼中是毫不掩饰的欣赏之色，"姑爷的孝心和恩情我赵氏铭记于心，绝不敢忘。"

傅庭涵忙说这都是自己应该做的。

赵淞依依不舍地和赵含章移到正堂说话："我都听成伯说了，你和傅大郎君的婚事本该在头七后进行，只是恰巧遇到了洛阳大乱，如今三月热孝未过，婚事还可以办。"

当初她之所以热衷于这门婚事，是因为有光明正大的理由把傅教授绑在身边，现在他人就在身边，这场婚礼也就不那么迫切了。

赵含章婉拒了："五叔祖，当务之急是让祖父入土为安。虽说现在有冰降温，但时间长了多少会有味道出来，我不愿祖父如此狼狈，所以当下该以祖父为主。而且我们的行李被抢，家产尽皆遗失，傅祖父也不知生死，实在无心婚礼，不如就让我们为祖父守满孝后再论婚事吧。"

赵淞一想也有道理，三娘和傅庭涵现在就差一场婚礼，婚书都定了，两个人跟夫妻只缺一个步骤。但此时孝期，他们即便成亲也什么都干不了，依旧是分房睡，所以此时婚礼并不是很必要。

反正这是汝南，傅庭涵总欺负不了她。

"那明日一早就扶棺回西平，我让人在族里重新给你祖父搭灵堂，请汝南的高僧念七七四十九天的经文……"

赵含章忙打断道："五叔祖，这也太铺张了，祖父生性节俭，并不喜奢侈，临终前也说了不许大办，三娘不愿违背祖父的遗愿。而且时间太长了，我想就在上蔡哭灵，选好日子后从上蔡去墓地，到时候请高僧一路相随念经，五叔祖以为如何？"

赵淞觉得这样太简陋。

赵含章压低声音道："五叔祖，若是送棺椁回西平大办，那不仅赵氏的姻亲要来吊唁，汝南的世交故旧和府君们也会闻讯而来，到时候他们看到大伯和大哥都不在，肯定要问起来，便是我们愿意遮掩，难保他们不会怀疑。"

赵含章揉了揉眼睛，先前手指上沾的姜汁让她的眼泪一颗一颗落下，她抽噎着道："祖父生前一再叮嘱，让我让着些大伯他们，管束好母亲和二郎，不许和大伯他们置气，要好好相处。乱世之中，族人都要靠宗族庇护，宗族要想长盛不衰，那就得团结，此事闹大，不仅对二房打击大，对我赵氏的声威打击也很大。"

赵淞见她如此识大体，不由得叹息一声，点头道："好，此事就听你的吧。"

赵含章含泪退下，一出门就用手在眼睛旁扇风，实在是太辣了。

她瞥眼看见靠在柱子上的傅庭涵，手便放下了。

傅庭涵忍着笑上前，递给她一张帕子："浸了水的，你擦一擦。"

赵含章接过，果然是湿帕子。

她小心地擦了擦眼睛,和傅庭涵去后院:"这么多亲族来吊唁,得安排他们的吃住,我阿娘现在哭得不行,安排不来,你一会儿帮帮我?"

傅庭涵一口应下:"好。"

他有些好奇:"我以为你会趁机报仇,为什么却保护赵济一家?"

赵含章道:"我就是要报仇,也不必用这样的手段。和赵淞说的话是真的,我们现在在一条船上,一荣俱荣,一损俱损。我报仇,也可以内部解决掉,他还用不着我引外面的手段对付。"

傅庭涵一想也是,跟着去安排来吊唁的亲族。

赵含章将自己的穷困表现得淋漓尽致,让人将别院里的客院和客房都收拾出来。

乡下地方,别的不大,就是地方够大,所以别院也建得很大,客院和客房管够,就是里面的摆设很是简陋。

连饭食也很简单,只有白饭和面食吃,菜只有两种,炖青菜和炖冬瓜,无公害绿色食品,非常健康,就是吃得人脸色都是绿的。

好在这是孝期,加之仆人行事有度,要热水有热水,要添饭可以添饭,一视同仁,谁都不例外,不算失礼,就是太可怜了。

年纪大、辈分更高的几个族老在别院里逛了一圈,最后和赵淞坐在了一起:"五郎啊,王氏现在带着孤儿弱女也不容易。虽说有傅家的大郎君在,但他们家的根基是在洛阳和京兆郡,鞭长莫及。他们这一路逃难把行李都遗失了,听说现在用的冰都是赊的。"

赵淞明白,立即道:"我知道,叔叔们放心,我会安排好的。"

族老们这才满意地离开。他们比赵长舆年长一辈,来上炷香就够了,剩下哭灵的事是平辈和晚辈们的事。

赵淞斟酌了一下,觉得赵含章今日的话锋有些奇怪,干脆去找她,直言问道:"待你祖父落葬,你带着你母亲和弟弟回族里住吧,我让人将你们家的房子收拾出来。"

赵含章拒绝了,提起她的嫁妆:"祖父的意思是让我经营好这些田产铺子,等二郎长大,这些东西是要分他一半的。您也知道,现在中原大乱,傅大郎君承诺了会为祖父守孝一年,我就想着在上蔡的别院里守孝,他也自在些。"

她顿了顿道:"而且父亲曾在此处读书,我想让他和二郎也留下潜心读书。"

提到读书,赵淞便没有话了,不过二郎……

赵淞问:"二郎还是读不进去书吗?"

赵含章笑道:"虽然不太能读书,但他并不愚笨,也很听话。五叔公放心,我会好好教他的。"

赵淞深深地叹了一口气,应下了。晚上回房休息时,赵淞把儿子叫来:"让人回去取一些钱来,再准备一些素净的布料,糖霜茶叶也备一些,三娘他们现在身无分文,既然回了汝南,就不能再看他们如此困苦。"

"是。"

"把礼单拟出来,给各家送去,我们选了日子下葬,后日就不错,到时候他们母子三人会回族里落脚,把礼物都给他们带上,钱……多放一些在箱笼里。"

赵铭应下,问道:"阿父,那赵济就这么算了?"

"再等等,赵济不懂事,赵仲舆却不是傻的。看看是否有人来族里,要是有,我自然有信去问他们父子;要是没有,我更有信去问他们父子。"赵淞叹了一口气道,"此事压一压,也别在族里乱传,现在族长是赵仲舆,他声望有损,对家族并不是好事。"

赵长舆手里宗族的人脉、钱财、部曲等都交给了赵仲舆,如果宗族和赵仲舆闹翻,受到打击的不仅是赵仲舆,宗族同样会受损,这是两败俱伤的事。

既然赵含章愿意退一步,赵淞自然不会紧抓不放,但该做的事还是要做,该给的教训还是要给。不然将来族长若是不顾宗族利益为所欲为,那受罪的还是他们这些族人。

想到白日见到的傅庭涵,还有赵含章的隐忍大度,赵淞觉得心口生疼:"天不佑我赵氏啊,三娘这样的心胸品行,怎就生成了女孩?"

赵铭道:"由此可见王氏也并不是蠢笨无福的,阿父,你们都误会人家了。"

赵淞脸色一沉:"什么误会?高僧亲自说的,她的八字和治之不合,不然治之那么聪明的一个人,怎么会生出一个痴傻的儿子?"

赵铭持反对意见:"两家结亲前难道大伯没给他们合过八字吗?当时没说八字有问题,怎么她才生了二郎,这边就这么巧遇上一个游历的僧人,还隔着老远算出她在上蔡生的二郎是个智力残疾?"

"那你说僧人有没有算错?高僧都说了,人的福气是会改变的,说不定她是当时合适,后来又不合适了呢?"赵淞叹气,"当时治之要是肯听劝早早离了她,说不定也没有后来的祸事。只是一场风寒,竟然就把人带走了。"

赵治要是活着,赵氏哪儿有现在的隐患?

赵仲舆还罢,只要一想到过几年赵仲舆要把赵氏交到赵济手中,赵淞就心口堵得慌,对王氏也越发不满起来。

赵铭就不一样了,觉得父亲他们完全是迁怒。他也毫不掩饰自己的看法,小声道:"那三娘也是王氏生的,怎么这么聪慧灵敏?可见各人有各人的命,这是二郎的命,就算与父母相关,那也是父摆在前面,怎能全赖在王氏一人身上?"

195

赵淞和他话不投机半句多，指着他骂道："我不听你乱言，滚出去。"

赵铭一听，放下他爹擦到一半的脚就走。

才擦干的一只脚重新落进水盆里，还把裤脚给浸湿了，气得赵淞抓起擦脚布就扔过去，赵铭似乎后脑勺儿长了眼睛，快跑两步出了门，一溜烟儿就不见了。

赵含章正在书房里看着成伯报上来的粮食消耗头疼，今天来的亲族把他们剩下的一车粮食全吃光了。

赵含章看向一旁候着的庄头："赵通，庄子里现在有多少粮食？"

赵通低着头小声道："不多了，库房里只有十几袋，不过佃户家里应该有些存粮，去年旱灾，郎主减了两成的租子，又把两成租子留到今年，所以三娘要是此时收租，倒也合情合理。"

赵含章掀起眼皮瞥了他一眼，问道："现在城中的粮价是多少？"

"谷子是十二文一斗，麦子十四文一斗。"

赵含章微微蹙眉："这么贵……"

她敲了敲桌子，实在囊中羞涩："先把库房中的粮食取来用了，总不能让客人们饿肚子。"

虽然她有和宗族借钱的打算，也愿意哭穷，却不代表愿意让人看到她如此窘迫，更不要说抢佃农们的粮食了。现在正是青黄不接的时候，谁家不是勒紧裤腰带过日子？

傅庭涵等他们走了，又把那枚玉佩拿出来递给她："拿去用吧。"

赵含章看向他。

傅庭涵冲她微微一笑："这是个死物，我们以后还可以再赎回来。"

赵含章伸手接过，握在手心里："好。"

赵含章有了这块玉佩，身上的担子瞬间轻了不少，她将玉佩交给赵驹，让他明天一早就拿去城中当了："记住，是活当，可以用自己的身份，报我的名字也行，顺道再去打听一下，近日有没有哪里来的一个大商队？"

赵含章道："汲先生带着这么多人和财物，是做不到悄无声息的。他比我们早出发，走的也是西城门，正好躲过了乱势，应该比我们更早到汝南才是。"

但汝南很大，除了西平和上蔡，还有五个县，谁也不知道他去了何处。

但她觉得，以汲先生的聪慧，不会离西平和上蔡太远，西平有坞堡，而上蔡有她最大的一笔陪嫁。

赵长舆被下葬后，汲渊要是还没找上门来，那她就要考虑意外事件的处理结果了。

季平等人的家小都在汲先生手里，要是找不到汲先生，她手下的人也会人心浮动。

就在赵含章典当未婚夫的玉佩艰难度日时，汲先生正在楚馆里与人醉生梦死。

汲先生将缠着他的客商灌醉，然后拎着酒壶一摇一晃地出去，待进了他长包下来的房间，收起来脸上的醉意，随手将酒壶放在旁边的桌子上，盘腿坐下："有消息了吗？"

"上蔡的消息还没传回来，但西平那边今日回来了一人，说今天一早赵氏一族的亲眷往上蔡去了，听说是要去迎郎主的棺椁。"

汲先生不由得坐直了身体："人已经到上蔡了？那我们在灈阳怎么一点儿消息收不到？"

他蹙眉："不论是去西平还是上蔡，都要经过灈阳，让你们守着路口，难道都没发现人吗？"

部曲迟疑地道："或许他们不是从灈阳走的？"

他们不从灈阳走，难道绕一个大弯儿从背后进吗？

但想到现在洛阳战乱，溃兵四散，汲先生也犹豫起来，也不是没可能，毕竟要是乱起来，为了躲避追兵，跑到哪儿都是有可能的。

"先派人去上蔡打探打探，一有消息立即来报。"

"是。"

"各路叛军和匈奴军可有消息？"

"只有逃亡而来的难民带了些信息，听说他们还在洛阳城里抢东西。"

汲先生听了不由得一叹，洛阳要遭大难了，幸亏他们早走一步，也幸亏三娘他们顺利逃出。

可消息还是太少了，都是从难民口中得到，到底有些片面，若能从郡守身边得到消息就好了。

可惜郎主已逝，先前赵家的情报系统都交给了二太爷，汲渊他们重新开始，不仅人手短缺，最主要的是少了郎主这样把舵的人，即使想打听也没有途径啊。

汲先生苦恼不已，听到外面的娇嗔声："郎君这几日都没来看奴家，奴家伤心坏了。"

一个平淡的男声道："公事繁忙。"

汲先生挑了挑眉，抬起眼来打量这间房，最后目光落在了四什长秋武的身上。秋武对上汲渊的目光，生生打了一个寒战。秋武有些迟疑："先生？"

汲先生摸着胡子道："女郎若有一间楚馆，打探消息就方便多了。"

秋武懵懂地看着他。

汲先生叹气："算了，三娘是女郎，传出去到底不好听，郎主在的时候都驳了我的意见，更不要说现在是三娘当家了。"

他挥手道："先找到女郎他们吧，让人连夜往上蔡去。"

秋武应下，先退了下去。

汲先生带的人多，尤其是带了这么多陪嫁，太过打眼，为了不生事端，他在路上便把队伍伪装成大商队，妇人多数变成了随队的仆妇，其余的老弱幼则变成了商队捎带的人货。

他颇费心机地选择了在濉阳停留，因为他觉得赵含章不管是回西平老家，还是去上蔡都会经过濉阳。

他带着这么多财物，可不敢单独去西平。

财帛动人心，谁知道赵氏宗族看到这么多钱财会不会动心？

这不是平添纷争吗？

所以他伪装成大客商在濉阳停留，为此还将人打散隐于濉阳各处。

因为洛阳兵乱，这两日拥入濉阳的难民不少，汲渊他们这大几百号人才没有引人注目，不然他还得多费一番心思。

别院的饭食还是那么朴素，好在主食管够，族亲们都表示理解，毕竟赵含章他们丢失了财物，又是在孝期，也的确该朴素一些。

在如此境遇下赵三娘还能安排得井井有条，将每一个人都安排到，可见她的用心和能力。

反正跟着来的娘子们挺满意的，对王氏的脸色也和缓了许多。

自觉和王氏关系不错的娘子甚至找到她，说道："你把三娘养得不错，我看二郎虽憨了点儿，却康健孝顺，等他再长两岁，你给他说一门亲事，生了孙子就好了。"

也有娘子说道："我看族中长辈对傅大郎君满意得很，等葬礼结束，你带着三娘他们住回族里，让她多在长辈们面前讨巧，爱屋及乌，你的好日子也就来了。"

王氏客气地对她们笑了笑，柔弱地表示道："公爹走前说，以后大房的事都听三娘的，这孩子已经可以独当一面，姑爷又在这里，我自然是听他们的。"

她又不傻，没事住回西平干吗？

她才不要回去住呢，只要三娘不发话让她回去，她绝对不回去！

劝说的人没发现她的小心思，叹息一声说起闲话来："你有福气，大伯父临走还给三娘定了一门这么好的亲事，傅大郎君这样的人品、相貌，那真是打着灯笼都难找。"

"是啊，二房那头儿继承了爵位都没回来。唉，还不如当初直接从族里过继一个孩子过去呢。"

"就是，白让他们二房受了好处。"

王氏暗暗撇嘴。她是不高兴赵济继承爵位，但凭什么就要过继族里的孩子？

难道她没有儿子，将来没有孙子吗？

赵济好歹是她相公的堂兄弟，血脉相近，他瞄着爵位也就算了，族里这些人凭什么也盯着？他们都隔了好几层了好不好？

王氏腹诽，嘴上扯着笑安静地听着。

青姑小步从外面进来，王氏一见，悄悄松了一口气，忙问道："可是前面有事？"

青姑愣了一下，见王氏冲她使眼色，便躬身道："是，明日要出殡，三娘让我来请娘子过去商量事情。"

王氏立即起身，歉意地和大家告辞。

大家都表示理解，目送她离开。

"治之的媳妇这是不想回族里吧？"

"青黄不接的时候，身上一点儿钱也没有，回去干什么？"一人道，"到时候一个坞堡里住着，左右都是亲戚，连走礼都困难，要是我，我也不愿意回去。"

"唉，先前大房多富裕啊，不说在我们族里，就是在整个大晋也是数一数二的，听说连皇室都没他们家有钱呢，没想到一场战乱全没了。"

"你还真相信全没了呀，那金银细软可以丢，庄子铺子能丢吗？我看，那些东西在二房手里呢。"

"这不是欺负人家孤儿寡母吗？"

"那也没办法，谁让现在族里是二房当家呢？"

"别胡说，大伯父早给三娘定了嫁妆，听说还不少呢，五叔手里就有一份嫁妆单子，以后这些还要分一半给二郎呢。大伯父那么精明的人，能不算到这些？"

"可那庄子和铺子也不能马上变现，他们过日子总需要钱吧？"

闻言，有人心中一动，便悄悄去找了王氏，表示可以帮一下她，出高价买一些田地或者铺子。

尤其是铺子，赵长舆在西平、上蔡一带都有铺面，而且位置还不错呢。

王氏才不卖呢，虽然现在当得连根银簪子都拿不出来了，但只要饿不死，谁也别想从她手里买走那些田产和铺面。

那可是三娘和二郎将来的嫁妆和聘礼！

而且三娘都说了，不必为钱的事担心。

王氏一口回绝。对方心里惋惜，脸上却笑意不减："你心中有数就好，我是怕你回去以后手头紧张，以后要是想卖了可以找我，对了，这事你可别告诉别人，万一让人知道我要花这么高的价格买地，族里那些要卖地的人找上我就不好了。"

　　王氏应下，转身就把这人给卖了，对赵含章道："你这伯母最爱算计，哼，打量我不知道呢。真要为我好，给我封个红封，再不济，借我一笔钱也行啊，张口就要买地买铺子，能是为我好吗？你以后再见她小心点儿，我不喜她。"

　　赵含章应下，盯着一直唠叨不停的王氏。

　　王氏停下，摸了摸脸问："看我做什么？"

　　赵含章道："我就是突然明白了，阿娘你为什么这么不想回族里。"

　　王氏沉默了下来，半晌后道："你呀，别学我只看到这些小利，真要是出大事，还是得族里帮扶，我是因为生了你弟弟，这才不受他们待见。但你是赵家的女儿，又聪明，他们喜欢你，你有了难处，他们会帮你的。"

　　赵含章着一身孝服，给赵二郎整理好衣襟，把牌位交到他的手里，低声问道："今日由你摔盆打幡，成伯教你的都记住了吗？"

　　只要不是叫他读书认字，通俗易懂的话，赵二郎多听几遍就记住了，而且他先前已经演练过好多遍了，所以很自信地点头。

　　赵含章欣慰地冲他笑了笑，低声道："我就陪在你身侧，不要怕！"

　　赵二郎使劲儿点头，更自信了。

　　等时间到，前面"砰"的一声爆竹响声，主持丧礼的亲族仰天高喊一声："起——灵——"

　　赵含章推了推赵二郎，赵二郎便上前端起火盆一摔，灵堂内外顿时哭声一片。

　　他行完礼，起身重新接过牌位，棺木便被抬了起来。

　　抬棺木的皆是赵氏族人，是赵淞从族里找出来的青壮年，尽量选择血缘亲近的。赵含章和傅庭涵扶棺而行，唢呐声起，丧队缓缓而出。

　　一行人到了外面，请来的高僧已经准备好，当即围着棺椁念起经来，等走出庄园，棺椁便被稳稳地放在车上。

　　此地距离祖坟有点儿远，所以要用车拉过去，王氏等人都坐上了车，像赵含章和赵二郎这样的直系晚辈则是走在前面。

　　傅庭涵也一身孝服地走在赵含章身侧，前面主持祭礼的叔叔突然高喊一声："魂归——"

　　傅庭涵被吓了一跳，抬头看向对方。

　　对方抓了一把纸钱抛向天空，满含热泪地高声喊："魂归——来兮——"

　　"魂——归来兮——"

傅庭涵听了心生怅惋，眼睛微酸。

送丧的队伍已经哭声一片，跟着这两声呼唤痛哭起来。

此为引魂，为的是将亡者的魂灵引渡回来，不使走失。

汲渊带着几个部曲赶到时，送葬队伍已经到了墓地，赵含章和赵二郎跪在地上等待棺椁入墓。

有快马而至，立时惊动了正念祭词的赵淞，抬头看见汲渊，不由得大惊："汲先生怎会在此？"

汲渊眼含热泪地扫过棺椁，向赵淞行礼，道："汲某服侍主公多年，实在不舍，因此想来送主公一程，幸好赶上了。"

赵淞着急："先生来此，那我八弟身边是谁？"

汲渊道："二太爷聪明雄伟，主公先前的幕僚也都还在。"

"那也不能和先生相比呀！"赵淞暗暗焦急，赵仲舆怎么没留住汲渊？

赵淞可是知道的，这位汲先生跟了大兄十几年，才能不低，赵氏的事汲渊大多知道，他是大兄的心腹。

这样的人，赵仲舆怎么能让他走呢？

可惜丧礼正在关键时候，不好中断，赵淞只能先继续。

赵含章看到汲渊，悄悄松了一口气，对他微微颔首。

汲渊的目光与她对上，也冲她点了点头。

主持祭礼的人念完了祭词，棺椁被抬到墓里，随葬之物也被好好安放在棺椁边上。

赵长舆的墓地早两年就在准备了，是赵淞挑的好地方，让工匠挖的墓室，是按照诸侯伯的规制来的。

墓地里面共有三个墓室，赵淞也给准备了不少随葬品，都是以前赵长舆喜欢的东西，以及赵长舆以前写的文章奏折。赵淞复抄了一遍，在年前洛阳传回赵长舆的身体不行的消息时，他就在准备了。

东西一一被摆进去，七叔公赵瑚叹了一口气，觉得还是简陋："可惜你们的财物都在路上遗失了，不然还能多放些，就这么点儿随葬品，也太委屈大兄了。"

赵瑚左右看了看，看到在一旁跪着默默流泪的成伯，心中一动："也不能太委屈了大哥，不然随葬几个贴心的仆人去服侍大哥吧？"

赵含章擦眼泪的手一顿，她抬起没多少泪水的眼睛看向他。

赵淞有些生气，瞪了他一眼："休要在大兄坟前胡闹，还不快出去。"

赵瑚瞪眼："我认真的，五哥，你不觉得这些随葬品太寒酸了吗？我看成伯就挺好的，他是在大哥身边长大的，一直服侍大兄……"

赵含章心中不由得骂了一句，垂下眼眸用帕子狠狠一擦眼睛，"哇"的一声大哭起来。

赵含章哇哇大哭："七叔公，您别和我抢成伯啊，成伯是祖父特意留给我和弟弟的，我和弟弟还指着他照顾呢。"

脸色发白的成伯也反应过来，整个人都趴在地上痛哭出声，磕头道："三娘，让奴随了郎主去吧，奴愿去伺候郎主。"

"我不要！"赵含章仰天大哭，眼泪哗哗地流，"我已经没了祖父，不能再没有成伯。"

傅庭涵看她掉眼泪跟下雨似的，不由得伸手接了一滴，惊奇不已，她是怎么做到说哭就哭的？就是帕子上有姜汁，也不至于这么好用吧？

赵含章瞥见他走神儿，气乐了，一个没忍住，鼻涕泡都冒出来了，傅庭涵眼中闪过笑意，努力憋住笑，忙把帕子糊在她的脸上，把她拉进怀里安慰，对赵氏宗亲道："活人随葬早被废除，赵祖父又仁慈，成伯是赵祖父留给三娘和二郎的，若让成伯随葬，只怕会有违赵祖父心愿。"

赵淞脸色好看了些，微微颔首："姑爷说得对。"

赵氏亲族也深以为然。

"那不用成伯，挑其他仆人也行啊。"赵瑚道，"你们要是不舍得把自己的人送给大哥，那我送几个。"

其他亲族一听，有些迟疑，要是赵瑚自己出人，他们的确没有可拦的。

靠在傅庭涵怀里的赵含章磨了磨牙，抬起头来时却恢复了面色，一身柔弱："七叔公，我们赵家没有活葬的习俗吧？"

"以前是没有，但现在可以有啊。"赵瑚眼睛发亮地道，"现在人又不值钱，随便几吊钱就可以买好几个贴心好看的人，带到地底下去服侍，多好？"

赵含章道："七叔公就不怕他们死得冤枉，心生怨恨，到了地底下报复你？"

赵含章说这话时压低了声音，显得阴沉沉的。赵瑚还真被吓了一跳，反应过来后大怒："他们敢！我是主子，他们是奴仆，便是到了地底下那也得听我的！"

赵含章双手合十，半抬着头一脸慈爱地道："阿弥陀佛，我佛慈悲，佛祖说了，众生平等。人活着的时候不能平等，但到了地狱，都是魂魄，论生前功德罪过，谁还比谁高贵去？"

赵含章的目光落在赵瑚的脸上，她认真地道："七叔公，您要积德啊。"

赵瑚有些蒙："你骂我？"

赵含章一脸认真地否认："没有！"

赵淞沉着脸呵斥赵瑚："还不快出去！"

赵瑚"哼"了一声："我也是心疼大兄，又不是用你们的人……"

"七叔公，"连话少脾气好的傅庭涵都忍不住生气了，脸色沉肃地道，"上天有好生之德，听闻七叔公还笃信佛法，更该怜惜人命才是。先贤费了多大的劲儿才废除了以活人殉葬的陋习，何必以此为难活人，也为难了一生爱民如子的赵祖父。"

赵瑚闻言有些不高兴，瞥了他一眼道："傅大郎君，这是我赵家的事，按说你是外男，是不该到这儿来的，不过是因为你是三娘未来的夫婿，这才网开一面，但你也管得太宽了吧？大兄生来富贵，一生锦衣玉食，要是不带几个人，到了地下受委屈怎么办？族里人一直言说傅大郎君孝顺，今日所见不过如此，要真孝顺，这仆人该你这做孙女婿的送才对。"

赵含章脸色一沉，怒火"腾"的一下就起来了，她冷笑着看向赵瑚："仆人毕竟是仆人，哪里比得上亲人贴心？我看七叔公如此想念祖父，不如我们一起下去见祖父如何？"

她伸手一把抓住赵瑚的手，转身就把人往墓室里拉："祖父多年不见七叔公，应该想念得很，正好五叔公给随葬了一副棋子，到时候你和祖父下棋，我在一旁给你们奉茶，一家子共享天伦，岂不美哉？"

赵含章拉着赵瑚就进了主墓室，围着棺材走起来："这个位置不错，我让与叔公。我在另一侧随葬如何？"

赵瑚脸色苍白，一路用力挣扎，但这孩子也不知吃什么长大的，人看着不壮，力气却极大。

见赵含章一脸认真的神情，他拿不准她是不是开玩笑，气得"你、你"两声，却又不敢再激怒她，只能着急地回头求救："五哥，五哥……"

赵淞也被吓了一跳，没想到一直明理大方的三娘会突然这样。赵淞被赵瑚一叫才反应过来，连忙带着儿子赵铭追上去拦人："三娘，休要和你七叔公一起胡闹，还不快把人放了。"

赵含章却把赵瑚压在棺材板上，一手按住他的肩膀，他便动弹不得。她对上赵瑚的目光，似笑非笑地道："我看七叔公是认真的，我也是认真的。我对祖父情深意重，恨不能相随，七叔公的提议正合我心，只是我第一次给人陪葬，没什么经验，所以还请七叔公给我领一领路。"

赵瑚觉得赵含章是认真的，手腕被她抓得生疼，挣扎不出，差点儿哭出声来。他后悔了，早知道这孩子这么浑不吝，他才不会当着她的面提起这事呢，真是好心没好报。

赵淞上前抓住赵含章的手，轻轻一扯就拉开了。他这会儿脸色已经泛青，气得不轻："都给我出去，在墓室里胡闹什么？也不怕惊了亡灵。"

赵淞把两个人赶出去，自己对着棺材拜了又拜，这才勉强心平气和地出去。

赵铭拉着赵瑚，傅庭涵则拉着赵含章，赵铭和傅庭涵站在中间把赵瑚和赵含章分开，赵瑚和赵含章冷冷瞥了对方一眼，最后还是赵瑚微白着脸先移开目光，显然刚才赵含章的行为还是吓到他了。

跪在地上的成伯悄悄长出一口气，知觉慢慢回笼，这才感觉他的后背早已湿透。

成伯微愣，突然意识到他原来如此怕死，明明郎主刚去时，他恨不能相随，但这怎么……

成伯愣愣的，葬礼在继续，赵才跟着行礼，见父亲一点儿反应也没有，连忙扯了一下他。

成伯回神儿，恭敬地跟着行礼，心中煎熬不已。

汲渊不动声色地将这一切看在眼中，待墓门落下，整座墓室被封了起来，葬礼就算进行了大半。

赵二郎领着大家上前行祭礼，祭奠过后，墓碑落定，葬礼便算是结束了。

赵淞这会儿脸色已经恢复正常，对赵含章道："先回族里吧，我让人将你家的老房子收拾出来了。"

赵含章应下，带着众人回赵氏坞堡。

坞堡距离祖坟不是很远，走上小半个时辰就到了，远远地，她看到一面高高的城墙，并不比上蔡县的城墙矮多少，最要紧的是，坞堡上还有哨塔。

坞堡外面有一条环绕着的沟渠，不是很宽，但人肯定蹦不过去，马也跃不过，最主要的是，沟渠很深，有三四米的样子，渠壁光滑，很难爬上去。

有一座桥架在沟渠上，连通官道和坞堡大门。

赵含章在桥前站定，抬头看着拴在桥上的铁链，看见它们一直延伸到坞堡之上，显然，这是一座吊桥，平时放下来充当桥梁，若是战时，一升起，这便能够阻隔外来之敌。

可惜沟渠太窄了，来犯的敌人但凡多一点儿，脑子正常点儿就知道自己搭桥过来。

不过，这也是很厉害的防御手段了，最主要的是，平时沟渠还能灌溉。

赵含章用脚点了点桥面，问道："五叔公，这沟渠和吊桥花了不少钱吧？"

见赵含章盯着坞堡，正想自夸一番的赵淞闻言沉默了下来，他能说不愧是祖孙俩吗？祖孙俩对钱的执着真的是一模一样啊。

赵淞道："是花费不少，但赵氏有这条沟渠在，就是这汝南郡里最安全的坞堡。"

赵含章点点头，抬脚走过吊桥，穿过高大的坞堡门进入坞堡。

里面很是热闹。

里面是青石板地面，两边是二层楼房，底下一层皆是商铺，上面一层有用作商铺的，也有用作住宅的。

看到赵淞等人回来，坞堡里的人纷纷和他们打招呼，然后便各自忙去了。

商铺前面的街道上还有人摆摊位，卖什么的都有。

因为早已得知赵长舆的死讯，所以每家每户都挂上了白麻或者白幡。

在这坞堡里住着的，不管是不是姓赵，他们都算是赵氏的人，赵氏前任族长亡故，他们是要和守国孝一样守孝的，甚至要比守国孝还要重。

沿着街道往下，可见街道宽敞而平整，赵含章和傅庭涵当时只是从上蔡县穿过，没有在县城停留，但也看得出来，赵氏坞堡一点儿也不比上蔡县差。

赵含章若有所思："五叔公，天下的坞堡都这样吗？"

"自然不是。"赵淞骄傲地道，"天底下的坞堡能似我赵氏坞堡这样的，不超十数。"

也就是说，全天下的坞堡中，赵氏可以排进前十。

而天下到底有多少坞堡呢？

就算没有上万，七八千总是有的。

赵含章不由得感慨："五叔公可真厉害啊。"

赵淞摇头："这皆是你祖父之功，若没有他经营，赵氏是建不起这样的坞堡的。"

作为族长，赵长舆当然不能只看到自家之利。

他手中掌握的势力在赵淞等人眼里是分了两份：一份完全掌控在自己手中，这一份现在应该是由赵仲舆继承了；还有一份则是赵氏坞堡，是由赵淞打理，但实际上，这是属于赵氏宗族的。

但钱一直是赵长舆出大头儿，方策也是他出的，比如赵淞悄悄告诉赵含章："当年惠帝登基，因你祖父曾经劝说武帝废掉惠帝，贾后深恨你祖父，将你祖父贬黜。当时你祖父就与我来信，说外戚权重，将来只怕国家生乱，让我有能力便多收拢流民，既可以给他们一条生路，也可保障赵氏安全。"

赵淞带着赵含章穿过主街到达他们家的老宅，领她上了观景台，在这里可以俯瞰整个赵氏坞堡。

这是赵家嫡支主宅，无人敢占。

赵淞指着这几乎相当于一个小县城的坞堡道："现在这坞堡内的人，有超过一半的人是这十几年来收拢的流民。赵氏坞堡能有今日，全靠你祖父的高瞻远瞩和能力。"

他们养这么多人，当然不能只靠一开始的田地产出，缺口全是赵长舆一人补上的。

全族上下都知道这一点,所以赵长舆的死才让他们这么难过。

他们失去了掌舵的舵手,谁也不知道赵氏这艘大船将来会怎样。

赵淞心中忧虑,觉得赵仲舆远比不上赵长舆,而赵济又远比不上赵仲舆,赵氏未来堪忧。

但这些烦恼没必要和赵含章说,他压下心中忧愁,扭头对赵含章笑道:"这是主宅,虽然是你大伯一家承继了爵位,但二郎依旧是长房的长子长孙,这是你们一家的住处,谁也抢不走。"

"上蔡离得到底远了些,若是出事,我们鞭长莫及。"赵淞道,"你搬回来,此处还有你祖父留下的书房,傅大郎君和二郎在此读书也便宜。"

赵含章还是拒绝了:"听闻父亲更喜上蔡,连二郎都是在上蔡出生的,父亲离去时,我年纪还小,但对父亲的孺慕之心从未少过。我想住在上蔡为祖父守孝。"

她笑了笑,继续道:"倒是可以带一些书过去,希望五叔公能答应。"

"那是你家先祖留下的书籍,自然可以带去阅览。"赵淞略一想便笑道,"也好,二郎读不进去书,等他成亲生子,孩子能读这些书还有好长一段时间,这段时间有傅大郎君在,也不算埋没了这些书。"

赵含章听明白了他的暗示,明言道:"守孝无事,除了给祖父和父亲抄写经文祈福,我和傅大郎君会整理一下书房,尽量多抄录一些书籍,给二郎多准备出一套来,也免得搬来拉去的有所遗失。"

双方达成共识,都满意地相视一笑。

赵淞回到家里再次忍不住叹息:"若是二郎能有三娘的聪慧就好了,有一半也行啊。"

赵铭问:"父亲觉得三娘和治之谁更聪明?"

赵淞想了想后道:"青出于蓝而胜于蓝,治之在她这个年纪可没有这份通透和隐忍。"

说到隐忍,赵淞不由得想得更多。

他顿了顿,问道:"让你准备的礼物如何了?"

"都收拾好了。"

赵淞想了想道:"他们日子艰难,再往箱笼里多放些钱吧,汲渊既然跟了三娘,那就不能委屈了他。"

虽然汲渊跟赵仲舆是利益最大化,但现在让汲渊穿过混乱的地方回到赵仲舆身边是不可能了,既然如此,就让三娘尽量把人留下吧。

"汲渊有大才,又深知我们赵氏根底,务必把人留住。"

赵铭问:"那要是留不住呢?"

赵淞没好气地道："留不住除了送一笔巨财将人送走，我还有什么办法？一天到晚的，你能不能少气我一次？"

赵铭嘀咕道："阿父，儿子提问是为了让您将所有不好的结果都想一遍，这是为了您好，并不是有意气您。看您说得凶巴巴的，我还以为您要杀了他，自己得不到便要毁了人家呢。"

赵淞见他如此编派自己，气得找东西要砸他。

赵铭已经提前察知，爬起来就跑了。

赵含章和傅庭涵正在逛赵家的书房，说是书房，其实是书楼，一共是上下两层楼。

他们推门进去，当中是一个宴客的堂屋，摆放着矮桌和席子，右手边放着屏风，屏风之后是木榻，榻上放着矮桌和笔架，是给主人看书休息用的。

而左手边则是五排书架，书架上摆满了书简，最后一排书架后是楼梯，二楼也有一张木榻，剩下的全是书架。

别看书架很多，但纸质的书只占了一半，剩下的全是写满字的绢布和竹简。

赵含章随手拿出一卷来打开，伸手摸了摸上面的字，和记忆中的字一对才认出来。

傅庭涵也在脑海中翻着记忆，感叹道："要不是有记忆，看这些竹简，我们就要成半文盲了。"

他看向赵含章："听说赵老师在图书馆读的书很杂，尤其精通文史一类的书籍，这些图书馆有过记录吗？"

赵含章伸手接过，看了一眼，发现写的是司马懿在曹魏时韬光养晦的事。

她略一挑眉，卷起来道："倒是可以借鉴一下。"

现在他们也是幼苗，也需要韬光养晦。

"但今天赵老师很霸气。"他说的是她拉着赵瑚要一块儿陪葬的事。

赵含章表示歉意："一时没压住脾气，下次你提醒一下我。"

傅庭涵忍不住抿嘴一笑："实在不想改就别改了。"她改了还能是赵老师吗？

赵含章看着这书房里的书蠢蠢欲动。她做过两年的图书管理员，对书有种天然的喜爱。

这么多书留在这里落灰也太可惜了，她袖子一卷，招呼傅庭涵："走，我们收些书走。"

赵含章让人翻出不少空的箱笼，抬到书房就开始装书。

汲渊知道后，屁颠儿屁颠儿地跑来，要帮着一起收。

成伯见他们一卷一卷地往箱子里装,只能围在他们身边提醒:"悠着些,悠着些,小心走不掉。"

他们的确不能太过分,在族人眼中,赵二郎的根基还是应该在西平老家这里,她带走太多书籍,颇有吃里爬外、胳膊肘外拐的嫌疑。

赵含章克制住自己,对汲渊道:"先带这些走,等抄好一份送回来再换一批带走。"

汲渊一愣:"全抄了?"

赵含章看着他:"很难吗?多请一些识字的人就是了。"

汲渊刚想说,识字的人那么好请吗?而且要抄这么多书得要多少人啊?

赵含章一脸严肃地道:"我们要尽可能收拢人才,带过来的部曲及家眷,还有路上跟过来的难民,已经超千数。管好这些人,需要的人手就不少,识字是最基本的。洛阳已乱,就算乱军退出洛阳,已经流离的百姓却很难立即回归洛阳,成为流民流落在外。"

汲渊惊讶地看着她:"女郎要收拢流民?"

"为什么不呢?"赵含章诧异地看着他,"我祖父不就一直在做这样的事吗?可见这件事是正确的。世道已乱,仅凭这几百壮丁想要护住我们是不可能的,而且他们守护了我们,我们也要守护他们,既然如此,那掌握在我们手里的力量自然是越大越好。"

汲渊道:"女郎好志气,但朝廷有明文规定,不许世家门阀豢养超过千数的部曲。而赵氏已经有不少部曲,女郎独自一人,按律,可养的部曲不得超过百人。"

赵含章似笑非笑地看着汲渊:"先生,这偌大的赵氏坞堡里,难道只有两千部曲吗?"

汲渊沉默了一下后道:"至少名义上是的。"

"那您放心,我名义上也不会有亏,在上蔡那么大的田庄自然需要不少长工和佃户,而且县君不查,谁知道我那田庄里养了多少人?"赵含章道,"就是查了,一定可以查得出来吗?"

汲渊听得心情激荡,不由得去看傅庭涵,见傅庭涵面色淡然,并不反感女郎的强势,汲渊心中越发欢喜,却嘴硬道:"女郎想要隐户,这岂不是挖朝廷的墙脚吗?"

赵含章收起了脸上的笑,认真地道:"若有一日,国家出现明君,对方可掌控朝政,那我自然不会再留隐户和部曲。国家若安定可保我的生命和财产安全,我何需部曲?朝廷若能使民安居,隐户自然不愿再留在我这里,到时候我不会阻拦他们离开。"

但现在，国家不能保护她的生命和财产安全，百姓流离失所，她的田庄可以保他们一命，她为什么不做？

实际上，要不是江南太远，这个时代出行的成本太高，她都想提前搬去江南了。

只要想想之后北方和中原彻底陷入战乱中，近百年的时间都是在你打我、我杀你中度过，她就有种深深的危机感。

但想到江南那边人生地不熟，且本地士族林立，他们这些北方人去了未必就能好过，不如在汝南，好歹有亲族依靠。

考虑到这些，她这才选择留在上蔡。而且从上蔡到洛阳也近一些，他们要是找到回去的路，说不定还得跑到洛阳城门那里离开。

既然选择留下，那她就得为将来做好打算，保护好自己和身边人的生命财产安全是第一要务。

而要实现这一条，首先就得有足够的人，然后是要有足够的财物，最后是管理这些人的人。

汲渊感受到了赵含章的野心，虽然他觉得一个女郎有这样的野心有些不合适，但有什么关系呢？

她的身边还有傅庭涵呢，她的能力可以发挥在傅庭涵或者赵二郎身上，而这两个人的男子身份可以使他们在朝堂上获得政治资源，至于手握这些资源的是他们，还是他们背后的赵含章……

汲渊才不管呢，只要跟着他们，通过这条路径出人头地，实现自己的抱负就好。

汲渊咽了咽口水，眼睛闪闪发光：“那汲某回去就开始收拢合适的流民。”

赵含章点头。

汲渊兴致勃勃地问：“我们什么时候走？”

赵含章道：“住两晚就走。”

第二天，赵含章便去找赵淞告辞：“此一行有忠仆相护，路上还遇到一些一起逃难的义士，多亏他们帮扶，这才保全了祖父的尸身。如此大恩，我必要回去妥善安排他们。”

赵淞一听，许多挽留的话就说不出口了，只能叹息一声应下：“我让子铭送你们回去，以后若有什么难处，派人来告诉我们。”

赵淞觉得他们的仆人在路上走失了许多，道：“我送些仆人给你吧，你们身边也不能连个伺候的仆人都没有。”

赵含章立即拒绝了：“为祖父守孝，我等就算做不到如王戎一样的死孝，但也不该沉溺于舒适，还请五叔公不要为难三娘。”

赵淞见她孝顺，心中更喜欢她，很是欣慰，于是又叫来赵铭："再给她的箱笼里添一些钱。"

赵铭忍不住道："阿父，儿子并不是心疼这些钱，为这些钱还不至于。但短短三天时间里您就让我三次增加送的钱，您这样儿子很是担心啊。将来三娘若开口，您是不是会把所有家产都送与她？"

赵淞没好气地道："她是你侄女，年纪又小，幼年失怙，现在财物仆人全失，又要养着一家老小，我多给她一些钱怎么了？这么点儿东西你就心疼，何时你变得如此小气了？"

"阿父，大伯那样聪明周到的人，会不给三娘和二郎留后路吗？"赵铭道，"儿子再次申明啊，不是心疼钱，而是理不辩不明，就大伯的身价，皇室都没他有钱，他会不给他们留钱？"

"留了呀，不是被抢了吗？"赵淞想想也有些心痛，"那么多嫁妆呢，都丢了，唉。"

赵铭道："儿子的意思是，除了那些嫁妆，应该还有别的东西。阿父别忘了汲渊，他可是大伯身边最得用的幕僚，那么厉害的一个幕僚，不会连丁点儿财物都保不下来吧？"

赵淞一脸"我不听，我不听，我就是不听"的表情，瞪着他问道："你就说添不添吧？"

赵铭默默地看了无理取闹的父亲一会儿，最后沉默点头，下去给赵含章添钱去了。

赵淞心头这才顺了点儿。

赵铭收拾出五个箱笼的东西，有素净的布料、新做的被罩、一箱子丝绵，还有一些瓷器杯盏之类的东西。

当然，还有一箱子的钱，以及每口箱子里都压了一些钱，考虑到他爹的大方和喋喋不休，他还给压了两块银饼，简直是豪富得不得了。

赵含章收到这份礼物感动不已，差点儿松口想要多住几天，但考虑到汲渊带来的那批人还没安排好，此时还候在灈阳，便按下了冲动，一脸感动地表示她以后会常回家看看的。

除了赵淞，其他家也送了礼物。

因为知道赵含章他们路上丢了行李，此时除了缺钱，其他东西也都缺，于是送什么的都有。

和赵长舆关系好，或是念着赵长舆的好的，出手都很大方，就连赵瑚虽然骂骂咧咧，很不喜一度冒犯他的赵含章，最后还是让人送了两箱东西并一笔钱。

他还很大方地送给赵含章几个仆人。

赵含章看到被用绳子绑住手穿成一串的仆人，额头微跳："七叔公，这些人是哪儿来的？"

"我花钱买来的呀，还算得用，检查过了，身体都不错。你们先前遗失了这么多仆人，身边没伺候的人怎么行？这些人都送你了。"

赵含章的目光落在绑他们的绳子上，意思不言而明。

赵瑚觉得她毛病太多，不在意地道："才买回来的，还不太听话，但调教几天就好了，你会不会调教仆人？要不我再送你一个管事调教一下？"

赵含章拒绝了管事，略一思索就把这些人都收下了，还狮子大开口："七叔公，光送这几个人怎么够？夏收在即，地里缺人呢，您要送，干脆连他们的家人一并送给我吧。"

赵瑚扭头问他的长随："他们还有家人？"

这些人还真有家人，赵瑚虽然只是随口昐咐了一句，挑几个不太听话的仆人送给赵含章，底下的人却不敢真的只挑不听话的仆人，他们还附加了许多条件，比如，不听话，却有家人捏在他们手里。

谁都知道赵瑚和赵含章关系不好，此时送仆人谁知道他的目的是什么？

以后他要是想起这事，要用到这些人了，他们也能讨个巧，说不定还能得赏呢。

所以长随挑的这些人，全是有家人，且家人还不少的。

长随不敢欺瞒，低头道："是还有一些家人。"

赵瑚不知内里，见赵含章冲他要人，自觉在被求，颇为自豪，于是大方挥手道："行，把他们的家人都带来，送给我这侄孙女。"

赵含章先冲赵瑚笑了笑："多谢七叔公。"然后她似笑非笑地看着长随道："记住，是他们所有的亲人。"

长随下去，然后就带来了一帮人，他们大多人手上是空着的，只有几个拎着一个小小的包袱。

赵瑚都惊讶得张大了嘴巴。

他原来挑出来的人不多不少刚好八个，男子四个，女子四个，结果他们的亲人竟然有二十一人之多。

赵含章已经笑着感谢："多谢七叔公。"

赵瑚抽了抽脸皮，扯出一抹笑道："不必。"

他转身就要走，赵含章在后面喊："七叔公，记得把他们的卖身契都补给我呀。"

赵瑚加快了脚步。

赵含章等他走了，便看向被送来的二十九人，让人解开了绳子，问道："你们是怎么来的赵氏坞堡？"

这些人面面相觑，有个瘦削的青年沉声道："我们是被兵丁抓了卖过来的。"

"你们被卖了多少钱？"

青年道："我年轻，力气大点儿，被卖了三吊钱。"

这比一头牛还便宜。

赵含章揉了揉额头，问道："一家子都被抓了？"

"去年颍川旱灾，今年还是不太下雨，我们活不下去了，就想来汝南投亲，刚出门没多远就被兵丁捉了送到这儿来。"

赵含章明白了，这种情况在这个时代是很常见的。

她道："这是西平，你们的亲人在何处？你们若还想去投亲，我可以把卖身契还给你们，你们拿了就可以走。"

青年一听，沉默了下来，半响后低声道："我得和家人商议一下。"

赵含章挥手让他们去找家人商量，对成伯道："我们明天一早走，先找个地方把他们安顿下来。"

成伯应下。

傅庭涵看得目瞪口呆，紧跟在赵含章身后："兵丁抓人来卖？为什么？"

"当然是为了钱。"

傅庭涵脸色有些难看："这样朝廷和军队还有公信力吗？"

赵含章道："这是晋朝，朝廷和军队要是有公信力，作为前中书令的我祖父，他会大规模收留流民，私下豢养部曲吗？"

傅庭涵无言以对。

赵含章道："在中原一带，抓人卖人最厉害的军队都是八王的人，就是现在东海王身份高贵，独揽朝纲，他手底下的那些大将军依旧热衷于买卖人口。花很少的钱买了人再转手卖出去，这算是相对有良心的做法了，很多兵丁是听从命令，直接在官道上捉路过的流民，甚至是平常百姓，捆了人后就换个地方出手，这是历史上被确认的行为。晋朝的大敌之一石勒，就是一直被人贩卖的奴隶。"

傅庭涵抿了抿嘴。他对文史类的书籍阅读量不够，但也知道石勒这个人。他知道这是个混乱的时代，却没想到混乱成这样。

朝廷和军队，本来是保护普通百姓的，在这里却成了最直接的加害者。

"你放他们走，万一出去又遇上抓人的兵丁呢？"

"所以我给他们选择。"赵含章道，"只有他们才了解自己的内心，若是他们有迫切想去见的人呢？当然，他们要是愿意留下，我也会尽我所能保护他们的。"

不仅赵长舆给她在上蔡西平一带留下大量的田产，她还从赵仲舆手上换了那么多，这两天她问过赵淞，因为近年天公不作美，加上偶尔有流民军经过，所以跑掉的佃户和长工不少，很多土地留荒了。

她现在就缺人。

应该说，整个赵氏坞堡都缺人，看赵瑚大量买人就知道了。

赵含章满载而回，来送他们的人不少。

看得出赵长舆在族中很有威望，人缘也很好，他虽然死了，但余荫还能庇护他们。

不少人拉着她的手哭，让她有时间带她的母亲和弟弟，以及未婚夫回家看看。

赵含章一一应下，然后带上新到手的二十九个仆人，以及宗亲们送的各种箱笼离开。

这些仆人到底没有选择离开，而是选择了跟随赵含章。

无故被抓，在赵瑚手底下的时候，他们无时无刻不在想着逃跑，但到了赵含章这里，她真的让他们离开时，他们又犹豫了。

离开，意味着他们又会被随时抓走卖掉，而下一个主人，不一定有赵含章这样的品德。

没错，虽然只说过几句话，但他们已经确定赵含章有品德，至少把他们当个人看。

所以在和家人商议过后，八家，没有一家选择离开。

赵含章带着仆人和财物浩浩荡荡地去往上蔡。

哦，还有赵铭，如今外面世道混乱，虽然西平到上蔡很近，但赵淞不放心，所以让赵铭带了护卫护送，一定要把人送到上蔡的庄子里才放心。

赵含章也欣然接受。她还有事要问赵铭呢。

她和汲渊打马上前，一左一右将赵铭夹在中间，好奇地问道："铭堂叔，我们家和上蔡的县令关系如何？"

赵铭道："还不错，你祖父封爵上蔡伯，封地都在上蔡，当地县令对我们自然要客气些。"

赵含章问："那堂叔觉得我要不要去拜见一下县令？您也知道，我在来的路上收拢了一些流民，还得造册入籍。"

赵铭略一思索便道："你正守孝，又是姑娘家，倒不必亲自出面，让家中的管事跑腿就是了，不过你既然决定在上蔡守孝，以后需要仰仗县令的事情还多，你可以着人送些小礼物给县令的夫人和女儿。"

赵含章问出她的终极目的："那我收拢的流民入籍是要全数入籍，还是……？"

赵铭看了一眼骑马走在旁边的汲渊，意味深长地道："那要看你觉得自己能养活多少人了，现在朝廷的赋税可不低，又年年增加，对了，去年又新增加了一项，叫

213

牛粪税。"

"你那庄子那么大，肯定要养不少牛的，这个税收便不低。"见赵含章似乎有话说，赵铭继续道，"没有牛的话，一里五户算一牛，需要合交，佃户和家中仆人依例。"

也就是说，没有牛的人家，每五户就要被出一头牛的牛粪税。

赵含章问："以后是不是连人粪也要交税？"

赵铭浅笑："听说使君正有此打算。"

赵含章决定了，她收留的人要六四分，隐六成，上籍四成！

朝廷太过分了，管人吃喝也就算了，连拉撒都管上了。

汲渊也听了全程。他都是陪在赵长舆的身边，对西平老家这边从来只是通过文书和信件了解，更具体的事项和规矩还得问这儿的人。

而赵铭显然是最好的人选。

傅庭涵一人骑马走在后面，目光从路上和附近的山川田野上扫过，赵二郎踢了踢马肚子跑上来，好奇地跟着看："姐夫，你在看什么？"

傅庭涵扭头冲他笑了笑，温和道："看路和山川的走势，我想修正一下地图。"

赵二郎对这个不感兴趣，直接略过这个问题，提出自己的问题："姐夫，我们以后是不是就住在庄园里了？"

傅庭涵点头："对。"

"那一年以后你是不是要带我阿姐走？"

傅庭涵挑眉，问道："谁跟你说的？"

赵二郎抿了抿嘴，不太高兴地道："我新认识的兄弟们说的，他们说你要带我阿姐走，以后我得回坞堡里和他们一起读书生活，我不想读书，也不想你带我阿姐走。"

赵二郎问道："是不是我不叫你姐夫，你就不能带我阿姐走了？"

傅庭涵道："不是。"

赵二郎瞪眼，气势汹汹地看着他。

傅庭涵看了笑道："放心吧，你阿姐若不想走，我是拉不走她的。"但她要是想走，他自然也不会拦她。

赵二郎一听，高兴了，重新叫回姐夫。

傅庭涵伸手摸了摸他的脑袋，道："等回到别院，我给你做一下测试。"

"什么是测试？"

"就是做一些游戏。"傅庭涵笑道，"很好玩的游戏。"

一行人回到上蔡，赵铭只留了一夜便回了西平，临走前还给赵含章留下几封赵氏的门帖，方便她使用。

赵含章一脸笑意地送走赵铭，转身便拉上汲渊，他们要去灈阳把人和东西都接回来。

傅庭涵没去。他要把赵含章现有的田地铺面统计好后画出来给她，大家好安排带回来的人。

灈阳的人不少，行李也不少，车马众多，这么大的队伍从灈阳离开会引人注目，更不要说进入上蔡了。

他们前脚进了庄园，上蔡县县令后脚就知道了。

有衙役跑来禀报："听说车马行人足有千数呢？"

"这么多？该不会是你们虚报数量吧？"县令道，"千人之数，堪比一族迁徙了，难道西平赵氏全族都搬过来了？"

"可人不是从西平过来的，是从灈阳过来的啊。"

县令皱眉："灈阳？若不是西平那边的族亲，那是收拢的流民？"

县令一个激灵，打了一个寒战问道："难道赵氏要造反？"

幕僚沉默了一下，连忙道："县君莫慌，或许是误会，未必就有千人之数，赵公名望极高，赵氏也是两代忠臣，应该不会出这种事。"

见县令还是忧心忡忡，幕僚压低了声音道："而且赵公只有一个孙女和一个痴傻的孙子，谁会造反？"

县令一想还真是，立即放下心来，"哼"了一声去骂衙役："定是你们看错了，或是存心虚报数字，就一个女郎带着个痴傻的弟弟，能有多少人手？你们听风就是雨，想把事情吹大，好在本县面前表功是不是？"

县令气他们吓自己，把衙役臭骂了一顿后赶了出去。

衙役一脸晦气地出去，见没人看见便忍不住啐了一口，就算他估多了，那人数也不少，那么多的人，还有围在中间的车马，都看不到头。

要说没有千人，那也得有七八百人。

实际上，现在赵含章手里的人，算上原先庄子里的佃户和长工，已经快一千五百人了。

但是，可作为青壮上战场的部曲，不过两百而已。

但赵含章也很满足了。就着傅庭涵画出来的地图，她在东边画了一个圈，又在西边画了一个圈，点了点道："在这两处建东西两营。"

"把我们带来的人都安排在这东西两营里，正好，夏收要开始，大家都有事情做。"赵含章道，"把车富等人十人为一什编入部曲中，千里叔，他们之前也是你管着的，应该没问题吧？"

赵驹道："没问题。"

车富等人是赵长舆给赵仲舆的部曲，赵典一走，他们就是赵含章的人了。

傅庭涵将一张纸递给她，上面是一串又一串的数字，她疑惑地看向他。

傅庭涵道："我计算的全庄子的人一个月的物资消耗，这是最低数字，这个是按照现有部曲的训练量保守估计的，你得囤粮了。"

汲渊闻言快速地扫了一眼，发现上面的字他一个都不认识，不由得皱了皱眉。

## 第九章
## 广积粮，多存钱

赵含章一眼扫过，将纸叠起来塞进袖子里，看向汲渊："汲先生，趁着洛阳战乱的消息还没到处传开，粮价还不是太高，尽量多买些粮食吧。"

汲渊问："和粮铺买？"

"不。"赵含章道，"直接找粮商和当地的士族豪绅，不管用什么借口，一定要以最便宜的价钱买最多的粮食。"

虽然可能性不高，但汲渊还是应下了。

价格相对便宜就行，他们再等下去，消息传开，民间的粮价一疯涨，他们就再难买到大量的粮食了。

"除了粮食，还有铁器。"赵含章道，"他们丢失了不少武器，加之我们收拢了一些流民，也要选一些合适的人编入部曲，急需兵器。还有马，反正能买就买。"

反正他们现在不缺钱。

她的嫁妆，汲渊都安然无恙地带过来了，那么多钱呢，此时不变成物资武装自己，还留到什么时候？

赵含章已经决定了："我要把这个庄园打造成比赵氏坞堡还要坚固的坞堡，以后我们可能就窝在这里面生活了，所以它一定要能保证我们的安全。"

汲渊提着的心稍稍放下，可内心深处又有些遗憾，他还以为女郎要造反呢。

汲渊带了一批人离开，打算出去逛逛，顺便买些粮食和铁器回来。

赵含章则带着赵驹去看分营。

东西两营正好将庄园拱卫在中间，三者成掎角之势。

赵含章将人口一分为二，差不多一营一半，一什长和二什长各带一半的部曲分在东西两营。

而赵驹则为队主统领他们。

不过，现在东西两营的营地还是一片空地，他们得先自己建造房子。

赵含章拉着傅庭涵去找适合做砖头的泥土，一边找一边巡视庄园："你也看过赵氏坞堡，觉得我这个坞堡要怎么建设才好？"

傅庭涵问："那得看你最急切的需求是什么，如果是挡住外来者入侵，那应该是建造城墙，用堡垒抵挡外敌。"

赵含章想了想后摇头："如果这么快就有外敌入侵，那我不会在此时花费这么大的力气建造坞堡，宁愿进入县城，或是直接进赵氏坞堡，省了我花费那么多的钱和精力。我现在最急切的应该是收拢民心、安定民心，实现自给自足，毕竟我祖父给的钱虽然多，但不是取之不尽，我得实现自给自足，甚至是盈余。"

傅庭涵点头："那就是基础建设，要安定民心，目前看来，只要满足他们最基本的生存欲望就可以。"

赵含章掰着手指头算："那就是分地，让他们夏收，分地播种，建造分配房子……"

傅庭涵颔首："不错。"

赵含章抬头冲他笑了笑，道："那先找可以烧砖的泥土吧。"

一般聚集地附近都有这种泥土，带一点儿黏性，因为目前北方绝大多数的房子就是泥土造的。

当然，用石头更好，但耗时更久，耗力更大，相比之下泥土也不错。

现在用泥土建的房子都有些低矮和昏暗，赵含章决定改良一下，首先便是用泥砖。

两个人转悠了半圈就找到了。

傅庭涵对这种事不太熟悉，就见赵含章蹲在地上挖了一手泥，捏了捏后赞赏地道："这个不错。"

她起身看了看，见这一片是野地，看着还不小，她的心就蠢蠢欲动起来："都找到这样好的泥了，直接做泥房子好像不好。"

"你不是要做泥砖？"

"本来只想砸泥坯，但有这么多好的泥土，只砸泥坯似乎太浪费了，不然我们建个窑厂吧？"

傅庭涵偏头看着她："烧泥砖？"

赵含章点头。

傅庭涵问："你会吗？"

"不会。"赵含章道，"但我在图书馆的时候把整部《天工开物》都听过了，隐约还记得大概的做法，应该可以默写出来。"

傅庭涵道："所以……"

"需要傅教授帮忙找一下会烧窑建窑的工匠，要是没有，就只能拜托傅教授研究一下了。"

傅庭涵若有所思："看来你这人才储备还得加一个，多找工匠。"

赵含章冲他笑了笑。

现在大家都是露宿野外，住在用木头和茅草简单搭建的房屋里，这种建筑并不坚固。要想达到安居的程度，建造房子是必不可少的。

不说泥砖房子，至少泥房子得有一间。

现在庄园里有一千多人，几乎抵得一个小县城里的常居人口了，自然不能这么寒碜地只有么几十间房子。

但他们的土地有限，也不能随便乱建，所以她得好好规划。

赵含章觉得能者多劳，就盯着傅庭涵一个人薅。

王氏见赵含章天天去找傅庭涵，既心酸又欣慰，欣慰于女儿终于开窍了，心酸于这孩子的热情。

所以王氏在犹豫过后决定教一教女儿，在赵含章又一次从傅庭涵那里回来后，她拉住赵含章道："三娘，阿娘知道傅大郎君人品和相貌都好，但你也不要妄自菲薄。你也很好的。"

赵含章一头雾水，点头道："我知道啊，我很好。"

"所以你不要太讨好他知道吗？"

赵含章一脸震惊地看着母亲。

王氏坐过去些，小声教她道："阿娘告诉你，这男人啊，你不能对他们百依百顺，要不然他们习以为常，日子久了就会轻贱你。你是女孩子，得矜持些。"

赵含章道："前段时间，阿娘和我说，女孩子要温柔贤惠些，让我多关心关心傅大郎君。"

"你已经过了那段时间，可以换一个方法了，也不能总是你关心他，偶尔也让他关心关心你。"王氏很自信地道，"听我的没错，我和你阿父就是如此，你看我们，从不脸红的。"

赵含章问："父亲他……知道您是故意这样的吗？"

"你傻啊，当然不能让他知道了。"王氏道，"女郎间的小心机，只我们女郎知道就好，你可别傻乎乎地告诉傅大郎君啊。"

赵含章点头:"我一定不告诉他。"

但她第二天依旧去找傅庭涵。

傅庭涵将画好的图纸递给她:"根据你默写的画出来的,可以试着造一个窑。"

赵含章问:"没找到会烧砖的工匠吗?"

"成伯说没有。"

赵含章有些惋惜,将图纸一收便转身:"走吧,去看看。"

他们打算在黏土的附近建窑,成伯选了不少壮丁跟随,赵含章把图纸交给成伯,问道:"有识字的人吗?"

成伯把胡直找了出来。

赵含章还记得他,是路上收的难民:"你能看懂图纸吗?"

胡直有些迟疑:"回女郎,我虽识字,却没见识过砖窑,也不识图纸,所以……"

傅庭涵接过图纸:"我来吧。"

赵含章早等着他主动开口,高兴地道:"有劳傅教授了。"

傅庭涵一看便知,不由得一笑,眉眼间尽是温柔:"我尽量给你造出来,但烧砖的方法都是文字记载,你我都没有经验,这里的人也没有,所以成功性不能保证,你要想尽早成功,还是得想办法请些工匠来。"

成伯一听,立即道:"三娘,工匠多在官府中服役,除了官府,只一些大家会有匠人,想要在外找到匠人很难,但如果回坞堡请人……"

赵含章听明白了,除了官府,赵氏坞堡里也有工匠。

赵含章捏了捏手指,下定决心:"我回去给五叔公写信,你想想我们送些什么礼物回去。"

成伯道:"五太爷爱瓷,我记得女郎的陪嫁里有一套白瓷杯,不如挑出来给五太爷送去?"

赵含章瞥了他一眼:"我嫁妆全失,你觉得我现在能拿出来一套白瓷吗?"

"这……"

赵含章的目光落在不远处的麦田上,她若有所思:"这块麦子好像可以收了。"

成伯顺着她的目光看过去,微愣:"三娘要送这个?"

赵含章一挥手:"让人把这块麦子收了,我要给五叔公送一袋麦子去,让他尝一尝我们庄园产出来的白面。"

成伯默默地应下。

傅庭涵忍不住问:"礼会不会薄了些?"

赵含章笑道:"送礼不在厚薄,而在合适与否。"

为了表示对赵淞的看重，以及顺利借到工匠，成伯带着礼物去了西平。

成伯照着赵含章的说辞将一袋才打下来的新鲜麦粒送上："这是庄园里收的第一刀麦子，三娘割的。女郎认为这第一刀麦子应该给五太爷，自回汝南，三娘和二郎都有赖五太爷照拂，三娘心中感激不已，割麦子的时候就想将这第一刀麦子孝敬给五太爷。"

赵淞一听，心中高兴不已，忙伸手接过，从袋子里抓了一把麦子出来，见粒粒饱满，更是欣喜："她的孝心我知道了，他们在上蔡还好吧？可有遇到难处？"

成伯恭敬地回道："挺好的，夏收要开始了，看样子今年的收成还可以，三娘将带来的人都安排在了庄子里。"

"上蔡的田地不少，倒是可以安顿下新收的难民长工，只是三娘慈悲，不愿他们住茅草房，所以想要为他们建造房屋。"成伯一脸难为情地道，"但我们收的难民力气倒是有一把，烧砖建房子这样的工匠活儿却是不会的。"

赵淞闻言道："三娘有善心是对的，时逢乱世，百姓心中不安，若有安居之处，他们也就定下来了。她名下有这么多田地，要耕种起来需要不少的人手，这的确是收拢人心的好法子。"

赵淞沉吟片刻道："建造房屋的工匠在外面也不好找，族里倒是有些，一会儿我让人去给你找一批来，你先带去，待建好了房子再送回来。"

成伯一脸激动地应下，奉承的话不要钱似的砸出来。

赵淞听得高兴，听说他们最缺的是会烧砖的工匠，大手一挥道："我记得陆焜一家烧砖的手艺最好，让他随你们走一趟吧。"

成伯闻言应下，贴心地道："三娘说不好让族里的工匠因为她的事耽误了夏收，回头她要派庄子里的长工过来帮忙把麦子收了，地里若有农活儿，一并叫他们做了。"

赵淞一听，干脆全权交给他："既然如此，此事就交给你吧。"

这也免了成伯再派人去帮他们夏收。他虽管着坞堡，有威望，但上面还有族长，赵仲舆才是名正言顺的掌权人。

所以很多事，成伯是点到即止，不会太强硬。

想起赵仲舆，赵淞让人拿来一封信递给成伯："你们不来，我也正要派人去上蔡找你们，你们才走两日便有人找了过来，是族长派出来找三娘他们的。"

虽然赵淞已经写信去责备赵仲舆，还臭骂了赵济一顿，但在成伯面前，却很维护赵仲舆。赵淞道："族长还是很心疼三娘和二郎的，知道他们走失，很是焦急心痛，当即派了护卫出来寻找。只是这些人走偏了路，从颖川过来的，路上找不到你们，又怕错过，于是又回头找了一圈，最后找不到才回的西平。让三娘心中不要介怀，最好写一封信去报个平安，那毕竟是她的亲叔祖，他们两房是血脉最亲近的，不要因为这一误会生疏了才好。"

成伯连连应下："是，小的回去便劝说三娘，不过三娘素来孝顺，应该是没把这事放在心上的。"

赵淞很满意地点头："是啊，那孩子大气。"她比她那伯父强多了。

赵淞腹诽了一句，笑着让成伯下去了。

他将那袋麦子交给仆人："拿去晒了，晒好以后去壳，尝一尝这一年的麦饭如何。"

仆人应下。

赵铭从外面回来就听说了，他爹大手一挥借出去好多工匠，离他们家不远处的人家里正在收拾东西准备和成伯离开。

赵铭直觉成真，去找他爹："阿父，您调了这么多工匠出去，工匠们家里的夏收怎么安排？"

"不用你操心。"赵淞理直气壮，很骄傲地道，"三娘说了，会派长工过来帮他们夏收，不用工匠们操心一点儿家事。"

如此贴心，让赵铭的心怦怦乱跳，侄女这样让他很慌啊。她要是个男子，赵铭一定会觉得赵含章图谋不轨，将来所成必定不少。

可……她是个女子。

赵铭忍下了质疑的话，点头道："行吧，您高兴就好。"

赵淞很大方，借给他们的工匠不仅有烧砖的和砌墙的，还有木工。

这木工可不易得，连成伯都很高兴，压低声音道："若能将他们留下就好了。"

赵含章却不想在此时和赵淞抢人，对成伯道："先把他们安排下去，在庄园里挑一些机灵的过去帮忙。"

她不能抢人，但可以让人学习他们的技艺，手艺这种东西，自然是自己人会最好。

赵含章道："先摸摸他们的脾气，若是可以，出钱让他们带几个学徒，不要吝惜钱财。"

"手艺是匠人生存之本，只怕他们不肯教授。"

赵含章道："那肯定是钱不够，只要给的钱足够多，总会有人愿意教的。"

"恐怕不会倾囊相授。"

"我也不指望他们倾囊相授，只要教了基础的就行，师傅领进门，修行在个人，这世上总有有天赋之人，肯努力钻研，将来未必不能青出于蓝而胜于蓝。"赵含章对这点很自信。

"是。"成伯这才将赵仲舆的信交给赵含章,"这是五太爷送来的,他请三娘不要介意世子爷的事,两家是血脉至亲。除了二郎,二太爷和世子爷与您是最亲近的了。"

赵含章接过,直接拆开信看:"既然五叔公都这么说了,成伯以后也改了称呼吧。大伯早已继承爵位,不是世子爷了。"

在成伯心里,伯爷永远都是赵长舆。成伯闻言不由得一默,抿了抿嘴,半晌才低头应了一声:"是,那您要给二太爷和……新伯爷去信吗?"

赵含章点头:"我晚些时候回去就写,现在驿站断绝,信件只怕寄不出去。我们人手也不够,我写了信还是送回西平,托五叔公帮忙寄送吧。"

"是。"

"从庄园的长工中选出一批来,让他们带上粮食去西平替工匠们夏收。"赵含章顿了顿后道,"告诉他们,做好了,回来后每人都有赏钱;若是做不好,就不用回来了。"

成伯道:"我定会看紧他们,让他们和族人好好相处。"

赵含章满意地点头。

成伯笑问:"三娘,傅大郎君的砖窑建得如何了?"

"已经建好,明日就可以送砖坯进去试着烧一烧了。"

赵含章给的是《天工开物》里写的砖窑建法,和当下的烧砖法有点儿区别,但大体是相同的。跟着来的烧砖工匠看了看窑池,有些迟疑,问道:"这样烧,一窑能烧多少砖,要烧多长时间?"

傅庭涵道:"一窑三千块砖,烧一个昼夜。"

陆焜沉吟道:"倒是比现在的窑要大,我们现在一窑就只能烧一千块砖,大郎君,这窑真能烧三千块砖吗?"

傅庭涵心想:我怎么知道能不能?

他就是根据赵含章给的文字里计算出来的,上面明确写了一窑能烧三千块砖。

傅庭涵想了想,还是没能如赵含章一样厚着脸皮忽悠人,谨慎地道:"先试着烧一窑吧,要是有缺陷我们再改进。"

这窑能不能烧三千块砖,他们烧过就知道了。

砖坯他们都准备好了。

旁边的泥地被水浇透了,人和牛一起用力地在里面踩来踩去,将踩好的泥放进模具里,现在已经能摔出不少砖坯,都是这两天踩和摔的。

陆焜摸了摸砖坯,发现没问题,这才答应把泥坯放进砖窑里。

赵含章到的时候,他们已经装了两千多块。她扫了一圈,疑惑地问道:"傅大郎君呢？"

她的话音才落，傅庭涵低头弯腰从窑里走出来，抬头看见赵含章，便冲她微微一笑："你来了。"

赵含章却看着他的脸"扑哧"一声笑了起来。

傅庭涵下意识地摸了摸自己的脸，问道："脏了吗？"

他手上本来就带着泥土，这会儿更脏了，赵含章笑得停不下来，上前帮他擦去脸颊上的泥块："是这里，我估计用手擦不干净，你得去洗脸。"

两个人靠得极近，傅庭涵一低头便能望进她的眼睛里。

赵含章动作一顿，收回手，微微后退一步，冲他微微笑："傅教授有多大的把握？"

傅庭涵道："我没有经验，完全是纸上谈兵，所以五成吧。"

但他有自信，一次之后，不管成功与否他都能改进。

二人默默地对望，一时不知再找什么话题，竟然都沉默了下来。

一旁的成伯觉得他们之间的气氛有些怪，于是笑着扯起话题："一直听三娘称呼傅大郎君为教授，但小的记得之前在洛阳时，是三娘在教授傅大郎君东西。"

傅庭涵看向赵含章，道："所以我称呼女郎为赵老师。"

成伯被吓了一跳，忙道："这如何可以？于礼不合啊。"

传出去，人家说他们是师生怎么办？

赵含章道："我们互相学习。"

成伯略一思考，稍稍松了一口气："也对，夫教妻，妻扶助丈夫都是正常的。"

于礼一合，成伯就放松下来了。

赵含章却警告地喊了他一句："成伯……"

成伯笑着说道："我知道，三娘是害羞了。"

他看了傅庭涵一眼，笑道："三娘和傅大郎君说话吧，我去看看他们。"

成伯一走，两个人又沉默下来，你看我，我看你。

赵含章轻咳一声移开目光，找了个话题："我听二郎说，你这两日都带他玩游戏？"

傅庭涵"嗯"了一声，道："我想确定一下他在其他方面的智力。"

"我试了一下，其实他记忆还可以，平常的叮嘱多说两遍他都能记住，而且可以执行，复杂一点儿的话，他也能理解一些，只要不强逼他结合字一起认识就行。"傅庭涵道，"他不能阅读，我怀疑他有阅读障碍。让他认字，他不仅很难记住字，他的情绪还会受到影响，整个人暴躁起来，反过来影响记忆。"

赵含章若有所思："也就是说，阅读不仅不能开智，还会影响他的记忆力？"

傅庭涵点头:"知识并不只有文字传播这一种,你或许可以试着用口语教授他知识。"

赵含章便在心里打算起来,不知道汲先生愿不愿意接过这一重任呢?

"他的功夫不错。"傅庭涵突然道,"力气也大,我问他最喜欢什么,他说最喜欢骑马打猎,你或许可以培养一下他的特长。"

赵含章看着傅庭涵笑起来:"我听人说这两天傍晚傅教授和二郎切磋武艺,好像摔了好几下。"

她的目光落在他的腰上。

傅庭涵道:"我读书的时候很乖,从不打架。"

"看出来了。"赵含章似笑非笑,"傅教授看着就是个乖学生,不像我。"

傅庭涵忙安慰道:"你也一直是个好学生。"

赵含章挥挥手道:"算了吧,就是我眼睛好的时候,老师也很难昧着良心说我是好学生。"

更不要说她眼盲以后了,直接变成了问题学生。

傅庭涵脸色严肃起来,认真地看着她,道:"你是真正意义上的好学生,学习好,人缘好,活泼开朗,善良正直,老师虽然头疼你,心里却很喜欢你。"

赵含章惊讶地看着他。

傅庭涵冲她坚定地点头,再一次肯定地道:"是真的。"

赵含章不由得笑起来:"我就当这是傅教授对我的夸奖。"

她顿了顿,还是问道:"你要不要锻炼一下身体,和二郎学一些武艺?我觉得这样对保护自身安全有很大的作用。"

傅庭涵问:"你不学吗?"

"我学呀,但我的时间不太充裕,会放在晚间。"

傅庭涵道:"我和你一起吧,二郎的进度不适合我。"

赵含章本想说她的进度也不适合他,但想到他未必会适应这个时代的教学方式,实在不行她还能教他一套军体拳,于是点了点头:"那晚上见。"

傅庭涵道:"晚上见。"


砖坯被搬进窑里放好,陆焜检查过没问题,便带着人封窑,然后生火。

傅庭涵上前看了看,将时间记下,伸手感受了一下温度,和赵含章道:"我想弄个温度计,这样可以更准确地掌握烧制的方法和进度。"

不然,一切都要靠老窑工的经验和感受,效率和成功率都不高。

赵含章眼睛微亮:"做啊,缺什么和我说,我让成伯他们去弄。"

火烧起来，两个人站在窑前，被火光映红了脸，这是他们第一次烧砖，不管是傅庭涵还是赵含章都想看看效果，因此没有离开。

两个人已经从温度计聊到了军体拳和武术："很多武术到了我们那个时代化去了杀人的招式，只做强身健体之用，所以要论实用，还是军体拳。"

"我学的招式都直击要害，你要能学会，就算以后护卫不在你的身边，你也能保命。"

傅庭涵偏头看着她，问道："很辛苦吧？"

"啊？"赵含章反应过来，笑道，"没有你想的那么辛苦，每年寒暑假我都会去找我爸，从小就学。后来出意外眼睛看不见了，一开始我只会乱打，后来叔叔和大哥哥们来帮我，我就学会了用耳朵去判断他们攻击的点，然后回击。其实就是比用眼睛直接看多了一个步骤，耳朵先听见，然后在大脑里勾画出画面来，这样就跟看到一样了。"

多了一个步骤，意味着处理的速度就会慢，她一开始不熟练，基本是被人压着打。

但后来习惯了，她能够做到耳朵一听到就做出反应，跟眼睛看到立刻做出反应一样快。

而这样的好处不仅在于她不会再被人欺负，也能更便利地生活。在熟悉的环境下，她甚至能像正常人一样生活，陌生人几乎看不出她是盲人。

赵含章对自己的武术很有信心，对他道："我教你。"

傅庭涵欣然同意。

然后赵含章带着他去跑步和压腿："先把筋抻开了，这几天我们做准备工作。"

傅庭涵自信满满地和她在田庄里跑起来。一刻钟后，他有些气喘，两刻钟后，他的步伐慢了下来，几乎快要停住。

成伯默默地看着，正想上去询问和劝说，就见他们女郎拉着傅大郎君去了旁边的草地上，让他挥手踢腿，也不知道傅大郎君说了什么，他们家女郎突然抓住傅大郎君的肩膀，一手掐着傅大郎君的脖子，一下就把人按在了草地上。

成伯瞬间瞪大了眼睛，下意识地先往左右看，见大家没留意，这才狂奔过去要阻止。

赵含章一把将傅庭涵压在了草地上，居高临下地看着他，见他双眼纯净地看着她，眼中还带着温柔和笑意，她有些不满，手微微用力："你想什么呢，这时候不该想着怎么挣脱，或者把我撂倒吗？"

"你的一只手掐着我的脖子，另一只手按住我的肩膀，腿压着我的腰腹，我所有的着力点都被你掌控着，根本反抗不了。"

赵含章放开他，把他拉起来，然后坐在他的旁边："你这样思考是错误的。打架，哦，不，武术可以是科学的，但搏命的时候，你就不能光靠科学，还得凭意气。"

傅庭涵问："意气？"

"对。"赵含章起身，冲他招手，"来，刚才的动作你来一遍。"

傅庭涵站起来，看着她白皙瘦弱的脖子，一时下不去手。

赵含章见他这么磨蹭，一把将他的手抓起来放在自己的肩膀上："别磨磨蹭蹭的，来试试看。"

傅庭涵一手抓住她的肩膀，一手虚握着她的脖子往后推。

赵含章一手能打掉他的这两只手。不过为了配合他，她没动手，而是配合地顺着他一推的力道倒下。

傅庭涵手忙脚乱地要去扶她，赵含章干脆伸手拽住他往下一拉，傅庭涵猛地一下倒在赵含章的身上，手掌撑在她的脸侧才没压下去，但这一下他们离得极近，呼吸可闻，傅庭涵紧张得屏住了呼吸……

赵含章的心漏跳了一瞬，她也没想到他们会离得这样近，"嗖"的一下收回手，有些不自在地移开目光，虚虚地看向他的耳朵："这一按一掐的动作要快，不然对方一旦反应过来，你就很难得手了。"

见傅庭涵没应，她看向他，见他脸涨得通红，才察觉不对，忙伸手抓住他："傅教授？"

傅庭涵猛地回神，一下翻过身坐在草坪上，满脸通红。

赵含章起身探头去看他，若有所思："傅教授，你……你喜欢我？"

傅庭涵的脸更红了，他看着赵含章张了张嘴，没说出话来。

赵含章挑了挑眉，正要继续追问，成伯已经狂奔而至，拦在二人中间道："三娘、傅大郎君，有话慢慢说，慢慢说，可别打架呀。"

赵含章便把话咽了回去："成伯，我们不是在打架，是在切磋。"

傅庭涵一脸窘迫地起身，点头道："对，我们在切磋，时间不早了，我去看看砖窑，你回去吧。"

说罢傅庭涵转身就走，颇有种落荒而逃的感觉。

成伯看着他的背影消失，一脸不赞同地看向赵含章："三娘，傅大郎君独身一人来为郎主扶棺，您可不能欺负他。"

赵含章道："我没欺负他，真的！"

成伯一脸不相信的神色，但他毕竟是仆人，还是顺着赵含章的话道："我知道，三娘定是好的，但我们也不能让傅大郎君受委屈，一会儿您送傅大郎君回去吧。也

227

不知道他吃不吃得惯我们汝南的饮食，这段时日竟也忘了问……"

赵含章被成伯念叨得不轻，忙道："我一会儿就去问，然后让厨房给他做适合他口味的食物，再亲自把人送到房门口。"

她忙不迭地跑了，生怕成伯再拉住她瞎扯。

傅庭涵面对赵含章时还有些不自在，微微偏过头去不看她。

二人沉默地坐在砖窑边上，现在已经烧制了一会儿，陆焜仔细地听过，没有异响，目前还算顺利，于是劝他们回去休息："天要黑了，女郎和郎君不好还留在这里，这砖窑我们守着就行。"

赵含章虽然很想留下看进展，但知道要明天下午才出结果，她留在此处用处不大，反而还会让工匠们束手束脚，干脆起身："傅大郎君，我送你回去？"

傅庭涵下意识地回道："不用。"

傅庭涵见赵含章笑看着他，便起身："有劳了。"

两个人沉默地往回走。赵含章说到做到，将人送到房门口："一直忘了问，傅教授喜欢什么口味的饮食？"

傅庭涵道："我都可以。"

"总有比较喜欢的吧？"

傅庭涵想了想后道："我喜欢吃面。"

"什么面？"赵含章追问，"小面、拉面、刀削面、炸酱面……"

"都可以。"傅庭涵无奈地道，"我又不是只能吃一种面。"他一天换一种面吃不行吗？

赵含章一想也是："那我让厨房给你做一碗面？"

傅庭涵此时没什么胃口，但见她如此坚持，还是点了点头。

王氏一直在正院里等着，见女儿终于回来，连忙迎上去："你这孩子是怎么回事？我让你矜持些，结果你不仅白天和傅大郎君在一起，还和他在外面待到这么晚。幸亏这庄园里都是我们家的人，不然这些话要是传出去……"

赵含章给自己倒了一杯茶，不在意地道："阿娘，我们是去看砖窑，没干什么。"

"我们知道，但外人不一定知道。"王氏有些后悔，"早知如此，先前应该听你五叔公的，趁着热孝期把你们的婚事办了，有了名分也好行事。"

赵含章道："要是办了婚事，那我就不好再和西平要东西了。"

赵含章若是待字闺中，那还是赵氏的女儿；出嫁了，那就是泼出去的水，她的姓氏前面得先冠上夫姓，彻底成了外人，她再和赵氏来往，那就是亲戚，而不是自家人了。

赵含章道:"现在这样挺好的,阿娘你别操心。"

王氏没想到她还打着这个主意,一脸震惊地看着她:"你……你如此势利,傅大郎君知道吗?"

"知道呀。"

王氏再度震惊:"那他就没怪你?"

"他尊重我的决定。"

王氏沉默了下来,第二天便让人炖了一锅鸡汤送去给傅庭涵,让他好好地补一补身体。

傅庭涵看着饭桌上的一锅鸡汤:"早上喝鸡汤吗?"

赵含章也一脸震惊的神色,同情地看了他一眼,道:"都是我娘的心意,你喝一碗吧。"

一旁的赵二郎蠢蠢欲动:"姐夫,你要不爱喝,我替你喝了吧。"

傅庭涵立即笑着把鸡汤推给赵二郎:"你正长身体,是该多喝一点儿,喝吧。"

赵含章憋住笑,道:"傅教授,你现在也在长身体的阶段。"

傅庭涵只当听不见。

砖窑烧了一天一夜,陆焜让人将水从窑上浇下去,撤掉柴火,等窑冷却后便打开窑口,夹出一块砖来看。

砖为青色,且坚硬,大家欢喜起来:"是青砖!烧成了!"

赵含章也没想到运气这么好,扬起笑脸看向傅庭涵。

傅庭涵却很谨慎:"把所有的砖拿出来看看。"

一块砖烧成,不代表三千块砖都能烧成。

果然,等把所有的砖拿出来,他们发现有些砖没烧好。傅庭涵清点了一下未烧好的数目,和赵含章道:"应该是温度不够,成功率只到七成二,我打算再烧一窑,这次加大火力。"

赵含章点头:"好,这边就交给你了。"

她叫来成伯:"再让人多建几个砖窑,砖已经烧出来,让人开始打地基准备建房吧。"

"那地里的麦子?"

"我们人手这么多,不至于夏收都凑不出人来吧?"

成伯道:"我这就去安排。"

赵含章见他要费这么多心力,便道:"成伯,挑几个忠心又能干的仆人出来,有事吩咐他们去做。"

赵含章想起逃难时遗落的仆人，那些都是她的陪嫁，之前挑出来做管事的。她叹息一声："让人放出话去，路上走失的仆人，只要回来，我都厚待。也传出话去，庄园招识字或者有经验的管事。"

现在庄园有一千多人，将来人还会更多，需要管理人才，光靠汲渊招募是不够的。

"对了，汲先生有消息回来了吗？"

"正要和三娘说呢，汲先生派人送粮食回来了。"

赵含章一听，立即回去。

汲渊没回来，但让人送回来了十车粮食，押运粮食回来的部曲高兴地道："汲先生买了好多粮食，这只是第一批，后头还有好几批要送过来。"

成伯解开粮袋看了看，压低声音对赵含章道："都是去年的陈粮。"

赵含章道："今年的粮食还没收呢。"

她问部曲："可知道价格？"

"我隐约听了一耳朵，好似是九文一斗。"

"嗯？"赵含章疑惑地道，"汲先生是怎么说服他们以这么低的价格卖给我们的？"

这个粮价和前些年太平盛世时相比贵了三倍不止，不过和这两年飙升的粮价相比却是便宜了四文钱左右。

他们买得多，这个价格可便宜了不少。

部曲道："汲先生骗那些人说女郎要为郎主祈福，所以买粮食做善事。"

好借口，汲先生比她还奸诈。

汲先生有钱，借着赵家在汝南的名声，直接从当地士绅和粮商的手中购买了大量的粮食。且随着夏收的进度，他将价钱一压再压："除了颍川，今年豫州的收成都还不错，新粮即将下来，粮价必然下降，诸位留存陈粮有什么用呢？"

虽然陈粮留个三五年问题不大，但口感会大受影响，粮食留的时间越久，价格越低廉。

汲先生道："诸位不如将手中的陈粮出与我，我家女郎主要是拿来做善事，倒不必一定是新粮。"

众人欣然同意，于是一车又一车的粮食从外面被运进庄园。

庄园里的人看到这些粮车进来，心慢慢安定下来，干活儿也越发卖力。

地里的麦子每天都在减少，收割好的麦子被拉回来晾晒，然后妇人和孩子在家里脱粒。

为了建造房屋，庄子里分出三百来人去建房子和修路，连赵驹都亲自上阵，每天除了教赵二郎武艺就是带着大家去打地基。

等汲先生在汝南逛了一圈回来，庄园里的房子已经起了一排又一排，傅庭涵现在已经能把烧窑的成功率控制在九成以上。

傅庭涵已经不管此事，让陆焜带着庄子里的长工们烧砖。他则每天躲在屋里做自己的事，除了偶尔出来和赵含章学习一下武术，基本不出门。

汲渊站在路口望向远处冒烟的砖窑，惊讶不已："这才半个月，竟起了这么多房子吗？"

赵驹带着人出去巡视其他庄子，半路正好遇见汲渊，因此两队人马一起回来，赵驹看了那边一眼，不在意地道："烧好的砖砌房子，速度能不快吗？现在砖窑一天能出三万块砖。"

"砖头是有了，那糯米汤呢？造这么多房子，得需要多少糯米汤？"

砌砖需要石灰砂浆，但石灰砂浆很粗糙，建造的房屋不能很高大，雨天还会冒水，不够坚固。

只有在石灰砂浆里加上糯米汤搅拌，砌出来的墙体才又密封又坚固。

赵驹道："三娘让成伯拉着粮食去县城和坞堡里换糯米了，庄园里这么多人，不会浪费的。不过三娘也说了，要是能找到黏性好的黄黏土，那便可代替糯米汤，成伯正带着人找呢，就是一时没找到。"

汲渊见他们安排得井井有条，松了一口气，打马回去见赵含章。

赵含章没事做，正拿着一把长枪在院子里练枪法，教她的是一什长季平。

季平是骑兵，最擅长的便是枪法，之前他的枪在奔袭中损坏了，所以才改了大刀，到了庄园才开始想着重新打一杆枪。

赵含章见他要得虎虎生威，很是羡慕，于是要跟着一起学。

汲渊到的时候，她正回身刺出一枪，直取他的头脸，吓了汲渊一跳。

赵含章"唰"的一下将枪收回，丢给季平，从听荷手里接过帕子擦了擦汗，笑着上前："汲先生回来了。"

汲渊松了一口气，上前行礼："女郎怎么想起来练武？"

"喜欢就练了。"赵含章请汲先生去正堂，问道，"最近外面有什么消息吗？"

"朝廷还流落在外，洛阳还未夺回，近来从洛阳逃出来的人越来越多了。"汲渊道，"既然说了买粮食是为做善事，三娘何不乘机收拢一些难民？"

这也是做善事了。

赵含章欣然同意："我也是这么想的，我名下许多田地没有耕种，或是种得不仔细，全因人手短缺。"

赵含章的地是够多的，尤其是赵仲舆交换给她的那些土地，但留下的佃户和长工并不怎么用心，加上这两年出于各种原因人口流失严重，所以很多土地荒着。

所以她只要招人便有地给他们耕作，只需保证他们劳作时的吃住就行。

而逃难在外的难民此时也只求一个安身之所罢了。

赵含章道："汲先生，此事还是要托付给你，你带上粮食去城门口招人吧。离乡之人恐怕不会想着在外面安家立业，我们可以把条件放宽一些。凡招募的长工和佃户都只签三年，三年过后，他们若想走，我们绝不拦着。"

"待遇呢？"

"长工的工钱按照市价给，吃住我们包；佃户的话，第一年我们会给予他们果腹的粮食，所以收他们四成的租子，第二年以后，我们只收两成租子。"

汲先生惊讶："三娘，这佃租也太低了，汝南现在的佃租都在四成和五成之间。"

赵含章道："不低，粮食和钱财在庄民手中和在我手中区别不大，这庄园本就是由庄民组成的，我既然说了要养他们，自然要给他们留足空间。"

"可您还养着部曲呢，只两成佃租，能养得起这么多人吗？"

"只要我们田地够多，佃农够多，自然养得起。"

汲先生道："那还有武器和马匹呢，还有盔甲，这些都需要钱。"

赵含章道："粮价虽然上涨许多，但粮食是基础生存所需，靠基础生存的资源来获取战备物资是不行的。战备不该从卖粮食上来，今后我们的粮食要尽量留作己用，能不卖就不卖，至于买战备的钱……"

赵含章沉吟片刻后道："我来想办法。"

汲渊惊讶地看向赵含章："三娘不愧是郎主的孙女，郎主也说过，家中部曲所耗费的钱财不该从粮食上获得。"

赵含章一听，起了兴致，忙问道："那祖父的钱是从哪儿来的？"

"从经营的铺子、酒楼、园子这些来。"汲渊道，"不过赚钱的铺面和酒楼园子多在洛阳和长安，所以……"

不说现在洛阳和长安都陷入了战乱中，就是和平的时候，赵含章也一股脑儿地都换给了赵仲舆。

赵含章一听地点，立即不感兴趣了："我们另外找路子。"

汲渊苦恼起来："但我们有什么路子呢？上蔡虽不穷，但也不怎么富有，您在县城里虽然有铺子，但没有豪富之人，东西也难卖出去，何况我们有什么好东西？"

赵含章想了又想："你觉得我们卖砖怎么样？"

汲渊一愣："啊？"

赵含章却好似打开了任督二脉，一拍掌道："先从小的来，积少成多嘛，先卖砖，等傅大郎君做出玻璃这些好东西再卖更贵重的东西。"

青砖这种东西，家境一般的百姓是用不上的，须得家资丰厚一点儿，且最近又打算建造房子的人家才有需求。

当然，汝南这么大，人这么多，建造房子的人还是有的。

赵含章觉得得再把价格略微放低，让更多想建房子的人买得起砖。

反正烧砖的成本并不是很高，只要有泥和人，他们就可以源源不断地烧出砖来。

不过这个利润不高，赵含章还是想做利润高一点儿的生意，于是跑去找傅庭涵想办法。

"烧玻璃不难，我先把温度计做出来。"

赵含章道："炉子和人工……"

傅庭涵笑道："用烧瓷器的窑炉就可以，工匠最好也是会烧瓷的。"

在傅庭涵看来，瓷器和玻璃有异曲同工之妙，只是使用的原材料不一样，手法有些差异而已。

对他来说，配置烧玻璃的原材料并不困难。

"你想做什么玻璃制品？"

赵含章道："好看的玻璃杯，好看的镜子，好看的玻璃工艺品。"

傅庭涵道："没有模具。"

这才是难处。

赵含章笑道："你只要能做出玻璃，模具不是问题。"

工匠们自有办法将它做得漂漂亮亮的，实在不行，让王氏画几幅好看的花样子就是了。

傅庭涵拿出庄园的地图："那你说玻璃作坊建在哪里？"

赵含章仔细看了看，考虑到需要用水，指着沟渠边上的一块地道："这里如何？"

"有水，是旱地，距离西营也近，一旦有事，西营可以很快赶到。"日常还能够巡视保护。

傅庭涵道："窑炉我来监督建造，但所需的工匠……"

赵含章道："我来想办法。"

办法还是只能从西平那边想。

做瓷器的工匠不同于别的工匠，这类工匠更值钱，也更稀少。

上蔡县就没几个，仅有的那几个还不是自由身，是在官府的官窑里工作，除非贿赂县令把人的籍书注销成死亡状态，不然她连买都买不到。

赵淞喜欢瓷器，他的名下似乎有一个瓷窑，那是属于他的私产，并不是族中的公产，赵含章想要人，只能去求赵淞。

这和之前借用泥瓦匠和烧砖的匠人不一样，赵含章决定亲自去西平走一趟。

正好，夏收快结束了，她也回去看看西平那边的田地收成如何。

于是赵含章换上更素淡的麻布衣服，带了听荷就要去西平。

傅庭涵听说了，连忙带了傅安跑过来："我和你一起。"

赵含章好奇："你去干什么？"

傅庭涵道："不是你说的，过几年中原一带会混乱吗？我打算出去看看附近的山川和道路，做成舆图，以后这里要是也乱了，我们逃命的时候不至于分不出东西南北。"

赵含章一听，立即冲他伸手："上来。"

傅庭涵看见伸到眼前的手顿了一下，伸手握住，轻松上了马车。

二人分坐在马车左右，傅安也挤上车，和听荷一起坐在车辕上。

赵含章道："可惜我们正在守孝，不能访友，不然去县衙里借县志是最有效和快速的办法。"

傅庭涵道："没关系，我们有的是时间，你在庄园里这么大的动作，县衙不可能不知道，到时候你不去拜访，他们应该也会上门来。"

赵含章一想也是，点了点头，决定静等佳音。

赵长舆在坞堡里也有产业，除了老宅和几间铺面，还有田地。

其中，祖上传下来的田地地契赵长舆都交给了赵仲舆，剩下的一些是他这些年陆续添置的，或是和族人买的，或是开荒开出来的，不是很多，二十来亩地，就在赵氏坞堡的边上。

这些地是留给赵二郎的。

除了这些，赵长舆在西平县的其他地方也购置过土地，赵仲舆知道要在故土留田地，便是为了子孙后代，也不会全交换给赵含章。

基本上赵仲舆换给赵含章的都是距离坞堡远的田地和铺面。

这些田地，有的有庄头管理，由佃户耕种，有的则是丢荒，原先的佃户和长工早跑没影了。

赵含章预估，夏收结束，还会跑掉一批。

她沉思起来："你说我写信给赵仲舆，提议让他把汝南这边的田产和铺面都交给我打理会不会太过分？"

傅庭涵问："收益归他还是归你？"

赵含章道："收益要是归他，我管个什么劲儿？"

傅庭涵问："你在汝南之外还有没交换给他的田产铺面吗？"

"有啊，但很不幸的是，那些地方现在都是战区，你觉得他现在还能吃这个亏吗？"

这是一个单纯的疑问句，赵含章满怀期待地看着傅庭涵。

傅庭涵直接道："不能，他不蠢。"

"如果他答应了，那多半出自心虚，但……"傅庭涵想了想后道，"你这位叔祖就算心虚也不会这么大方的。现在整个朝堂都流落在外面，正是急需钱和各种资源的时候。逃难那会儿他们又丢失了这么多行李，恐怕现在窘迫得很，他不问你要钱就算了，怎么可能还白给你东西？"

赵含章闻言惋惜一叹："可惜了，早知道洛阳会那么快乱起来，当初换田地铺子的时候，我就应该谈一下这件事，把事情定下来就好说了。"

两个人都不知道，此时赵仲舆的信使正在赵氏坞堡里呢，为的也是钱财和田地铺面的事。

这边的田地铺面，是由赵仲舆家中的仆人在管，赵长舆虽然也派了仆人在这边打理，但决策和监督一类的事却委托给了赵淞。

多年来，族兄弟两个的习惯都是赵淞汇总好这边的所得后让人送去给赵长舆，或是赵长舆有安排，直接写信回来把这些钱财和粮食给用了。

赵仲舆此时派信使过来，为的就是接手赵长舆交给二房的那些田地和铺面。

赵淞翻开单子看，看见上面用笔划去了不少，不由得蹙眉："这是何故？"

信使忙道："这是郎主给三娘和二郎的田地铺面，地契和房契都交给了三娘和二郎。"

赵淞去看，发现祖产都没动，其余大部分的田地和铺面被划去了，虽然资产分薄了，但他还是满意地点了点头："族长疼惜晚辈，三娘和二郎年幼，的确是该多拿一点儿资产傍身。"

话音才落，管家高兴地进来禀报道："郎主，长房的三娘和未来姑爷回坞堡了。"

赵淞闻言一喜："快将人请进来，他家那房子又是半个多月没住人了，不方便住，让他们住到我们家里来。"

看到一旁的信使，赵淞道："正好，族长的信使在此，也让她来见见。"

赵淞对信使道："三娘一直忧心族长身陷战乱之地，如今见到，也能安心了。"

信使是赵仲舆的心腹，是知道赵济遗弃大房的事的，闻言尴尬不已。

赵含章还是决定住在自家的老宅里，不过放下行李就拉着傅庭涵过来拜见赵淞，俨然一副将对方当作亲近长辈的模样。

信使看见这两个人，立即起身走到一旁，待他们和赵淞行过礼后上前相见："谭某拜见三娘、傅大郎君。"

赵含章看见他，勉强从记忆里把他翻出来并对上号："是谭文士，您不在叔祖身边,怎么到这儿来了?"

谭中垂下眼眸道:"谭某奉郎主之命回来解决一些事情。"

"不知是何事?"赵含章一脸关心地道,"现在朝廷流落在外,百姓离乱,叔祖为国为民操劳,不好再叫他为家事烦忧。我虽年幼,身边却还有几个得用的人,都是祖父留下的,或许可以帮一些忙。"

谭中见她一脸诚恳的模样,不知她说的是真是假,毕竟两家的关系……实在是有些微妙。

赵淞一脸欣慰地看着赵含章:"正该如此,一族血脉就该和和气气,互相帮扶,你有这个心就很好,你祖父若知道也会很高兴的。"

赵含章矜持地笑:"所以信使来是为了……?"

人不来的时候也就算了,她也不好写信去找赵仲舆,但现在人来都来了,她要是不努力一把,也太对不起自己的野心了。

赵淞也不隐瞒,将手边的单子递给赵含章,谭中阻止不及,只能眼睁睁看着赵含章接过单子。

"你叔祖让谭文士回来处理这些产业。"赵淞一副好心地道,"我听谭文士说,你叔祖把单子上不少的田地给了你和二郎,这样的话,你们两家的田地多靠在一起了,你既然有心帮忙,不如帮你叔祖照看一下那些田地,他如今在朝堂效命,身边缺不得人,总不能为了这么点儿小事还耽误谭文士在此。"

赵含章一听,眉毛轻轻往上一扬,压下一肚子的话,直接应下:"好啊。"

赵含章拿着手中的单子看向谭中,似笑非笑地问道:"谭文士,叔祖想怎么处理这些田地和铺面?"

她笑道:"当时我拿洛阳的田产铺面和叔祖交换这边的田产铺面时,他可是说了,这些算作祖产,绝不会外卖,现在叔祖改主意了?"

"当然不是,这是祖产,怎么可能售卖?"谭文士努力不去看赵淞瞬间严厉起来的目光,只看着赵含章笑道,"谭某只是回来看看今年的收成,也问问族中的情况,看望五太爷以及三娘和二郎。三娘和二郎走失,郎主焦心不已,虽然已经收到信知道三娘和二郎平安,但还是想让我来再确定一下,郎主才能安心。"

谭中说了一堆废话,就是不接要把二房产业交给赵含章打理的话茬儿,赵含章也懒得与他寒暄,将单子上的田地和铺面的地址记下,卷了卷后交给他:"我也是回来看今年收成的,倒是巧,不如明天我们同行去地里看看?"

谭中看了赵淞一眼后笑着应下,起身恭敬地告辞。

谭中一走,赵含章扭头问赵淞:"五叔公,叔祖派谭中回来拿钱?总不能是真的要卖了祖产吧?"

赵淞看了傅庭涵一眼后笑道:"当然不是,我们家还不至于困难成这样,有坞堡在,谁会卖祖产?"

傅庭涵便知道自己在这里对方不好谈深的东西,于是找了个借口避出去。

走到院子里,傅庭涵环顾左右,发现无处可去,看了看建筑的密度,转身便朝着一个方向走去,那里房子密度不够,应该是花园。

果然,他走了不一会儿,穿过两道影壁便看到了花园。

赵铭正盘腿坐在凉亭里自饮,抬头看见傅庭涵,便笑着高声问道:"傅大郎君是独自来访,还是陪着三娘回来的?"

隔着半个花园,傅庭涵高声道:"陪三娘回来的。"

赵铭见他不拘礼节,倒是对他另眼相待了些,干脆招手:"过来陪我饮酒。"

傅庭涵上前。

而前厅里的赵含章正一脸关心地问:"莫不是叔祖在外面出了什么事?"

"没出什么事。"傅庭涵不在,也就不存在家丑外扬的风险,赵淞直接道,"族长和伯爷跟着朝廷流落在外,手上有些不宽裕,因此派人回来拿钱。"

不过他们两房的现银多在洛阳,在西平这边,明面上并没有多少现银,产业很难马上变现。

相当于赵仲舆在和赵淞这个代理族长要钱。

赵仲舆是族长,赵济是伯爵,家族的资源本来也要倾向二房的,赵淞对于掏族里的钱填给二房并没有意见,但赵仲舆要把所有产业收回去转而交给幕僚打理,那赵淞就有意见了。

那是幕僚,是外人,能比得上族里人贴心吗?

赵淞都给赵长舆打理族中事务二十年了,从没听赵长舆说过要把产业收回去交给汲渊等人。

要说赵淞心里没意见是不可能的,他问赵含章:"那单子上被划去的产业是你和族长交换的?"

赵含章点头,解释道:"我和二郎要扶棺回乡,将来未必还会回洛阳,而祖父为我陪嫁的产业多在洛阳,毕竟有些不方便,所以我就和叔祖交换了。"

赵淞明白了,点了点头后道:"明日谭中要去地里看夏收的情况,你陪着一起吧。"

赵含章欣然应允,嘴角微微一翘。

赵仲舆在赵氏的根基不稳啊。他没有赵长舆的威望,要想掌控赵氏,只怕不容易。

赵含章在心里为她这位叔祖点了一根蜡烛,然后就高兴地和赵淞告辞,出去找傅庭涵。

有仆人道:"方才傅大郎君往花园去了。"

赵含章便转身去了花园。

赵铭一仰头把杯中酒喝完,举着手中的酒杯看了又看,叹气道:"世间美味啊,可惜不多了。"

傅庭涵喝了一口酒,酒虽清香,但烈度不够,倒是有点儿甜,他放下酒杯:"您喜欢喝酒?"

"喜欢,这世上,唯有酒是最美的,比美人还美!"他抬头看向傅庭涵,突然笑了一下,摇头道,"你啊,还太年轻,怕是体会不到其中的美妙。傅大郎君,我那侄女美否?"

傅庭涵看着他,见他没有轻鄙之意,点头:"美!"

"美酒比她还要美!"赵铭又给自己倒了一杯酒,比喻道,"这世上的美人啊,一个美人抵一杯酒,你想想这一坛美酒能抵多少美人了。"

傅庭涵看向他的身后,轻笑道:"或许可以问一下美人本人。"

赵铭一扭头对上赵含章的目光,惊了一下,立即端坐起来,一脸严肃地道:"三娘何时来的?"

赵含章瞥了一眼赵铭,见他眼神迷离,显然已经有了醉意:"在堂伯论美人的时候。"

赵含章拎起酒壶闻了闻酒,觉得味道还不错,便在矮桌的另一边盘腿坐下,拿了一个酒杯倒满。

她尝了一口,赞许地点头道:"这酒不错。"

赵铭看向坐在对面的傅庭涵,傅庭涵一副毫不介意的样子,甚至还给她又倒满了。

"传闻傅中书为人方正古板,没想到他的孙子却与他不一样。"

傅庭涵道:"那是世人对祖父的误解,他不是那样的人。"

赵含章赞同地点头:"傅祖父要是传闻中的那样,也就不会让傅大郎君陪我扶棺回乡了。"

虽然她把傅庭涵带回汝南是先斩后奏,但连赵仲舆都派人来要钱了,傅祗还没派人来接傅庭涵,可见他并不反对傅庭涵留在汝南守孝。

赵铭见她还要喝,伸手便按住了:"三娘,虽说热孝期过了,但你现在还守孝呢,不该饮酒。"

赵含章便收手,好奇地问他:"堂伯是有烦心事吗?为何白日饮酒?"

238

赵铭摇头："我没烦心事，想喝就喝了。"

说到这里，他或许也觉得不好意思，顿了一下后哈哈大笑起来，将酒杯又推回赵含章的面前："罢了，罢了，守孝论的是心，不该论迹，想喝就喝吧。"

赵含章没动。

赵铭拎着酒壶给自己倒了一杯后仰头一喝，转着酒杯冷笑道："守孝？如今礼仪败坏，守与不守谁会在意？"

赵含章道："堂伯这样说，我更不敢动了。"

赵铭挥手道："不是说你，我知道你是好的，你能在逃难的路上护着你祖父的棺椁不失便足见孝心。"

赵含章端起酒杯来喝了一口："堂伯有什么烦心事不如说出来，或许我们能帮到忙呢？"

赵铭见她说喝还真喝，嘴角微翘道："你不错，不虚伪，乃真小人！"

赵含章道："堂伯，我就喝了两口酒，不至于变成了小人吧？"

赵铭哼了一声道："别以为我不知道，你呀，居心不良。"

"你若是郎君，那为了赵氏百年安定，我必站在你这一头儿，从二房的手里抢回族长之位，可你是个女郎。"赵铭瞥了一眼坐在对面的傅庭涵，一脸复杂的神色，"不知道你这位未来的夫君是真单纯呢，还是假君子。但不管他是前者还是后者，我都不会支持你的，族里心疼你幼年失怙，我也不介意时不时地帮一下你，但你想要我站你这边对付二房，或是从赵氏坞堡里得到更多的财产是不可能的。"

赵含章惊讶地看向傅庭涵。

傅庭涵冲她微微摇头。他来这里后可是一句话都没提她，他们只谈了酒，哦，还谈了一下美人。

"不是他说的，是我猜的。"赵铭问，"说吧，你这次回来是为了什么？"

"堂伯厉害呀。"赵含章道，"比我大伯厉害太多了，祖父就没想过把族长之位交给你？"

赵铭抬起眼眸看了她一眼："挑拨离间，威逼利诱？这个对我没用，族长之位只能从你们嫡支出，就算赵济不济，那还有你弟弟呢，早点儿让你弟弟成亲生子，把他养大就是了。"

赵含章问："你们宁愿选一个还不知道什么时候投生的婴儿做族长，也不愿意选个现成的？"

赵铭看看她："这是族规，族长一直是由嫡支当，这有什么稀奇的？"

一个家庭分家产，嫡长子可独占七成，其他孩子分剩下的三成。

家族自然也一样。

周而复始，嫡支一直享有家族最多的资产和资源，自然，他们的责任也是最大的。

平时有什么事，都是嫡支拿大头儿。

赵长舆就是。

这赵氏坞堡内外的田地资产等，他们长房、二房占了近一半，这只是两房而已，要知道赵氏全部的族人可有上千人呢。

他们长房、二房占了最大的财产，除了家中的佃户和长工，更多的田地是分租给地少的族人，只取少量的田租。

此外，族中每年还要接济族里的老弱妇孺，这些全是赵长舆出大头儿，更不要说建造坞堡之类的大事了，大都是赵长舆出钱。

赵长舆手中的资产全是他的吗？

可以说是，也可以说不是。

说是，是因为都在嫡支名下，说不是，是因为这实际上是整个赵氏宗族的。

也因为赵长舆一直以来的贡献，赵氏上下都坚定地认为族长就该是嫡支的。

赵铭要是敢露出自己想当族长的意思，不用等族人开口，他爹就能骂死他。

但是赵铭内心深处是有怀疑的："赵济真的能当好一族之长吗？"

他靠近赵含章，紧盯着她，目光直直地看进她的心里，一字一顿地问道："三娘，你真的可以做到毫不介怀，既不介意他遗弃你们长房一家，也不介意曾害你性命之事吗？"

赵含章定定地回望赵铭，目光坚定，不曾移动一毫，二人对视半晌，她嘴角一挑，轻笑道："你猜？"

赵铭看了她好一会儿，坐直了身体，似笑非笑地看着她道："我猜你不能。"

赵含章给自己和他各倒了一杯酒，端起酒杯来轻轻地碰了碰他的酒杯："堂伯，你的顾虑没有错。赵济真的可以当好一族之长吗？"

赵含章饮尽杯中的酒，转着酒杯道："还有一句话没说错，守孝是论心的，我答应过祖父，要护好母亲和二郎。我也知道，祖父最放心不下的，除了二郎便是赵氏了。所以，便是为了祖父，我也不会损害赵氏，分毫不会损害。"

赵铭沉思。

赵含章放下酒杯，起身："堂伯喝醉了，我和傅大郎君先走一步。对了，堂伯今日在花园里饮酒，怕是不知道吧，我叔祖派了一个幕僚过来接管家族产业，这会儿五叔公估计在找您呢。"

赵含章拉着傅庭涵出了五叔公家，顺着巷道看到外面热闹的大街，邀请道："去逛逛？"

傅庭涵也想看一下坞堡和一般城镇的区别，于是点头。

傅安和听荷在老宅收拾，赵宅的仆人见赵含章和傅庭涵身后没有伺候的人，忙要跟上，赵含章冲他们挥了挥手："在自家坞堡里，还有谁欺负我们不成？不必跟随。"

仆人躬身应下，目送二人走远。

等走远了，傅庭涵才开口："赵铭可真厉害。"

赵含章道："就是可惜心还不够大，不然他完全可以取代赵济。"

"不过赵仲舆的能力不弱，就算他现在威望不足，为安定着想，赵氏也不会想着换族长的。"赵含章沉吟片刻道，"不过现在东海王带着皇帝避出京城了，也不知道将来会怎么样。将来局势要是恶化，他们恐怕会南迁，到时候赵仲舆怕是要带上族人一起，这时候，一动还真不如一静，赵铭思虑得没错。"

傅庭涵道："你会南迁吗？"

"五六年的时间，我们应该已经找到回去的路了吧？如果我们还没找到，那估计就是回不去了，到时候看吧，顺应潮流，怎么安全怎么来。"

赵含章想得很开，这是基于自己知道的历史做出的判断，但赵淞不知道这段历史啊。

所以他们能做的便是就事论事。

赵铭一身酒气地进了书房，赵淞没好气地瞪了他一眼："白日饮酒，无所事事，你年纪还小吗？"

赵铭在席子上找了个位置盘腿坐下，给自己倒了一杯茶，一饮而尽："儿子这就解酒，您老人家别生气。"

赵淞无言，感觉更生气了怎么办？

赵铭放下茶杯，一抹嘴巴问道："您说吧，找我何事？是不是要把族产和原先大伯交给我们打理的产业都整理出来交给族长？我这就去。"

"站住！"赵淞没好气地道，"你也不问问要交给谁打理就要交出去？"

赵铭无奈地道："阿父，谭中都住进坞堡了，儿子又不是聋人，自然听到了。"

赵淞皱眉："就这么交出去？"

"族产本就要交给族长打理，大伯原先的那些资产大多交给了族长和赵济，我们不交出去，难道要与族长一脉隔空打官司吗？"赵铭道，"如今晋室落难，朝堂纷争不断，这时候我们还是不要族长为族中事务分心了，他想怎么做就怎么做吧。"

赵铭顿了顿后道："其实儿子觉得，族长未必是真想把产业都交给幕僚打理，不过是如今囊中羞涩，他又刚当上族长，不好和父亲开口，这才想要拿了资产筹一笔钱出来。"

"哼，三娘把洛阳一带的田产和铺子都换给了他，不说那些田产铺面的价值，光是铺子上的存货和现钱，难道还不够他用吗？怎么就到了回族里筹钱的地步？你大伯当家的时候可从未这样过。"

"阿父，这不是事出意外吗？三娘也说了，当时事发突然，族长是进宫后直接跟着皇帝外逃的，三娘他们留在家中，也只能收拾家中的细软，最后还全都遗失了呢。铺子里的东西，别说他们现在回不了洛阳，就是回去了，还有剩下的吗？"

赵铭见赵淞不说话，便劝慰道："族长为何宁愿把资产交给幕僚也不交给族中？还不是因为阿父和族长关系一般？您如此质疑族长，让他处处受制，他为何要把资产交到您的手中？难道大伯当家时，要用钱，您也是这样回的？"

赵淞瞪大了眼睛，心火"腾"的一下冒起来："你这是在教训你老子？"

赵铭无奈地道："儿子这是在跟您讲道理，您看，您又不讲道理了吧？"

"我就是不讲道理。"赵淞暴怒，气得跺脚，"我就是不交给他，哼，洛阳现在是起了战乱，显得那里的铺面和田地都不值钱了，可他和三娘交换的时候可没战乱！"

"他一个长辈，儿子都承继了爵位，大哥又把祖产都交给他，他还有什么不满足的？他坑得三娘换了那边的产业，转头竟然有脸跟我说汝南这边的田产铺面是送给三娘。"赵淞拍着自己的脸道，"我都替他臊得慌，幸亏先前没多嘴说话，不然我一个长辈在三娘面前都没脸，傅长容还在这儿呢，这哪里是丢他赵仲舆的脸，这是丢我汝南赵氏的脸！"

赵铭一听，略一思索后点头："的确够丢人的。"

赵淞的心气这才平了一点儿，他呼出一口气，道："你也知道丢人了吧？"

"但我们也不能意气用事啊，您还是没说这事要怎么解决。"赵铭直接提出核心问题，"现在族长缺钱，还有他手中的那些祖产、族产和私产怎么解决？"

赵淞这会儿听不得和赵仲舆相关的事，偏又不能不解决。他坐回席子上，气呼呼地喘气，半响后道："明天带他们去看地里的收成，我的意思是，私产可以交给幕僚打理，但祖产和族产不行。"

他看向赵铭，蹙眉道："我想，靠近三娘田地的那些地产就交给她来管，每年上交给赵仲舆一笔佃租，剩下的还是由族中打理，你觉得如何？"

赵铭道："阿父，这事是三娘的提议？"

"当然不是，是我想的，还未告诉三娘呢。"

"如此吃力不讨好的事三娘为何要做？要是讨了好处，您就不怕将来族长回来，和我们家，以及三娘他们的关系更加恶化？"

"那也不能全凭他的心意来，这么多祖产和族产交给幕僚算怎么回事？"赵淞道，"不说你大伯，便是上一辈也没有把族中的产业交给外人打理的。"

"那也不能交给三娘啊。"赵铭道,"三娘都这年纪了,再过两年就要出嫁了。"

"那不是还有二郎吗?"赵淞道,"这不是交给三娘的,是要交给二郎的。"

说到底,赵淞还是心疼赵二郎,觉得赵二郎作为赵长舆的孙子只分到了那么一点点的资产,其中有那么多还得先放在三娘的嫁妆里。

他们赵氏的子孙何时需要如此憋屈了?

赵铭一脸无奈地看着他爹:"阿父,您太小看三娘,也太信任三娘了。"

赵淞一脸轻蔑地看着赵铭道:"是你太小看你大伯了,他既然敢把二郎的资产交给三娘打理,说明他绝对信任三娘。"

说白了,赵淞是相信赵长舆。

赵铭不能说服赵淞,赵淞也不能得到赵铭的认同,父子俩不欢而散。

虽然父子二人谈得不愉快,但是第二天赵铭还是得陪着他们一起去巡视田铺。

这时候正是热火朝天夏收的时节,所以地里都是收割麦子的人。

赵含章戴着帷帽骑在马上,偏又不肯好好戴,将帷帽的纱巾撩开,大半张脸露出来,眼眸低垂时便能和地里劳作的人对上目光。

赵淞不喜骑马,直接坐着牛车去的。他叫住走在车旁的赵含章,问道:"上蔡那里的麦子收得如何了?我看过几日要下雨了,得抓紧时间收。"

赵含章道:"已经全收了,农人们正在整理土地,准备种豆子。"

赵淞惊讶:"这么快?"

在他的记忆里,赵含章嫁妆里上蔡的田地可不少,加上她还和赵仲舆换了好多地。

赵含章叹息一声道:"之前家中管事打理得不好,许多地荒了,加上近年佃户和长工流失,耕作的田地也是粗粗播种,并不丰收,近来我收留了一些难民,人手多了,这么点儿东西很快就收好了。"

赵含章说完一笑:"正是因为地里的活儿都干完了,我这才能回来看五叔公。"

赵淞沉重的心情一松,他笑道:"难道你地里有活儿就不能回来看我了吗?"

赵含章嘴甜:"我自然要回来的,见到五叔公便跟看到祖父一样,我心中安定。"

和他爹挤在一辆牛车上的赵铭听不下去了,让车夫停下车。他跳下牛车,伸展了一下胳膊和腿,一扭头见大家都看着他,挥手道:"走吧,我下车活动活动,走着去。"

赵含章一想,下马将马交给听荷,也走着。

傅庭涵垂头思考,要是不下马,会不会显得很不礼貌?

赵淞懒得搭理他儿子,对有些为难的傅庭涵笑道:"傅大郎君不必理他们,让他们叔侄两个走着,骑马颠簸,不如上车来与我同坐?"

傅庭涵欣然应允。

赵铭回头看了牛车一眼，和走在身旁的赵含章道："傅大郎君的身体似乎还比不上三娘你啊。"

"这不是当下的风气吗？男子敷面，身姿如弱柳扶风，有种飘然若仙的感觉。"

赵铭感觉被冒犯到了。

赵含章却已经扭头盯着他，上下扫视过后突然粲然一笑："堂伯今日的妆容不错。"

赵铭看着素面朝天的赵含章，突然好生气，但一句话都说不出来。

赵含章走到田边，扯了一根麦子："看样子，今年的收成还不错。"

"也有差的。"赵铭走上前来，也扯了一根麦子，吃了一颗后道，"这里有沟渠通过，又是良田，地肥，近家，照顾得及时，越往外，地越贫瘠，收成就不是很好了。"

赵铭又指着一个方向道："今年山北那边闹虫灾，那一片的麦子大多空壳，更严重。"

赵含章想了想后道："我记得我家和叔祖家有好几块田在那边。"

赵铭"嗯"了一声道："一会儿可以绕道山北回坞堡，你可以看看情况。"

谭中老老实实地跟着他们走。

两家的田地，不算交给族人耕种的那部分，只算给佃户和长工耕作的便有不少，而且田地都临近。

赵含章看过自家的，转头就能看到赵仲舆家的情况。

地里劳作的佃户和长工都没见过赵含章，听说她是长房的嫡长女，立即放下镰刀上前来，跪在田埂上和赵含章回话："去年郎主大恩，赊了小的们两成的租子，今年地里的庄稼还不错，可以补上那两成。"

赵含章将他扶起来，问道："你叫陈三？"

"是，小的家中行三。"

"家里还有什么人？几时来的坞堡？在坞堡里佃了几亩地？"

陈三一一回答。他是五年前流亡到西平的，因为赵氏坞堡招长工和佃农，他便带着家人留下了。

"我家租了十亩地，其中六亩是女郎家里的，还有四亩是七太爷的。"

赵含章问："可以糊口吗？"

陈三答道："勉强可糊口。"

赵含章便长叹一声，看了一眼他身后不远处正弯腰割麦子的妇人和在田里找麦穗的孩子，沉思片刻后道："去年祖父赊给你的那两成租子就免了。"

陈三瞪圆了眼睛，不由得看了一眼坐在牛车上的赵淞，立即跪下，连称"不敢"。

赵含章将他拉起来："去年祖父会赊给你们两成的租子，便是怜惜你们日子艰难，又怕直接免了租子你们会懒惰下来，如今我做主免了，不过是继承祖父的遗志罢了。"

坐在牛车上的赵淞赞许地点了点头。

陈三更是感动得眼睛红起来，挣脱赵含章的手，跪下连连磕头："谢女郎，谢郎主，小的回去便供上郎主的长生牌位，将来日日上供，绝不敢怠慢。"

赵含章道："祖父不是在意这些虚礼之人，你何必破费？"

她目光放远，知道这一片有不少地是她的，干脆道："去年祖父赊给你们的两成租子我全免了，将此事告诉他们吧。"

陈三眼睛大亮，又连着磕了两个头，大声道："谢女郎大恩！"

陈三跑到下一个田埂上，直接冲着远处大喊："女郎免去我们去年欠的两成租子了——"

声音幽幽传远，不远处同样租了赵含章家田地的佃户们一听，高兴得欢呼起来，也跪下冲赵含章站立的方向磕了一个头，然后起身冲着远处继续喊，将这件事传了下去。

赵淞感受到了佃户们的开心，同时也感受到了佃户对赵氏坞堡的感激，感觉坞堡的凝聚力更强了。

他欣慰地摸了摸胡子，满意地看了赵含章一眼，扭头对一旁沉思的赵铭道："传下去，去年我们家少收的那两成租子也不要了。"

赵长舆是族长，他的决定直接影响家族里的其他人。

所以去年田地歉收，他写信回来，表示族人和佃户们日子艰难，所以夏收秋收之后，他只收族人一成的租子，收佃户两成的租子，剩下的两成都留待明年，待收成好了再补齐。

那少交的两成租子就算是他借给大家渡过难关的。

作为赵长舆的拥趸，赵淞自然是坚定地站在赵长舆那边，于是大手一挥，赵淞家也是这么操作的。

族中的大户纷纷效仿，包括远在京城的赵仲舆，他当时自然是跟着大哥一起行动的。

此时大家就一起看向了谭中。

谭中倒是也很想松口表示跟上，但这件事情不小，他得先问过赵仲舆。

赵淞见状有些失望，扯出一抹笑，道："走吧，我们去下一处。"

很快，好消息便在地里传开了，田里的农人们跟过年一样快乐，远远地看见赵淞和赵含章便跪下磕头道谢，而同为赵氏族人的农人则是兴奋地和他们挥手，待他们看过来便抬手冲他们深深一揖。

赵淞大多坐在牛车上受了，也让赵含章接受，但遇到一些族人，就会让赵含章过去郑重回礼："他们辈分比你高呢，即便家贫，你也不能受礼，长幼有序，不可乱。"

赵含章——应下。

他们的地不少，大半天下来也只走了坞堡附近的几块地。

两家的田相近，情况也差不多，他们去地里看收成时，两边却是不一样的情景。一边的佃户和族人兴高采烈地和赵含章打招呼，另一边则是沉闷地看着他们，满眼羡慕之色。

谭中心中的压力更大了，他来时郎主只说要把产业收回，到时候选了庄头和管事打理，料想五太爷不会反对，却没想到事情如此不顺。

谭中直觉不太对，虽然西平这边一直是五太爷代理，但五太爷也是听族长行事，以他的性情，不该反对族长才对。

谭中不由得看了一眼骑马走在前面的赵含章。

赵淞回到家，脸上的笑容就落了下来，他停住脚步往回看，见儿子慢悠悠地走着，便"哼"了一声道："看到了吧？若是把产业交给这些幕僚，什么主都做不得，现在道路还能通信，但以后若是遇到战事和意外，联系断绝，宗族这边是不是什么事也不做，就等着族长的命令了？"

赵淞沉着脸道："人心尽失，瞧他走的什么臭棋？"

赵铭想的却不是这个，忧虑道："阿父，今日若是换成汲渊在此，您觉得这个问题还是问题吗？"

"族长会派谭中来，必定是因为谭中是得用的幕僚，但他智谋有余，决断不足，族长留他在身边，处境堪忧啊，"赵铭眉头紧蹙，"而三娘能从族长手中抢走汲渊，可见她的智谋和决断，您现在应该忧心的是嫡支长房和二房之争，调停他们的矛盾，而不是站在三娘那边，这样会激化两房矛盾，还有挑拨族长和宗族关系之嫌。"

赵淞震惊得瞪大了眼睛，手指微颤地指着他道："你……你说我挑离间？"

"阿父，您或许不是故意的，因为想不到这些，但您的行为就是如此。"

赵淞怒极，四处找棍子："你……你还说我蠢？"

赵铭见他爹抢过仆人手中的牛鞭，立马转身先跑了，跑出十几步后回头喊："阿父，忠言逆耳利于行，儿子这也是为宗族好，您冷静冷静想想就知道了。为了孝心，儿子先避着您，不然气坏了对您身体不好；但要是打坏了儿子，您也伤心，还是对您身体不好……"

赵淞追了几步，见赵铭跑没影儿了，被气得在原地转圈。管家忙安抚赵淞，扶着他回大堂。

赵淞气呼呼地道："我这是挑拨离间吗？难道都顺着赵仲舆就好了？赵铭才几

岁，管过宗族几年，竟然敢指点我了？"

"是，是，都是郎君的错，郎主您别生气，气坏了身子不值当。"

赵铭跑了出来，一时不知该去何处，想了想后道："去主宅。"

长随很不解："郎君，您刚才说了三娘的坏话，这时候又去主宅，不怕吵起来吗？"

"我是在自家门里说的坏话，她再厉害也没厉害到现在就知道了。"赵铭道，"去看看她。"

长随不解："郎君似乎很不喜欢三娘。"

"错了，我没有不喜欢她。"赵铭叹气道，"她太聪明了，我心中难安，今日田间免租的事，她做得太妙，时机抓得太准。今日过后，坞堡里的族人、佃户、长工都会心折，她收买人心的功力堪比大伯。"

赵铭忧虑重重："父亲兢兢业业二十年，收服的人心只怕都没有她这一举动多。"

长随不信："三娘与族人并不熟，怎能比得上郎主？"

"时间长了，她今日之举的威望自然会淡去，但她要是乘胜追击呢？"赵铭决定去见见赵含章，哪怕什么事也不做，就聊聊天儿、喝喝茶也是好的。

就在赵铭去找赵含章的时候，地里的事已经传到坞堡里各大户的耳中。

他们都是去年跟着赵长舆一起赊借给佃户两成租子的族人，听到外面的消息，不少人跟着一起免了佃户的租子。

本来还有些犹豫的人家，见状也只能跟上。

赵瑚的田地不少，佃户人数在族里排在前三，他骂骂咧咧地也免了那两成租子，然后问："三娘呢？"

"在主宅呢。"

"让她来见我，不，还是我去找她吧。"赵瑚起身，"不然她肯定找借口不敢来见我，免租这么大的事竟然不和族里商量就自行决定，也太过分了。"

于是赵铭和赵瑚就在主宅门口遇上了。

赵含章听说长辈来访，笑嘻嘻地出来迎接，热情地和他们打招呼："七叔公、堂伯，你们来找我玩吗？快请进来。"

赵瑚不喜欢赵铭。相比于温和宽容的赵淞，赵瑚更怵这位严肃居多的侄子，总觉得他一双眼睛太过清亮，能把人心看透。

赵铭也不喜欢赵瑚这位族叔，觉得赵瑚为老不尊，为老不慈，为老不安，有事没事就挑战自己的底线，让赵铭头疼不已。

于是互相不喜欢的人在主宅大门口碰上，都想转身离开。

但赵含章已经出门相邀，二人只能抬脚进门。

第十章

# 初见成果

谭中带了不少人来,让人盯着主宅的动静,听说这件事后幽幽一叹,知道他此行的目的怕是达不成了,只能写信给赵仲舆汇报,询问意见。

但赵含章并没有提赵仲舆,也没有提田地的事。她拉着赵瑚,很好奇地问他都有什么赚钱的作坊和铺子。

"这田地是很重要,但要说换成钱啊,粮食还是小头儿,要我看,要赚钱还是得靠奢侈之物,就是不知道在汝南什么东西最赚钱。"

赵瑚一生喜爱享受,放浪不羁,闻言深觉找到了同道,拍掌道:"我和三娘英雄所见略同啊。"

他兴奋地道:"要说赚钱的东西,上到金银摆件、玉石印章,下到精美的绸缎布匹、独特的瓷器,这些啊,只要对了心头好,那便不是钱可以衡量的了。"

"七叔公喜欢琉璃吗?"

赵瑚问:"什么样的琉璃?"

赵含章道:"琉璃杯、琉璃摆件,还有琉璃镜。"

赵瑚撇撇嘴,嫌弃地道:"那得足够通透才好看,要是杂琉璃,质地斑驳,那还不如粗瓷杯子和铜镜呢。别什么东西沾上'琉璃'二字便觉得是琉璃了,得质量好才行。"

赵含章问:"一只通透的琉璃杯作价几何?"

"不贵,一二金可买。"

赵含章问:"那要是一套琉璃杯,还有一只琉璃壶呢?"

赵瑚感兴趣起来:"还有琉璃壶?你拿来给我看看,若好,我买了。"

赵含章浅笑:"七叔公先开个价,要是合适,我下次带来与您观赏。"

赵瑚沉吟,三娘手里的东西一定是赵长舆给的,他可了解这位大哥了,眼光刁钻着呢,既然是赵长舆的收藏,东西必定不差。

于是赵瑚沉吟道:"要真是一整套,我可许你百金。"

赵铭的额头跳了跳。赵含章心中有数了,举着茶杯和赵瑚碰了碰,道:"七叔公安心等着吧,待我有了,第一个找你。"

赵瑚道:"合着你现在没有?"

赵含章摊手:"您是知道的,我的行李尽失,哪儿有那样的好东西?不过我已经有了眉目,总能给七叔公找来。"

一旁的傅庭涵默默地喝茶,作坊八字还没一撇呢,这牛吹得也太大了。

赵铭看看赵瑚,又看看赵含章,浮躁的心一下就安定下来了,算了,由他们去吧。

也有可能是他想太多了,或许赵含章就是想多赚一点儿钱,让日子好过一些呢?

赵铭觉得自己也不能总以恶意去揣摩人,于是默默地喝茶,不开口掺和了。

赵含章打探到了琉璃的销路,还顺便预定了好几个顾客,这才扭头和赵铭道:"堂伯,其实这次回坞堡,三娘还有事相求。"

赵铭淡定地放下茶杯,问道:"何事?"

赵含章道:"我想开个作坊烧瓷器,奈何工匠难得,所以想和堂伯求两个手艺好的工匠。"

赵瑚"噗"的一声把口中的茶给喷了出来:"三娘,你这也……"

"好啊。"赵铭直接应了下来,"回头我就找几个工匠给你送去,身契一并给你。"

赵瑚顿时噎住,瞪大了眼睛看向赵铭,顿了好一会儿,回过神儿来立即道:"子念侄儿,我也想办个作坊,也缺工匠,你看……"

赵铭道:"七叔去和父亲商议一下?"

赵瑚顿时不说话了,不过还是不服气地在赵铭和赵含章之间来回看,很不理解,为什么工匠可以给赵含章,却不给他?

傅庭涵也不理解,等他们一走就问赵含章。

赵含章道:"大概是知道我穷,不希望我回坞堡里闹事吧。"

傅庭涵问:"那……赵仲舆手中的那些田地你还争取吗?"

"争取呀。"赵含章道,"但路要一步一步地走,饭也要一口一口地吃。此事不急。"

毕竟赵仲舆不在此处，从今日的情况来看，谭中完全不能做主，信件一来一回也需要时间，正好让赵淞看看，把产业交给幕僚打理的短处有多大。

赵仲舆虽是族长，但也要听宗族的建议，赵淞要是强烈反对把祖产和族产交给幕僚，赵仲舆多少要考虑。

到时候怎知她不能争取呢？

赵淞知道赵铭送赵含章工匠的事后虽然惊奇，却也没反对。

对他来说，两个工匠而已，别说她的作坊是在上蔡开的，就是在西平开他也不怕呀。

他瓷窑的产量、销路摆在那里，岂是别人说抢走就能抢走的？

而且在他心里，赵含章还是个孩子呢。

赵铭却觉得以赵含章的聪明，只要肯努力，终有一天会取代他爹的瓷窑，到时候他爹就知道今日对赵含章的认知有多错误了。

赵铭见他爹没反对，便让人去瓷窑里挑几个工匠："把他们及其家人的身契都找出来，一并给三娘送去。"

管家看向赵淞。

赵淞挥了挥手，管家这才下去。

赵淞忍了忍，还是没忍住，主动开口问："你对三娘怎么突然大方起来了？"

赵铭看了他爹一眼后道："我在赌，赌终有一日阿父会在三娘的身上吃大亏，将来她的瓷器作坊必会超越您的瓷窑，到时候您就知道她的野心有多大了。"

赵淞道："合着你在故意坑我，让我吃亏？"

"俗话说，吃一堑长一智，阿父你不吃亏，如何能长智呢？"

赵淞又四处找棍子了："你且等等，今日我若不打你一顿，你以后便不要归家了！山民，山民呢？快拿棍子来！"

正想跑的赵铭闻言停住了脚步，见管家急匆匆地跑来，还好心地提醒道："家里哪儿来的棍子？去园子里折一根山茶花的花枝就是了。"

管家便焦急地看向赵淞。

赵淞被气得直跺脚："还站着干什么？去啊，快去给我折来！"

管家道："可那是您最喜欢的山茶花呀。"

最后管家还是给赵淞折了一根树枝，赵铭站着让他爹抽了一顿，赵淞将树枝给抽秃了才罢手。

但赵铭的衣裳厚，那树枝又软，抽着并不是很痛，最后赵淞累得松了手，赵铭却气都不喘一下，腰板挺直，好似一点儿伤也没有。

赵淞指着他儿子说不出话来。

赵铭道:"阿父何必生气?三娘要是最后没坑您,说明您没看错人,这是值得高兴的事。三娘最后若是坑了您,说明儿子的顾虑是对的,只用一个瓷窑便能试出一人的人品,这是很小的代价了,依然是一件值得高兴的事,而且还能说明儿子的眼光好。这不是一件好事吗?"

赵淞道:"我这辈子最不好的事就是养了你,你回屋去,我暂时不想见你,唉,山民呀,我心口疼。"

管家忙上前扶住他:"郎主,要不找三娘把人要回来?"

"你更气我,我是心疼工匠吗?而且人都给出去了,再要回来,我脸还要不要了?"赵淞捂着胸口道,"我完全是被这逆子给气的。"

赵铭丝毫不觉得自己是逆子,不过也不好太刺激他爹,于是老老实实地回房去了。

赵淞缓了好一会儿,决定把气撒在谭中身上,认为要不是他来,他们父子根本不会因为祖产和族产的事起争执,也就不会因为对待赵含章态度不同而互相气恼。

归根结底,还不是这些产业闹的?

于是赵淞愤怒地给赵仲舆写了一封信,他的信和谭中的信从不同的渠道几乎同时到达赵仲舆的手中。

赵仲舆先拆开谭中的信,谭中很客观地描写了到达西平后的所见所闻,以及经历。然后谭中在信中直言道:三娘借长房之威,又加以施恩,已在坞堡尽得人心,若不能化解两房恩怨,只怕郎主在族内威望受损,将来二房也寸步难行。

信中又道:至于祖产和族产,五太爷虽已松口,但不信任外人,对郎主也颇有微词,不过,以谭某看,西平老家还是愿意支持郎主的,故郎主不如直言难处,或许可解当下困局。

赵仲舆看完谭中的信,心下沉了三分,再拆开赵淞的信,心更沉。

赵淞挟愤怒之势,话说得有些直白过分,不似从前那样婉转。

赵淞先是说了免租的事,然后道:谭中并不能做主,还需写信相询与你,但这一去一回便是一旬,若道路艰难,信使遇难,这信恐怕一生也送不到,难道族中事务无论大小都要等你决定后再解决?

君不见族人佃户眼中失望之色,一次还罢,长久以往,族长一脉在族中还有何威望可言?若族长无统领之能,无仁爱之德,无包容之姿,族人如何能归附?若族人佃户不能归附,家族何存啊?

然后赵淞开始谈起赵长舆,吹捧赵长舆当族长时宗族上下是如何一心奋进,族长一脉的凝聚力有多强。赵淞还忍不住夸了一句赵含章,说三娘甚有大哥风范,可惜不是男儿。

最后赵淞又讽刺了赵仲舆一句：若实在不放心将宗族事务落下，何不让大郎回乡，也比交给不能决断的幕僚来得强。

赵淞说的大郎是赵仲舆的孙子赵奕，赵奕比三娘稍大几个月，当然，赵淞并不觉得赵仲舆会让赵奕回西平。

他就是故意写出来刺激赵仲舆的。

你看三娘现在都能当一家之主了，大郎比三娘还大几个月，却还在祖父的庇护之下生活。

但是，这一刻赵仲舆倒是认真思考起来赵奕回乡的事。

赵仲舆正想着呢，赵济疾步进来："父亲，大军攻回洛阳了。"

赵仲舆一听，眼睛微亮："哪儿来的消息？"

"刚才有令兵回来报捷，来请父亲的人应该已经在路上了。"

话音才落，外面便响起甲胄相碰的声音，有校尉前来请赵仲舆："赵尚书，陛下有请。"

赵仲舆将两封信收起来，一边应下一边起身，问道："听闻朝廷有大捷？"

"是。"校尉也忍不住露出笑容，"曹将军已带大军攻入洛阳，沿途清理散兵，我等不日便可回转洛阳。"

校尉说得没错，皇帝请赵仲舆过去就是商量回洛阳的事，当然不只赵仲舆，还有很多大臣。

东海王当场表示，最迟十天他们就可以回去。也就是说，洛阳之战他已经胜券在握。

算起来他们离开洛阳也四个月了，大家都疲倦不已，要是能回去……

赵仲舆回到自己的住处便开始写信，让谭中回来，产业依旧交给宗族打理。

然后赵仲舆开始给赵淞写信，解释自己和三娘的误会，希望赵淞能多照顾三娘，化解两房恩怨。中间赵仲舆着重写了他在朝中的为难之处，并告诉赵淞朝堂即将回京……

写到最后，赵仲舆顿了顿，还是表示道：祖产乃祭祀祖宗所用，而族产多留为宗族坞堡之建，都不能动。我名下还有些私产，知道三娘回乡时遗落行李，日子艰难。我那些私产或许不多，但夏收之后多少有些结余，便将那些结余交给三娘，让他们日子宽裕一些……

信一去一回需要时间，赵含章当然不会在坞堡里等赵仲舆的信，她事情很多的。

于是在巡视完她的产业后，她就带着傅庭涵进了西平县城，两个人着重看了一下县城里的奢侈物品，感觉和上蔡的差不多。

看见打铁铺，赵含章拉着傅庭涵进去了。

铁铺里摆满了各种镰刀、菜刀、锄头、犁片……

傅庭涵找了很久才在一根柱子边上挂着的篓里看到几把刀剑，上前小心地抽出一把来："你不是有剑了吗？"

"我想定个枪头。"赵含章弹了一下他手中的剑，听了一下声音，觉得这铁不够好，失望地收回手，"我还想看一下农具，小麦收了，接下来就是种豆子，我想看看能不能改进一下农具，让效率更高一些。"

傅庭涵倒是在初高中历史课上学过，但记忆所剩不多了，于是他沉默地跟着赵含章瞎逛。

铁匠也很高傲，看见他们进铺子，就由着他们看，自顾自地打铁。见赵含章失望要走，他"哐"的一下把铁坯丢进火堆里，用布巾擦了一下脖子上的汗，道："这一城只有我家一个铁铺，你们不在这儿买就买不着了。"

这人就是这么豪横。

赵含章停下脚步，挑眉问道："这西平不会就你一个铁匠吧？"

"不错，就我一个铁匠，连赵氏坞堡打农具都是找我，你们不管是要买枪头还是农具，都得找我。"

赵含章便抽了一把剑上前，问道："还有比这更好的工艺吗？"

铁匠上前摸了摸剑，道："有是有，但贵，需要多打好几趟呢。"

"钱不是问题。"赵含章点着剑道，"但你的手艺得配得上我给的钱才行。"

铁匠一听，认真地打量起赵含章来，问道："女郎只要枪头？"

赵含章从荷包里拿出金片放在桌子上，笑道："你先把枪头给我打出来，若好，自然不止枪头，若不好……"

赵含章继续道："鄙姓赵，将金片退回赵氏坞堡便可。"

铁匠一听，不敢怠慢，看了金片一眼，迟疑片刻还是收了："不知女郎是哪个房头的？枪头打出来怎么送？"

"我是大房的，枪头打出来给坞堡的五太爷送去，我自会派人到府上取。"

铁匠应下，也不给赵含章凭证。

赵氏是西平最大的家族，没人敢坑他们，更何况赵含章还是大房的人。

赵淞听说了此事，还以为赵含章的枪头是给赵二郎定的，还道："二郎读书不行，若是能学些自保的武艺也不错，你那边有没有教习的师傅？要是没有，从这边挑个师傅过去。"

赵含章笑道："五叔公忘了吗？赵驹在我那儿呢。"

"哦，对，你有赵驹。"赵淞这才想起来，赵长舆最得用的两个人，汲渊和赵驹竟然都跟在赵含章身边。

他不由得沉思，难道大哥更看重三娘吗？

赵铭知道他爹的疑惑时，很想摇他的肩膀让他清醒一下："阿父，现在的族长是二房啊，大伯要是有此心思，岂不是在分裂宗族？这于宗族来说是大忌啊，您这时候不该想着平息争端，尽量削弱远离三娘吗？"

"大哥一生为朝廷、为百姓、为族人鞠躬尽瘁，论远见卓识，世人有几人可及他？"赵淞道，"他必不会损害赵氏，若果然如你所言，汲渊和赵驹是他有意留给三娘的，那说明，他认为二房难堪大用，宗族交给三娘比给二房强。"

赵铭道："那若汲渊和赵驹不是大伯给的，而是三娘自己抢过来的呢？"

赵铭不想干涉他爹对大伯的吹捧，只想平衡族内的关系。

赵淞不说话了。

赵铭见他爹终于愿意想另一种可能了，大为感动。为了让他爹对赵三娘生出一点儿戒备心，他容易吗？

赵含章已经带着他们给的工匠回上蔡去了。

只是几天不见，赵二郎黑了一圈，拿着一把大刀骑着马飞奔而来，欢快不已："阿姐、姐夫，我能在马上接千里叔五招儿了。"

傅庭涵点头夸他："二郎很厉害了，那最近可有背书？"

赵含章却盯着他黝黑的脸："二郎啊，你这样是娶不到媳妇的，不是让你在阳光最烈的时候不要出门吗？"

两个人的话他都不爱听，所以选择性地把自己最不爱听的话过滤掉，只回答其中一人："那我就不娶媳妇了。"

他搓了搓脸道："阿娘每日都要给我打扮，可我不喜敷粉，一出汗就糊眼睛，好难受。"

他指着傅庭涵道："看姐夫多好，就从不敷面。"

"那是因为他用着敷面就很白了。"赵含章看了看她弟弟，最后叹息一声道，"算了，你也别敷了，敷了也是白敷。"

两边的麦子都收了，正有农人在犁地准备播种豆子。赵二郎见赵含章一边走一边看两边，速度极慢，有些着急："阿姐，我们比赛骑马吧，看谁的速度快。种地有什么好看的？你要喜欢看，我们家房子边上也有，一会儿回那儿看。"

赵含章道："这可关系到我们接下来一年是饿肚子还是饱肚子，当然要看了。你不喜欢也要了解一些，以后你自己当家，最起码得知道自家的库仓里有多少粮食，够不够人吃。"

"交给汲先生就是了。"赵二郎道，"阿娘说了，家里的事都可以交给汲先生，不懂的就问他。"

赵含章趁势问道："汲先生有没有教你读书？"

赵二郎又不说话了。

"我知道你不喜读书，不过没关系，字难认我们就不认了，五叔公说得对，你不擅读书，那我们就走武途。"赵含章道，"但走武途不意味着要做莽夫，这样吧，以后我每日给你讲一讲兵书。不用眼睛看书，你就用耳朵听，用脑子记，这世上的知识并不是只能用眼睛去看去学，用耳朵听也行，只要你肯用脑子记。"

赵二郎似懂非懂，但知道自己还是要学习后就忍不住脊背一僵，立即看向傅庭涵："我……我……我要姐夫给我讲。"

赵含章挑眉，看向傅庭涵。

傅庭涵道："我就勉强记得《孙子兵法》，其他兵书都不懂。"

赵含章道："没关系，我们家的藏书里有《六韬》，还有《汉书·艺文志》，加上《孙子兵法》，他要是能学到这三本的两分，这一辈子就够用了。"

傅庭涵有种学校下达教学任务的感觉。

他揉了揉额头道："我尽力而为。不过我对兵法没什么深的见解，你或许可以来补充。"

"好啊，我和你一起教，正好也要一起习武锻炼身体。"

傅庭涵都快要忘记这事了，想起前段时间每天跟着赵含章跑步打拳，累得跟条狗一样，有些沉默。

这几日他在赵氏坞堡里过得可真幸福啊。

傅庭涵忍不住问："下次我们什么时候去西平？"

"看情况吧，我想等玻璃打出来再说。"

对傅庭涵来说，做玻璃并不难。他知道所有的公式，还知道步骤，只要有工匠的配合，做出来只是时间问题。

而之所以有时间问题还是因为当时的器具所限，但有什么关系呢，办法总是比困难多，倒推回去，一步一步达成就是了。

赵含章把带回来的工匠交给成伯，让他把工匠们的家人安排好，当即就让工匠准备烧瓷器。

她决定先试试窑口的情况，看他们掌握的火候，然后便开始烧制玻璃。

汲渊不知道她志在玻璃，还以为她就是想烧瓷器，看到工匠们烧出来的瓷，一脸嫌弃的神色："这样的瓷器也就给庄园里的人用，卖是卖不出去的，三娘何必为了这样的小利浪费和五太爷的情分呢？"

一旁的工匠闻言不服气了："我这一窑没烧好，那是因为窑是新窑，这里的环境和之前的不一样，待我等熟悉就好了。"

"没错，而且这泥也不够好，三娘要是想烧出好瓷器，还是得好泥好料。"另一个工匠道。

赵含章大方地挥手，道："我知道，该有的都会有的，你们先把窑烧起来，最近烧的瓷器都给庄园里的人用，瓷杯、瓷碗、瓷盘都造上，主要就是造这些。"

汲渊忍不住将赵含章拉到一旁："三娘，你还真打算做瓷器生意啊？现在你的东西少还好，将来东西多了，势必要和西平那边争抢生意，有了利益纠纷，关系就未必有这么和睦了。"

汲渊是自己的幕僚，赵含章自然不瞒着他，直言道："我不是要烧瓷器，这作坊烧的是琉璃。"

汲渊伸手掏了掏耳朵："你说烧什么？"

赵含章大声道："琉璃！"

汲渊看着赵含章不言。

赵含章摊手道："我是认真的。"

汲渊语重心长地道："三娘，我也是认真的，这等事不好玩笑的。"

赵含章沉默地看着他。

二人对视许久，汲渊渐渐瞪大眼睛，张了张嘴，好半晌才问出来："三娘会烧制之法？"

这总不可能是郎主给的方子吧？他在赵长舆的身边多年，可从没听赵长舆提起过。

赵含章道："我不会，但傅大郎君会。"

汲渊惊讶不已，虽然很怀疑，但见赵含章这样笃定，便决定静观其变。

汲渊开始每天都去作坊里蹲着，连公务都让人挪到作坊里来办。

他倒要看看傅大郎君是真知道，还是为了讨他们三娘欢心随口忽悠的。

然后他就见傅庭涵换了一身窄袖细麻衣，轻便不少，直接与工匠爬上爬下地烧火看温度。

虽然他什么都看不出来。

傅庭涵将打碎的石英砂和石灰石等放进熔炉里烧化，工匠在一旁愣愣地看着。等到所有的材料被烧化，工匠才明白过来："难怪管事来选人时特意问了可有会打铁或者烧铁水的，原来，这还跟烧铁相似啊。"

傅庭涵觉得脸火辣辣的，将后续工作交给工匠，顶着被映得通红的脸退到一边，问道："所以你的打铁经验丰富吗？"

"还好。"工匠道，"我表兄便是铁匠，我以前跟着外祖学过一些，而且这种活儿看多了就明白了，跟我们烧瓷有异曲同工之妙。"

傅庭涵一听便道："西平县里有个铁匠姓路……"

"哎呀，他便是我表兄，大郎君见过？"

傅庭涵点头："前几日在西平县时见过。"

熔炉里的材料化为水，傅庭涵不太熟练地用提前做好的铁管滚了一团玻璃水后拿出，放在旋转架上一边旋转一边吹气，火黄色的玻璃水慢慢膨胀，变得透明起来……

汲渊也放下了手中的事务走近看。

傅庭涵吹了好一会儿，玻璃水有些冷却后，他又举着铁管回到熔炉边上，将吹起来的玻璃球放进熔炉里，沾了足够的玻璃水后抽出，继续吹……

玻璃球越来越膨胀，最后有一个小花瓶那么大以后，他才停止。

傅庭涵觉得挺累的，看了看铁管那头儿的玻璃瓶，觉得吹不下去了，于是举着铁管回去，放在另一个窑炉上，让火将玻璃瓶的底部烧化。他笨拙地抹平玻璃瓶，然后将连接铁管的玻璃口均匀地切掉……

等玻璃冷却，瓶子成型，作坊里所有人都看着这只玻璃瓶发呆。

傅庭涵也呆呆地看着它，这玻璃瓶下方上圆，偏圆的还不均匀，还有点儿弯曲，就跟站着的人肚子疼，于是弯腰捂肚子一样。

他脸有点儿发红，没想到少了一些器具后制造出来的玻璃这么差，忙和汲渊道："我这就碎了，再重新吹一次。"

说罢他就要把玻璃瓶砸了，汲渊一把抓住他，眼睛紧紧地盯着这只透明的玻璃瓶："不，不能砸，这是极好的一只瓶子！"

傅庭涵疑惑，晋朝人的审美都这么扭曲吗？

汲渊目光炯炯地盯着玻璃瓶，一再确认："它果然和琉璃一样，能盛液体，不会漏水吗？"

"虽然它长得难看，但性能是不会有问题的。"傅庭涵对这点还是有信心的，"等它完全冷却，汲先生可以盛水试试看。"

玻璃冷却得很快，汲渊小心翼翼地靠近，将手指伸进瓶口，清楚地在外面看见瓶子里的手指，围观的工匠们齐齐发出惊叹声。

汲渊也惊叹，回过头双眼亮晶晶地看着傅庭涵道："傅大郎君大才呀。"

傅庭涵谦虚地道："不敢当。"

"当得的，当得的。"汲渊双手握住他的手，一脸激动地道，"郎主和三娘果然眼光独到，大郎君是极好的人啊。"

这样的宝贝，说做出来就做出来，还是在三娘的作坊里做出来的。

汲渊这一瞬间大脑里冒出许多想法，恨不得马上抱着这只玻璃瓶回去找赵含章。但此时熔炉里还有玻璃水，他想要再看看制作玻璃的过程，于是勉强忍住了没动。

傅庭涵也想再试试，当然，不只是他试，工匠们也要试，毕竟之后主要是得靠他们做。

傅庭涵动手能力一般，但理论知识丰富，自己做得很一般，可会指点人啊。

三个工匠在他的指点下吹了几个玻璃，也是千奇百怪，但没几次他们就吹得比他好了。

虽然如此，但还是不太好看，傅庭涵干脆让他们将玻璃吹好以后切割，再度融化摊平，做成平整的玻璃镜。

傅庭涵拿到平整的玻璃镜，对着照了照后摇头："配比不对，清晰度不够，要做琉璃镜得改配方。"

汲渊虚心请教："这配方难改吗？"

傅庭涵想了想后道："应该不是很难，我回头试试看，但现在吹玻璃也是一件难事，难以成型，看来得需要模具。"

傅庭涵眉头紧蹙："但要做琉璃模具，得用钢，得在铸铁的时候加入铜、铬和锡试试……"

汲渊只听懂了铜："需要很多铜吗？"

傅庭涵摇头："不多，做模具而已。"

一旁的工匠忍不住道："郎君为何不试试瓷器的模具？"

傅庭涵道："琉璃水和烧瓷的温度相近，瓷器怕是耐不住琉璃水的高温。"

这就是他和赵含章要烧瓷工匠的原因，琉璃和瓷器烧融的温度是差不多的，他们缺的就是窑口的工艺，而铁匠难得，他们只有能力请到烧瓷的工匠。

工匠们却很有信心，尤其是丁瓷匠："试试吧，若是成了呢？"

傅庭涵一想也是，于是让人将瓷杯和瓷碗拿来。

汲渊看着他们凑在一起小心翼翼地浇出了一个玻璃杯和一个玻璃碗。

汲渊的眼睛都瞪大了，傅庭涵却不是很满意："不太好看，可以想法子在上面印上图案，或者变换颜色。"

工匠们深以为然："不错，这模具还得琢磨。"

汲渊觉得这已经很好了。就凭这一手，他便已经看到金银在向他飞来。

汲渊用一件衣裳将玻璃瓶包起来，高兴地拿回去找赵含章，傅庭涵慢悠悠地跟在后面。

赵含章英姿飒爽地骑着马回来，显然刚出去练兵了。

自从庄园里不缺粮食，她就热衷于到处跑，自成年后，傅庭涵很少看到这样活泼有精力的赵含章，看着这样的她，就好像回到了高中。

看来，视力真的封印了她。

赵含章从马上跳下，先是高兴地和汲渊身后的傅庭涵打招呼，然后才看向汲渊的怀里："汲先生，您抱的什么？"

汲渊神秘兮兮地将赵含章拉进门，进了书房才把怀里的瓶子小心翼翼地放下，将衣裳掀开给她看："三娘你看。"

赵含章震惊地道："好丑的瓶子啊。"

傅庭涵道："我吹的。"

赵含章立即改口："挺有创意的，这瓶子有什么寓意吗？"

傅庭涵问："赵老师以为呢？"

赵含章努力拿出高中时候做阅读理解题目的态度，绞尽脑汁地道："美人弯腰瓶？不，是美人行礼瓶？"

傅庭涵憋住笑，道："我第一次吹，不太熟练，所以吹坏了。"

赵含章默默地看着他。

傅庭涵终于忍不住笑出声来，解释道："本来要砸了的，但汲先生不让砸。"

"砸什么呀，这瓶子挺好的。"赵含章上前将瓶子捧起来上下打量一通，一脸认真地道，"这样式的瓶子也是天下独一份儿了，而且你仔细看，是不是很有艺术感？"

傅庭涵瞥了一眼，移开目光。他只觉得伤眼睛，并不觉得有艺术感。

赵含章却是越看越喜欢："你别说，真的很有艺术感，而且还有意义，这可是傅教授吹的第一个瓶子，还是在这样的科学技术下，实在是太有意义了。"

被晾在一旁的汲渊忍不住重重地咳了一声，终于将二人之间的那种氛围打破，把自己融入进去："三娘，虽然现在工匠们还不熟练，做不出好的琉璃制品，但我想，假以时日这些都不会是问题，我们不如来想想这门生意要怎么做。"

"还能怎么做？"赵含章不在意地道，"上蔡县的豪绅、汝南郡的富人豪绅，都可以是我们的客人。"

"可我看今日融的那水，造价并不高，将来产量肯定能上去，这么大的生意我们……"

"我已经先找了一个客人——七叔公，东西从他手上出去。"赵含章道，"再有，这工匠是从五叔公那里得的，我们自回上蔡就总是占五叔公便宜，这次我们也回报他一二。"

汲渊瞬间领悟，和赵含章的目光对上："背靠大树好乘凉，有赵氏坞堡在，这门生意再遭人眼红，他们也得掂量着一些。"

赵含章点头："不过这是阳谋，可以防那些富商豪绅，却防不了土匪山寇，作坊设在庄园里得小心些。我们也要把部曲练起来，要是真的有土匪山寇打作坊的主意，我们也能应对。"

不能什么事都依靠赵氏坞堡，那也太受制于人了。

汲渊表示明白："我让赵千里再从庄园里选些青壮进部曲？"

赵含章道："晋赵千里为幢主吧。"

汲渊是想多招一些部曲，但没说直接扩这么大啊，一幢最少一千人。

现在他们的部曲二百人都不到，所以赵千里只是队主，现在她直接要涨五倍？

汲渊委婉地提醒道："三娘，庄子里统共也就一千八百多人。"

这还是算上了这里原先的佃户和长工，以及这段时间陆续招募的难民。

赵含章大方地挥手道："不够再招呗，我们现在有琉璃了，又才夏收，还怕养不活他们吗？"

"可是……"汲渊还是很不解，"您招这么多人干什么？"

这话听着怪可怕的，赵氏坞堡里族人那么多也才养了小一千的部曲。

一千人呢，县城驻军加上衙役都没这么多人。

赵含章道："当然是为了建设庄园了，汲先生，我的地现在荒废了很多，而且人均耕地太多，都是粗放耕种，产量极低，我觉得我们现在就是缺人。"

"粗放耕地？"汲渊来回念了两遍就领悟这个词的意思了，虽然理解了，但还是疑惑，"三娘，我算过，现在的劳力耕作现有的土地刚刚合适，再多就很难用这些田地养活自己了。"

"那就是地不够了。"赵含章摸了摸下巴道，"这个不难，我们买就是了，现在外面到处是丢荒的土地，找个时间给县令递帖子，我和他买地。"

汲渊听明白了，赵含章不是真的为了所谓的耕作荒地才招人，纯粹就是为了扩大势力招的，人没有招人，地不够买地，买了地再招人，招了人再买地，如此循环……

汲渊深深地看了赵含章一眼，然后扭头去看傅庭涵，却见傅庭涵正靠在矮桌上闭目养神，似乎要睡着了。

汲渊忍不住上前推了推傅庭涵。

傅庭涵睁开眼睛："汲先生？"

汲渊露出微笑："傅大郎君以为三娘的主意怎样？"

"挺好的。"傅庭涵抬头对赵含章道，"忘了和你说，吹琉璃比较难，所以我想制作一些模具，其中会用到钢，打算最近试着炼一下。"

"窑口的温度能够吗？"

"这就是最大的问题。为了不影响琉璃制作的效率，我决定在作坊外另外辟一块地来造窑,一点儿一点儿地试,要是能试出来,你的枪头不如用钢来打。"

赵含章眼睛大亮,狠狠点头:"好!"

傅庭涵向她伸手:"所以你得给我准备铁精。"

这可不是一般的东西,外面没有卖的,赵含章最先想到的还是五叔公,但想了想后摇头:"这件事不能告诉赵氏坞堡那边,我们得自己想办法。"

她看向汲渊:"汲先生,坞堡里的兵器和农具……"

"都是郎主买回来的。"

"没有铁精的来路?"

汲渊顿了顿后道:"有。"

赵含章巴巴地看着他。

汲渊无奈地道:"我尽量联系上他们吧,郎主刚走,应该还有些情面,但要想一直维持住关系,单靠三娘的名字是不够的,除非赵氏坞堡那边愿意出面。"

"不。"赵含章摇头道,"我们要自己开辟出一条道路来。"

她的目光落在玻璃瓶上。

汲渊也跟着看过去,沉思起来:"倒不是不可以……"

赵含章道:"这两天让工匠们多钻研,看能不能吹出好的琉璃来。"

傅庭涵道:"其实今天用瓷杯、瓷碗做模具吹出来的琉璃杯和琉璃碗还不错,但是……"

汲渊道:"我砸了。"

赵含章瞪圆眼睛:"为什么?"

傅庭涵也问:"为什么?"

他在汲渊砸的时候就想问了,但当时被火烤得有点儿晕,一直没问出口。

汲渊道:"那杯子和碗都不够精美,留之无用,瑕疵品自然都要砸了。"

赵含章和傅庭涵的目光不约而同地落在了那只扭曲的玻璃瓶上。

汲渊忙道:"但这只瓶子不一样。它是作坊吹出来的第一只瓶子,还是大郎君亲自吹出来的,意义不一样。"

赵含章接受了他的解释,点头道:"行吧,那就让工匠们继续钻研。"

她看了一眼瓶子,手一挥:"这瓶子就留在我这儿吧。"

汲渊无奈,心想,我还想抱走呢。

傅庭涵已经起身,直接将瓶子抱起:"我送到你屋里吧。"

别说,这瓶子看久了,的确另有一种美感。

傅庭涵心情愉悦地将瓶子抱到赵含章的屋里。

赵含章在屋里转了一圈,最后把瓶子放在了床头边上的矮柜上:"这样好看

261

点儿。"

傅庭涵道："可以当花瓶,明天我给你剪一点儿花回来插瓶?"

赵含章歪着脑袋想了想："现在有什么花?"

在她的记忆里,现在好像没什么花呀。

傅庭涵也想了好一会儿,最后二人默默地对视:"你家别院还挺单调的,竟然连株月季花都没有。"

赵含章道："你都住了两个月了,现在才发现不觉得晚了吗?"

傅庭涵忍不住笑道:"明天给你摘一把野花吧。"

傅庭涵说到做到,第二天试了几种玻璃的配方后,就顺着田埂回别院,一路上尽挑草多的地方走,摘了不少的野花。

傅安兴冲冲地跑去作坊找人,没找着,顺着路再找出来,许久才找到人:"郎君,您怎么走这儿来了?我刚才从那头儿去作坊找您,他们都说您回去了,吓得小的一身汗,来的时候并没有看见您。"

"这是三娘的庄园,附近都是我们的人,有什么可担心的?"

"您一直在庄园里不知道,现在外面乱着呢,也不知怎么回事,近来难民越来越多了,路上都是人。"傅安道,"逃难的人多了,便有些不安分的跑到庄园里来,偷盗还好,就怕被撞见要杀人的。听说附近的村子就有人家因为发现了小贼,喊出声来就被杀了,整个村子被抢的都有。"

傅庭涵蹙眉:"这么严重?"

"是啊,今天三娘还带着人出去了呢,绕着庄园跑了一圈,说是要震慑外人,免得有人偷进我们庄园。"

毕竟这里不同赵氏坞堡,坞堡有围墙围着,这里却是四面空旷,谁都能溜进来。

见傅庭涵还在摘野花,傅安不由得问:"郎君,您摘这些野花干什么?"

"插瓶,你先说来找我何事吧。"

傅庭涵不喜人跟着,所以傅安虽然是他的小厮,但除非出远门,不然他都不叫傅安跟着。

正巧赵含章哪儿哪儿都缺人,傅安识数,又认得几个字,所以就被赵含章借去干活儿了。

傅安反应过来,忙从怀里拿出一封信来,略显激动地道:"郎君,郎主的信到了。"

傅庭涵的反应却很平淡,接过信拆开来看。

傅祗写信来是让傅庭涵注意安全的,并且让他不要回洛阳。

大军已经拿下洛阳,朝廷开始回迁,很多人开始给流落在外的家人写信,让他们回京团聚。

但傅祗觉得洛阳的危机并没有解除，反而更危险了，所以特地写信，让傅庭涵不要回京，就留在汝南陪赵含章守孝。

他在信中道："你们错过了热孝婚期，那便在汝南守足三年，三年后再成亲。若到时洛阳还算安定，我会派人送去聘礼；若是不安定，那你便请赵氏族老做主，立即成亲吧。"

傅庭涵将信折起来收进怀里，依旧不紧不慢地摘花，等摘了一大捧，这才回别院。

赵二郎从书房里溜出来，看到傅庭涵手捧野花，便小声道："姐夫，阿姐在里面呢，这花真好看，阿姐一定会喜欢的。"

傅庭涵道："你偷跑出来的？"

"没有。"赵二郎说完就一溜烟儿地跑了。

傅庭涵喊都喊不住，摇了摇头，抬脚进屋一看，赵含章正在伏案写东西，难怪不理外逃的赵二郎。

"在写什么？"

"写信。"赵含章道，"坞堡送信来了，说是洛阳已收回，皇帝和官员们要回京了，赵仲舆写了信回来，说是要把他今年私产的收益送给我。"

傅庭涵一愣："你接受了？"

"当然。"赵含章冷笑道，"叔祖都亲自退让了，我要是不接受，岂不是不知好歹？"

她最了解宗族里老人家们的想法了，自然是和气最好。

"不过我也不白拿他的，二房之前遗失了行李，就算回京，铺面庄子都还在，货物和粮食却是肯定没有了，那些东西一时也难以变现，我就送他一些东西好了。"

比如新烧制出来的玻璃杯、玻璃碗之类的。

赵含章问："今天汲先生还砸玻璃吗？"

"砸的多，但也留下了几个。"

赵含章道："那就挑两个，用上等的金丝楠木盒子装了给他送去。"

她相信五叔公他们看到她的礼物会很欣慰的。

傅庭涵拿出他祖父的信递给赵含章："虽然你已经知道洛阳被收回的消息，但还是看一看吧。"

赵含章放下笔接过："傅祖父在信中说了什么？"

"他说现在洛阳比以前更危险了。"

赵含章道："历史已经发生了偏差，虽然大体上没大的改变，但我也不能再以记忆中的历史作为对照。不过,事件不对,人却是不变的。以此分析的话,洛阳的乱军一撤,东海王和皇帝的斗争要白热化了呀。"

傅庭涵问:"对我们的影响大吗?"

"难民增多,我们更好招人。"赵含章蹙眉,"看来北方还真的要乱起来了。"

这并不是一个好消息。

虽然乱有乱的好处,但她才做出玻璃,交易需要一个相对安全和稳定的环境,外面这么乱,很不利于她赚钱啊。

傅庭涵让人准备了不少材料,工匠们吹玻璃的技术日益精湛,加上他不断调整配方,作坊现在已经可以吹出不同种类的玻璃了。

其中一种可与当下精美的琉璃制品相媲美,如同水晶一般剔透,却又闪着光泽。有工匠在冷却时特意加入了一些颜色,吹出来的琉璃马有一抹棕红色飘过,前蹄飞扬,更显神俊。

这么好看的玻璃制品,别说汲渊等人,就是赵含章和傅庭涵都被震惊了。

赵含章看着被小心翼翼奉上的琉璃马,问道:"这是谁吹出来的?"

这声音听得工匠们心头一紧,丁瓷匠立即跪下,有些害怕地道:"是……是小的。"

赵含章目光扫过其他工匠的脸色,身体前倾:"真是你吗?"

一直默默站在最后面的一个少年"扑通"一声跪下:"女郎,是小的做的,不是我阿父。"

"你很有天赋啊。"赵含章摸着这只如水晶般剔透的琉璃马道,"除了马,你还会吹别的东西吗?"

少年愣了一下,见赵含章不是要怪罪的意思,忙道:"只要有图案和一些模具,小的便能吹出来,只是……"

他有些胆怯地看了傅庭涵一眼,小声道:"只是会费玻璃水。"

"那就多钻研,尽量提高效率。"赵含章道,"以后每个工匠只要在技艺上有所进步,我必有奖赏。"

赵含章说到做到,直接问少年:"你是想要田地还是金钱?"

少年不由得看向他爹。

丁瓷匠忐忑地问道:"那田地是要佃给我们?"

"既然是奖励,自然是归你们所有。"赵含章道,"我可以改你们的奴籍为匠籍,奖与你们的田地便是属于你们的了。"

丁瓷匠激动得手都微微颤抖起来,拉着儿子连连磕头:"谢女郎,小的们愿意要田地。"

赵含章对成伯微微点头，让他去办这件事。

站在丁瓷匠身后的工匠们也有些激动，要是他们技艺也有突破，岂不是也能被奖励田地？

田地倒还是其次，最主要的是可由奴籍转为匠籍。

工匠们眼神坚定起来，心中情绪翻涌。

工匠们躬身退下，到了外面就围住丁瓷匠父子，满是羡慕地道："老丁，还是你厉害啊，这就鱼跃龙门了。"

丁瓷匠也笑得见牙不见眼："哪里，哪里，我是没多少本事的，全靠丁一争气。"

"是争气啊，我还以为我们这样的人三辈子都只能为奴呢，没想到女郎竟如此大方，直接给了我们匠籍。"

"你们说，匠籍之后要是还立大功，女郎会不会放我们良籍？"

他们这些人之前都是匠籍，各种原因卖身为奴，连带着一家人都是奴。从变成奴籍的那一天开始，他们就一直想着变回匠籍，但这谈何容易？

主人花这么多钱买了他们，怎会轻易放人？

虽然奴籍变成匠籍也不能轻易离开，身份上却自由很多，最关键的一点是，匠籍是不能被随便买卖和打杀的。

成伯也从屋里出来，将他们的身契拿出来交还给他们："你们找个时间随我去衙门改换户籍吧，在此之前我们还得签个活契。"

他笑着问道："你们是想签十年的，还是二十年的？"

丁瓷匠和丁一对视一眼，问道："那工钱？"

工匠们也安静了下来，竖起耳朵听。

"女郎说了，若是签十年，你们父子二人，一人一月的工钱是三吊，其家属可凭你们的名额少一半佃租租种十亩田地，将来若还能改进技艺，或是教导出一个学徒，最低奖励五吊钱或两亩地不等。若是签约二十年，后面的条件不变，但一人一月的工钱最少是四吊，将来还可根据年限增加工钱。"

工匠们忍不住交头接耳起来，小声对丁瓷匠道："直接签二十年吧，我们是匠籍，即使不在女郎这里干活儿，出去也是会被衙门征召的，到时候衙门的人要是把我们卖给别人，那就惨了。"

"就是在外面，一个月也挣不到四吊钱啊，而且还能这么便宜地佃租田地。"

并不是所有人都可以学会他们的技艺，有些孩子就是没有天赋，这时候怎么办呢？

那自然只能耕田种地。

但实际情况是，作为奴仆，他们耕作的土地是主人家的，他们只能无偿干活儿，每个月领少量的口粮,不会被饿死而已。

作为匠籍,他们要是租赁田地,需要付的佃租会比良籍高出半成到一成。

匠人们不明白为什么,但民间一直是这样,就连服役,匠籍都要比良籍长,更不要说他们还得在衙门登记造册,随时听候征调。

虽然与一般的平民百姓相比,他们赚的钱多,日子看上去也好过,但他们付出的也更多。

所以赵含章反其道而行之,减少他们的佃租,还赠他们良田,这就让他们的心彻底偏向了她。

虽然按照规定,衙门也可以征召签契的匠籍,但法理之外是人情,衙门征召得先通过赵含章。若是赵含章不同意,以赵氏在汝南的影响,他们很可能逃脱衙门征召的苦役。

这也是匠人都喜欢寻找大家族依附的原因之一。

工匠们都紧张地咽了咽口水,看着丁瓷匠。

丁瓷匠略一思索,便也觉得跟着赵含章更好,于是道:"我们签二十年的。"

成伯点头应下:"那你们回去收拾收拾,明日随我去衙门消籍上籍。"

丁瓷匠激动地应下,扭过头双眼亮晶晶地看着他的儿子。

工匠们簇拥着丁瓷匠离开:"老丁,你在西平县的那个表兄是不是要转良籍了?你也转回匠籍了,将来让你的表兄帮你走动一番,说不定你家也能转为良籍。"

"是啊,是啊,若成了良籍,缴纳的赋税少一些不说,我们也不会被随意征召了。"

"想什么呢,我表兄是铁匠,怎么可能转为良籍,不过他没让他的儿子学打铁,最近正在花钱走关系,想要把他的儿子转为良籍。"

"这也太短视了,要是转不成,最后他的儿子又不会打铁,岂不是要命?"

"衙门征召,任务要是完不成,那他们可是要被杀头的。"

"是啊,你的表兄也太胡闹了,家传的手艺怎么能断绝呢?"

丁瓷匠道:"我也劝过,但铁匠与我们瓷匠还不一样,动辄被征召入军,以前我们西平县有多少铁匠啊,现在就死得只剩下我表兄一个了。要是不能转籍,早晚都是死,用我表兄的话说,早死晚死都是死,还不如让我那侄儿过得自在些,不必苦哈哈地去学打铁。"

大家一想还真是。

赵含章站在窗前看着他们离开,自然也把他们的话听进了耳里。

傅庭涵道:"这番奖励,庄园里应该会有很多人想去学匠艺吧?"

汲渊却不能理解:"三娘,如此宽松,要是这些匠人外逃,我们损失惨重啊。"

匠人是匠籍，虽然签了活契，但他们要是跑了，赵含章最多只能追逃，追到人也只是要些赔偿。不似奴仆，奴仆的生死都掌握在主人的手中。

所以天下的士族都想着把匠人变成奴仆，少有把奴仆改成匠籍的。

赵含章道："方子在我们手上，材料配给一直没过他们的手，他们就是有技艺，没有方子跑出去也没用。"

"真有人有本事从我这里既弄到了匠人，又弄到了方子，那我也有办法让他们追赶不上我们。"赵含章偏头看向傅庭涵，"傅教授以为呢？"

傅庭涵点头："对。"

除了第一方玻璃，傅庭涵后面调配的方子都没有公开，也就成伯知道个大概。

傅庭涵和赵含章都不傻，核心技术都要掌握在自己人的手里才好。

赵含章对进来的成伯道："从庄园里选些机灵懂事的少年送去作坊，让他们教。"

成伯道："上蔡这边的佃户还是差着一层，您看要不要回西平那边选些人？"

赵氏里有奴仆，还有贫困的族人，甚至那边的佃户，其忠诚度也在这边庄园的人之上。

赵含章略一沉思后道："不急，先从这边选人。"

成伯便明白了，一口应下。

傅庭涵问道："方子以后交给谁管？"

他不可能一直给他们调配材料，有了方子，自然是交给别人来打理，傅庭涵对这种重复又没有丝毫技术含量的工作不感兴趣。

赵含章大手一挥道："交给赵才吧。"

成伯一听，忙推辞道："女郎，赵才年轻，怕是不能担此大任，还是让他陪在二郎的身边吧。"

"赵才也不小了，我看他之前在洛阳时就干得很好。"赵含章道，"二郎身边再另外挑人吧，挑个壮实、精力旺盛的，赵才还是过来给我做管事吧。"

赵含章一脸同情地道："每天回来看到赵才一瘸一拐地跟在二郎的身后，我也挺心疼的。"

成伯顿时说不出反对的话来了，只能暗恨赵才不争气，学个功夫而已，就跟被人殴打一样，有那么难吗？

二郎比他还小几岁呢，就没叫过累，叫过苦。

几个人正说着话，赵二郎又大汗淋漓地回来了。

他兴高采烈地跑进院子，还没进门就大声喊道："阿姐，阿姐，我今天把千里叔撂下马了——"

赵才耷拉着脑袋艰难地抬着腿跟上。

赵二郎一进屋就冲到赵含章的面前，把他臭烘烘的脑袋拱到赵含章的身前让她擦汗，然后仰着脸等夸奖。

赵含章问道："千里叔没受伤吧？"

"他说没有，但我觉得他的屁股一定很疼，哈哈哈哈……"

赵含章知道问题不大，这才夸道："干得不错，你武艺精进，明天我就将你编入队伍，给你一个什长当怎么样？"

赵二郎眼睛大亮："是官吗？"

"算是吧。"赵含章道，"当了什长，你的手底下会有九个兵，你得负责调教他们，平日里巡逻习武，既要让他们听你的话，也要保护好他们，知道吗？"

赵二郎略一思索便点头："我知道，就跟季平一样。"

"现在季平是队主了，你做的是以前季平做的事，而你的上峰嘛，"赵含章想了想后道，"就是季平吧，在军中的时候，你得听季平的。"

赵二郎问："不是季平听我的吗？"

"不是。"赵含章道，"队主比什长大，出了军队，你是主，季平为臣属，所以他听你的。但在军队里，你是下，他居上，所以你得听他的，军令如山，不可毁之，知道吗？"

赵二郎懵懂地点头。

赵含章这才看向他身后的赵才："赵才，明日你便不用跟着二郎了，去作坊里做管事。"

赵才闻言愣愣地抬头，被他爹瞪了一眼后才反应过来，连忙跪下谢恩，应了一声"是"。

赵二郎对于赵才还是很不舍的，道："那我就没有玩伴儿了。"

"我再给你选一个。"赵含章捏了捏他手臂上的肌肉道，"给你选一个一般大的，和你一样活泼可爱的。"

汲渊和成伯齐齐抬头看向赵含章，用眼睛询问，您是认真的吗？

傅庭涵却暗暗点了点头，本来他们是想要个机灵聪明点儿的跟在赵二郎的身边，既可以提点他，也能够照顾他。

但现在看来，赵二郎现阶段还是应该和跟他差不多大的男孩子一起玩。

作坊有了赵才，傅庭涵就自由多了，把方子一股脑儿地交给他，自己专心研究炼钢的事。

这让赵才既兴奋，又有点儿心惊胆战，私下和他爹说："爹，女郎和傅大郎君也太信任我了，儿子万死方能报答啊。"

成伯翻了一个白眼，道："谁让你死了？你就好好地管着方子，别让人偷了，也别让人琢磨出来就行。"

"我知道,就是觉得女郎把这么重要的东西交给我,我有点儿心慌。"

"你多做点儿事,做得多了,心就不慌了。"成伯想了想后道,"明日女郎不是要去县城嘛,你陪着一起吧,有些她不好说的话,你冲在前头,机灵一些。"

赵才大声地应了一声"是"。

赵含章本不打算近期和上蔡县的县令见面,一是还在守孝,二是还没在上蔡站稳脚跟呢。

但县令特意递了帖子邀请他们,不,是邀请傅庭涵,那她就不得不见了。

以前她在图书馆只听说数学系的傅教授很帅,课上得很好,待人温和有礼。但到了这里才知道,温和有礼还有一个说法,就是冷淡疏离。

这位傅教授对什么都是淡淡的:有人和他说话,他有礼回话;没人和他说话,他就自己待一天,并不会主动找人说话。

这样的性格,别人欺负他,他可能都不会放在心上,所以赵含章觉得不能让傅教授单刀赴会,她得跟着。

而且这庄园是她的,县令这时候找上门来,很可能是因为他们最近收人收得有点儿狠。

傅庭涵坐在车里,垂着眼眸思考,手指在膝盖上画着,也不知在算什么。

赵含章撑着下巴看他,记忆里城门口那一眼看到的青年,脸上棱角分明,周身气质高冷,但当时脸上有明显的慌乱之色。

她从前没想过的事,此时再一回想,好像都有了踪迹。

傅庭涵算出自己要的结果,在脑子里记下以后抬起眼来,一下便对上了赵含章的目光。

他愣了一下,耳朵微红,才想转开目光,想想不对,也回头盯着她。

看了一会儿后,他伸手在她的眼前晃了晃,问道:"你在想什么?"

赵含章回神,盯着他的脸道:"我在想傅教授成年后的样子。"

傅庭涵愣了一下后道:"我虽然也不太记得了,但应该可以画下来。"

赵含章瞪大眼:"你竟然会遗忘自己的样子?"

傅庭涵道:"我很少照镜子,而且人对自己的样貌本来就很难完全复刻,因为很少看见,所以会忽略很多细节,你不知道吗?"

"我不知道啊。"她以为她不知道自己成年后的长相是因为眼盲,"我很清楚地记得我眼盲前的样子。"

"是吗?"傅庭涵问,"你回想时脑海里浮现的自己是某一张相片里的自己,还是某一刻照镜子时的自己？"

赵含章张了张嘴，半天说不出话来，因为她脑海里最清晰的是初中毕业照上的自己，而回想最多的是镜子里的自己，但镜子里的人很模糊，她竟然想不起来具体的五官了。

傅庭涵转开目光，看向窗外："很少有人会记得自己长什么样，但一定会记得自己最常见面、最想见的那人的模样。"

"傅教授会画画呀，那能画一个成年后的我吗？"赵含章道，"说起来，我还真没见过自己长大后的模样，也不知道长坏了没有。"

"没有。"傅庭涵道，"你长得很漂亮。"

赵含章带着笑意看向他。

傅庭涵脸色微红，强撑着没有移开目光，还冲她点了点头，表示自己没有说谎。

马车停了下来，听荷撩开帘子："三娘、傅大郎君，我们到了。"

赵含章便收回目光，扶着听荷的手下车，站稳以后回身冲弯腰走出来的傅庭涵伸手。

傅庭涵顿了一下后将手放在她的手心里，踩着凳子下车。

一旁伸手的傅安总觉得怪怪的，但又说不上来到底哪儿怪。

赵含章抬头看了一眼匾额——陈记酒楼。

战乱年代，在街上有些萧条的情况下酒楼还人声鼎沸，看来，这家的东西很好吃啊。

还有，上蔡县的有钱人似乎不少。

赵含章对傅庭涵道："走吧。"

上蔡县县令和他的幕僚已经在酒楼里等着了，坐在二楼，桌子之间用屏风隔着，既雅致又透气，位置还宽敞。

县令听说赵氏的马车到了，便要起身下去相迎，才走到楼梯口正碰上上楼的一行四人。

赵含章走在最前面，傅庭涵稍稍落后她一步，但正好与她一样高。

县令惊讶地看向赵含章，再去看傅庭涵，最后忍不住去看幕僚。

幕僚也愣了一下，回神后马上冲县令点头。

县令还来不及说话，赵含章已经开口笑道："是柴县令吧？"

柴县令愣愣地点头。

赵含章抬手作揖："在下赵氏三娘，特来拜见县君。"

猜测得到证实，柴县令张了张嘴，好一会儿才反应过来，侧身道："女郎客气，请上座吧。"

赵含章请柴县令先坐，待他坐下她和傅庭涵才盘腿落座，她坐在柴县令的正对面。

柴县令无言。

赵含章则是偏头请幕僚也坐下："先生一起坐下说话吧。"

常宁看向柴县令。

柴县令微微点头，也觉得自己需要幕僚的指点。

幕僚便也盘腿坐下，正好与傅庭涵面对面。

就在坐下的这一刻，常宁似乎领悟到了赵含章的意思。

常宁的目光在傅庭涵和赵含章之间来回移动。不能怪他多想，实在是赵含章表现得太明显了。好像从进酒楼开始，赵含章便一直是领头的姿态。

常宁不断地去看傅庭涵，见他脸色淡然，实在看不出什么来，只能放弃，主动寒暄道："赵三娘回乡也两月有余了吧？"

"是。"赵含章看向对面有些不安的柴县令，微微一叹道，"本来该是我等上门拜见县君的，只是在家中守孝，不好贸然上门，因此就耽搁了下来，没想到竟累得县君亲自来请。"

柴县令忙道："没有，没有，我等并没有事。只是听说傅家的郎君在此读书，所以我才去帖邀请，也只是想和傅大郎君探讨一下书中经义，并没有其他意思。"

傅庭涵抬头看向赵含章，眼中有些诧异，便不由得用目光询问她，你之前威胁人家了？

赵含章回了他一眼，我是那样的人吗？

自到上蔡县以后，她一直很老实本分好不好？

赵含章见柴县令紧张得额头冒汗，觉得不能开门见山，万一把他吓坏了怎么办？

于是赵含章顺着他的话题往下扯："不知县君想和傅大郎君探讨哪本书？在下最近也在看书，或许有缘也未必。"

"我……我看的是……"柴县令不由得看向常宁。他哪儿知道自己看的哪本书？

常宁道："县君看的是《与杨俊书》。"

柴县令立即点头："对，对，我看的正是此章。"他看向傅庭涵。

傅庭涵没什么反应。

赵含章则问道："县君有何新的见解吗？"

"啊？"柴县令忙道，"没有，在下觉得傅中书说得极对，我等应该共勉之。"

赵含章扭头看向常宁："常先生觉得呢？"

常宁将目光从傅庭涵的身上收回，开始专心应对赵含章："常某亦觉得傅中书深谋远虑，赏罚应当严格分明，尤其是两朝交替之时。"

"当时是如此，当下也该当如此。"常宁道，"自洛阳落难，京畿一带的百姓流离在外,其中有不少进了我们上蔡县,县君忧心不已。"

赵含章点头,表示自己也很忧心。

常宁顿了顿后道:"县君有心收治百姓,匡扶社稷,奈何没有好的办法,听闻近段时间赵三娘的庄园一直在收拢难民,或许赵三娘和傅大郎君有什么建议?"

赵含章闻言,冲常宁微微一笑。她真有建议,且还不少呢。

"县君既然有心收治百姓,为何不将过路的难民都留在上蔡呢?"赵含章道,"县城外边有不少丢荒的田地,这些年来,或是天灾,或是人祸,不少百姓丢地逃亡,余留下来的地都荒芜了。从前是人口稀少,不得不荒,现在既然有了人口,何不将荒芜的田地分给难民们耕种,如此既安排了难民,又恢复了耕地,这不就是匡扶社稷了吗?"

哪儿那么容易?

柴县令张嘴要说话,常宁手一动,在案桌下按住柴县令的腿,止住柴县令后叹息道:"三娘善心,我们县君也有此想法。但留下来的难民吃穿是一个问题,住也是问题,更不要说种子和农具等,他们可什么都没有,而衙门如今囊中羞涩,更难支援。而且难民入城、入乡、入村,总会有偷盗之类的事发生,严重的,还有抢掠杀人一类的事,我们县君是有心而无力啊。"

常宁正要引出他们的目的,赵含章突然道:"我倒有一个办法。"

常宁的话一顿,柴县令都忍不住好奇起来:"什么办法?"

"归根结底,县君不能安顿流民是因为没钱,那我们只要挣钱就好了。"

柴县令忙摆手道:"使不得,使不得,三娘你刚从洛阳回乡不久,我也早有听闻,三娘回乡时遗落了行李,我岂能再拿你的钱?"

赵含章顿了一下,怀疑自己漏听了,但她视力可能有问题,听力不该有问题啊。

她扭头看向傅庭涵。

傅庭涵接触到她的目光,忍不住低下头笑,眼角都笑出皱纹来了。

赵含章心里"啧啧"两声,顺着柴县令的话道:"县君,我虽艰难,但宗族在西平,有长辈们帮扶,一点儿钱还是拿得出来的。何况我们这上蔡县的有钱人这么多,我拿不出钱来,他们还能拿不出来吗?"

柴县令不说话了。

常宁忙帮着推辞道:"怎敢白要三娘的钱?"

"县君若觉得过意不去,或是不好交代,不如与我等做买卖就是了。"赵含章道,"丢荒超过三年的土地,按律都是要收回衙门的,我想现在衙门手里应该有很多土地吧?我愿意出钱买下一些田地,这样可以安排一些难民住下。而县君也可以用这笔钱安顿一批难民,若是怕他们进城生事端,可以暂时禁止他们入城,容许他们在聚集之地开设集市。县君以为呢？"

"啊，对，我们是想问你为何要收这么多难民的。"柴县令终于想起了此行的真正目的。

常宁强忍着捂脸的冲动，只能抬头对着赵含章干笑。

赵含章道："县君和常先生刚才不也说了嘛，县君有心收治百姓，匡扶社稷，三娘虽是一介女流，但看百姓流离，社稷危难，心中难安。"

"祖父在时，最忧虑的便是国家社稷，不管是为忠、为义，还是为孝，三娘都想做些力所能及的事。"赵含章道，"而我除了有些许田地和钱财，也没其他的东西了，所以便拿出田地和钱财安顿难民。"

柴县令叹息道："赵三娘心善啊，要是这上蔡县的人都如你一般，我还何须如此操心？"

常宁彻底说不出话来了，这上蔡县的人要是都和赵含章一样，这县里哪儿还有县令的立足之地？

看着一脸感动的县令，常宁停顿了很久才重新建立起为主效力的信仰感，扯出一抹笑容，道："可据我所知，赵三娘收拢的难民不少，报到县衙这里落籍的却不足其一半。"

"是吗？"赵含章浅笑道，"可能是常先生看错了，或者是这两日收拢的难民没来得及上报而已吧。我那庄园就那么大，里面能藏多少人？县君要是不信，不如派人进庄园查一查？"

柴县令哪里敢捅这个马蜂窝，立刻表示不用了："我看三娘也是一片丹心为社稷，又怎会做隐匿良民之事？"

"当然。"赵含章肯定地道，"三娘虽没有高尚的品格，但奉公守法还是知道的。"

"是，是，估计是衙役看错了，报给了常先生，先生忧虑，因此有些小题大做。"柴县令道，"待我回去就把胡说八道的衙役罚到乡下去，看他以后还乱说话吗？"

"倒也不必。"赵含章笑道，"就是一瞥眼的事，看错了也是有的，毕竟不是一个一个地数，跟数蚂蚁一样，两堆蚂蚁乍看上去数量差不多，但一数才知道相差得有多离谱儿。"

"是，是，一定是他们看错了。"

赵含章起身，对柴县令道："县君可以想想我的提议，有了钱，县衙才能救人。不然囊中羞涩，难民就是饿晕在县衙门口，你们想煮碗粥给他们吃都困难，这不都是因为没钱吗？"

柴县令心动不已，不顾常宁的暗示，问道："可田地廉价，这得卖多少地才够安置难民的钱？"

赵含章立即道:"其实我们可以双管齐下,除了卖地,在下还有一门生意可以和县君做。"

柴县令感兴趣地问:"什么生意?"

赵含章道:"我手上有几套琉璃杯和琉璃碗,县君也知道,我才回上蔡,与县里的士绅皆不熟,又正守孝,所以好东西只能收在手里。县君若肯居中作保,待我将这些琉璃杯、琉璃碗卖出去,可以给县君留一些。"

柴县令瞬间心动:"不知琉璃杯什么样?我未曾见过,哪里能肯定适合谁呢?"

赵含章立即道:"待我回家便送一套来给县君,县君用着若觉得好,可请人烹酒赏杯。"

柴县令欣然答应。

天下人谁不知道赵长舆擅经营,其家富堪比皇室?

他手里的藏品应该不会差的。

一直到赵含章告辞,被正经请来的傅庭涵都没说几句话。

傅庭涵步履轻松地踩着凳子上车,将帘子撩开,转身冲赵含章伸手。

赵含章扶住他的手上车,坐下后还从窗口那里和柴县令寒暄:"县君若有空,可以到我的庄园一坐,我请县君用茶。"

柴县令哪里敢去,赵含章的庄园里不知藏了多少人,万一他看见了不该看见的,直接回不来了怎么办?

这些年,地方县令因为和地方豪强不睦,遭遇土匪劫杀的还少吗?

他一点儿也不想自家人某一天收到他回城途中遭遇流民或者土匪,最后身先士卒,为国尽瘁的消息。

柴县令等赵家的马车一远离视线,脸上的笑容就淡了,他抬手擦了擦额头上的汗:"赵家的女郎都这么猛吗?"

常宁道:"县君既然知道她不是好相与之人,为何还要答应与她合作?"

柴县令理所当然地道:"她不好相与,与我和她合作有什么关系?这上蔡县里,有哪个士绅富商是好相与的?"

常宁道:"县君,她虽然才回上蔡,但她祖父是先上蔡伯。赵氏就在西平,族人分布在汝南各处,她会与上蔡的士绅富商拉不上关系?我看她是醉翁之意不在酒,不然为何特地请您做中卖琉璃杯?"

"我知道啊。"柴县令道,"她在讨好本县。"

柴县令很自信地道:"她一定是害怕我紧抓着她隐户的事不放,所以在找借口给我送东西呢。"

常宁无言。

柴县令道:"我理解她,且这事对我们也大有好处。她有一件事说得极对,我们手上没钱,什么事都做不了啊。不管是收拢难民,还是驱赶他们,这些都需要钱。"

常宁见他如此自信,知道多劝无益,但对赵含章的目的持怀疑态度:"我总觉得她别有目的,怕是不止……贿赂县君。"

柴县令瞥了他一眼,不太高兴地问道:"她还能有什么目的?我只做中人,卖不卖得出去我并不保证,她总不能坑我的钱吧?"

"县君,傅中书的孙子少有才名。刚才您也看见了,的确神采奕奕,气质不俗。可自进酒楼后他便少有发言,竟全听赵三娘的意思。"

柴县令眼睛一亮,起了兴味:"你是说赵三娘软禁威胁了傅长容,他们两个不合?那我是要救傅长容,以向傅中书邀功?"

不等常宁说话,柴县令又摇头:"不行啊,说到底这里是汝南,现在的上蔡伯是赵三娘的伯父,赵仲舆又做了尚书令,得罪赵家,我也不得好。"

常宁道:"县君,您就没发现傅长容姿态从容、随性自在吗?他那样像是被人软禁威胁了吗?"

而且人家亲自陪同未婚妻扶棺回乡,还为赵长舆守孝,赵家只要不是想被天下士人的唾沫星子淹死,那就得好好地对待傅长容,怎么会亏待他?

柴县令嫌弃地看着他:"那你是什么意思?"

"我的意思是,赵三娘很厉害,虽然是一介女流,现在却是赵家在上蔡的庄园里的主子,连傅长容都要听她的,县君与她来往不可轻忽啊。"常宁道,"赵家突然收进这么多难民,我心中还是难以安定。"

"赵家总不会想造反吧?"柴县令道,"赵仲舆和赵济一家都在洛阳呢。"

常宁一想也是,心勉强放下一些。

赵含章让成伯挑了一套琉璃杯给柴县令送去,然后将此事交给了汲先生:"作坊积存下来的琉璃制品足够多了,务必要打开上蔡县的商道。"

汲渊见她把那只最好的琉璃马放进金丝楠木盒里,不由得问道:"女郎这是……?"

赵含章拿着盒子意味深长地道:"拿去西平送人,我占了五叔公这么多便宜,总要去还一些,你再挑出一些琉璃制品给我,千里叔不是说新增加的部曲手中没兵器吗?"

汲渊瞬间明白,这一趟她去西平也不只是为了送礼,于是躬身退下。

傅庭涵在一旁写写算算,听了一耳朵,不由得抬起头来感叹道:"赵铭又要头疼了。"

赵含章想了想后道:"要不我也给他送个礼吧,他看着怪可怜的。"

她都有点儿不忍心了。